Uwe Goeritz

An fremder Küste

Bibliografische Information der Deutschen Nationalbibliothek:

Die Deutsche Nationalbibliothek verzeichnet diese Publikation in der Deutschen Nationalbibliografie; detaillierte bibliografische Daten sind im Internet über http://dnb.dnb.de abrufbar.

© 2021 Uwe Goeritz

Coverbilder: von Andrew Songhurst und Enrique Meseguer auf Pixabay

Covergestaltung: Uwe Goeritz

Herstellung und Verlag: BoD – Books on Demand, Norderstedt

ISBN: 978-3-7534-7768-8

Inhaltsverzeichnis

An fremder Küste 9

Sturmtag 10

Beute 15

Nachtgedanken 20

Ostsächsische Nacht 24

Ein fremdes Land 29

Der Weg eines Kriegers 34

Verwirrende Gedanken 38

Die richtige Wahl? 43

Eine Halle der Götter 48

Sklavin und doch frei 53

Ein Sklavenlos 57

Ein ketzerischer Anhänger 62

Die Reize der Frauen 67

Männer und Frauen 72

Seelenschwestern 77

Blutmond 82

(K)ein gutes Jahr? 86

Vorbereitung eines Festes 90

Eine Schweinemagd 94

Barbarische Feste 99

Verpasste Chancen 103

Katze oder Göttin? 107

Mann oder Maus? 111

Rebellion unter Frauen 115

Freundinnen?! 119

Glaubensfragen 123

Gedankenreisen 127

Herbstwind 131

Am Wegekreuz 135

Novemberregen 139

Gottes Wege 143

Ein Bote Gottes 147

Bücher! 151

Grüne Augen 155

Ein unüberlegter Schritt 160

Ohne Gedanken! 165

Den Schweinen zum Fraß vorgeworfen 170

Vertraute Nähe 175

Saft, der Leben schenkt 179

Spuren der Nacht 184

Schlaf des Gerechten 189

Die Rache einer Magd 193

Fremder Gott 197

Winternächte 201

Zeit der Märchen, Zeit des Glaubens 205

Ein teuflischer Plan? 209

Gedanken in der Nacht 213

Alleine oder zusammen? 217

In Gottes Armen 221

Im Bann der Gefühle 227

Zeit des Wandels 231

Gefährte und Gefährtin...236

Noch ein Fest!..240

Ein einziges Wort 244

Die Stärke Gottes...248

Das Licht der Welt..253

Winterzeit, Liebeszeit!..257

Entscheidung der Lust 261

Die Enthaltsamkeit eines Mönches 265

Dafür oder dagegen?...270

Im Angesicht Gottes 274

Mond der Saat..279

Zeitenwende?...283

Von Entsetzen erfüllt!...287

Neue Zeiten..292

Getrennte Wege 296

Den Samen in die Furche..300

Pfade in die Zukunft 304

Auf nach Cantwaraburg! 307

Ferne Glocken 312

Ein kleines Glück 315

Ein Sturm zieht vorüber..318

Zeitliche Einordnung der Handlung...................................321

Es ist ein schwarzer Tag für Ælsbeth, die Tochter eines sächsischen Stammesführers, als ihr Dorf von einem rivalisierenden Stamm überfallen, ihre Familie getötet und sie in die Gefangenschaft verschleppt wird. Allerdings entpuppt sich ihrer Gefangennahme nicht als das Martyrium, das sie zunächst befürchtet. Ælsbeths Leben ändert sich zwar gravierend, denn sie wird die Sklavin von Thoralf, aber aus dem Schmerz wird eine Liebe, die gefordert ist, diese Schwierigkeiten zu überwinden.

Diese Geschichte erzählt vom Konflikt zwischen Ælsbeth, die ihrem alten Glauben nicht abschwören will, und ihrer Herrin Claudia, die bereits dem Christentum angehört, vor dem Hintergrund der Christianisierung der Angelsachsen durch Augustinus, den späteren Erzbischof von Cantwaraburg (dem heutigen Canterbury), im Jahre 597. Sie handelt vom Kampf des Glaubens, von Liebe, Verrat und der Kraft, die ein liebendes Herz aufbringen kann.

Die handelnden Figuren sind zu großen Teilen frei erfunden, aber die historischen Bezüge sind durch archäologische Ausgrabungen, Dokumente, Sagen und Überlieferungen belegt.

Ich danke Frau Katharina Münz für die tatkräftige Unterstützung bei diesem Buchprojekt.

1. Kapitel

Sturmtag

Dunkle Wolken ziehen im schnellen Flug über das mit Buschwerk bewachsenen Land zur aufgewühlten See hinüber. Ein Blitz zuckte unvermittelt zu Boden. Die Gischt brandete am felsigen Ufer empor und der Wind trieb Schaumflocken davon weit auf die offene See hinaus.

Unaufhaltsam näherten sich die Schatten der Wolken einem kleinen Dorf in Ostsachsen, das aus etwas mehr wie einem Dutzend strohgedeckter Hütten, einigen Ställen und Scheunen bestand. Irgendwann, in vielen hundert Jahren, würde diese Gegend Essex und das Meer Nordsee heißen, aber das wusste noch keiner der Bewohner. Für sie war es die Ostküste von Ængelland und der dritte Sommer, den Melowin diesen Stamm hier anführte.

Erneut zuckte ein Blitz herab und der fast zeitgleiche Donner riss Ælsbeth von den Füßen. Auf Händen und Knien abgestützt blickte sie zur Seite. Keine fünfzig Schritte von ihr entfernt hatte der Blitz in einen knorrigen Baum eingeschlagen. Dessen Krone nun lichterloh brannte. Ælsbeth sprang auf und lief los. Die Angst trieb sie voran, aber es war nicht die Furcht vor dem Gewitter, die Ælsbeth jagte!

Mit einem flüchtigen Blick über die Schulter sah Ælsbeth die Finsternis, die sich schnell auf sie zubewegte. Es war gerade erst Mittag und dennoch schien die Nacht gekommen zu sein.

Der Himmel hinter ihr entsprach den dunklen Gedanken, die in ihrem Kopf herumsausten. Ein weiterer Blitz zuckte hinter ihr zu Boden und riss dabei einen Teil der Landschaft für einen Wimpernschlag aus der Finsternis. Gehetzt rannte sie weiter, doch nach ein paar Schritten verhedderte sich der Saum ihres Kleides in einem Gebüsch. Mit aller Kraft riss sich Ælsbeth davon los. Das Geräusch des zerreißenden Stoffes klang überlaut in ihren Ohren und als sie weiterhastete, flatterten die Fetzen des Kleides hinter ihr her. Es war ihr Lieblingskleid, das sie gerade zerstört hatte, aber darüber konnte sie sich im Moment keine Gedanken machen.

Der Schein des letzten Blitzes hatte ihr gezeigt, dass eine Gruppe von Männern nicht weit hinter ihr herlief. Daher rannte Ælsbeth ohne Rücksicht auf den steinigen Pfad weiter. Nur nicht stehen bleiben!

Ihre hastige Flucht und die Angst verdrängten jeden Gedanken aus Ælsbeths Kopf. Vom schnellen und ungewohnten Lauf rasselte ihr Atem. Schnaufend durcheilte sie das Buschland und ihre Augen suchten dabei das Ziel ihrer Flucht. Der Wind verstärkte sich zum Sturm und zerrte an ihrem zerfetzten Kleid, aber er trieb sie auch weiter vorwärts. Er schob sie fort von den Verfolgern, doch er würde auch die Männer schneller machen. Und im Lärm des Sturmes konnte Ælsbeth ihre Verfolger nicht mehr hören.

Nur noch einige hundert Schritte trennten Ælsbeth vom rettenden Ufer. Sie lief immer schneller! Gejagt setzte sie die Füße auf die Steine, die nur locker aufeinander lagen. Immer wieder rollten sie zur Seite und brachten sie dadurch zum Straucheln.

Mittlerweile hatte die Gewitterwand Ælsbeth eingeholt. Nur vor ihr war noch ein heller Streifen Himmel zu sehen. Der Sturm, der ihr im Moment noch half, würde ihre weitere Flucht sicherlich verhindern, aber stehen bleiben, und sich ihres Schicksals ergeben, das konnte Ælsbeth nicht!

Von vorn mischte sich das ohrenbetäubende Donnern der Brandung in das Tosen des Sturmes und einige Schritte später stand Ælsbeth an einer Felskante zwischen Wasser und Wind. Hier endete ihre Flucht!

Verzweifelt blickte sie sich um, doch hinter ihr war alles in Finsternis gehüllt. Wie nahe waren ihr die Verfolger schon gekommen? Von unten spritzte Gischt bis zu ihr herauf und durchnässte ihr Kleid. Ælsbeth drehte sich erneut der See zu, die vom Sturm aufgepeitscht wurde. Der Wind sprühte salziges Wasser in ihr Gesicht, im Zwielicht versuchte sie den Strand zu finden. Eigentlich hätte er direkt zu ihren Füßen sein müssen, doch jetzt tobte dort nur die See. Ælsbeth starrte auf eine weiße, schaumige Fläche von tosenden, mannshohen Brechern, statt der erwarteten sandigen Fläche.

Nicht eines der von ihr so sehnlichst erhofften Boote war zu sehen. „Vater!", brüllte sie verzweifelt gegen den Wind, doch ihr Ruf würde nicht gehört werden. Ælsbeth hob den Kopf und sah in die Ferne. Jenseits des Meeres war einstmals ihre Heimat gewesen, aus der sie vor Jahren hierhergekommen waren. In diesem Moment schien dort sicher noch die Sonne, doch hier war keine Rettung mehr in Sicht!

Jetzt konnten ihr nur noch die Götter helfen. Ælsbeth hob ihren Blick, bis sie die Wolken sah und schrie so laut sie es nur vermochte: „Sturmvater Wodan! Hilf mir!" Das Toben des Windes wurde nun ohrenbetäubend und sie musste die Hände auf ihre Ohren pressen. Der von ihr herbeigerufene Sturm umtoste sie und riss an ihrer Kleidung, er zerzauste ihr Haar.

Grausige Bilder der Erinnerung sausten durch Ælsbeths Kopf und sie sah wieder, wie ein anderer sächsischer Stamm ihr Dorf überfallen hatte. Nur weil sie eine Zeugin war, wurde sie gerade verfolgt, denn sie hatte die Schilde und Helme erkannt. Die Räuber würden sie kaum am Leben lassen!

Ein erneuter Blitz zuckte zu Boden, riss Ælsbeth aus ihren Gedanken und sie fuhr herum. Die Männer waren nur ein Dutzend Schritte hinter ihr.

Im Licht der Blitze konnte sie die Helme mit den Masken sehen. Acht Männer waren ihr gefolgt und wenn Wodan jetzt nicht ein Wunder geschehen ließ, dann war sie verloren, denn mit ihrer kopflosen Flucht hatte sie sich in eine ausweglose Lage gebracht. Vor ihr standen die Männer und einen Schritt hinter ihr befand sich das tobende Meer. Der Tod war nah und zerrte an ihrem Kleid. Nur mit Mühe stemmte sie sich gegen den Sturm, aber wozu tat sie das eigentlich? Nur um anschließend von Schwertern durchbohrt zu werden?

Ælsbeth drehte sich zur See zurück, hob die Arme und schloss die Augen. In Gedanken verabschiedete sie sich von ihrer Familie, die erschlagen hinter ihr im Dorf lag. Alle, bis auf den Vater, der mit den Männern zum Fischfang ausgelaufen war.

Eine Träne lief ihre Wange herab und vermischte sich mit dem Wasser der See, das der Sturm ihr unablässig ins Gesicht schleuderte. Nur noch ein Schritt war nötig, aber als sie den Fuß hob, erfasste sie eine Böe und warf sie zurück. Gegen den Sturm stemmte sie sich vorwärts auf die letzte Spitze eines kleinen Felsens hinauf.

Irgendwie wollte der Wind verhindern, dass sie sich herabstürzte, doch was war die Alternative? Sie wagte es nicht mehr, sich umzudrehen. Wie nahe waren die Männer ihr wohl schon gekommen? Sicherlich hielt auch sie der Wind zurück, doch retten würde sie das kaum. Nur die Männer ihres Vaters hätten dies vermocht, doch die kämpften weit draußen auf dem Meer mit dem Sturm.

Es gelang Ælsbeth nicht, bis zur Felskante nach vorn zu kommen, denn der Wind warf sie immer wieder zurück. Gegen den Sturm zu kämpfen war aussichtslos! Sollte sie sich den Feinden kämpfend entgegenstellen? Ihre Hand berührte den Griff der Waffe an ihrem Gürtel. Nur ein kurzer Dolch gegen acht Schwerter! Diese Gegenwehr wäre genauso aussichtslos wie der Kampf gegen den Sturm, aber sie würde kämpfend sterben und die Walküren würden sie über die Regenbogenbrücke führen! Hatte sie Wodan nicht darum gebeten?

Zu allem entschlossen riss Ælsbeth den Dolch aus der Scheide am Gürtel, fuhr herum und schrie den Angreifern entgegen: „Ich bin Ælsbeth, Tochter des Melowin! Hier stehe ich und kämpfe!"

In einem neuerlichen Lichtblitz erkannte sie, dass sie nur noch fünf Schritte von den Männern trennten! Schwankend im Wind, mit zerfetztem Kleid, wartete sie auf den Tod!

Der vorderste der Männer besaß sicher ihre doppelte Schulterbreite. Schild und Schwert in den Händen, stand er direkt vor ihr und seine Haare, die lang unter dem Spangenhelm hervorragten, flogen hinter ihm im Wind. Seine Augen lagen im Dunkel, er stand einfach nur unbeweglich dort.

„Warum kommst du nicht? Du Feigling!", schrie Ælsbeth. Der Wind schlug ihr die langen Haare ins Gesicht und für einen Moment stand sie im Dunklen, bevor sie diese mit der einen Hand bändigen konnte. Schreiend und mit erhobenem Dolch stürzte sie auf die Männer los. Nach kurzem Handgemenge lag sie entwaffnet, gefesselt und geknebelt am Boden. Zornig und wehrlos funkelte Ælsbeth die Angreifer an.

2. Kapitel
Beute

Thoralf sah auf das verschnürte Bündel Mensch herab. Vor einem Augenblick hatte er noch vorgehabt, sie einfach die Klippe hinabzustürzen, doch der Mut der Frau hatte ihm imponiert. „Ich bin Ælsbeth, Tochter des Melowin!", hatte sie geschrien. „Hier stehe ich und kämpfe!" Doch töten konnte er sie später immer noch.

Nun war Ælsbeth fest verschnürt, Thoralf gab seinen Schild an seinen Freund weiter und warf sie sich wie einen Sack über die Schulter. Die Beine vorn, der Oberkörper hinten. Inzwischen ließ das Gewitter nach und auch der Wind legte sich. Stumm schritt er an der Spitze seiner Männer zurück zu der kleinen Siedlung.

Ohne die Anstrengung, gegen den Wind anzukämpfen, war der Weg ziemlich kurz und schon wenig später erkannte Thoralf die Dächer der Häuser und die Männer seines Stammes sah er ebenfalls, besser gesagt, er hörte sie überall herumwühlen, denn nun, nach dem Ende des Sturms, war der Lärm nur überdeutlich zu vernehmen. Die Männer seiner kleinen Gruppe liefen an ihm vorbei und Thoralf stand schon kurz darauf alleine vor dem ersten Haus.

Die Frau auf seiner Schulter zappelte und strampelte heftig, doch so gefesselt wie diese Ælsbeth war, konnte sie sich nicht aus ihrer Lage befreien. Thoralf wollte sie noch nicht zu Boden lassen, sein Blick suchte zwischen den Männern die auffällige Gestalt seines Vaters.

Vater überragte die Männer um fast eine Haupteslänge und war ihm viel zu ähnlich. Endlich hatte Thoralf ihn erspäht und trat an ihn heran.

„Wen hast du denn da mitgebracht?", fragte Vater, als er hinter einer Scheune hervortrat.

„Meine Beute", antwortete Thoralf.

„Eine Sklavin? Du solltest sie doch einfach töten!", erklärte Vater und trotz des Helmes, der das Gesicht des Vaters vollständig bedeckte, konnte Thoralf den Zorn in den Augen des alten Mannes sehen.

„Keine Zeugen!", zischte er Thoralf an.

Thoralf hielt die Frau mit beiden Händen fest, damit meldete er seinen Besitzanspruch an, das musste auch Vater anerkennen, denn das war Gesetz unter den Sachsen.

„Los Männer! Packt alles zusammen, was ihr haben wollt! Lasst keine Zeugen zurück!", brüllte Vater und Thoralf verstand, dass der letzte Teil des Satzes vor allem ihm galt. Vaters Blick auf Ælsbeths Beine hätte es dabei gar nicht mehr bedurft.

Thoralfs Blick glitt über die Siedlung. Noch standen die Hütten, denn sie wollten durch das Feuer und den Rauch nicht die Männer des Stammes auf ihr Tun aufmerksam machen, aber die erste Fackel wurde gerade entzündet.

Das Schicksal der Gemeinschaft war schon lange besiegelt! Überall lagen tote Frauen und Kinder.

„Jetzt mach schon!", brüllte Vater ihn an, weil Thoralf noch immer untätig zwischen den Scheunen stand.

Sollte er die Frau einfach hier irgendwo ablegen?

Vor ihm töteten die Männer gerade ein paar der Frauen und deren Schreie musste auch Ælsbeth hören. Sie konnte aber nicht sehen, was gerade geschah. Erneut strampelte sie heftig.

Thoralf warf sie zu Boden, griff vorn in ihr Kleid und zog ihren Kopf nahe zu seinem Gesicht. Missmutig sah er ihr in die vor Schreck aufgerissenen Augen und brüllte sie an: „Willst du sterben?"

Wegen des Knebels konnte sie zwar nicht sprechen, doch er sah die Angst in ihren Gesichtszügen.

Er zog den Dolch der Frau aus seinem Gürtel und hielt ihn ihr an die Kehle. „Bleibe hier sitzen und rühre dich nicht, oder dein

Dolch wird dein Blut trinken!", setzte Thoralf fort, schob die Waffe wieder in die Scheide und trat zu seinem Vater.

„Sie ist meine Beute!", sagte er noch einmal demonstrativ zu dem alten Mann.

„Meinetwegen!", blaffte ihn Vater an und nun eilten sie zu ihren Männern. Alles irgendwie Verwertbare oder Wertvolle wurde zur Seite geschleppt und danach in Säcken verpackt. Kurz darauf lagen diese neben der Frau, die anscheinend nicht verstehen konnte, dass sie noch lebte. Immerhin bewegte sie sich nicht von dort fort.

Vater schritt noch einmal durch die Siedlung und sah in jede Hütte. Offensichtlich vertraute er nur seinen eigenen Augen, doch die Männer hatten ganze Arbeit geleistet, wenn man das Überfallen einer wehrlosen Siedlung als Arbeit sehen wollte.

Thoralfs Blick ging zurück zu Ælsbeth. Eigentlich waren es Sachsen, wie sie auch, das hatte er an der Sprache der Frau gehört. Allerdings kamen von der anderen Seite des Meeres, aus ihrer alten Heimat, immer mehr hier herüber und dieses Land konnte sie nicht alle versorgen. Nur der Stärkere überlebte!

„Abmarsch!", brüllte Vater und griff sich die Fackel.

Das erste Strohdach ging in Flammen auf und die Männer traten zu ihrer Beute. „Willst du die wirklich mitnehmen?", fragte Vater Thoralf schließlich erneut und zeigte dabei auf die Frau.

„Sie ist meine Beute. Dafür verzichte ich auf meinen Anteil vom Rest!"

„So sein es, aber sorge dafür, dass sie dir nicht entkommt!", legte Vater fest.

Thoralf warf sich den verschnürten Leib über die Schulter und gemeinsam schlossen sie sich der Abteilung der schwer bepackten Männer an.

Das Knistern der entzündeten Dächer verstärkte sich immer mehr und der Qualm des brennenden Strohs zog hinter ihnen her.

Sein Blick glitt über die Rücken der Männer. Fünfundzwanzig schwer mit Beute beladene Krieger stampften wortlos dahin.

Der Weg war weit und sie würden ein paar Tage bis zu ihrer Heimat brauchen. Vielleicht fiel ihnen unterwegs noch solch ein Dorf in die Hände. Der Hunger und die Not trieben viele Sachsen und Angeln über das Meer und wer nicht darin ertrank, der versuchte hier Fuß zu fassen.

Erst lange nach dem Verlassen des Dorfes setzten die Männer ihre Helme ab und auch Thoralf band seinen Helm an den Gürtel.

Die Frau über seiner Schulter bewegte sich nicht mehr. Offensichtlich hatte sie es aufgegeben, sich zu wehren und sich in ihr Schicksal gefügt.

Mit der Hand über ihren Hintern blickte er auf die Frau. Noch wusste er nicht, was er mit ihr überhaupt anstellen sollte. Dafür hatte er nun einen Teil der Beute eingetauscht! Er musste verrückt gewesen sein. Der schwere Schild, den er am Arm trug, schlug immer wieder hart gegen ihr Bein, aber Ælsbeth gab keinen Ton von sich.

Thoralfs Blick fiel auf den Dolch am Gürtel des Vaters und er zog den der Frau aus seinem. Die Waffe war sehr kostbar gearbeitet und der Griff sah wertvoll aus. Er war aus dunklem Holz mit ein paar silbernen Beschlägen. Die Klinge war lang und spitz.

In seinen Gedanken sah er sie wieder vor sich, wie sich Ælsbeth damit auf ihn gestürzt hatte. Mutig war sie gewesen. Ein Dolch gegen Kettenhemden. Es wäre schwer gewesen, auch nur einen von ihnen damit zu verletzten. Schwer, aber nicht unmöglich.

Sorgsam schob Thoralf die Waffe zurück in die lederne Scheide. Mit einem Griff richtete er seinen Waffengurt.

Thoralf war der letzte der Gruppe, die nun langsam nach Westen abzog, fort vom Ufer des Meeres, hin zur heimatlichen Siedlung. Unterwegs würde er sich noch überlegen, was er mit der Frau machen würde, aber als Sklavin konnte er sie immer noch auf dem Markt verkaufen.

3. Kapitel

Nachtgedanken

er Mann schleppte Ælsbeth nun schon seit mehr als einem Tag mit sich. In der Nacht hatte die Gruppe irgendwo gelagert, aber sie hatte nicht gewusst, wo sie sich befanden.

Auch den Knebel hatte der Mann ihr nicht entfernt und das Stück Stoff, das ursprünglich mal ein Teil ihres Kleides gewesen war, war nun völlig durchnässt.

Ælsbeth ekelte es vor diesem Lappen, aber sie konnte ihn nicht ausspucken. Zudem hatte er ihr weder zu essen noch zu trinken gegeben. Bis zum Abend waren sie der Sonne entgegen gezogen und seit dem Morgen liefen sie nun in südliche Richtung.

Ihre Hände und Füße waren immer noch gefesselt. Der Mann hatte einfach ihren Gürtel dazu benutzt, den er in zwei Hälften zerschnitten hatte.

Ælsbeth hatte die ganze Nacht nicht schlafen können, immer wieder hatten sich die grauenhaften Szenen des Überfalles vor ihren Augen abgespielt und die schrecklichen Schreie dröhnten selbst jetzt noch in ihren Ohren.

Der Mann trug sie in schaukelndem Gang auf der Schulter, krampfhaft versuchte Ælsbeth dabei, ihre Augen offenzuhalten, denn jedes Mal, wenn sie ihr zufielen, waren die Bilder wieder da. Dann sah Ælsbeth, wie die Männer Mutter vor ihren Füßen getötet hatten und sie sah die brennenden Häuser, als die Räuber sich wieder von dem Dorf entfernt hatten. Da der Krieger, der sie trug, der letzte in der Gruppe gewesen war, hatte sie noch ewig das Feuer sehen müssen.

Warum hatte der Mann sie nicht einfach getötet? Ælsbeth hatte so etwas wie „Beute" gehört, als der Mann mit dem Anführer der Gruppe gesprochen hatte. Wehrlos musste sie sich in ihr Schicksal ergeben. Was hatte sie für eine andere Wahl?

Seit der Morgendämmerung waren sie jedenfalls erneut unterwegs und die Metallstücke, die auf die Schulterpolster des Kriegers genietet waren, rieben bei jeder Bewegung an Ælsbeths Bauch. Da er ihr die Hände hinter dem Körper gefesselt hatte, konnte sie sich auch nicht abstützen. Stumm ertrug sie das Scheuern, das der dünne Stoff ihres Kleides kaum dämpfte.

Aus nächster Nähe betrachtete sie die Kleidung des Mannes. Sie ähnelte der, die ihr Vater immer trug. Allerdings war das Hemd aus metallenen Ringen, das der Krieger unter seinem mit Metall beschlagenen Wams trug, wohl seiner kriegerischen Tätigkeit geschuldet. Der lange Sax an seiner Seite hing direkt vor Ælsbeths Nase. Hätte sie eine Hand freigehabt, hätte sie die Waffe ziehen können.

Immer wieder fielen ihr die Haare ins Gesicht und wenn sie den Kopf ein wenig drehte, sah sie den Anführer der Gruppe neben sich gehen. Er war schon ein älterer Mann und seine ergrauten, langen Haare waren zu einem sauberen Zopf geflochten.

Wache blaue Augen hielten alles fest im Blick. Das war der Blick eines Luchses, der Ausschau nach Beute und Feinden hielt.

Die kleine Gruppe von Männern bewegte sich extrem leise. Trotz der Waffen war kaum ein Geräusch zu hören und diese Stille machte das Schreien in ihrem Kopf nur noch viel lauter. Die Männer bewegten sich gewandt durch das Land. Offensichtlich waren sie sich dessen bewusst, dass sie sich in Feindesland befanden und jederzeit mit einem Überfall rechnen mussten, denn sie hielten ihre Speere und Schwerter ständig griffbereit.

Irgendwo rechts von ihr musste sich die sagenhafte Ortschaft Camulodunum befinden, von der ihr ein reisender Händler vor ein paar Wochen erzählt hatte. Ælsbeth war noch nie dort gewesen und auch Vater hatte niemanden gekannt, der schon einmal diesen Ort gesehen hatte. Aber sie hatten erst vor drei Sommer ihren Fuß auf dieses Land gesetzt und noch nie hatten sie ihre Wege weiter in das Landesinnere geführt, denn fischen konnte man nur auf der See und die Fischgründe waren gut. Sehr gut sogar. Jeden Tag kam

Vater mit einem vollen Boot zurück an das Ufer. So etwas hatte Ælsbeth auf der anderen Seite des Meeres nicht erlebt.

Bei der Erinnerung an Vater und Mutter stiegen ihr Tränen in die Augen und verschleierten ihren Blick.

Unvermittelt stoppte der Mann, und als er niederkniete, landete Ælsbeth mit dem Gesicht im Schlamm. Er hatte sie achtlos von der Schulter geworfen und wenn sie nicht diesen dreckigen Lappen immer noch im Mund gehabt hätte, hätte sie spätestens jetzt die Männer durch ihren schmerzhaften Schrei verraten.

Schlamm in der Nase drehte Ælsbeth den Kopf zur Seite. Würgend und um Luft kämpfend sah sie zu dem Mann auf, der einen Schritt neben ihr kniete. Ein Ton und sie würde den erhofften Tod finden, doch sein Blick ließ sie erstarren. Ganz langsam zog er seinen Sax aus der Scheide und schien für den tödlichen Hieb Maß zu nehmen. Obwohl sie keine Luft bekam, wagte Ælsbeth nicht, den Schlamm aus der Nase heraus zu niesen.

Erstarrt hielt sie die Luft an. Waren Krieger ihres Stammes in der Nähe? Dann wäre doch ihre Rettung in Sicht. Anderenfalls würde sie vielleicht einer der Männer töten. Und warum klammerte sie sich jetzt so an ihr Leben? Hatte sie am Tage zuvor nicht beschlossen, einfach ehrenvoll zu sterben?

Vielleicht!

Allerdings nicht mit dem Gesicht voller Schlamm! Nicht einmal abwischen konnte sie den Schnodder, der ihr von der Nase tropfte. Ælsbeth schüttelte den Kopf, doch davon fielen ihr die Haare zur Seite und landeten ebenfalls im Dreck. Die einzige Schlammpfütze auf dem ganzen Weg und sie lag zur Hälfte darin!

Die Augen des Anführers lösten sich von ihr und folgten dem Weg entlang nach vorn. Mit gezogenem Sax hockte er sprungbereit nur einen Schritt neben Ælsbeth.

Jetzt würgte es in ihrem Hals und länger konnte sie die Luft auch nicht mehr anhalten. Mit einem unheimlich lauten Niesen flog der Schlamm aus ihrer Nase. Ælsbeth konnte wieder frei atmen, aber nur für den Bruchteil eines Wimpernschlages, denn der Mann, der sie die ganze Zeit getragen hatte, drückte ihr mit der Hand den Hals zu. In ihrer Todesangst versuchte sie sich ihm zu entwinden, doch seine Finger schlossen sich nur noch stärker um ihre Kehle.

Bevor sie die Sinne verlassen konnten, gab er sie wieder frei und steckte den Sax zurück. Die anderen Männer erhoben sich ebenfalls. „Mache so etwas nie wieder!", zischte der Mann sie an und warf sie sich wieder auf die Schulter.

Der Anführer trat zu ihm. „Sie bringt uns in Gefahr! Wollen wir sie nicht doch lieber an einem Baum aufhängen?"

„Nein! Sie ist meine Beute und gehört mir", entgegnete der Mann und lief los.

So durfte eigentlich niemand mit seinem Anführer reden. Sicherlich musste er mit dem Anführer verwandt sein, überlegte Ælsbeth. Schaukelnd ging es weiter und langsam trocknete der Schlamm auf ihrem Gesicht.

Nun war der Wunsch nach etwas Wasser zum Waschen stärker, als das Verlangen nach dem Tod. Irgendwie schämte sich Ælsbeth dafür.

4. Kapitel
Ostsächsische Nacht

Der Abend senkte sich über das Land. Nicht weit entfernt sah Thoralf schon den Fluss, der sie von ihrem Stammesgebiet trennte. Thoralf wusste allerdings, dass Vater in der Finsternis keinen Übergang wagen würde und sie demzufolge bis zum nächsten Morgen auf dieser Seite im Gebiet ihrer Feinde bleiben mussten.

Hier befanden sie sich noch in Ostsachsen, jenseits des Flusses lag Kent und nicht weit entfernt war Westsachsen. Das hier war das Grenzland zwischen drei großen sächsischen Stammesgebieten, eigentlich viel zu gefährlich, um hier zu bleiben.

Trotzdem ließen sich die Männer, in einem kleinen Waldstück versteckt, nieder. In dieser Nacht würden sie erneut kein Feuer machen können und sich daher mit Trockenfleisch und Brot stärken müssen.

Thoralf legte seine lebende Last ab und lehnte die Frau mit dem Oberkörper gegen einen dicken Baum. Sein Blick glitt über ihre Züge.

Ihr Gesicht war schwarz vom eingetrockneten Schlamm und noch immer kochte die Wut in ihm, dass sie nicht hatte still sein können, als es nötig gewesen war.

Doch was konnte man schon von einer Frau erwarten? Zum Glück war es nur ein Schwein gewesen, das ihren Weg gekreuzt hatte.

In der Nähe plätscherte ein kleiner Bach über Steine hinweg dem Fluss entgegen. Einer der Männer holte gerade Wasser und Thoralf sah, wie die Frau zu dem Eimer hinüberschaute. Sicherlich wollte sie etwas trinken, denn sie waren nun schon mehr als einen Tag unterwegs. Bei ziemlich warmem Wetter, obwohl es schon Mitte Oktober war.

Trotz seiner Wut beugte sich Thoralf zu ihr hinab und flüsterte ihr ins Ohr: „Wenn du mir versprichst, leise zu sein, dann nehme ich dir den Knebel kurz ab."

Da sie nickte, löste er ihr den Strick an ihrem Hinterkopf. „Danke", flüsterte sie, nachdem sie geräuschvoll Luft geholt hatte. „Kann ich mich waschen und etwas trinken?", fragte sie genauso leise.

Thoralf bemerkte, dass Vater zu ihm herübersah, das leise geführte Gespräch war ihm nicht entgangen. Er beugte sich noch näher herab und wisperte der Frau ins Ohr: „Sei still und ich werde sehen, was ich für dich tun kann."

Ælsbeth antwortete nicht, sondern nickte nur stumm.

Auf sein Handzeichen kam sein Freund Alduini herüber und gab ihm den halb gefüllten Eimer. Thoralf stellte ihn vor Ælsbeth und beugte sich wieder zu ihr herab. „Wenn du mir versprichst, nicht zu fliehen, dann löse ich dir kurz die Hände", flüsterte er und abermals nickte die Frau stumm.

Mit einem Griff zog er sie auf die Knie, löste den Strick von ihren Händen und schob den Eimer vor sie hin.

Dankbar sah sie ihn an und rieb sich die Handgelenke, die von dem Strick aufgescheuert waren.

Thoralf spürte den Blick des Vaters deutlich in seinem Rücken, während sie ihre Hände in den Eimer tauchte und zuerst zu trinken begann, bevor sie sich das Gesicht abwusch. Schweigend stand er neben ihr und sah ihr zu.

Nur das Plätschern des Wassers war zu hören. Offenbar hatte Ælsbeth jetzt verstanden, dass sie still sein sollte. Kein Wort kam mehr über ihre Lippen. Stumm wusch sie sich noch die Haare, bevor sie ihm zunickte und ihm die Hände hinhielt.

Den Strick immer noch in der Hand, überlegte Thoralf, ob er sie wieder fesseln sollte. Sein Zorn auf sie war nun völlig verschwunden.

Während des Waschens hatte Thoralf das erste Mal wirklich Zeit gehabt, sie genauer anzusehen. Sie war recht hübsch. Mit ausgestreckten Händen kniete sie vor ihm, sah zu ihm auf und wartete auf den Strick.

Vaters Blick immer noch im Genick, konnte Thoralf sie nicht einfach so ohne Fessel lassen, noch waren sie in Feindesland. Daher zog er ihr die Hände hinter den Rücken und band die Schnur wieder um die Handgelenke, aber nicht ganz so fest wie zuvor.

Offensichtlich merkte sie dies, denn sie nickte ihm dankbar zu.

Schnell lehnte er sie an den Baum und brachte den Eimer zum Bach. Mit neuem Wasser war er schon wenig später wieder zurück.

Die Finsternis der Nacht hüllte sie ein, bevor sich der Mond über den Horizont schob. In seinem Silberlicht sah Thoralf, wie Vater die Wachen einteilte, allerdings würde wohl jeder Mann in dieser Nacht wach bleiben.

Thoralf prüfte seine Waffen und ließ sich dann neben der Frau an den Baum gelehnt nieder. Aus der kurzen Entfernung erkannte er ihre Züge im blassen Licht deutlich. Nun vermochte er keinen Blick mehr von ihrem Gesicht zu lassen. Erst eine Bewegung im Augenwinkel zwang ihn, sich von ihr loszureißen und seinen Kopf zu heben.

Von der Seite näherte sich ihm Alduini und brachte etwas Brot sowie Trockenfleisch.

Thoralf richtete seinen Blick erneut zu der Frau, aber ihre Augen waren auf das Brot in seiner Hand gerichtet. Sicherlich war sie hungrig.

Wortlos hielt er ihr das Brot hin und sie nickte. Thoralf brach ein Stück ab und schob es ihr in den Mund. Gierig schlang sie es herunter und hätte ihm dabei fast in die Finger gebissen. Stück für Stück verschwand zuerst das Brot und danach das Fleisch in ihrem scheinbar unersättlichen inneren. Fast musste er dabei schmunzeln.

Endlich schien sie satt zu sein, denn sie schüttelte den Kopf und hatte offensichtlich sehr schnell begriffen, dass sie keinen Laut von sich geben durfte, denn sie rülpste mit geschlossenem Mund. Das Geräusch war nur dumpf zu hören und selbst Vater sah nicht zu ihnen herüber.

Nun aß Thoralf und dachte darüber nach, was er wohl mit dieser Ælsbeth machen sollte. Für sie hatte er auf einen Teil der Beute verzichtet. Nur sie und ihr silbern verzierter Dolch waren seine Beute aus der dritten Siedlung. Aus den beiden anderen Siedlungen hatte Thoralf einen Beutel Hacksilber erhalten. Nun grübelte er kauend und sah sie dabei von der Seite aus an. Schon zuvor hatte Thoralf festgestellt, dass sie recht hübsch war und eine Sächsin war sie auch. Zwar aus einem anderen Stamm, aber trotzdem eine von Seinesgleichen.

Ælsbeth hatte die Augen geschlossen und schien zu schlafen. Der Knebel lag noch vor ihm.

Sollte er ihr damit den Mund verschließen? Was war, wenn sie im Schlaf schreien würde? Als erfahrener Kämpfer wusste er, dass Geräusche in der Nacht sehr weit trugen, aber da er selbst vorhatte, wach zu bleiben, verwarf er den Gedanken, denn er konnte ihr immer noch schnell den Mund zu halten, falls sie erwachen würde.

Thoralf konnte seinen Blick nicht von ihr abwenden.

Im Schlaf entspannten sich ihre Gesichtszüge. Dabei trat etwas Kindliches in ihr Gesicht. Das forderte so etwas wie einen Schutzinstinkt in ihm heraus.

Sollte er ihr eine Decke geben? Ihr Kleid war zerfetzt und eines ihrer Beine schaute auf der einen Seite unbedeckt heraus.

Für eine Nacht, fast am Jahresende war es ungewöhnlich mild, dennoch erhob sich Thoralf leise von seinem Platz und holte ihr eine Decke. Vorsichtig legte er diese über ihre Beine, wobei sie sich aber nicht regte. Zu fest schlief sie schon. Thoralf setzte sich zurück in das Gras. Mit angezogenen Knien, den Rücken am Baum angelehnt lauschte er in diese Nacht. Nur Ælsbeths regelmäßigen Schlafgeräusche waren zu hören und Thoralf sah, wie sich ihre Brust hob und senkte.

Immer noch wusste er nicht, was er mit ihr anstellen sollte, dennoch hing sein Herz schon an ihr, auch, wenn Thoralf das wohl kaum zugeben würde. Langsam hob er den Kopf und sein Blick wurde erneut von ihrem schlafenden Gesicht gefesselt.

Im Schlaf drehte Ælsbeth ihren Kopf zu ihm. Sie hatte die Lippen halb geöffnet und Thoralf spürte ihren Atem im Gesicht. Wie von Zauberhand fing ihn der Anblick dieser Lippen im silbernen Mondlicht ein und wenn er nicht zuvor schon von ihr gefesselt gewesen wäre, dann wäre es spätestens jetzt um ihn geschehen gewesen!

5. Kapitel
Ein fremdes Land

Der Gesang eines Vogels weckte Ælsbeth auf, aber bevor sie die Augen aufschlagen konnte, lag schon eine Hand über ihrem Mund. Ælsbeth zuckte zusammen und blickte erschrocken in die blauen Augen des jungen Kriegers, der sie nun schon eine Weile trug. Mit der anderen Hand hielt er den Knebel hoch und sie schüttelte den Kopf. Stumm nickend ließ er das Stoffstück fallen.

Ælsbeth hatte sofort verstanden, dass er ihr den Knebel ersparen würde, wenn sie schwieg.

Langsam zog er die Hand fort und winkte einen der anderen Männer zu sich. Einen Augenblick später hielt er ein Stück Brot in der Hand, dass er, wie am Abend zuvor, aufteilte und ihr in den Mund schob.

Aber Ælsbeths großer Hunger war bereits gestillt. Bedächtig kaute sie auf dem Brot herum. Es schmeckte gut, würzig und nahrhaft zugleich.

Der Mann hatte in der Nacht eine Decke über sie ausgebreitet. Der dicke Wollstoff reichte bis zu ihrer Hüfte und einer der Männer, der anscheinend für das Zusammenpacken zuständig war, zog ihn gerade von ihr fort.

Ælsbeths Blick wanderte umher, es war irgendwie gespenstig.

Die fünfundzwanzig Männer bewegten sich durch den Wald und nicht ein Ton davon drang an ihr Ohr. Wenn hoch über ihr ein Vogel nicht sein leises Lied gesungen hätte und Ælsbeth nicht das Säuseln des Windes in den Blättern gehört hätte, dann hätte sie denken müssen, sie wäre über Nacht taub geworden.

Der Krieger kniete immer noch vor ihr. In der Nacht hatte er seine Haare zu einem langen Zopf zusammengebunden, wie ihn auch der Anführer trug. Die anderen Männer trugen nicht solch einen Zopf.

Das bestärkte Ælsbeth in ihrer Vermutung, dass der Krieger und der Anführer miteinander verwandt waren. Vater und Sohn?

Die Männer nahmen die Säcke auf und Ælsbeth fand wieder ihren jetzt schon vertrauten Platz auf der Schulter des jungen Kriegers. Schweigend brachen sie auf und durchquerten das Wäldchen, wobei Ælsbeth von Zeit zu Zeit ein Zweig traf.

Doch da sie nicht wieder den Knebel im Mund haben wollte, biss sie die Zähne zusammen und erduldete stumm die zum Teil schmerzhaften Schläge auf Beine und Hintern.

Eine ganze Weile später erreichten die Männer das Ufer einer großen Wasserfläche und zogen aus einem Versteck zwei Boote, die dem ähnelten, dass Vater zum Fischen benutzte. Die Beute, und damit natürlich auch sie, war schnell verladen und schon ging die schwankende Fahrt los.

Ælsbeth lag rücklings auf dem Boden des Bootes und sah nur Himmel, Wolken und die rudernden Männer über sich.

Mit kräftigen Armzügen trieben die Krieger das Boot voran, aber da Ælsbeth das Ziel der Fahrt nicht sehen konnte, schien diese Reise unendlich lange zu dauern. Immer wieder spritzte etwas Wasser von einem der Ruder in das Boot und traf sie dabei im Gesicht.

Es war nicht salzig! Also überquerten sie einen Fluss und nicht die offene See.

Endlich stieß das Boot am anderen Ufer an. Nun wurde alles entladen, aber im Gengensatz zur Verladung waren die Männer dabei nicht mehr leise. Gespräche wurden geführt und sie hörte einige der Männer lachen.

Der Krieger beugte sich über sie, griff zu und wuchtete sie aus dem Boot in das Gras.

„Willkommen in Kent!", sagte er laut.

„Was ist Kent?", fragte sie, da sie nun auch nicht mehr leise sein musste.

„Kent ist unsere Heimat!", erklärte der Krieger und zog das Boot an ihr vorbei an Land, wo es unter ein paar Zweigen ein Versteck fand. „Ab jetzt werde ich dich nicht mehr tragen", sagte er, zog ihren Dolch aus seinem Gürtel und durchtrennte den Strick, der ihr bisher die Füße gefesselt hatte.

Von hier aus konnte sie ja sowieso nicht zurück, daher setzte sich Ælsbeth auf und blickte zur anderen Seite des Flusses zurück.

„Da drüben ist Ostsachsen!", erklärte der Mann, der sicher ihren Blick gesehen hatte.

„Ostsachsen?", fragte sie.

Er nickte und zog sie auf die Füße hoch.

„Ist das nicht alles Sachsenland hier?", fragte sie, während alle Männer Säcke schulterten.

Der Krieger schüttelte den Kopf.

„Wir sind erst seit drei Sommern hier und ich habe in dieser Zeit unsere Siedlung nicht verlassen!", setzte Ælsbeth schnell hinterher.

Das veranlasste ihn wohl zu einer Erklärung. „Ich bin hier in Kent geboren. Mein Vater ist damals noch von der anderen Seite des Meeres gekommen", begann er, während sich die Kolonne in Bewegung setzte.

Von vorn wehte ein Gesang zu ihnen nach hinten. Raue Männerkehlen sangen ein Ælsbeth unbekanntes Lied.

„Hier sind viele Stämme zusammengeschlossen. Wir alle bilden einen Stammesbund", setzte der Krieger fort. „Wir helfen uns gegenseitig und unterstützen uns!"

„Und ihr überfallt eure Nachbarn!", entgegnete Ælsbeth und biss sich auf die Lippe, denn ein drohender Blick des Mannes traf sie.

„Du bist ziemlich vorlaut für eine Gefangene!", erwiderte er, doch sie sah einen spöttischen Zug um seinen Mund. Ohne weiter darauf einzugehen, setzte er fort: „Kent ist unsere Heimat und Æthelberth ist unser Bretwalda."

„Was ist denn ein Bretwalda?", fragte sie nach.

Der Mann sah vor sich auf den Weg und suchte wohl nach einer Erklärung. Schließlich erzählte er ihr: „Ich habe dir doch von unserem Stammesbund erzählt. Unser oberster Führer ist Æthelberth. Er lebt in Cantwaraburg, so wie euer Bretwalda in Camolodunum lebt."

„Von Camolodunum habe ich schon gehört. Da soll es Häuser aus Steinen geben!", sagte sie und der Mann nickte.

„Bei uns gibt es auch Häuser aus Stein. Zwar nicht in unserem Stamm, wir wohnen in Holzhäusern, aber es gibt andere Stämme, die auch in Steinhäusern leben."

Eine Brücke über einen Bach lag vor ihnen und diese war ebenfalls aus Steinen! Vorsichtig setzte Ælsbeth ihre Füße auf dieses Bauwerk, denn das war ihr nicht geheuer. „Wie halten die den aufeinander?", fragte sie, als sie nach unten auf die kleinen Brocken sah, die offenbar nur locker nebeneinander lagen.

Der Mann zuckte mit den Schultern. „Diese Brücke steht schon ewig hier!", sagte er und Ælsbeth beeilte sich, auf die andere Bachseite zu gelangen.

Dort angekommen wandte sie sich zurück und sagte: „Ich würde gern mal diese Häuser aus Stein sehen."

„Diesmal nicht. Vielleicht ein andermal. Wir müssen nach Hause, in unser Dorf", entgegnete der Mann.

„Kannst du mir nicht auch die Hände losmachen? Ich verspreche dir auch, nicht fortzulaufen."

Sie drehte sich um und hielt ihm die Hände hin, die er hinter ihrem Rücken zusammengebunden hatte. Über die Schulter blickte sie ihn an.

Nach einer kurzen Bedenkzeit nickte er, zog erneut ihren Dolch und durchtrennte das Seil.

„Ich danke dir!", sagte sie und deutete eine Verbeugung an.

Nebeneinander zogen sie die Straße entlang, durch ein ihr fremdes Land.

6. Kapitel

Der Weg eines Kriegers

Insgeheim bewunderte Thoralf diese Frau und ihre Ausstrahlung imponierte ihm. Natürlich würde er das niemals zeigen, oder gar zugeben, doch bei ihrer Entgegnung war abermals dieses Blitzen in ihren Augen gewesen. So wie vor ein paar Tagen auf den Klippen, als sie mit dem Dolch vor ihm gestanden hatte. Nur wegen dieses Mutes war sie noch am Leben, denn Vater hätte sie dort liebend gern getötet.

Abschätzend ging sein Blick zu Vater, doch jetzt waren sie wieder in Kent und damit seinem heimatlichen Dorf schon ziemlich nahe. Damit war es auch nicht mehr nötig, die Frau umzubringen. Von Vaters Gesicht ausgehend zog es seine Aufmerksamkeit nach Norden.

Dies war dieses Jahr der letzte Ausflug für sie auf die andere Seite des Flusses gewesen. Erst weit nach der Schneeschmelze im nächsten Frühjahr würden sie erneut auf Beutezug gehen.

Seine Gedanken flogen voraus. Was sollte er bis dahin tun? Und was wären die Aufgaben der jungen Frau an seiner Seite? Ihre Gestalt zog neuerdings seinen Blick auf sich.

In ein paar Tagen begann die Schlachtzeit und da waren zwei kräftig zupackende Hände nicht zu verachten. Und danach? Im Winter? Was würde die Hausherrin, seine Stiefmutter und Vaters Partnerin, zu ihr sagen? Schließlich unterstanden ihr die Frauen, aber Ælsbeth war nun mal seine Gefangene, seine Beute, sein Eigentum und damit eigentlich keine Frau!

Was er außerhalb des Hauses tat, das war seine Sache, da hatte ihm höchstens Vater etwas zu sagen, aber innerhalb hatte Claudia zu bestimmen. Sie war seine Stiefmutter, die Vater vor ein paar Jahren erwählt hatte, als seine Mutter gestorben war.

Thoralf war ein Einzelkind geblieben, ein Sonderfall in den sächsischen Familien. Und er hatte noch keine Partnerin. Die meisten seiner Freunde waren nur wenig älter als er und hatten schon einige Kinder.

Nun streiften seine Augen über die Gruppe der Männer dahin und landeten wieder bei Ælsbeth. Ohne Fesseln ging sie neben ihm her und sie unterhielten sich so, als sei dies das Normalste der Welt. Nicht so, als seien sie nicht vor ein paar Tagen noch mit Waffen aufeinander losgegangen.

Bei jedem zweiten Schritt blitzte ihr nacktes Bein durch das zerfetzte Kleid und vermutlich hinderte die Männer nur der Umstand, dass sie ja in den drei überfallenen Siedlungen genug Möglichkeiten gehabt hatten, sich an Frauen gütlich zu tun, daran, sich auf sie zu stürzen. Zumindest deutete Thoralf so einen Teil der Blicke seiner Freunde.

Vielleicht lag es aber auch daran, dass sie seine Beute war, denn mit seinem Besitzanspruch hatte er ihr praktisch seinen Namen auf den Körper geschrieben. Nur Vater hätte das eventuell mit seinem Recht als Stammesführer außer Kraft setzen können.

Eigentum konnte mit der Spatha, dem langen Schwert, oder dem Sax, dem deutlich kürzeren Haumesser, verteidigt werden und an Stärke und Gewandtheit nahm es keiner der Männer mit ihm auf.

Erneut blickte Thoralf von der Seite in Ælsbeths Gesicht. Eigentlich von schräg oben, da sie fast einen Kopf kleiner war. Begutachtend folgte sein Blick ihrem Körper abwärts. Sie war sicher eine gute Arbeitskraft und sie hatte auch deutlich sichtbare Muskeln. Die Arbeit war an ihr nicht spurlos vorbei gegangen.

Immer noch stellte sich die Frage, was er mit ihr anfangen sollte. Thoralf war nun dreiundzwanzig Sommer alt und damit im besten Mannesalter, wie Vater es immer wieder betonte. Vielleicht war es wirklich an der Zeit, eine Familie zu gründen. Ælsbeths breiten Hüften sprachen dafür, dass sie ihm sicher ein paar Söhne schenken konnte, auch die prallen Brüste ließen darauf schließen. Abschätzend betrachtete er sie weiter, während sie irgendetwas von Fischen erzählte.

Da er sie nicht mehr schleppen musste, hatte ihm sein Freund den Packsack mit der Beute aus den anderen beiden Dörfern übergeben. Er wog nicht sehr viel, Ælsbeth war schwerer gewesen.

Im Kopf überschlug er seine Beute. Er hatte etwas Silber, ein paar Kleider und vor allem sie. Sein Blick löste sich von ihr und wanderte nach vorn zu den Männern. Er kannte sie alle schon ewig. Freunde und Kampfgefährten waren sie. Einer stimmte ein Lied an und alle sangen mit.

Unbekümmert folgten sie ihren Weg, denn an den Symbolen auf ihren Schilden war für jeden hier zu erkennen, dass sie aus diesem Land stammten. Jeder würde das Zeichen auf den runden Holzschilden sofort erkennen. Sowohl Freund, als auch Feind.

Thoralf rückte seinen Schild zurecht und sein Blick ruhte nun auf dieser Abbildung. Der Kopf des Auerochsen zierte diesen Schild. Das Tier mit den gewaltigen Hörnern starrte ihn förmlich an, wutschnaubend bereit, sich auf den Feind zu stürzen.

Er kannte diese kraftvollen Stiere nur aus Vaters Erzählungen, denn auf dieser Seite des Meeres gab es keines der gewaltigen Tiere. Vor vielen Jahren hatte Vater eines mit der Lanze erlegt und jeden Winter erzählte er mit glänzenden Augen von diesem Erlebnis.

Und was hatte er, Thoralf, bisher vollbracht?

Für den letzten Kriegszug war er noch zu jung gewesen und diese Überfälle jetzt hatten so gar nichts Ehrenvolles.

Während Ælsbeth neben ihm etwas von großen Fischen erzählte, schweiften seine Gedanken ab. Zu Abenteuern, Helden und zum Thing, auf dem er mit Vater gewesen war. Bretwalda Æthelberth hatte dem Vater sogar die Hand auf die Schulter gelegt. Zusammen hatten die beiden ihre Männer im letzten Kriegszug gegen die westlichen Sachsen geführt. Dass sie dabei verloren hatten, spielte keine Rolle. Es war ein ehrenvoller Kampf gewesen und nur das zählte.

Vielleicht gab es bald wieder einen Kampf gegen die Nachbarn und da wollte Thoralf unbedingt mit. Er wollte sich beweisen, nur das war es, was einem jungen Krieger das Recht gab, den Sax zu führen. Im Gehen berührte seine Hand den Griff der Waffe an seiner Seite. Er erinnerte sich dabei wieder an diesen Moment, als Vater ihm die Waffe feierlich übergeben hatte.

Sein Blick ging nun voraus. Was war sein Weg? Diese Steine hier? Die schon Jahrhunderte hier so lagen? Die waren es sicher nicht, der Weg eines Kriegers war ein anderer! Einen Sohn zeugen und ehrenvoll im Kampf sein! Das wollte er.

Ersteres vielleicht mit der Frau an seiner Seite? Sie schien mutig zu sein und das war doch schon mal eine gute Voraussetzung, dass auch ihr Kind mutig sein würde.

Höchstwahrscheinlich hatte er sie deshalb instinktiv am Leben gelassen. Es würde sich zeigen. Im nun kommenden Winter hatte er genug Zeit, um sie zu beurteilen.

Vielleicht war ihr Zusammentreffen gerade deshalb jetzt geschehen. Kommt Zeit, kommt Rat.

Im Reden gestikulierte Ælsbeth wild mit den Armen und berührte ihn dabei. Damit hatte sie seine Aufmerksamkeit zurück. Gerade erzählte sie von einem gewaltigen Fisch, den ihr Vater gesehen haben wollte. Länger als dessen Boot sei er gewesen. Offensichtlich war ihr Vater der Stammesführer des anderen Stammes gewesen. Jemand, der gegen solch einen gewaltigen Fisch kämpfen konnte, der stand seinem Vater wohl ebenbürtig gegenüber, der ja den Kampf mit dem Auerochsen aufgenommen hatte.

Und was hatte er, Thoralf, später mal zu erzählen?

7. Kapitel
Verwirrende Gedanken

ie Männer schienen wie ausgewechselt zu sein. In der Nacht hatten sie an einem großen Feuer gelagert. Mitten in einem Wäldchen und keiner hatte sich dabei leise verhalten. Die schleichende Art der Fortbewegung der vergangen Tage war nun nicht mehr bei ihnen zu sehen. Seit der Morgendämmerung waren sie erneut unterwegs und Ælsbeth ging mit ihnen der aufgehenden Sonne entgegen.

Waren sie am Tage zuvor noch durch hügeliges Land gezogen, so wurde die Gegend nun immer flacher und gelegentlich schimmerte links die blaue Fläche des Meeres durch die Bäume hindurch.

In ihren Gedanken versunken trottete Ælsbeth den Männern hinterher. Warum tat sie das noch? Niemand achtete mehr auf sie und schon die ganze Zeit war sie nicht mehr gefesselt. Sie hätte jederzeit verschwinden können, dennoch blieb sie bei ihnen.

Bisher hatte keiner der Männer sie auch nur angefasst.

Ælsbeth hob ihren Blick zu ihnen hinauf und rief sich in ihren Kopf zurück, dass einer dieser Krieger Mutter vor ihren Augen getötet hatte. Das Blut ihrer Angehörigen klebte an einem der langen Messer, welche die Männer an ihrem Gürtel trugen. Vielleicht sogar an dem von dem Krieger, der nun neben ihr einherschritt und gerade ein lustiges Lied anstimmte.

Es schien ein Spottlied auf jemanden zu sein, den sie nicht kannte. Alle Männer stimmten nacheinander, zum Teil lachend, in das Lied ein. Diese fröhliche und ausgelassene Stimmung passte so gar nicht zu dem, was Ælsbeth in sich fühlte.

Die Schreie der Frauen aus ihrem Dorf waren in ihrem Kopf nicht leiser geworden. Sie hörte sie immer noch. Das Lied der Männer übertönte sie nur etwas. Und immer, wenn sie die Augen kurz schloss, hatte Ælsbeth das Gemetzel wieder vor sich, das

Blut, die nackten Frauen. Diese Männer hier hatten ihre Freundinnen geschändet, während sie gefesselt zusehen musste.

Das hatte sich wohl für immer in ihrem Gedächtnis eingebrannt. Und es waren diese Krieger hier, die diese Grausamkeiten verübt hatten.

Durch eine Baumschneise sah Ælsbeth erneut das Meer neben sich und es zog ihren Blick dorthin. Irgendwo da im Norden war das Dorf ihrer Jugend, ihrer Angehörigen, gewesen. Ælsbeth sah Mutters Gesicht vor sich, den zum Schrei aufgerissenen Mund, das mit ihrem Blut bespritze Sax, das Mutter den Tod gebracht hatte.

Eine Träne stieg ihr ins Auge und rollte dann ihre Wange hinab. Niemand würde sie suchen kommen, denn keiner wusste, dass sie diesen Angriff überlebt hatte. Sicherlich waren die anderen Leichen mit den Häusern verbrannt und wer wusste schon, dass sie fehlte.

Eine neue Strophe des Liedes begann, die Männer sangen jetzt über eine Frau und Ælsbeth musste sich die Ohren zuhalten, denn vor ihren Augen erschienen erneut die Bilder, wie sie über die Frauen des Dorfes hergefallen waren. Sie selbst war gerade vom Feld gekommen und musste mitansehen, wie einer der Männer das Kleid ihrer Freundin Levana zerfetzt und sie geschändet hatte.

Die Schreie der Freundin hatten sie aus der Siedlung fortgetrieben, um Hilfe zu holen. Vermutlich war sie nur deshalb noch am Leben. Und diese Strophe des Liedes handelte gerade von einer Magd mit dem Namen Levana!

Jemand zog an ihrem Arm, Ælsbeth wandte ihren Kopf. „Was ist los?", fragte der junge Krieger, als sie die Hände von ihren Ohren zog.

Das Lied verstummte und sie antwortete einfach nur: „Levana! So hieß meine Freundin, die ihr … dort … bei uns im Dorf!" Dabei zeigte sie mit der Hand auf das Meer hinaus.

Eigentlich hatte Ælsbeth erwartet, dass der Mann einfach nur abwinken und danach weiter singen würde, doch er sagte: „Das tut mir leid!"

Überrascht und forschend blickte sie ihm in die Augen. Was genau tat ihm leid? War er es gewesen, der Levana den Tod gebracht hatte?

Mit den Helmen sahen die Krieger alle irgendwie gleich aus und zumindest war er ja auch dort gewesen.

„Danke, dass du mich nicht ...", begann sie und stockte. Was würde er wohl mit ihr machen, wenn er sie erst mal in seinem Hause hatte? Er hatte etwas von Beute und Gefangene gesagt und vielleicht war es noch zu früh, ihm zu danken.

Ælsbeth suchte erneut seinen Blick, diese stechenden Augen und die ebenmäßigen Züge seines Gesichtes. Wie oft hatte sie in den letzten Tagen in dieses Antlitz gesehen? Es schien ihr seit ewigen Zeiten vertraut zu sein und dabei waren es erst ein paar Tage, dass sie sich kannten.

Aus irgendeinem Grund fühlte sie sich zu ihm hingezogen und gleichzeitig von ihm abgestoßen. Sie musste sich zwingen, ihre Augen von ihm zu lösen.

Mit dem Blick auf die Straße dachte Ælsbeth darüber nach, was in ihrem Innersten los war. Sie horchte in sich hinein und für einen Moment verstummte das Schreien in ihrem Kopf.

Ælsbeth hörte ihr Herz schlagen und so viele Fragen sausten durch ihren Kopf. Was hätte Mutter ihr geraten? Durfte sie überhaupt einen Rat von ihr annehmen? Hätte sie sich nicht schämen müssen, weil sie ohne Fesseln bei den Männern blieb, wo doch auch Mutter dem Wüten der Männer zum Opfer gefallen war?

Ælsbeth fühlte sich einsam und alleine und gleichzeitig auch wieder nicht, denn der Mann, für den ihr Herz im Moment ziemlich schnell schlug, der war hier neben ihr. War es ein Verrat an Mutter, was sie fühlte?

Erneut zog er ihren Blick auf sich.

Noch immer trug der junge Krieger das Kettenhemd, dessen Ärmel unter dem mit Metall besetzten Wams hervorschauten. Den Schild trug er jetzt aber auf dem Rücken. Ihr Dolch steckte in seinem Gürtel, den Griff ihr zugewandt.

Leicht hätte sie diese Waffe ziehen können. Doch wozu? Beim letzten Versuch hatte Wodan ihr die Gnade des Todes verwehrt und daran hatte sich bestimmt nichts geändert. Die Folge wäre nur, dass sie wieder gefesselt und geknebelt auf der Schulter des Kriegers landen würde. Noch war er ihr unbekannt, doch das musste sich nun ändern!

„Wie ist dein Name?", fragte sie.

„Thoralf, Sohn des Garmond", war seine knappe Antwort.

Eine ganze Weile später zeigte er nach vorn und sagte: „Da ist unser Haus!"

Ælsbeth folgte dem Fingerzeig mit den Augen. Inmitten einer Baumgruppe erkannte sie ein Dach, das die Bäume zum Teil überragte. Das musste ein gewaltig großes Haus sein, sicher die Halle des Stammesführers.

Mit der Hand beschirmte sie ihre Augen und spähte weiter nach vorn. Rund um dieses große Haus befanden sich einige Dutzend andere, deren Strohdächer von der Sonne beschienen wurden. Es waren schon etwas ältere Dächer, wie die dunklere Farbe des Strohs ihr zeigte, aber das Dach des großen Hauses schien nicht aus Stroh zu bestehen. Es war Braun, wie von Holz.

„Welches davon ist es?", fragte Ælsbeth.

„Das größte Haus von allen!", antwortete er.

Mit jedem Schritt, den Ælsbeth dem Gebäude näherkam, wurde das Haus noch größer.

Schließlich stand sie direkt davor und musste den Kopf ins Genick legen, um die oberste Spitze des Giebels zu sehen.

In einem großen, offenen Durchgang an der Breitseite des Hauses erschien eine Frau, kam die breite Treppe herab und trat auf sie zu. Sie trug ein sehr kostbares leinenes Kleid und darüber einen knielangen, wollenen Umhang, der mit zwei prächtigen Fibeln an ihren Schultern befestigt war. Das Blau des Umhanges stand im Kontrast zum Weiß des Kleides, das darunter hervorschaute.

Ihre langen roten Haare waren zu einem kunstvollen Zopf geflochten der ihr, über die Schulter gezogen, vorn bis zu ihrem kostbaren Gürtel herabfiel.

Von dieser Frau ging etwas so Ehrfurchtgebietendes aus, das Ælsbeth sich vor ihr verbeugen musste.

8. Kapitel
Die richtige Wahl?

Claudia schob einen Ast in das Feuer, die Funken stoben zur Decke hinauf und sie blickte in die Glut. Die Tür der Halle vor sich hatte sie dennoch fast alles im Blick. Selbst die Stellen, die im Dunklen lagen. Die Tür nach draußen stand weit offen und ließ Licht herein, aber nicht mehr so viel wie im Sommer.

Seufzend dachte sie daran, dass draußen bald wieder Schnee liegen würde. Claudia überschlug, ob sie an alles gedacht hatte.

Holz und Korn waren eingelagert und bald würden die überzähligen Tiere geschlachtet. Ja, alles war gut vorbereitet. Links von ihr webten zwei Mägde Stoffe aus Schafwolle und eine dritte Magd rutschte unweit von Claudia auf dem Boden und schrubbte die Holzbretter des Fußbodens.

Alles war zu ihrer Zufriedenheit geregelt und sie lehnte sich zurück. Claudia genoss ihre Macht, denn im Moment, da ihr Mann auf Kriegszug war, war sie nicht nur die Herrin dieses Hauses, sondern auch die Stammesführerin.

Eine Bewegung zog ihre Aufmerksamkeit nach rechts, wo Maria etwas aus einem Kasten herauskramte.

Vor einiger Zeit hatte Claudia dieser Magd die Schlüsselgewalt für ein paar der Truhen übergeben. Claudia kannte Maria schon ihr ganzes Leben und vor etwas mehr wie einem Jahr hatte sie die junge Frau hierhergeholt. Sie selbst war seit fast drei Jahren die Frau des Stammesführers und Herrin dieser kostbar ausgestatteten Halle.

Laut scheppernd klappte die Magd die Truhe zu.

Maria war nicht ohne Grund hier. Seit ihrer Vermählung versuchte Claudia die Männer des Stammes vom Christentum zu überzeugen. Bei dieser Missionierung würde ihr helfen, wenn Maria die Frau ihres Stiefsohnes sein würde.

Gutmütig ruhte Claudias Blick auf der Magd. Sie beide waren einheimische und stammten aus einer langen Ahnenreihe von Fürstenfamilien, die vor den Sachsen hier gelebt hatten.

Claudias Gedanken schweiften ab. Einst als Retter vor den Barbaren gerufen, hatten die Sachsen, auf die Kraft ihrer Schwerter gestützt, die Herrschaft übernommen.

Doch auf ihre ganz eigene Art versuchte Claudia dies zu korrigieren. Mit Gottes Hilfe würden ihre Kinder, und die von Maria, dereinst dieses Land regieren!

Claudias Blick glitt von Maria zur offenen Tür. Sorgenvoll blickte sie hindurch. Schon fast drei Wochen waren die Krieger unterwegs! Irgendwann mussten die Männer doch mal wieder zurückkommen, die Arbeit machte sich schließlich nicht alleine! Claudia erhob sich, strich das Kleid glatt und ging zur Tür hinüber.

Ein Blick in den Himmel folgte, wie immer, wenn sie hinaustrat, danach schweifte ihr Blick über die Gebäude. Sie waren ein ziemlich reicher Stamm im Norden von Kent und hatten mehr als fünfzig bewaffnete Männer. König Æthelberth konnte auf sie zählen. Noch mehr aber Königin Bertha, die Christin war, wie Claudia und Maria.

Über die Schulter sah Claudia zurück und bemerkte, dass Maria vor dem Kreuz betete. Ihr Haar hatte sie in einem langen Zopf geflochten, der ihr vorn über die Schulter bis fast zum Gürtel fiel. Die silberne Spange, die den Zopf am Ende zusammenhielt, hatte Claudia ihr geschenkt. Sie passte zwar nicht zu einer Magd, aber ganz sicher zur vornehmen Herkunft von Maria.

Seufzend wandte sich Claudia wieder nach draußen. Ihr Blick ging nun in Richtung Norden. Wenn dort diese Barbaren nicht gewesen wären, die immer wieder das Land überfallen hatten, dann wäre es damals nicht nötig gewesen, diese Sachsen in das Land zu holen. 150 Jahre war das nun her. Nur aus den Erzählungen der Großmutter wusste Claudia um das, was inzwischen verloren gegangen war. Kirchen, Städte nach römischem Vorbild und all das, was eine Zivilisation so ausgemacht hatte. Nicht einmal schreiben und lesen konnten die meisten Sachsen. Zumindest kein Latein.

Trotzdem war es nun das Land der Sachsen. Aber Claudia würde dafür sorgen, dass ihre Kinder irgendwann dieses Land führen würden, das war sie ihren Ahnen schuldig.

Ein Windstoß erfasste Claudia und sie schlug sich fröstelnd die Arme um die Schultern. Dabei fiel ihr Blick auf die Götzenstatue, die ihr Mann gegenüber der Halle errichtet hatte. Wie viel lieber hätte sie dort ein Kreuz gesehen! Aber das wäre, mit Marias Hilfe, sicherlich auch bald so weit.

Maria trat zu ihr und fragte etwas, woraufhin sie beide zurück in die Halle gingen. Schnell war der gesuchte Gegenstand in einer der Kisten gefunden.

Ein paar Augenblicke später kniete Claudia vor dem Kreuz, wie Maria zuvor, und betete ein Vater-Unser. Anschließend erhob sie sich und sagte zu Maria: „Ich bin mir sicher, dass mein Mann heute wieder zu mir zurückkommt. Er und Thoralf sind sicherlich unter dem Schutz Gottes gewesen.“

Fast im selben Moment rief eine der Frauen von draußen: „Herrin! Der Herr ist in Sicht!“

Claudia zog sich das Kleid noch einmal glatt und eilte zurück zur Tür.

Als sie angekommen war, betraten die Männer gerade den Platz vor der Halle.

Mit einem kurzen Blick stellte Claudia fest, dass alle vollzählig waren und scheinbar keiner verletzt war, doch bei ihnen befand sich auch eine Frau. Thoralf zog sie an der Hand hinter sich her.

Claudia musterte die Frau aus der Entfernung. Kleidung und Haartracht sprachen für eine Sächsin, wobei das Kleid zerrissen und verschmutzt war. Offensichtlich hatte Thoralf sie entführt. Damit brachte er ihren Plan um Maria ins Wanken!

Seufzend setzte Claudia ihren Fuß auf die oberste Treppenstufe. Männer waren schon seltsam. Sie würden jeden Zweikampf mit einem Bären um einen Topf voller Honig gewinnen, aber einer Frau konnten sie nicht widerstehen.

Das hatte sie selbst mit ihrem Mann erlebt und jetzt befürchtete Claudia, dass sich das mit Thoralf und dieser Sächsin wiederholen würde, wenn sie nicht aufpasste.

Mit schnellen Schritten stieg sie hinab, begrüßte zuerst ihren Mann mit einem Kuss, danach Thoralf und anschließend die anderen zurückkehrenden Kämpfer. Die Frau ließ sie dabei demonstrativ links liegen.

„Meine Gefährtin! Ich habe reiche Beute gemacht!", sagte ihr Mann.

Claudia würdigte die Frau nicht eines Blickes, auch als ihr Stiefsohn seine Beute hinter sich her in die Halle zog. Ins Haus lassen musste sie die fremde Sächsin erst einmal, auch wenn sie diese Frau am liebsten sofort wieder fortgeschickt hätte. Aber zuerst musste sie sich um ihren Mann kümmern, der Rest würde folgen!

Claudia half ihm aus seiner Rüstung, die Maria sofort entgegennahm, um sie zu säubern. Danach kleidete Claudia ihren Mann in eine kostbare Robe und geleitete ihn zum Tisch in der Mitte der Halle.

Bei einem Mahl, an welchem auch die Frau aus Ostsachsen teilnehmen musste, erzählten die Männer von ihrem Beutezug, was sie aber wenig interessierte. Viel mehr lag ihre Aufmerksamkeit darauf, wie Thoralf und diese Frau sich verhielten. Claudia beobachtete sie dabei so, dass die beiden es nicht bemerken konnten, aber immer noch so sorgfältig, dass ihr die Blicke der Beiden nicht entgehen konnten.

Claudia erkannte, dass Thoralf eine Wahl getroffen hatte und diese war nicht auf Maria gefallen. Innerlich fluchte sie darüber, entschuldigte sich aber sofort bei Gott dafür.

Nach dem Mahl und nach dem Abendgebet, begab sie sich zusammen mit ihrem Mann auf ihr Lager, das sich, durch Vorhänge von den anderen Bewohnern getrennt, an der Stirnseite der Halle befand Vermutlich war diese Abtrennung ziemlich einmalig in sächsischen Hütten, aber Claudia hatte bei ihrem Einzug darauf bestanden, dass sie nachts von den anderen Menschen abgeschieden waren.

Nun konnte sie sich ausgiebig ihrem Mann widmen und dafür sorgen, dass bald ihre Kinder hier das Land übernahmen, wenn es schon mit Marias Kindern nicht klappen würde.

Doch auch darüber war das letzte Wort noch nicht gesprochen.

9. Kapitel
Eine Halle der Götter

lsbeth bemerkt sofort, dass die Frau, die mit Claudia angesprochen wurde, nicht sehr erfreut darüber war, dass die Männer sie mitgebracht hatten.

Doch Ælsbeth hatte ja keine Wahl gehabt.

Nun stand sie in dem Gebäude und kam aus dem Staunen nicht mehr heraus. War ihr das Haus von außen schon groß erschienen, so war es von innen einfach nur gewaltig. Es war eine Halle, ähnlich der, in der Wodan wohl mit seinen Mitgöttern tafeln würde. Ein großes Feuer in der Mitte dieser Halle beleuchtete den Raum nur zum Teil, seine Ränder lagen im Dunklen. Vaters Hütte hätte sicher fünfmal hier hineingepasst. Der Fußboden der Halle bestand nicht aus gestampftem Lehm, wie sonst üblich, sondern aus Holzbrettern, die nebeneinander lagen.

Claudia trat an Ælsbeth heran. „Dein Platz ist da drüben, bei den Mägden!", wies die Herrin sie schroff an. Dann rief sie: „Maria!"

Eine andere Frau mit ebensolchen roten Haaren, wie Claudia, erschien aus dem Dunkel des Raumes.

Die Männer gingen nach rechts und Ælsbeth folgte Maria nach links.

Auf dem kurzen Weg sah sie sich weiter um. Hier drin schien es nicht ein Tier zu geben. Dieses Haus war nur für die Menschen da. Völlig undenkbar!

Am Ende der Halle standen ein paar Kisten und Truhen. Daneben befanden sich mindestens zehn Schlafstätten. Maria sagte nicht ein Wort. Was sollte Ælsbeths Aufgabe in diesem Hause sein? Sollte sie warten? Fragen? Wen? Thoralf? Maria? Claudia?

Die Herrin fragte sie vielleicht lieber nicht, angesichts der Begrüßung würde sie bei einer Frage vielleicht eine Ohrfeige erhalten.

Maria ging und Ælsbeth blieb verloren und vergessen einfach nur stehen.

Doch damit hatte sie Zeit, sich weiter umzusehen.

Aus dem Schutz der Finsternis blickte sie zum Feuer hinüber. Von hier aus schien es ganz klein zu sein. Sein Licht reichte bei weitem nicht bis zu ihr herüber.

Es war Ende Oktober und in wenigen Tagen würde das Jahr enden. Mit dem Blutmonat begann der Winter! Ælsbeth fragte sich, wie dieses gewaltige Bauwerk dann wohl warmgehalten würde. Schon Vaters kleine Hütte war in den kalten Monaten kaum zu erwärmen, aber dieses gewaltige Gebäude hier? Ehrfürchtig wanderte Ælsbeths Blick nach oben.

Ein helles Aufleuchten zog ihre Aufmerksamkeit jedoch sofort wieder zum Feuer zurück, dass Maria gerade schürte. Unzählige Funken stiebten zur Hallendecke davon.

Von draußen kamen einige Frauen durch das Tor herein. Sie schoben einen Tisch in die Mitte der Halle und trugen danach Krüge und Schüsseln zum Feuer.

Die Männer erschienen ebenfalls wieder. Nur fünf von ihnen waren mit in das Haus gekommen, die anderen Krieger hatten sich auf die umliegenden Gebäude verteilt.

Während sich sowohl Männer als auch Frauen um den Tisch setzten, blieb Ælsbeth einsam im dunklen Bereich zurück. Hatte man sie vergessen? Sollte sie sich bemerkbar machen oder einfach hierbleiben, bis sie jemand holen würde?

Sie war nur „Beute", ein Gegenstand, und es hatte ziemlich abfällig geklungen, als Thoralf ihr gegenüber diesen Begriff gebraucht hatte. Bisher hatte sie nur Freie und Unfreie gekannt, und vermutlich war das nun ihre Stellung in diesem Stamm.

Von ihrem Platz aus hörte sie die Gespräche der Männer und nur selten war eine Frau zu hören, die das Wort ergriff.

Erneut blickte sie sich um. Irgendetwas musste sie doch tun! Sie griff an den Anhänger an dem Band um ihren Hals und wollte in Gedanken Wodan zu Hilfe rufen. Oder sollte sie lieber mit Frija reden? Schließlich war sie ja die Göttin des Herdfeuers und des Haushalts!

„Frija! Gib mir einen Rat! Was soll ich tun?", sprach Ælsbeth leise vor sich hin und im selben Moment hörte sie eine Stimme rufen.

„Du da! Komm her!"

Hatte sie sich getäuscht? Wer hatte da gerufen? Und war sie wirklich gemeint?

„Komm schon!", rief wieder eine Frauenstimme und Ælsbeth sah, dass Claudia vom Tisch aufgestanden war und in ihre Richtung sah.

Mit schnellen Schritten lief sie zu der Herrin hinüber, verbeugte sich vor ihr und erwartete ihre Aufgabe, aber Claudia zeigte nur stumm auf die Bank.

Das sollte wohl so viel heißen, dass sie sich auf den freien Platz neben Maria setzen sollte.

Ohne ein Wort ließ sich Ælsbeth dort nieder. Mit flinken Fingern angelte sie etwas Brot vom Tisch und begann ihr Mahl. Von all den anderen Speisen rührte sie besser nichts an, ohne dass es ihr angeboten wurde, denn sie wollte die Herrin nicht verärgern.

Und die Herrin dieses Hauses war Claudia zweifellos. Schon alleine der wertvolle Schmuck, den die Frau trug, unterstrich ihren hohen Rang.

Kauend ließ Ælsbeth ihren Blick erneut im Saal umherschweifen. Vielleicht war Fensal, die Halle, in welchem die Göttin Frija wohnte, ja genauso kostbar und groß, wie dieser Raum hier? Erst jetzt sah sie, dass hinter ihnen, der Tür genau gegenüber, etwas golden schimmerte. Sie konnte nicht genau erkennen, was es war, aber es schien ausgesprochen kostbar zu sein, denn es war zum Teil mit wertvoll schimmernden Tüchern verhüllt.

Erneut zogen Zweifel durch Ælsbeths Kopf, denn wenn es hier Gold gab, warum hatten die Männer dann ihr armseliges Dorf überfallen? Das bisschen Silber, das der Händler ihnen für ihren Fisch gegeben hatte, hatte sicherlich nicht den weiten Weg gelohnt.

Aufmerksam glitt Ælsbeths Blick nun über die Gesichter der am Tisch versammelten Menschen.

Fünf Männer und zehn Frauen saßen hier zusammen. Drei der Frauen trugen lederne Halsbänder und waren damit als unfreie Mägde zu erkennen. Der Anführer der Krieger und Claudia saßen in der Mitte der Tafel nebeneinander, Thoralf nicht weit von ihnen entfernt.

Er war jetzt unbewaffnet und trug auch nur ein ganz normales Wams. Sein Kettenhemd und sein Panzer waren verschwunden und einem wollenen, grünen Umhang mit einer reich bestickten Borte am Hals gewichen. Kostbarer Schmuck hielt den Umhang an seinem Platz.

Überhaupt trug jeder an diesem Tisch schöne Kleidung, selbst die schlichten Kleider der drei unfreien Frauen waren besser als der zerfetzte Kittel, den sie trug. Gedankenverloren strich sie mit der Hand über den Stoff. Sie hatte ein paar Nächte darin geschlafen und noch immer klebte Schlamm daran. Durch den langen Riss im Stoff konnte man ihr nacktes Bein sehen. Und das alles in solch einer prächtigen Halle.

Ælsbeth fühlte sich darin jetzt noch viel unwohler als zuvor.

Niemand richtete ein Wort an sie.

Schweigend saß sie einfach dabei und gehörte dennoch nicht dazu, denn sie blieb der Gegenstand, als der sie in diese Halle getreten war.

Ihr Blick suchte die Augen von Thoralf, schließlich war sie sein Eigentum. Was hatte er mit ihr vor? Das Essen endete, die Teller wurden fortgebracht und die Männer begannen zu erzählen.

Lachend berichteten sie von den Überfällen auf die Dörfer.

Ælsbeth senkte ihren Blick zum Boden und wenn sie gekonnt hätte, wäre sie wie eine Maus irgendwo zwischen den Ritzen des hölzernen Fußbodens verschwunden.

Stumm musste sie mit anhören, wie die Männer sich für ihre Heldentaten rühmten, doch diese „Heldentaten" waren die Morde an ihren Angehörigen. Andererseits: Vielleicht brüsteten sich auch die toten Krieger in Wodans Halle ihrer Taten?

Liebend gern wäre Ælsbeth jetzt bei Frija, in Fensal, der Halle der Frauen!

Doch die Erzählungen der Männer holten nur die toten Verwanden wieder vor ihre Augen. Waren sie jetzt dort? Mutter? Levana? All die anderen Nachbarinnen, deren nackte, tote Leiber dort im Dorf gelegen hatten?

Selbst wenn sich Ælsbeth die Ohren zugehalten hätte, sie hätte die Schreie nicht mehr zum Verstummen gebracht, denn sie waren in ihrem Kopf.

10. Kapitel
Sklavin und doch frei

ie Begrüßung durch Claudia war außerordentlich kühl ausgefallen, zumindest ab dem Zeitpunkt, als sie erkannt hatte, dass er eine Frau mit in das Haus bringen wollte.

Thoralf hatte es nur Vaters Einspruch zu verdanken, dass Ælsbeth nicht sofort im Stall einquartiert worden war. Nun saß er an der Tafel und sie ihm schräg gegenüber, etwa fünf Schritte entfernt. So weit war er die ganzen letzten Tage nicht von ihr fort gewesen.

Mit der Macht der Hausherrin hatte Claudia es eingefädelt, dass Ælsbeth an der anderen Ecke des Tisches saß. Zuvor war Ælsbeth noch nicht einmal mit einem Platz bedacht gewesen und erneut hatte nur Vaters Spruch dafür gesorgt, dass sie sich überhaupt zu ihnen setzen durfte.

Das würde eventuell schwierig werden, denn Ælsbeth war als Frau der Hausherrin unterstellt. Innerhalb der Halle hatte Claudia zu bestimmen. Vater konnte nur durch seine Funktion als Stammesführer auf sie einwirken. Was er zum Glück für Ælsbeth auch tat.

Während Vater und die Kameraden von dem Zug nach Norden und der reichen Beute erzählten, hielt Thoralf seine Beute fest im Blick. Er vermochte es nicht seine Augen von ihr zu lösen.

Sie hatte die Lider niedergeschlagen und hockte auf der Kante der Bank. So, wie sie die Schultern nach vorn gezogen hatte, sah man ihr an, wie unwohl sie sich im Moment fühlen musste.

Das war nicht mehr diese Frau, die sich mit einem Dolch auf acht Männer gestürzt hatte. Das war ein verschüchtertes Kind, das sich nicht traute, ein Stück Brot von der Tafel zu nehmen. Vielleicht war es nur zu verständlich, da Ælsbeth neben den Frauen und Claudia am Tisch saß, wobei Claudia ihre Ablehnung ihr auch mehr als deutlich zu verstehen gegeben hatte.

Im Laufe des Umtrunkes reifte in ihm eine Idee heran. Er musste sie aus der Zuständigkeit von Claudia herausrücken und das ging nur, wenn sie keine Frau war.

Um sie in der Nähe haben zu dürfen, musste er sie zu einem Ding machen, zu einem Gegenstand. Seine Bemerkung von der Reise fiel ihm wieder ein. Nur als willenlose Sklavin wäre sie vor Claudia geschützt. Zumindest teilweise. Denn sie wäre trotzdem noch ein Teil des Hauses, aber eben nicht mehr als Frau, sondern so wie der Becher, den er gerade in den Händen hielt.

Auf dem Rand des tönernen Behältnisses war in Runen sein Name eingebrannt.

Mit den Fingerspitzen fuhr Thoralf über die Schriftzeichen, dann suchte sein Blick wieder die Frau. Obwohl es ihm schwerfiel, würde es so tun müssen, als ob sie für ihn keine Frau war!

Das würde sicherlich schwierig werden, denn genau aus diesem Grund hatte er sie ja hierhergebracht. Vater brauchte er noch nicht fragen, ob er Ælsbeth zur Gefährtin nehmen konnte, schließlich hatte sie bisher noch nicht gearbeitet und nur wenn sie unter Beweis stellen konnte, dass sie arbeiten und ein Haus führen konnte, dann durfte er Vater fragen. Breite Hüften und Mut alleine reichten dafür nicht aus.

Und wenn Claudia sie aus dem Hause warf, würde sie niemals zeigen können, dass sie arbeiten konnte! Er musste sie loslassen, um sie zu bekommen! Missmutig knallte er den Becher auf den Tisch, aber der Umtrunk setzte sich fort.

Auch weiterhin konnte er seine Augen nicht von Ælsbeth lassen, aber im Augenwinkel sah Thoralf selbstverständlich auch, dass Claudia jede seiner Bewegungen und jede Regung von Ælsbeth genau beobachtete. Er musste zügig handeln!

Unmittelbar nachdem sich Vater vom Tisch erhoben hatte, zog Thoralf Ælsbeth mit sich mit. Nur einen Moment später und noch bevor Claudia etwas sagen konnte, kniete Ælsbeth vor dem Feuer und er legte ihr das Halsband einer Sklavin um.

Nicht das einer unfreien Frau, sondern das einer Sklavin!

Den Stand einer Theowas für Ælsbeth zu wählen war ein Trick und er konnte in Claudias Augen sehen, dass sie darum wusste, doch die Stiefmutter akzeptierte seine Entscheidung.

Damit lag nun alles an Ælsbeth. Sie durfte der Hausherrin keinen Anlass geben, das „Ding", das sie nun war, aus der Halle zu werfen. Nur dadurch, dass er sie zur Sklavin gemacht hatte, hatte er sie frei gelassen.

Thoralf ließ sie einfach vor dem Feuer knien und ging zu seiner Ecke. Mit jeglichem Interesse, das er ihr von nun an entgegenbrachte, würde Thoralf nur Claudia in die Hände spielen.

Grübelnd ließ er sich auf seinen Strohsack fallen und sah zur Decke hinauf. Die Hände unter dem Kopf gelegt, versuchte er nicht an Ælsbeth zu denken, die in diesem Moment wohl am anderen Ende der Halle ebenfalls auf ihr Lager fiel. Es war ein langer und anstrengender Tag gewesen. Seit dem Morgen war er auf den Beinen gewesen und trotzdem fand er keinen Schlaf.

Ruhe zog in die Halle ein, und Claudia legte sich zu Vater auf das Lager. Wie immer war sie die vorletzte gewesen, die ihren Strohsack aufsuchte. Nur Maria schürte noch einmal das Feuer.

Thoralf blickte zu der Magd hinüber, der seit dem Frühjahr die Kontrolle innerhalb der Halle oblag.

Ringsum waren die Laute der Schläfer zu hören, nur vom Vaters Lager erklang das wollüstige Schnaufen von Claudia. Die Herrin holte sich nun das von Vater, was sie wohl gerade brauchte.

Damit trieb sie seine Gedanken wieder zur anderen Hallenseite hinüber. Zu dem Ding! Zu gern wäre er jetzt aufgestanden!

Vaters Stöhnen brachte ihn um die Ruhe, er fand nicht in den Schlaf. Wie auch? Sollte er einfach aufstehen und zu Ælsbeth hinübergehen? Was würde das bringen? Wenn Claudia noch nicht schlief, dann wäre das der Anlass für sie, Ælsbeth zu verbannen!

Trotzdem zog es ihn in Gedanken zur anderen Hallenseite. Aber da er nicht wusste, wo Maria für die Frau das Lager aufgeschlagen hatte, konnte er ja schlecht im Dunkeln nach ihr suchen.

Thoralf ging noch einmal die letzten Tage durch, von ihrem ersten Aufeinandertreffen bis zu dem Moment, als er ihr vorhin das Halsband umgelegt hatte. Scheinbar schnell hatte sie den Tod ihrer Angehörigen überwunden. Oder tat sie nur so? Hier in der Halle standen Waffen frei zugänglich herum und wenn sie wollte, konnte sie eine davon nehmen und sich rächen. Unwillkürlich zuckte er zusammen, dann setzte er sich auf und lauschte in die Stille der Nacht. Waren da Schritte zu hören? Schlich jemand sich an ihn heran?

Das Feuer in der Hallenmitte war niedergebrannt. Der Rest der Glut warf nur einen blassen, rötlichen Schimmer, in dem nicht viel zu erkennen war.

Thoralfs Hand tastete nach dem Griff des Dolches, den er ihr abgenommen hatte.

Ælsbeth hatte die ganzen Tage schon die Zeit gehabt, ihn im Schlaf zu töten, doch sie hatte es nicht getan.

Warum sollte sie es jetzt tun?

Vielleicht, weil diesmal keine Wache am Feuer stand?

Thoralf erhob sich und schob sich leise am Feuer vorbei zur Hallentür, um auf die Latrine zu gehen, die sich neben der Halle befand.

Draußen begrüßte ihn ein Halbmond, der gerade im Begriff war, im Nordwesten unterzugehen. Irgendwo dort war Ælsbeths Dorf gewesen und dort hatte er sie gefunden!

Für einen Moment atmete er die kalte Nachtluft ein und dachte sich nach drinnen. Hier draußen wäre er mit ihr zusammen frei, denn hier endete Claudias Reich.

11. Kapitel
Ein Sklavenlos

 eit dem Tag zuvor trug Ælsbeth nun solch ein ledernes Halsband. Es lag locker um den Hals, war aber dauerhaft vernietet. Unlösbar mit ihr und ihrem Schicksal verbunden.

Später am Abend hatte Maria sie auf einen Strohsack gedrückt und dort war Ælsbeth einfach liegen geblieben. Erneut hatte niemand mit ihr geredet, aber aus einem Gesprächsfetzen hatte sie vernommen, das über sie noch gar nichts entschieden war.

Thoralf wollte sie im Hause belassen und seine Mutter Claudia wollte sie draußen haben. So lange alles in der Schwebe war, so lange würde die Herrin sicher auch nichts zu ihr sagen. Maria bestimmt auch nicht.

Die ganze Nacht hatte Ælsbeth sich den Kopf darüber zerbrochen, was nun werden würde, aber natürlich hatte sie darauf keine Antwort gefunden. Es lag ja auch nicht an ihr, eine Entscheidung zu treffen.

Thoralf hatte seinen Namen auf sie geschrieben, das Band zierten seine Namensrunen.

Mit den Fingern konnte sie die Erhebungen der Runen spüren.

Der Morgen kam, aber es war noch finster in der Halle. Vom Strohsack neben ihr erhob sich eine der Frauen.

Ælsbeth hörte die tapsenden Schritte von nackten Füßen auf Holzbrettern. Sie vermutete, dass die Frau zum Feuer ging, denn kurz darauf flammte der Feuerschein auf und tauchte den Raum in ein diffuses Licht.

Ælsbeth setzte sich auf, stellte ihre Füße auf den Holzfußboden und blickte sich um.

Neben ihr erhoben sich gähnend die anderen Frauen.

Jetzt erst bemerkte Ælsbeth, dass alle in ihren Unterkleidern geschlafen hatten. Nur sie war nackt, denn sie besaß kein Unterkleid und ihr Kleid hatte sie in der Nacht zum Trocknen an die Wand gehängt.

In ihrer Siedlung hatten immer alle nackt geschlafen, doch hier schien das anders zu sein.

Warum hatte sie am Abend nicht besser aufgepasst? Schnell erhob sie sich und trat zu dem Haken an der Wand, um das Kleid zu nehmen, aber noch bevor sie die Hand ausstrecken konnte, ließ eine Bewegung hinter ihr sie stoppen. Ælsbeth fuhr erschrocken herum.

Maria stand an ihrem Strohsack. „Wieso bist du nackt?", fuhr sie Ælsbeth schroff an Es war das erste, was die junge Frau überhaupt zu ihr sagte, aber was sollte sie antworten? Der zerfetzte und mit Schlamm beschmierte Fummel hing neben ihr an der Wand. „Wenn die Herrin dich so sieht, dann landest du bei den Schweinen!", setzte Maria noch hinzu und Ælsbeth zog sich das Kleid schnell über den Kopf.

Vermutlich begriff Maria erst jetzt den Grund der Nacktheit, denn barfuß und in einem weißen Unterkleid aus kostbarem Leinen eilte sie zur Seite und klappte leise eine der Kisten auf, die an der Wand standen. Kurz darauf kam sie mit einem ebensolchen Unterkleid in der Hand zu Ælsbeth zurück. „Ich gebe dir eines von meinem. Es sollte dir passen, wir haben ja beide in etwa dieselbe Statur!"

Fast hätte Ælsbeth den kostbaren Stoff abgelehnt, denn eigentlich trugen die anderen Mägde nur Kleider aus Wolle, doch beim Betrachten der Frauen fiel ihr auf, dass deren Kleider wohl nur schwer passen würden.

Sie nickte dankbar, zog sich das Kleid wieder aus und streifte sich das Unterkleid über den Kopf. Es passte wirklich perfekt und das Leinen war sehr schön. Noch nie hatte Ælsbeth solch einen edlen Stoff auf der Haut getragen. Vorsichtig strichen ihre Finger über das Leinen.

Maria war erneut zur Seite geeilt und kam wenig später mit einem Kleid zurück, das sicher einer der unfreien Frauen gehörte. „Und nimm auch das hier!", sagte die Magd nun deutlich freundlicher. Dann drückte Maria ihr das etwas zu große Kleid in die Hand. „Ich danke dir", entgegnete Ælsbeth und schloss den Halsausschnitt des Unterkleides, der mit einem Band versehen war. Im Sitzen zog sie sich das Kleid über und raffte es mit einem Gürtel zusammen.

Maria, immer noch im Unterkleid, eilte zur Seite und eine der anderen Frauen kam mit einem Eimer von draußen.

Ælsbeth beobachtete, wie zwei Frauen ein paar Schüsseln brachten und diese auf eine Bank an der Seite stellten. Mit einem Lappen wuschen sich die Frauen nacheinander. Dabei behielten sie die Unterkleider an!

Nun zog Ælsbeth das Oberkleid noch einmal aus und trat zu den Frauen.

Sie musste auf eine freie Schüssel warten. Dabei schüttelte sie aber verständnislos den Kopf. Liebend gern hätte sie sich ohne das Unterkleid gesäubert, aber sie wollte der Herrin keinen Anlass dafür geben, sie aus dem Haus zu werfen.

Vielleicht bot sich ihr ja später noch die Gelegenheit, sich irgendwo gründlicher zu waschen, denn sie hatte das Gefühl, das sie regelrecht stinken würde.

Endlich war eine der Schüsseln frei und Maria gab ihr einen sauberen Lappen.

Sorgsam wusch sie sich Arme, Beine und Hals. Bei Letzterem störte das Halsband etwas, aber es ging ja nun auch nicht mehr ab.

Als ihre Finger das Band streiften, dachte sie an den Moment zurück, als es Thoralf ihr am Abend wortlos um den Hals gelegt hatte. Mit einem glühenden Eisen hatte er die Niete vorn geschlossen und sie hatte dabei den Atem angehalten. Viel zu nahe war die Hitze ihrem Hals gekommen.

Unwillkürlich zog es Ælsbeths Blick nach rechts, wo Thoralf vermutlich noch schlief, denn von dort war bisher noch kein Laut zu hören gewesen.

Doch nun erschien Claudia aus dieser Richtung bei ihnen und sah den Mägden zu.

Ælsbeth spürte förmlich, wie der Blick der Herrin auf den Anhänger fiel, den sie um ihren Hals trug. Normalerweise hätte er zwischen ihren Brüsten vom Unterkleid verdeckt sein müssen, doch durch das Waschen war der kleine Katzenanhänger hervor gerutscht. Ælsbeths Finger berührten das Holz und sie sah, wie sich Claudias Augen zu Schlitzen zusammenzogen.

Einst, als Ælsbeth in den Kreis der Frauen aufgenommen worden war, hatte die Mutter ihr die geschnitzte Katze an dem Lederband um den Hals gelegt. Sie war das Symbol der Göttin Fullo, jede Frau in ihrem Stamm hatte solch einen Anhänger getragen.

Bei der Berührung des Anhängers sausten wieder die Erinnerungen an dieses Fest durch Ælsbeths Leib und sie spürte dabei ihr schnell klopfendes Herz, wie es damals gewesen war. Diese unbändige Freude, endlich dazuzugehören.

Sie bemerkte, dass um Claudias Hals eine Kette hing, an der ein Fisch angebracht war. Genauso ein Anhänger, wie er auch an Marias Hals hing, aber Ælsbeth kannte keine ihrer Göttinnen, die einen Fisch als Symbol hatten.

Claudia trat an sie heran und nahm Ælsbeths Anhänger in die Hand.

Mit einer schnellen Handbewegung fetzte Claudia ihr das Lederband vom Hals. „Warum trägst du solch ein Zeichen in meinem Haus?", schrie sie.

„Alle Frauen meines Stammes tragen es", versuchte Ælsbeth zu erklären, doch Claudia schnitt ihr mit einer Handbewegung das Wort ab.

60

„Ich kann dich nicht in meinem Hause lassen, wenn du das Zeichen der rolligen Katze an deinem Halse trägst!", fuhr die Frau sie wütend an.

Verzweifelt versuchte Ælsbeth, ihren geliebten Anhänger zurück zu bekommen, doch Maria hielt sie fest.

Claudia ging und warf das Holzstück in die Flammen des großen Feuers.

Ælsbeth sah ihr weinend hinterher, denn das letzte Stück Erinnerung an Mutter löste sich gerade in Rauch auf. Nun war sie vollkommen allein!

Völlig unter Schock stand sie immer noch dort, als sich die anderen Frauen schon angezogen hatten. Im Unterkleid und unfähig, sich zu bewegen, sah sie zu, wie die Frauen sich vor einem großen Kreuz in der Mitte der Halle aufstellten und einen anderen Gott anbeteten.

Die Männer gingen derweil aus dem Gebäude. Sicher würden sie jetzt ihr Tagewerk beginnen.

Mit Tränen in den Augen sah Ælsbeth zum Feuer. Noch immer hatte niemand ihr gesagt, was ihre Aufgaben waren. Nun suchten ihre Augen die Magd, die am Morgen so freundlich zu ihr gewesen war.

Als Maria auf sie zukam, zog sich Ælsbeth das Kleid über.

12. Kapitel
Ein ketzerischer Anhänger

Es war eine erfolgreiche Nacht für Claudia gewesen, zumindest was die weitere Familienplanung betraf. Die Vorhänge ihrer Schlafstatt waren zur Seite gezogen und im Unterkleid auf der Kante des Bettkastens sitzend, dachte sie über das nach, was mit Maria und Thoralf geschehen sollte.

Claudia hob ihren Blick von ihren nackten Füßen und sah Maria am Feuer.

Die junge Frau eilte schon wieder geschäftig durch die Halle und der Stiefsohn lag noch auf seinem Nachtlager und schlief.

Claudia blickte in das nur langsam erhellte Dunkel der anderen Seite, wo die Mägde schliefen und auch die Frau, die Thoralf als Beute mitgebracht und am Abend zuvor als seine Sklavin markiert hatte.

Allerdings hatte sie den Sohn durchschaut! Männer waren so leicht zu verstehen!

Thoralf verhielt sich dabei fast so, wie sein Vater, der ebenfalls noch schlief. Claudia warf einen Blick über die Schulter hinter sich und betrachtete ihren Mann. Sie war gerade Mitte dreißig und er mehr als zwanzig Jahre älter. Schon bald würde Thoralf diese Halle übernehmen, wenn sie nicht bald einen Sohn bekam!

Seufzend dachte sie daran, dass dann der Stiefsohn der Stammesführer wäre und sowohl sie, als auch Maria, nur noch geduldet wären. Zumindest, wenn es ihr nicht gelang, Maria als seine Frau neben ihm zu positionieren.

Seit mehr als einem Jahr versuchte Claudia schon alles Mögliche, um Thoralf an Frauen zu interessieren und nun brachte er eine von draußen hereingeschleppt! Er zog eine heidnische Sächsin einer Fürstentochter vor! Das durfte nicht sein und das würde sie auch nicht zulassen.

Gemächlich streifte sie sich die Strümpfe und danach die Schuhe über, griff das von Maria bereit gelegte Kleid und zog es sich über den Kopf. Der Gürtel mit dem kostbaren Dolch kam als Nächstes über ihre Hüften und nachdem sie ihre Kleidung sorgsam gerichtet hatte, machte sie sich auf den Weg zu den Frauen.

Die wuschen sich in einer Ecke der Halle und Claudia sah ihnen zu.

Aber eigentlich interessierte sie sich nur für die eine, die durch das Halsband als Sklavin zu erkennen war. An deren Hals schaute ein weiteres Lederband hervor. Bei einer Bewegung der Frau erkannte Claudia daran den Anhänger dieser heidnischen Göttin. Freya oder Fullo, je nachdem, welcher Stamm es wohl war.

Dieses Symbol war eine deutliche Provokation für Claudia, denn sie wusste, dass diese Göttin für die Wollust und den ungezügelten Trieb stand! Das konnte sie beim besten Willen nicht als ungesehen abtun! Zornig riss sie den Anhänger vom Halse der Frau und warf ihn ins Feuer.

Aber sie brauchte eine Lösung, um das Problem dauerhaft aus der Halle und am besten aus dem Stamm zu bekommen.

Am Feuer sitzend dachte Claudia nach, was sie tun konnte. Als Erstes musste sie die Frau zu den Schweinen nach draußen schicken. Danach konnte sie sich weiter überlegen, was zu tun war. Mit einem Handzeichen holte sie Maria zu sich und gab der Magd die Aufgaben für die Sklavin mit.

Damit war diese Sächsin zumindest schon mal aus der Halle, aber Claudia benötigte eine Idee, sie dauerhaft loszuwerden!

Nachdem die Frauen schon eine ganze Weile wach und tätig waren, standen auch die Männer von ihren Strohsäcken auf.

Claudia sah den suchenden Blick von Thoralf, aber sagte nichts.

Immer noch suchte Claudia nach einem Ausweg aus dieser Situation. Seufzend blickte sie in die züngelnden Flammen, die diese Angelegenheit mit dem Anhänger so trefflich gelöst hatten. Konnten sie nicht alles lösen? Leider nicht! Das Ding, diese Sklavin, musste fort!

Claudia erhob sich von ihrem Platz und winkte Maria zu sich. Während sie zusammen das Frühmahl für die Männer auf den Tisch brachten, sah Claudia die Magd von der Seite an. In Gedanken schätzte sie Maria ab. Warum machte sich Thoralf nichts aus ihr, sondern suchte sich lieber eine Frau wie die, die nun bei den Schweinen war? Claudia fiel der Anhänger wieder ein. Vielleicht war das der Grund?

Maria war durch ihre vornehme Erziehung etwas zurückhaltend. Die andere Frau verhielt sich sicherlich freizügiger! Konnte Maria von jetzt auf gleich an ihrer Art etwas ändern?

Wahrscheinlich nicht!

Claudia dachte weiter nach. Das zerrissene Kleid der Sklavin hatte den Blick auf ihre Beine frei gelassen, das war den Männern sicherlich nicht entgangen. Männer!

Am Tisch stehend musterte Claudia nun Marias Kleidung.

Die junge Magd eilte gerade mit einem Krug vorüber. Ihr Kleid war schön und hätte wohl keiner anderen Frau besser gestanden. Ein Umhang aus gefärbter Wolle, gewebt im Karomuster ihrer Vorfahren, war kunstvoll um Marias Schultern gelegt und vorn mit einer silbernen Spange geschlossen. Das Kleidungsstück saß perfekt, gab aber nur wenig von der Haut der jungen Frau preis.

Claudia verglich es in Gedanken mit dem Kleid der Anderen.

Es war kurz gewesen, gerade mal bis über das Knie, und vorn am Halse weit offen. Im Gegensatz zu Maria hatte die Sächsin viel nackte Haut gezeigt.

Vielleicht brauchte Maria etwas Flotteres? Da war doch bestimmt etwas in einer der Kisten! In Gedanken durchsuchte Claudia alle Kleider, die sich darin befanden, und das waren einige.

Als die Männer nach draußen an ihre Arbeiten gingen, schritt Claudia zielsicher zu einer der Kisten. Der Schlüssel drehte sich kratzend im Schloss und sie hob den Deckel an.

Mit fast zärtlichen Fingerbewegungen strich sie über ihre Kleider. Hier waren einige drin und sicher auch das eine besondere Kleid aus ihrer Jugend. Es war ihr leider zu klein geworden, aber Maria musste es immer noch passen!

Vorsichtig suchte sie sich nach unten durch, bis sie es endlich gefunden hatte. Es stammte aus einem fernen Land und besaß einem tiefen Ausschnitt. Einst hatte sie es geliebt und gern getragen. Die Blicke der Männer hatten ihr geschmeichelt!

„Maria!", rief Claudia über die Schulter und wenig später erschien die junge Frau neben ihr. „Zieh das mal an!"

Ohne einen Widerspruch streifte Maria ihr Kleid ab.

„Das Unterkleid auch!", erklärte Claudia und die folgsame Magd entkleidete sich vollständig, um danach schnell in das andere Kleid zu schlüpfen.

Wohlwollend musterte Claudia den Aufzug. Wenn Thoralf beim Anblick von Maria in diesem Kleid die Hose nicht zu eng wurde, dann war ihm wohl kaum noch zu helfen!

Sie sah, wie Maria prüfend an sich herabblickte, und sie bemerkte auch, wie die Magd fragend die Augenbrauen hochzog, doch Maria würde diese Kleiderwahl nie in Zweifel ziehen!

Mit einem kurzen Griff zupfte Claudia das Kleid zurecht, dann nickte sie und Maria eilte wieder zurück zu ihrer Arbeit,

Mit Maria in diesem Gewand konnte eigentlich nichts mehr schiefgehen. Claudia musste schmunzeln. Eigentlich hätte sie Maria auch nackt und mit einem Katzenanhänger um den Hals in die Halle schicken können, denn nichts anderes bedeutete der derzeitige Aufzug der Magd.

Es war eine Aufforderung für Thoralf, aber sie kam eben von Maria und nicht von dieser Heidin. Das war der gravierende Unterschied!

Eine Weile sah Claudia Maria noch nach, wie sie sich grazil durch die Halle bewegte, dann ging auch sie zufrieden an ihre täglichen Arbeiten.

13. Kapitel
Die Reize der Frauen

Das Kleid war mehr als gewagt und natürlich hatte Maria den zeitlichen Zusammenhang begriffen, der zwischen der Ankunft der fremden Frau und der Öffnung dieser lange Zeit verschlossenen Truhe lag. Am Tage zuvor hätte sie für das Tragen eines solchen Kleidungsstücks noch eine Tracht Prügel von Claudia bekommen, heute war es plötzlich in Ordnung. Maria trug es ohne Unterkleid und mit einem Ausschnitt, sodass ihre Brust zur Hälfte zu sehen war!

Es war eine Aufforderung zur Unzucht und eigentlich nichts anderes, als der Anhänger der Magd. Diese hölzerne Katze war ja noch harmlos im Gegensatz zu diesem Stück Stoff. Beim Arbeiten fühlte Maria die Blicke der Männer auf sich und sie spürte auch, wie ihr vor Schamgefühl langsam das Blut in die Wangen stieg.

Auch Thoralf war sie mit diesem Kleid inzwischen ein paar Mal über den Weg gelaufen, aber der Mann sah praktisch durch sie hindurch.

Maria mochte ihn, aber eher in der Art, wie man einen Bruder gernhatte. Dass die Herrin etwas anderes mit ihnen beiden vorhatte, betonte dieses Kleid nur noch.

Nein, es betonte nicht, es schrie diese Aussage heraus!

Noch deutlicher konnte man die Aufforderung „Ich bin eine paarungsbereite Frau im gebärfähigen Alter! Nimm mich! Sofort!" nicht ausdrücken. Nackt, mit gespreizten Schenkeln auf einem Tablett sitzend vielleicht noch, aber sonst?

Das war ihrer eigentlich unwürdig, denn Maria beherrschte fünf Sprachen. Sie schrieb und las Latein und hatte jahrelang feines Benehmen beigebracht bekommen. Und was war jetzt? Sie war erwachsen, lebte in einem Holzhaus und beim Decken des Tisches fielen ihr fast die Brüste aus dem Kleid. Damit fühlte sich Maria wie eine Hure, die es auf der Wiese mit jedem trieb!

Ihr Blick suchte Claudia. Sie hätte dieses Kleid ablehnen sollen, doch dafür war sie zu gut erzogen. Der Herrin widersprechen? Niemals! Ihre Entscheidung infrage stellen? Vielleicht, aber nicht öffentlich. Nur in Gedanken, so, wie jetzt gerade eben.

Trotz alledem trug sich das Kleid erstaunlich gut. Der Stoff floss um ihren Körper und fühlte sich hervorragend auf der Haut an. Mit den Fingern strich Maria über das Tuch. Weich und warm. Nicht so, wie das eher kalte Leinen des sonst von ihr getragenen Unterkleides.

Da das Kleid nur bis zu den Knien reichte, konnte sie darin auch gut und schnell laufen. Wenn nur dieser Ausschnitt nicht gewesen wäre! Wer fertigte denn solche Kleider an? Sicher ein Schneider aus der Fremde. Aus einem fernen Land! Vielleicht aus dem Morgenland, von dem hatte sie früher einige fantastische Geschichten gehört.

Um sich abzulenken, dachte Maria an die Frau, derentwegen sie dieses Kleid hier tragen musste. Sie war ihr irgendwie sympathisch und als sie am Morgen nackt auf dem Strohsack gesessen hatte, hatte sie insgeheim den Körper der Frau bewundert. Schön und muskulös war sie, wohlproportioniert und kraftvoll zugleich.

Sicher war es diese natürliche Unbekümmertheit, die Thoralf an ihr so gefiel. Dazu diese katzenhaften Bewegungen und das Blitzen in ihren Augen.

Maria seufzte bei diesem Gedanken. Das würde sie nie so hinbekommen und daher war es vollkommen aussichtslos, in dieser Hinsicht mit der Sächsin konkurrieren zu wollen.

Sie musste sich auf das besinnen, was sie besaß. Was konnte sie? Schön aussehen, lesen, schreiben und Gedichte rezitieren! Das alles war nichts, was einem hier half! Im letzten Winter hatte es Spaß gemacht, denn da hatte sie Geschichten aus fernen Ländern erzählt und alle hatten bewundernd mit ihren Augen und Ohren an ihren Lippen gehangen.

Den Rest des Jahres wurde allerdings jemand gebraucht, der zupacken konnte. Diese Sächsin konnte sicher auch eine Ziege zu

Boden ringen und sie? Mit einem Blick auf ihre Hände dachte sie daran, wie diese bei der Ernte geblutet hatten.

Claudia ging an ihr vorbei und während sie ihr hinterher sah, fragte sich Maria, was die Herrin hier tat. Sie war hier genauso deplatziert, wie sie selbst! Natürlich war ihr Mann, trotz seines doch schon fortgeschrittenen Alters, kräftig und immer noch gutaussehend, doch Claudia passte in diese Halle, wie ein Fasan in einen Hühnerstall.

Dazu kamen dann noch diese krampfhaften Versuche, endlich schwanger zu werden. Natürlich war eine Ehe dazu da, Kinder zu bekommen und der Stammesführer brauchte noch ein paar Nachkommen, aber Claudia legte es verzweifelt darauf an.

Selbst in der letzten Nacht hatte Maria, die wie immer als letzte auf ihr Lager geschlichen war, deutlich die Geräusche hinter dem Vorhang gehört. Dieses Schnaufen und Stöhnen! Und das, wo der Mann erst kurz zuvor von einem längeren Marsch zurückgekommen war.

Natürlich hatte Maria damals mit der Mutter darüber gesprochen, aber darüber reden und dabei zusehen oder zuhören müssen, das waren zwei verschiedene Dinge! Vielleicht würde es ihr ja auch etwas nutzen, wenn sie Thoralf und diese fremde Sächsin ein bisschen näher zusammenbrachte.

Irgendwann würde es dann hoffentlich auch Claudia einsehen und diese nutzlosen Versuche einstellen. Ihm hier zu dienen, das konnte Maria sich vorstellen, aber unter Thoralf auf einem Lager zu liegen? Bei diesem Gedanken sträubte sich etwas in ihr.

Jeder andere, vielleicht, aber Thoralf? Das fühlte sich an, wie mit einem Bruder! Angewidert schüttelte es Maria bei diesem absurden Gedanken.

Bei ihrer Arbeit rannte sie jetzt auch noch fast in ihn hinein, offensichtlich waren sie beide abgelenkt gewesen. Vermutlich sogar durch die Gedanken an dieselbe Frau, von der Maria noch nicht mal den Namen kannte.

„Wo hast du sie eigentlich gefunden?", fragte sie.

„Ælsbeth? In ihrem Dorf, das wir überfallen haben!", antwortete er sofort.

Nun kannte sie schon mal den Namen und musste jetzt gerade daran denken, wie die Frau wohl dort gestanden hatte, während die Männer das Dorf ausraubten und Gott weiß was mit den Frauen angestellt hatten. Erneut schüttelte es Maria bei diesem Gedanken.

Maria sah Thoralf hinterher, der nach draußen ging. Erneut hatte er durch sie hindurchgesehen. Nur bei dem Namen Ælsbeth und bei seiner Erzählung war so ein Glänzen in seinen Augen gewesen. Maria wusste, dass er sie nie so ansehen würde!

Damit war das Kleid eigentlich reif, zurück in die Kiste gelegt zu werden, doch Claudia würde nie zulassen, dass sie es auszog! Zumindest nicht, solange es noch intakt war! Was wäre aber, wenn ein kleiner Unfall das Kleid beschädigen würde? Dann könne sie es ja nicht mehr tragen! Wenn es dann zufälligerweise auch noch direkt vor Thoralf in Fetzen ging, dann hatte Claudia vielleicht Verständnis dafür, dass Maria alles versucht hatte, um ihn für sich zu gewinnen. Nur wie sollte sie das anstellen?

Maria blickte sich grübelnd um. Ein Plan musste her! Claudia und Thoralf mussten anwesend sein und alle anderen, wenn möglich, draußen. Sie wollte ja nicht nackt vor dem halben Stamm stehen! Somit blieb ihr nur, den richtigen Moment abzuwarten. Der Stoff war dünn und leicht, es wäre sicher kein Problem, ihn zu zerreißen!

Mit ihren Augen immer bei den beiden, wartete Maria auf eine passende Gelegenheit, sich das Kleid vom Leib zu reißen. Sie wusste, dass es die pure Verzweiflung war, die sie nun so weit trieb.

Schließlich stand Thoralf wieder vor ihr, Claudia saß am Feuer daneben. Durch eine ungeschickte Handbewegung war Maria plötzlich nackt und das Kleid landete zufällig mitten im Feuer. Unnatürlich lang blieb sie unbekleidet vor dem Mann stehen, der natürlich nicht auf ihre Reize ansprang.

Es dauerte, bis Claudia ihr das eigene Kleid wieder gereicht hatte. Derweil ging das kurze Kleid in weißem Rauch auf.

Nun war Maria wieder anständig gekleidet, wie es sich für eine Magd gehörte.

Schmunzelnd ging sie an ihre Arbeiten, aber aus dem Augenwinkel sah Maria, wie Claudia dem kurzen Kleid am Feuer nachtrauerte.

Es war wirklich schade um den schönen Stoff.

14. Kapitel

Männer und Frauen

Thoralf hatte schon viele Frauen nackt gesehen und so war der Anblick, den Maria ihm geboten hatte, nichts Besonderes für ihn. Seit drei Jahren begleitete er Vater regelmäßig auf den Raubzügen in den Norden und dabei war es nun einmal so, dass man sich mit Gewalt nahm, was man haben wollte und da gehörten die Frauen einfach dazu.

War er bei den ersten beiden Dörfern damals noch zurückhaltend gewesen, so hatte sich danach etwas geändert. Er hatte keine Rücksicht mehr auf die Frauen genommen, denn schließlich wollte er vor den Freunden nicht als Schlappschwanz dastehen. So schlimm das sicherlich für die Frauen auch gewesen war. Er hatte einfach nichts dabei gefühlt.

Und jetzt hatte Thoralf Ælsbeth getroffen. Diese eine Frau hatte er verschont und noch nicht einmal nackt gesehen. Warum? Aus irgendeinem Grund mochte er sie und das verstand er nicht. Noch nie hatte er so für eine Frau gefühlt. Vielleicht nur ähnlich zu Maria. Mit ihr war er befreundet und mit einem Freund teilte man nicht das Lager. Man lieh ihm seinen Arm samt Schwert, wenn man gebeten wurde!

Bei jeder anderen Frau wäre das völlig anders gewesen. Schon oft hatte Thoralf in dieser Halle nachts bei den Frauen gelegen, da war nichts dabei.

Außer eben diese zwei Frauen. Maria und Ælsbeth. Vielleicht auch noch Claudia, aber bei der war es ja nun ganz was anderes.

In Gedanken versunken saß er am Feuer und blickte Maria hinterher. Hübsch war sie, sogar ohne Kleid und es würde sicherlich eine Weile dauern, bis er diesen Anblick wieder aus seinem Kopf bekäme, aber was war daran so schlimm gewesen? Natürlich sah man sich praktisch nie nackt und vermutlich hatte selbst Vater Claudia nie unbekleidet gesehen. Einmal hatte er unwillentlich ein

Gespräch zwischen den beiden mitbekommen und dabei aufge-
schnappt, dass sie es wohl nicht mit ihrem Glauben vereinbaren
konnte.

Diese Frau war schon sonderbar. Oder? Allerdings stellte Thoralf nun fest, dass er noch nie über Frauen und Männer nachge-
dacht hatte. Schließlich waren die jeweiligen Rollen seit Jahrhunderten klar aufgeteilt.

Erneut lief Maria an ihm vorbei und lenkte ihn von seinen Gedanken ab. Er brauchte jetzt Ruhe zum Nachdenken und die hatte
er wohl kaum in dieser Halle.

Thoralf erhob sich vom Feuer und verließ das Haus mit schnellen Schritten. Danach machte er sich auf den Weg, zum Meer hin-
unter.

Es war eine weite Strecke, bis er den Platz erreichte, an dem
damals sein Vater seinen Fuß auf dieses Land gesetzt hatte. Auf
einem Stein sitzend, blickte Thoralf auf das wogende Meer hinaus.

Kleine Wellen liefen über den schmalen Strand und erreichten
fast seine Schuhspitzen. Wie mochte es wohl damals gewesen sein,
als Vater vom Festland hier herübergekommen war? Zusammen
mit Mutter.

Seine Gedanken flogen zurück zu seiner Mutter, die Thoralf
vor Jahren an eine Krankheit verloren hatte. Unter Schmerzen hatte sie bis zuletzt ihre täglichen Arbeiten verrichtet. Claudia war
erst viel später in Vaters Haus gekommen. Thoralf stellte Mutter
und Claudia in Gedanken nebeneinander. Zwei völlig verschiedene
Frauen! Vermutlich genauso verschieden, wie Ælsbeth und Maria.

Maria war Claudia viel zu ähnlich. Zudem sah er in Maria eine
Freundin. Er hätte sie mit Claudias Segen sofort zur Frau nehmen
können, aber wozu? In Ælsbeth sah er hingegen die Gefährtin, die
in einem Kampf an seiner Seite blieb.

Ælsbeth hatte sich auf ihn und seine Männer gestürzt. Zu viert
hatten sie Ælsbeth niederringen müssen. Maria könnte vermutlich
ein kleiner Junge überwältigen. Während Maria und Claudia vor

einem Hund schreiend fortlaufen würden, da könnte Ælsbeth es mit einem Rudel Wölfe aufnehmen. Und wahrscheinlich blieb sie dabei siegreich.

So wie Ælsbeth waren die Frauen der Sachsen bestimmt schon viele hundert Jahre. Treue Gefährtinnen, die für den Schutz ihrer Sippe auch zum Sax greifen konnten. Hatte Thoralf eine Entscheidung getroffen? Vermutlich instinktiv, als er Ælsbeth am Leben gelassen hatte.

Im Bruchteil eines Wimpernschlages hatte er ihr Wesen erkannt und sein bereits zum Schlag erhobenes Schwert wieder fort gesteckt.

Noch einmal sah Thoralf sie in Gedanken vor sich, wie sie sich schreiend auf ihn gestürzt hatte. Mit Schild und Sax ausgerüstet hätte sie vermutlich einige von ihnen mit in den Tod genommen. Wie eine der Walküren hatte sie noch am Boden liegend getobt, um sich getreten und geschrien.

War es nicht genau solch eine Frau, die er haben wollte? Keine Puppe, die nur schön aussah, so wie Maria, sondern eine Kämpferin, die im Notfall mit bloßen Händen einen Feind bezwingen konnte. Ein Weib, das diesen Mut an seine Söhne weitergab! Mit einem Blick zu seinen Füßen stellte er fest, dass er ihren Namen in den Sand geschrieben hatte und die See diese Runen stehen ließ. Das war wohl eine göttliche Entscheidung! Sechs Zeichen, die den Spruch der Götter darstellten!

Dem durfte sich Thoralf nicht widersetzen. Nach diesem göttlichen Entschluss musste er jetzt nur noch Claudia davon überzeugen, dass von Ælsbeth keine Gefahr für sie ausging.

Vater würde die fleißige Frau auch so überzeugen. Sie zeigte sogar beim Ausmisten des Schweinegatters diese katzenhaften Bewegungen und sicherlich hatte seine Mutter in jungen Jahren Ælsbeth geähnelt.

Thoralf hob seinen Kopf und sein Blick flog über das Meer nach Norden. Irgendwo dort hatte er sie gefunden.

Es war der Wille der Götter gewesen, dass sie dort aufeinandergetroffen waren!

Thoralf erhob sich, verbeugte sich vor den Göttern und lief zurück zur Halle. Er beeilte sich besonders, damit er noch einen Blick auf Ælsbeth werfen konnte. Vielleicht war auch ein kurzes Gespräch möglich!

Als er dann allerdings das Haus erreichte, standen Claudia und Maria am Brunnen und es war für ihn unmöglich, an den beiden Frauen vorbei zu Ælsbeth zu gehen.

Zwar war Ælsbeth sein Besitz, doch Claudia würde seine Unterhaltung als Grund nehmen, sie nach draußen zu verbannen! Fluchend betrat er die Halle und setzte sich zurück an das Feuer.

Erneut gingen seine Gedanken zu Ælsbeth hinaus. Warum nahm er eigentlich auf Claudia Rücksicht? Weil sie Vaters Frau war?

War er nicht Manns genug, ihr die Stirn zu bieten und seinen Willen durchzusetzen? Solange Vater auf seiner Seite war, dann ja! Thoralfs Blick suchte die Gestalt des Stammesführers in der Halle. Er hatte über alles im Stamm zu bestimmen. Jeder musste sich seinem Richtschluss beugen, aber Claudia stand ihm näher, als irgendjemand sonst und wenn Claudia entschied, das Ælsbeth verkauft werden sollte, dann würde er sie für immer verlieren!

Zähneknirschend sah Thoralf erneut in die Flammen. Hier war Diplomatie gefragt und er war ein Mann des Schwertes. Kein Mann der Worte. Er musste Ælsbeth aus dem Weg gehen, um sie nicht zu verlieren!

Thoralf spürte, wie seine Wut über seine Untätigkeit immer stärker wurde und das trieb ihn aus der Halle, bevor Claudia zurückkam.

Bei seiner derzeitigen Stimmung würde ein Zusammentreffen auf einen Kampf hinauslaufen und den würde Thoralf verlieren, selbst wenn er ihn gewann!

Er musste sich seinen Ängsten stellen! Aber da die nicht greifbar waren, hieb er sich mit seinem Sax einen Weg durch ein Dornengestrüpp.

15. Kapitel
Seelenschwestern

Irgendwie mochte Maria diese Frau. Auch, wenn sie sich nicht erklären konnte warum. Es war eben solch ein Gefühl, das sie tief in sich spürte. Allerdings erzählte sie Claudia lieber nichts davon, denn Claudia war zu voreingenommen Ælsbeth gegenüber. Hätte sie das auch sein sollen? Vielleicht, aber es ging einfach nicht. Die Frau verrichtete wirklich schwere Arbeit und lächelte dabei. Noch am Tage zuvor hatten zwei Mägde für Ordnung im Gatter der Schweine gesorgt, nun machte das Ælsbeth alleine!

An das Tor der Halle gelehnt blickte Maria zu Ælsbeth und sah ihr bei der Arbeit zu.

Natürlich hatte Maria schon längst bemerkt, dass Claudia sie bei der Vergabe der Arbeiten schonte. Nur deshalb hatte sie ja auch die Zeit, hier zu stehen, aber sie traute sich nicht, zu Ælsbeth zu gehen.

Vorsichtig, über die Schulter hinweg, suchten ihre Augen Claudia. Deren Zorn wollte sie sich nämlich nicht zuziehen. Doch die Herrin saß mit dem Rücken zu Maria am Feuer.

Nun fing Marias Blick wieder Ælsbeth ein, die im Gatter gerade den Mist nach draußen schob. Es waren etwa fünfzehn Schritte bis dorthin und in der Nacht lagen sie beide noch näher. Nebeneinander auf den Strohsäcken, doch obwohl da Zeit für Gespräche gewesen wäre, hatte sich Maria auch da nicht getraut, denn wenn sie Claudias Sympathie verspielte, dann ging es ihr vielleicht so, wie Ælsbeth, die sich gerade den Schweiß von der Stirn wischte.

Das Ganze geschah nur, weil Ælsbeth einen Anhänger getragen hatte. Um ihr Schicksal etwas zu mildern, sorgte sie nun einfach für sie. Noch ein prüfender Blick zu Claudia, dann brachte Maria Ælsbeth einen Becher mit Wasser und etwas zu essen.

Genau genommen war Ælsbeth auch der Ausweg für sie, was Thoralf anging. Er wollte offensichtlich genauso wenig etwas von ihr, wie sie von ihm. Ælsbeth hingegen schien ihm zugetan zu sein.

Zumindest deutete Maria die Blicke der Frau so, wenn Thoralf auf den Hof trat. So, wie jetzt gerade eben wieder. Dabei war er es doch gewesen, der Ælsbeths Familie ausgelöscht hatte.

Während Maria wartete, dass Ælsbeth austrank, verglich sich Maria mit Ælsbeth. Sie selbst war von Claudia von ihrer Familie weg- und hierher geholt worden. Sie wusste, dass Mutter noch lebte, dennoch waren Ælsbeth und sie in einer ähnlichen Lage, denn sie beide waren fern von ihren Lieben in dieser Gegend gelandet.

Natürlich war es nicht schlecht hier. Marias Blick wanderte über die Landschaft mit kleinen Hügeln, ein paar Waldstücken und nicht weit entfernt im Norden dem Meer mit seiner unbändigen Kraft. Aber sie empfand sich als Städterin. Ihr ganzes Leben hatte sie in Cantwaraburg verbracht. Behütet und wohlerzogen, belesen und gebildet, aber im Moment war das alles völlig nutzlos. Hier war die Arbeitskraft von Ælsbeth viel wichtiger und sicher auch willkommen. Einzig Claudia sah das wohl nicht ein.

So unterschiedlich sie und Ælsbeth sich auch in der Art waren, so hatten sie doch ungefähr das gleiche Alter und alle anderen Frauen in der Halle waren deutlich älter. Sie fühlte sich Ælsbeth näher, als sie es jemals ihrer eigenen Schwester gegenüber empfunden hatte. Sie waren Seelenschwestern. Freundlich nickten sie einander zu, als Ælsbeth ihr den Becher zurückgab.

In Gedanken versunken stieg Maria eine kleine Anhöhe hinauf zu ihrem Lieblingsplatz unter der Krone eines weit ausladenden Baumes, der auf dem Hügel stand. Von dort aus konnte Maria zum Haus hinübersehen.

Nachdenklich setzte sie sich in das Gras und genoss die wärmenden Strahlen der Sonne auf ihrem Gesicht. Es waren die letzten Tage eines warmen Oktobers. Bald würde dort unten das

Schlachten beginnen. Mit Grausen musste sie daran zurückdenken, wie sie sich im letzten Jahr vor all dem Blut gefürchtet hatte.

Wieder sah sie die blutverschmierten Männer vor sich.

Damals hatte Claudia sie unter ihren Schutz genommen und sie musste nicht an diesen fürchterlichen Ritualen teilnehmen, aber die schwere Arbeit hatten sie trotzdem gehabt.

Den Sonnenschein im Gesicht, das Meer hinter sich, auch wenn man es im Moment weder hören noch sehen konnte, genoss sie diesen freien Tag. Ælsbeth wühlte dafür unten im Mist. Zu gern hätte sie ihr geholfen, um etwas Zeit zum Reden zu haben, doch die Angst vor Claudia hielt sie davon zurück.

Warum konnte sie nicht wieder zurück in die Stadt? Nur weil Claudia irgendeine Absprache mit der Mutter getroffen hatte? Und weil eine Frau alleine nichts entscheiden konnte?

Seit ihrer Ankunft bestimmte der Stammesführer über Marias Aufenthaltsort und damit fiel das auch Claudia zu. Die Herrin hatte nun über alles in Marias Leben zu entscheiden: Haartracht, Kleidung, einfach alles! So wie früher Mutter und irgendwann ihr Mann, falls Maria einen abbekommen würde. Thoralf jedenfalls wollte sie nicht, aber auch darüber hatte Claudia zu entscheiden.

Doch gewollt oder nicht gewollt, Maria würde wohl auf Thoralfs Lager landen. Das fühlte sich falsch an! Als würde sie das Lager mit ihrem Bruder teilen! Bei diesem Gedanken schüttelte es Maria erneut.

Unten traten die Männer aus der Halle auf den großen Platz. Dort übten sie, mit Schild und Schwert zu kämpfen. Natürlich war Thoralf stark und auch schnell, aber konnte er ihr Mann sein? Maria hörte in sich hinein und von dort kam ein eindeutiges „Niemals!" zurück.

Doch Claudia interessierte sich nicht für Marias Wahl. Das kurze Kleid war eine eindeutige Warnung gewesen, die Herrin war bereit, zu jedem Mittel zu greifen, um ihre Pläne umzusetzen. Maria konnte Claudias Entscheidung nichts entgegensetzen. Das vermochte nur Thoralf.

Maria ließ sich nach hinten in das Gras fallen und sah durch die Lücken in den Blättern zu den weißen Wolken hinauf, die an einem strahlend blauen Himmel vorbeizogen. So ließ es sich aushalten, aber bald würde sie sich im Bett eines Mannes finden, der für sie wie ein Bruder war! Diese erschreckende Vorstellung musste weichen!

Droben am Himmel wich eine kleine Wolke einer größeren aus, stattdessen schob sich eine andere heran und die beiden verschmolzen zu einer Einheit. Maria dachte nach und verstand. Es war jetzt an ihr, eine Verbindung zwischen Ælsbeth und Thoralf hinzubekommen. Das würde sie retten.

Von unten rief Claudias Stimme etwas und Maria setzte sich auf. Ihre Augen suchten die auffällige Gestalt der Herrin. Sie hatte einen Korb bei sich und eine der Mägde stand bei ihr. Vermutlich würden sie ins Dorf gehen und das konnte dauern.

Bot sich Maria die Gelegenheit bei einem Schwatz mit Ælsbeth Freundschaft zu schließen? Sie arbeitete noch immer im Gatter der Schweine und wenn ihr Maria bei dieser Arbeit half, dann wäre sie ihr sicherlich gewogen.

Ungeduldig wartete Maria nun unter ihrem Baum, bis Claudia endlich ging. Dann rannte sie hinab, zog sich um und erreichte nur wenig später das Schweinegatter bei Ælsbeth.

Maria reichte Ælsbeth das frische Stroh für die Einstreu. Zusammen lachten und arbeiteten sie und erneut bemerkte sie die bewundernden Blicke von Ælsbeth zum kämpfenden Thoralf.

Da fehlte nicht mehr viel! War das jetzt die Chance für ihr Vorhaben? Wo doch Claudia gerade fort war?

„Thoralf! Kannst du uns mal helfen?", rief Maria zu den Kämpfern hinüber und er kam sofort bereitwillig zu ihnen.

Zu dritt befestigten sie einen losen Holzbalken am Gatter und Maria hielt sich zurück. Sie tat absichtlich ungeschickt und hilflos, wodurch die beiden anderen zusammenarbeiten mussten.

Maria erkannte, wie sich die beiden langsam immer näherkamen. Der Balken war lang und Ælsbeth musste ihn festhalten, während Thoralf den Nagel hindurchschlug.

Die Köpfe der beiden näherten sich immer weiter an, aber noch bevor etwas passieren konnte, war Claudias Stimme zu hören. Augenblicklich nahm jeder wieder seine Position ein.

Maria schnaufte, als sie sich abermals unter den Baum fallen ließ. Nur ein paar Augenblicke länger und es wäre passiert! Mit einem Kuss der beiden hätte sich auch ihr Schicksal geändert. Nun brauchte Maria einen neuen Plan. Innerlich schimpfte sie über Claudia. Warum hatte die nicht langsamer gehen können?

16. Kapitel

Blutmond

Seit mehr als zehn Tagen verbrachte Ælsbeth nun schon ihre Nächte in dem großen Haus. Claudia hatte sie ja in den Schweinestall verbannt, wo sie von Sonnenaufgang bis Untergang zu bleiben hatte. Dementsprechend roch sie auch wie ein Schwein, aber zumindest hatte die Herrin sie nicht verkauft.

Insgesamt hatte Ælsbeth zwanzig Schweine zu „betreuen". Den Umgang mit den Tieren hatte sie erst hier gelernt, denn in ihrem Dorf hatte es nur zwei Schweine gegeben und auch nicht in der Hütte ihres Vaters.

Allerdings waren die Tiere unkompliziert und sie hatte am zweiten Tag begriffen, was sie tun musste.

Auf die Kante des Brunnens gestützt, blickte Ælsbeth in den Himmel. Die Tage wurden immer kürzer und schon bald wäre der Zeitpunkt gekommen, an dem der Blutmonat begann.

Sie dachte an ihr altes Dorf zurück. Dort war dieses alte Fest mit seinen vielen Feiern der Höhepunkt des ganzen Jahres gewesen. Das alte Jahr wurde beendet, das neue begann, der Winter kam ins Land und die überzähligen Tiere wurden geschlachtet.

Sicher würden auch nicht alle ihrer Schweine über den Winter gebracht werden, das eingelagerte Futter reichte dafür nicht aus. Das Grunzen eines der Schweine zog ihre Aufmerksamkeit zum Zaun hinüber. Beim Anblick der Borstentiere schätzte Ælsbeth, dass vermutlich nur vier oder fünf dann im Frühjahr dafür sorgen würden, dass im nächsten Blutmond erneut zwanzig Schweine hier in diesem Gatter auf den Sax warten würden.

Wie jeden Tag seit ihrer Ankunft, war sie auch an diesem vor allen anderen aus dem Haus gelaufen, um einen Eimer aus dem Brunnen zu ziehen, um sich mit dem Wasser in einer Schüssel zu waschen. Doch nun hatte sie schon viel zu lange mit unnützen Gedanken herumgetrödelt.

Schnell streifte sie sich das Kleid über den Kopf, das Unterkleid folgte. Danach hängte sie beide über den Brunnenrand und begann ihre alltägliche Wäsche.

In der Morgendämmerung nackt über die Waschschüssel gebeugt, beobachtete sie die Tür des Hauses, denn falls Claudia sie so erwischte, würde sie bestimmt dafür sorgen, dass Ælsbeth auch in der Nacht außerhalb der Halle blieb.

Beim Waschen dachte Ælsbeth über Claudia nach. Die war ziemlich sonderbar! Der Anhänger mit der Katze hatte ausgereicht, sie zur schweren Arbeit bei den Schweinen zu verdammen. Dabei war doch nichts dabei, den Anhänger der Fullo zu tragen. Zumindest so lange, bis man Mutter wurde und den Schlüssel der Frija als Anhänger bekam.

Die Tür des Hauses öffnete sich und Ælsbeth zuckte zusammen, aber es war nur eine der unfreien Frauen, die zum Brunnen wollte. Die Frau störte sich nicht an ihrer Nacktheit und eilte mit einem Eimer voller Wasser wieder zurück. Drinnen waren die Mägde schon wach, also musste sich Ælsbeth beeilen.

Sie kniete sich hin und begann ihre Haare zu waschen, als plötzlich Thoralf vor sie trat. In ihrer Eile hatte sie gar nicht bemerkt, dass er aus dem Hause gekommen war. Im Aufspringen riss sie die Schüssel um und versuchte sich das Unterkleid überzuwerfen, doch sie verhedderte sich in dem Stoff und stand viel zu lange nackt vor ihm.

Endlich hatte sie es geschafft und blickte zu Boden. „Bitte verrate mich nicht bei Claudia!", bat sie, während er den Eimer nahm, um Wasser aus dem Brunnen zu schöpfen.

Thoralf sagte kein Wort. Er wusch sich mit nacktem Oberkörper in dem Eimer und sie sah die Narben, die unzählige Kämpfe auf seinem Körper hinterlassen hatten.

Ælsbeth zuckte zusammen, als er sich vor dem Zurückgehen an sie wandte.

„Morgen beginnt der Blutmond. Ich will, dass du heute Abend mit uns in der Halle feierst!", sagte er nur.

Mit dem Oberkleid in der Hand nickte sie ihm zu. Was sollte sie auch entgegnen? Er hatte nicht darum gebeten, es war der Wille ihres Herrn und dem musste sie Folge leisten. Er würde sich dann später mit Claudia auseinandersetzen müssen.

Ihr Blick ging zum Schweinegatter. Wenn der Blutmond begann, dann hatte sie ab dem nächsten Tag auch nicht mehr so viel zu tun. Vier Schweine waren nicht zwanzig. Was wären ihre neuen Aufgaben?

In den nächsten Tagen würde es auch noch kälter werden und da war es besser, eine Arbeit im Hause zu haben. Für einen Moment dachte sie erneut an das Fest im letzten Jahr zurück. Würde es hier genauso sein? Sicher nicht, wenn Claudia dabei war. Oder könnte sich der alte Herr bei ihr durchsetzen? Ælsbeth hatte ja gerade gesehen, dass Thoralf einen Hammer am Band um seinen Hals trug.

Also waren auch ihre Götter in diesem Hause präsent und nicht nur dieser eine, den die Frauen, unter Claudias Führung, an jedem Morgen anbeteten.

Ælsbeth hatte gerade ihr Kleid angezogen und war auf halbem Weg vom Brunnen zum Gatter, als die Männer aus der Halle traten und denselben Weg nahmen. Sicherlich suchten sie nun das Opfertier für die Feier aus.

Wenig später zerrten die Männer eine quiekende Sau aus dem Gatter, der Thoralf kurz darauf mit dem Hammer den Schädel zertrümmerte. Das Quieken verstummte. Die altgewohnten Handgriffe wurden vorgenommen und Ælsbeth hatte nur noch neunzehn Schweine zu betreuen.

Als sie den Mist aus dem Gatter schaufelte, trat Thoralf mit einem Kelch zu ihr. Warmes Schweineblut befand sich darin, also begann das Fest auch hier mit dem Bluttrunk. Er würde für Fruchtbarkeit und Glück im folgenden Jahr sorgen.

Wortlos ergriff sie das Gefäß, hob es gegen alle vier Himmelsrichtungen und trank einen Schluck. Mit einer Verbeugung gab sie das Gefäß zurück an Thoralf, der es mit einer Verbeugung wieder übernahm. Als er zurückging, sah sie, dass er es nur den Männern gab. Keine der anderen Frauen war hier draußen, um an dem Blutopfer teilzunehmen.

Es dauerte eine Weile, bis die Frauen erschienen, um das tote Tier zur weiteren Verarbeitung zu übernehmen. In dieser Zeit begannen die Männer das Holz zusammenzutragen, auf dem das Schwein für die Feier am Abend gebraten werden sollte.

Ælsbeth hatte jetzt keine Zeit zum Trödeln mehr, die Arbeit machte sich nicht von alleine. Nur gelegentlich konnte sie einen Blick auf die Freifläche vor der Halle werfen, auf der fast alle Bewohner mit der Vorbereitung beschäftigt waren.

Die drei unfreien Mägde waren im Kuhstall. Sicherlich würden auch ein paar der Kühe diesen Monat nicht überleben. Immer wieder gingen ihre Gedanken zur Feier am Abend. Sie freute sich darauf, auch, wenn sie dabei am selben Tisch mit Claudia sitzen musste.

17. Kapitel
(K)ein gutes Jahr?

Thoralf hatte die halbe Nacht nicht schlafen können, denn er würde das Ritual zum ersten Mal durchführen. Vater hatte ihm vor ein paar Tagen den Auftrag gegeben und der alte Mann würde nur dabei sein, um notfalls korrigierend einzugreifen, wenn Thoralf etwas nicht korrekt durchführte.

Viele Jahre lang war Thoralf der Zuschauer gewesen und nun wechselten sie die Positionen. Und da er nicht schlafen konnte, war er als einer der Ersten aufgestanden.

Er hatte eine ganze Weile grübelnd am Feuer gesessen, um in Gedanken jeden Schritt vorzunehmen, dann war er nach draußen gelaufen, denn der erste Schritt des Rituals war eine gründliche Körperpflege vor der Statue von Wodan.

Als er auf die freie Fläche vor dem Gebäude trat, sah er Ælsbeth, die sich neben dem Brunnen wusch. Sie war nackt! Er musste sie beobachten, denn sie war recht gut gebaut.

Kniend versuchte sie sich die Haare zu waschen. Als sie ihn bemerkte, sprang sie hektisch auf und riss dabei die Schüssel um. Beim Versuch, sich das Unterkleid überzuwerfen, verheddterte sie sich. Nachdem sie sich endlich angezogen hatte, sagte sie: „Bitte verrate mich nicht bei Claudia!"

Aber er hatte gar nicht vor, es jemanden zu erzählen.

Er nickte nur stumm und nahm sich den Eimer, mit dem er Wasser aus dem Brunnen schöpfte.

Erneut ging er in den Gedanken alle Schritte durch, während er sich gründlich reinigte. Doch jetzt hatte er das Bild vor Augen, wie sie vor ihm gekniet hatte. Konnte er sich so auf das Ritual konzentrieren? Es war von entscheidender Bedeutung für das kommende Jahr, denn ging es schief, würden die Götter zürnen und kein gutes Jahr bereiten.

Alles hing von ihm ab!

Sollte er den Opfersax lieber Vater übergeben? Jene feierlich geweihte Waffe, mit dem kunstvoll verzierten Griff! Noch wäre Zeit dafür. Doch er verwarf den Gedanken, verbeugte sich vor der aufgehenden Sonne und zog sich feierlich wieder an. Aber auch dabei sah er zu Ælsbeth hinüber.

Schließlich wandte er sich zu ihr. „Morgen beginnt der Blutmond. Ich will, dass du heute Abend mit uns in der Halle feierst!"

Entschlossen schritt er zurück zum Haus, um die Männer zu holen und das Blutritual zu beginnen. Am Morgen hatte er Claudia gefragt, ob sie daran teilnehmen wolle, doch sie hatte das vehement abgelehnt und allen Frauen im Haus verboten, daran teilzunehmen.

Zu diesem Zeitpunkt war Ælsbeth aber gerade draußen gewesen. Damit galt dieses Verbot für sie nicht und sie kannte es auch gar nicht.

Nach dem Blutopfer für Wodan ging er mit dem Kelch voller Blut zu ihr an das Gatter.

Ohne nachzufragen, tat sie genau das Richtige und gab ihm den Becher anschließend zurück.

Danach setzte er das Ritual bei den Männern fort. Ein Becher Blut wurde geleert und danach ein zweiter, bevor die Frauen erschienen, um das Opferschwein zu holen und vorzubereiten.

Während das erste Schwein mit heißem Wasser abgebrüht wurde, schlachteten sie das zweite auf dem Platz vor der Halle. Dabei gingen Thoralfs Gedanken zu dem Jahr zurück, dass sie mit diesem Ritual abschlossen.

War es ein gutes Jahr gewesen?

Niemand aus dem Stamm war gestorben. Sie hatten immer genügend zu essen gehabt, und zum Schluss hatte er Ælsbeth kennengelernt.

Es war wirklich ein gutes Jahr und nun führte er mit diesem Ritual den Stamm in ein neues Jahr. Was würde es bringen?

Thoralf hob seinen Blick zum Gatter.

Ælsbeth schob sich gerade mit dem Handrücken eine Locke aus der Stirn.

Für sie war es sicher kein gutes Jahr gewesen, denn sie hatte durch ihn ihre Angehörigen verloren und trotzdem lächelte sie ihn gerade an.

Doch warum machte er sich gerade darüber Gedanken?

Noch nie hatte er sich um andere Menschen gesorgt, damit war er bisher ganz gut ausgekommen, aber irgendetwas änderte sich wohl gerade in ihm.

War es möglich, dass ein gutes Jahr für den einen vielleicht auch ein schlechtes für den Anderen bedeuten konnte? Und wem halfen die Götter? Ælsbeth verehrt ebenfalls Wodan und ihre Familie hatte dies wohl auch getan. Warum hatten die Götter ihnen nicht geholfen, sondern Thoralf und seiner Familie den Sieg gebracht?

Obwohl er eigentlich hätte weiter machen sollen, um die an dem Gestell hängende Sau auszuweiden, kam er von ihrem Blick nicht mehr los und von dem Bild, das ihn am Morgen begrüßt hatte.

„Thoralf!", rief Vater.

Den Sax in der Hand fuhr er herum und traf mit der Klinge das Schwein. Beinahe hätte er Vater damit getroffen! Sie beide sahen auf die Klinge, die im Körper der hängenden toten Sau steckte.

Ein einziger Moment der Ablenkung und es hätte ein schlechtes Jahr werden können!

Nun zwang er sich zur Aufmerksamkeit! Vater hatte nichts gesagt, sein Blick hatte gereicht. Die Waffe war scharf und Thoralf war schnell! Die tote Sau wurde fachgerecht geschlachtet und fand danach ihren Platz bei der anderen, über dem schnell entfachten Feuer.

Thoralf legte die blutverschmierte Klinge auf ein Holzstück vor der Statue Wodans ab.

Erst jetzt konnte er seine Konzentration wieder nachlassen und aus dem Augenwinkel heraus sah er, dass Ælsbeth die Klinge mit zwei Fingern berührte, die sie dann zum Mund führte.

Heute würden noch viele Menschen dieses Ritual durchführen, denn es brachte Mut im Kampf. Aber keine andere Frau würde es ebenso machen wie Ælsbeth. Die Frauen aus der Halle würden sich noch nicht mal der Klinge nähern!

Der Zeitpunkt war gekommen, die weitere Feier vorzubereiten. Es war Sitte, kleine Geschenke zu überreichen. Thoralf überlegte, was er Ælsbeth schenken konnte und was Claudia nicht zu einer unüberlegten Handlung verleiten würde.

Erneut ging sein Blick zu Ælsbeth und er dachte an ihr gerade durchgeführtes Ritual. Wenn es noch eines Beweises bedurft hätte, dass sie für ihn bestimmt gewesen war, dann hatte er diesen nun erhalten.

Es war kein Zufall gewesen, dass sie aufeinandergetroffen waren. Es war der Wille von Wodan!

Mit Ælsbeth würde es für Thoralf ein gutes Jahr werden und er würde alles dafür tun, dass es auch für Ælsbeth ein gutes Jahr würde.

Dankbar verbeugte er sich vor Wodan, kniete sich hin und berührte die Klinge.

18. Kapitel
Vorbereitung eines Festes

Maria mochte das Fest, aber nicht das Drumherum. Sie liebte es, den Raum zu schmücken und ihn für die vielen zu erwartenden Gäste feierlich zu gestalten, aber das Blutvergießen vor der Halle mochte sie gar nicht. Natürlich war ihr klar, dass man die Tiere schlachten musste, wenn man sie essen wollte, aber wie die Männer draußen förmlich alles in Blut tauchten, war ihr unheimlich.

Fast das gesamte Blut des ersten Schweines war draußen jetzt überall auf Wände, Pfosten und auch auf diesen heidnischen Altar geschmiert. Bereits im Vorjahr war Maria jedes Mal zurückgezuckt, wenn sie die Halle verlassen hatte. Auch in diesem Jahr würde es sicherlich wieder einige Tage dauern, bis der Regen das Blut abgewaschen haben würde.

Schon seit dem Sonnenaufgang wirbelte Maria durch die große Halle und Claudia ließ ihr dabei völlig freie Hand. Die Herrin war in der Zwischenzeit mit den anderen Mägden damit beschäftigt, das Fleisch des Schweines für den Abend vorzubereiten.

Maria dachte daran, dass in den nächsten Tagen eine immense Arbeit auf die Frauen zukam. Jeden Tag würde Wurst gemacht werden, jeden Tag würde es von früh bis zum späten Abend keine Pause mehr geben.

Nach diesem Monat würden alle erst mal erschöpft in ihre Betten fallen und ein paar Tage schlafen. Zumindest war das nach dem letzten Blutmond so gewesen. Drei ganze Tage lang hatte Maria damals durchgeschlafen. Die völlige Erschöpfung hatte sie übermannt, aber den anderen Mägden war es nicht viel anders ergangen.

Marias erste Aufgabe am Morgen hatte darin bestanden, die Betten und Lagerstätten in der Halle an den Rand und übereinander zu schieben, damit mehr Platz entstand. Anschließend hatte

Maria die obligatorischen Kohlebecken so platziert, dass sie die Halle in den folgenden Monaten bei winterlichen Temperaturen auf ein erträgliches Maß erwärmten.

In den kleinen Hütten der anderen Stammesangehörigen war das kein Problem, denn das zentrale Feuer heizte den Raum vollständig auf. Das niedrige Dach sorgte dann dafür, dass die Wärme blieb und dazu kam noch, dass in den Hütten das Vieh mit untergebracht war. Zumindest die Tiere, die dem Blutmond nicht zum Opfer fielen.

Marias Gedanken flogen in die Hütte von Frida und ihrer Familie, die sie am Tag zuvor besucht hatte. Diese Hütte war deutlich kleiner, als der Stammsitz den sie gerade schmückte. Auf der einen Seite hausten die Menschen, auf der anderen die Kühe. Das Zusammenleben von Mensch und Tier brachte zusätzliche Wärme in das Haus.

Bei ihnen jedoch war das Vieh in einem separaten Stall untergebracht und in der großen Halle war es gar nicht so einfach, die Wärme am Boden zu halten, denn diese stieg nach oben und blieb da meist auch. Daher gab es ein ausgeklügeltes System von Feuern in der Mitte der Halle und den Kohlenbecken am Rand, welches für eine wohnliche Atmosphäre sorgte.

Der gemauerte Steinsockel und die Wollstoffe der Teppiche an den Wänden hielten die Kälte draußen und sorgten dafür, dass man nicht versehentlich eine der gefrorenen Wände berührte. Die bunten Behänge machten die Halle schön und auch das Gold des Altars war ansehnlich.

Trotz aller Annehmlichkeiten dachte Maria mit Wehmut an das Haus ihrer Kindheit zurück. Ein Steinhaus mit Fenstern in der Stadt und jeder Bewohner hatte ein eigenes Zimmer gehabt. Dort gab es eine gemauerte Fußbodenheizung, die zwar noch aus der Zeit der Römer stammte, aber immer noch zuverlässig funktionierte.

Hier sah Maria nur den aus Feldsteinen bestehenden mannshohen Sockel, die darüber errichtete hölzerne Halle mit dem großen

Haupteingang und zwei Seiteneingängen. Wie alle sächsischen Behausungen mit nur einem einzigen großen Raum.

Claudia hatte dadurch jeden jederzeit im Blick.

Im Sommer konnte Maria nach draußen fliehen, wenn sie alleine sein wollte. In der nun folgenden Jahreszeit würde das schwierig werden. Ihren Mitbewohnerinnen war das offensichtlich egal, sie waren von klein auf gewohnt, dass alle immer zusammen in einem Raum waren.

Nun schwang Maria den Reisigbesen, um den letzten Staub aus der Halle zu bekommen. Die anderen Frauen waren gerade nach draußen gegangen, um das erste Tier zu holen. Maria hatte den hölzernen Fußboden zuvor mit Wasser bespritzt, damit der Staub nicht zu sehr aufgewirbelt wurde.

Maria arbeitete äußerst gründlich, denn niemand sollte ihr eine Nachlässigkeit vorwerfen können. Am Abend würden mehr als fünfzig Frauen in diesem Raum sein und jede davon würde sich in der Halle gründlich umsehen.

Ein letzter prüfender Blick, dann stellte Maria den Besen in die Ecke.

Nach der Reinigung kam das Aufstellen der Tafel an die Reihe. Sie würde einmal quer durch die ganze Halle reichen, da jeder der mehr als hundert Gäste Anspruch auf einen Platz an der Tafel des Stammesführers hatte. Es wäre unhöflich und gleichzeitig eine Beleidigung, nicht in der Nähe des Stammesoberhauptes sitzen zu dürfen. Auch deshalb war diese Halle so groß gebaut.

Bei der Sitzordnung spielte es dann keine Rolle, ob Mann oder Frau. Alle saßen zusammen! Im Haus ihrer Kindheit trafen sich nur die Männer im größten Raum. Die Frauen waren immer unter sich gewesen und da gefiel Maria das hier viel besser.

Mit einer der Mägde stellte Maria die hölzernen Böcke in einer Reihe auf. Danach holten sie die großen Holzplatten.

Die meiste Zeit des Jahres standen diese Platten an der hinteren Hallenwand hinter einem der Teppiche. Sie waren schwer und sperrig und nur zu zweit zu tragen.

Die Tafel erstreckte sich schon bald über vierzig Schritte und nun kamen die Bänke dazu. Niedrigere Böcke mit schmaleren Platten zum Sitzen. Die konnte Maria alleine aufstellen. Die Magd begann unterdessen die Tischplatten mit einem Lappen zu säubern, dabei würde Maria anschließend helfen, bis die polierten Platten im Glanz der Feuer leuchten würden.

Erst wenn alles tadellos war, würde dies Claudia zufriedenstellen. Gleichzeitig dachte Maria an Ælsbeth und Thoralf. Bot sich da die Gelegenheit, die beiden etwas näher zusammen zu bringen? Sie überlegte, dass sie Ælsbeth an diesem Abend vielleicht etwas näher bei Thoralf platzieren konnte. Da Ælsbeth nicht im Hause beschäftigt war, brauchte sie am Abend die Gäste nicht zu bedienen und vielleicht würde da etwas zwischen ihr und Thoralf passieren.

Dazu würde Maria aber Claudia ablenken müssen.

Die Tischplatten ausrichtend nahm sich Maria vor, das Fest besonders schön für Ælsbeth zu machen. Vielleicht fragte Thoralf seinen Vater an diesem Abend, ob er Ælsbeth zur Gefährtin bekam. Das blieb zu hoffen, denn für immer wollte Maria wirklich nicht in diesem Haus leben.

Seufzend begann sie mit einem Tuch die Tafel zu polieren und dabei machte sie einen Plan, wie sie Claudia beschäftigen konnte.

19. Kapitel

Eine Schweinemagd

Im Laufe des Tages fand noch ein zweites Schwein seinen Platz über dem lodernden Feuer. In Sichtweite des Gatters drehten nun zwei Männer die beiden Spieße, an denen die Schweine gebraten wurden. Ælsbeth hob bei ihrer Arbeit immer wieder den Blick und der Wind stand auch so günstig, dass der verführerische Bratenduft zu ihr herübergeweht wurde.

Mit dem heutigen Tag endete das alte Jahr und sicherlich wurde es eine schöne Feier. Das Wasser lief ihr schon im Munde zusammen.

Ælsbeth liebte die Feste, die nun einen ganzen Monat lang jeden Abend gefeiert würden. So richtig festlich waren sie erst, seit sich Ælsbeth auf dieser Seite des Meeres befand. Da sie erst den dritten Sommer hier war, begann damit auch erst ihr dritter richtiger Blutmonat.

Wieder zog der Duft in ihre Nase. In diesem Stamm gab es sogar zwei geschlachtete Schweine an einem einzigen Tag! So etwas hatte es damals, dort drüben, auf der anderen Seite des Meeres nicht gegeben. Da waren sie froh gewesen, wenn Vater einen mageren Hasen für das Blutopfer erbeuten konnte.

Aber schon im letzten Jahr hatte das ganze Dorf ausgelassen gefeiert. Alle waren auf dem freien Platz vor den Hütten zusammengekommen. Hier schien es ähnlich zu sein, denn die beiden Schweine hatten viel zu viel Fleisch, als dass die Bewohner des Hauses sie alleine verspeisen konnten.

Sicherlich würde eine größere Menge an Menschen mit ihnen zusammen feiern und sie war ebenfalls eingeladen. Ælsbeth freute sich darauf, dass am Abend sicherlich auch ein Stück Braten in ihrer Schale landen würde.

Thoralf hatte mit seinem Vater zusammen die notwendigen Rituale durchgeführt. Nachdem ziemlich viel Blut geflossen war, hatten sie das Blutopfer vor der Säule, die Wodan darstellte, beendet.

Bei der Arbeit wanderten Ælsbeths Gedanken immer wieder zu dem Moment am Morgen zurück, als Thoralf sich neben ihr gewaschen hatte. Bisher hatte sie ihn nie mit freiem Oberkörper gesehen, doch nun hatte sich dieses Bild in ihrem Kopf eingebrannt und verdrängte dort gerade die Bilder eines anderen Thoralf, der in ihrem Dorf gewütet hatte.

Gerade lief er an dem Schweinegatter vorüber und es schien ihr so, als nickte er ihr freundlich zu.

In ihre Freude über das Fest drängte sich aber auch eine Angst hinein. Bereits am Morgen hatte sie gegrübelt, womit sie ihre Wichtigkeit in diesem Haus begründen konnte. Niemand, der bei klarem Verstand war, würde jemanden durch den Winter füttern, der keinen Nutzen brachte.

Mit jedem Schwein, das geschlachtet wurde, hatte sie weniger zu tun. Ein sicherer Platz im Haus war jedoch überlebenswichtig. Abgesondert in der Kälte wäre sie verloren.

Ælsbeth war ja immer noch ein Gegenstand. Jederzeit konnte Claudia sie verkaufen. Das Halsband erinnerte sie immer wieder daran, wenn sie den Kopf hob.

Sie war ausgestoßen, und nur, wer zu einem Stamm gehörte, konnte überleben. Alleine war man tot! Das war einer der Gründe, warum sie hierblieb, denn sie hätte jederzeit fliehen können. Das Lederhalsband war mehr ein symbolisches Hindernis.

Ein zweiter, viel wichtigerer, Grund für ihr Bleiben war Thoralf, denn der Mann ging ihr schon eine ganze Weile nicht mehr aus dem Kopf.

Nach dem Zusammentreffen am Morgen hatte sich das noch intensiviert und jeder zweite Gedanke galt ihm!

Erneut strich sie mit den Fingern über das Band. Da stand sein Name drauf! Sie war sein Eigentum. Seine Beute! Damit hatte wohl auch er zu entscheiden, was mit ihr geschah.

War seine Einladung zum Fest ein positives Zeichen? Oder ein Abschied? Eine der Sauen stupste sie an und erinnerte sie daran, ihre Aufgaben nicht zu vergessen.

Ælsbeth arbeitete schneller, um die versäumte Zeit wieder aufzuholen. Vor dem Essen und dem Fest würde sie sich noch mal gründlich waschen müssen. Auch dafür musste sie etwas Zeit herausarbeiten.

Nachdem die Sonne den höchsten Punkt überschritten hatte, trafen immer mehr Gäste ein. In den schönsten Kleidern liefen Frauen und Männer an ihr vorbei und sie stand, mit Schweinekot beschmiert, einfach nur dort.

Nach dem Ende der Fütterung verzog sich Ælsbeth mit einer Schüssel Wasser hinter das Haus, um sich dort zu waschen. Ein Blick auf ihr Kleid offenbarte ihr allerdings, dass das vermutlich kaum etwas bringen würde.

Thoralf hatte sie auf das Fest eingeladen und sie konnte nicht hingehen, denn dieser kotbeschmierte Fetzen war das einzige Kleid, das sie besaß. Noch während sie darüber nachdachte und mit den Tränen der Enttäuschung kämpfte, erschien Thoralf.

„Ich habe dich schon überall gesucht", sagte er. „Hier ist dein Geschenk für das Fest", mit diesen Worten überreichte er ihr ein neues Kleid.

Ælsbeth war für einen Moment sprachlos und als sie sich gesammelt hatte, um sich zu bedanken, war Thoralf schon wieder gegangen. Sie hatte gewusst, dass zu dem Fest auch kleine Geschenke überreicht wurden, aber solch ein schönes Kleid hätte sie nicht erwartet.

Erst auf den zweiten Blick begriff sie, was sie gerade erhalten hatte. Es war eines der Kleider ihrer Freundin Levana! Erneut kämpfte sie mit den Tränen und es schnürte ihr die Kehle zu.

Ihre Freundin hatte das Kleid, mit der besonderen Borte am Hals, geliebt. Thoralf musste es in ihrem Dorf erbeutet haben.

Mit seinem Geschenk erinnerte er sie wieder daran, dass er den Tod ihrer Freundin verschuldet hatte!

Den Stoff in den Händen haltend, kämpfte Ælsbeth mit sich selbst. Konnte sie es annehmen? Es ablehnen? Eine Ablehnung des Geschenkes würde zu einem Rauswurf führen und sie würde Thoralf niemals wiedersehen, der sich doch schon in ihr Herz geschlichen hatte.

Weinend kniete Ælsbeth hinter dem Haus und haderte mit ihrem Schicksal. Es dauerte eine ganze Weile, bis sie sich bei der Freundin dafür entschuldigt hatte, ihr Kleid zu tragen. Die einsetzende Dämmerung sorgte dafür, dass niemand sah, wie sie sich nackt wusch.

Dann hörte Ælsbeth aus der Halle Musik und folgte der Melodie zum Eingang. Langsam stieg sie die Treppe hinauf und trat in das offenstehende Tor.

Die Halle vor ihr war hell erleuchtet. Fackeln, Feuerbecken und das große Feuer in der Mitte der Halle leuchteten bis in die hintersten Ecken. Die Strohsäcke waren verschwunden und dafür war eine Tafel aufgebaut, die mehr als dreißig Schritte in der Länge maß.

Bestimmt hundert Menschen, Männer, Frauen und Kinder, waren im Inneren der Halle versammelt. Ein Teil hatte schon an der Tafel Platz genommen, an deren Stirnseite der Herr und die Herrin saßen.

Während Ælsbeth noch staunend den ganzen Saal betrachtete, trat Maria auf sie zu und brachte sie an einem Platz auf der Bank.

Nachdem Maria mit den anderen Frauen die Bewirtung begonnen hatte, saß Ælsbeth einfach nur herum.

Was hatte Thoralf mit dieser Einladung bezwecken wollen?

Erneut waren ihre Gedanken bei ihm. Ihre Augen suchten ihn in der Menge und fanden ihn am anderen Ende der Tafel. Allerdings mischten sich in das Bild von ihm nun auch das Bild der Freundin hinein und damit der Schmerz über deren Tod.

Maria brachte ihr einen Becher und stellte einen tönernen Napf vor ihr ab. Im Becher befand sich eine Art Kräuterbier und in dem Napf dampfte ein großes Stück von dem Schwein.

Hatte sie sich zuvor noch über die Einladung gefreut, so war jetzt nur noch Schmerz und Trauer in ihr. Ihre Finger strichen über die Borte und sie hörte Levanas Lachen und gleichzeitig auch ihren Todesschrei. Verwirrt saß Ælsbeth zwischen all den feiernden Menschen. Was war los?

Erneut nickte Maria ihr freundlich zu. Dabei war sie doch nur die Schweinemagd und Maria führte praktisch den gesamten Haushalt.

20. Kapitel
Barbarische Feste

Claudias wohlwollender Blick lag auf dem festlich geschmückten Raum. Sie hatte sich zurückgehalten und Maria machen lassen. Im vergangenen Jahr hatten sie noch alle Tätigkeiten zusammen ausgeführt, doch es war Zeit dafür, dass Maria in die Rolle einer Stammesführerin hineinwuchs. Der erste Teil dieser Aufgabe war perfekt von ihr absolviert worden. Claudia nickte der Magd zu und begab sich zum Eingang der Halle.

Dieser Platz gefiel Claudia am besten, denn sie stand in der offenen Tür, am oberen Rand der kleinen Treppe, und jeder Gast würde zu ihr aufsehen müssen. Mit einem Wink war auch Maria auf ihre Position, zwei Schritte hinter Claudia, beordert. Dann kam endlich auch ihr Mann, der sich in sein bestes Wams gehüllt hatte.

Das Tor war vollständig geöffnet und nicht nur ein Teil davon, wie sonst. Der Durchgang betrug damit vier Schritte! Hand in Hand mit ihrem Mann wartete Claudia auf die ersten Gäste und ließ ihren Blick über den Vorplatz schweifen.

Der Kontrast hätte nicht größer sein können. Drinnen diese Pracht, der Raum sauber und glänzend, und draußen war alles mit Blut bedeckt.

Neben der Treppe hatte sich sogar eine Lache aus Blut gebildet. Direkt ihr gegenüber befand sich der Altar dieser heidnischen Götter, die ihr Mann anbetete und hinter ihr stand das goldene Kreuz, vor dem sie am Abend wieder ein Gebet sprechen würde.

Ein Hornsignal kündete vom Eintreffen der ersten Gäste und ein unüberschaubarer Strom von Menschen setzte ein. Männer mit prächtigen und reich verzierten Waffen an ihrer Seite. Frauen in den schönsten Kleidern mit reichem Schmuck und auch einige Kinder, die von ihren Müttern herausgeputzt waren.

Die unfreien Mägde brachten von hinten die Gastgeschenke und ihr Mann überreichte sie den Gästen. Damit versicherte er sich ihrer Loyalität und ihrer Freundschaft. Wer das Tor durchschritten hatte, der bekam von Maria einen Platz an der Tafel zugewiesen. Stimmengewirr drang aus der Halle zu ihnen heraus. Lachen, Singen und Gespräche waren zu vernehmen.

Eine der letzten, die diese Halle betrat, war die Schweinemagd. Sie bekam ebenfalls einen Platz, aber kein Geschenk, denn sie hatte schon ein Kleid als Gabe für das Fest erhalten. Eigentlich hätte sie auch das nicht bekommen dürfen, denn sie war ja nur eine Sklavin. Da hätte Claudia auch den Schweinen etwas schenken können!

Aber Thoralf war nicht davon abzubringen gewesen, ihr dieses Kleid zu übergeben und an diesem Tag wollte Claudia nicht mit ihm streiten. Der nächste Tag wäre da schon wieder anders, denn immer noch wollte sie diese Sklavin von Thoralf fernhalten und Maria mit ihm verbinden.

Nachdem Claudia neben ihrem Mann am Kopfende der Tafel Platz genommen hatte, begann die Feier. Maria und die anderen Mägde eilten mit den Krügen zum Tisch.

Es gab ein hervorragendes Kräuterbier, das Maria in den letzten Tagen gebraut hatte, und ein kräftiges Starkbier, für das Claudia verantwortlich gewesen war, sowie einen köstlichen Honigwein, den eine der Mägde hergestellt hatte. Er war süß, stieg aber schon nach zwei Bechern zu Kopf.

Es hatte Claudia schon ein paar Tage und viele Überredungskünste gekostet, ihren Mann davon zu überzeugen, dass sie beide nur das leichte Kräuterbier trinken würden, denn nur so wären sie weiterhin Herr der Lage. Ihre Gäste konnten ja nicht in ihre Becher schauen.

Da die Kessel an unterschiedlichen Plätzen in der Halle standen, sah Claudia, dass die Männer das Starkbier bevorzugten, während die Frauen dem süßen Honigwein zusprachen. Nur die Kinder bekamen Kräuterbier.

Mit gemischten Gefühlen sah sie in ihren Becher, sie wusste, dass es ein Besäufnis werden würde! Das war ihr zwar auch zuvor schon klar gewesen, aber als ihr Mann den Becher zum Trinkspruch hob, da sah sie, wie die Männer auch schon ihre Becher hinunterstürzen.

Claudia hatte ihren ersten Becher noch nicht geleert, da grölten die Männer schon und die Frauen saßen mit glasigen Blicken dazwischen.

Maria und die Mägde waren zu bedauern, denn sie mussten nun Rennen, um den Bedarf an Getränken zu befriedigen. Zwischendurch wurde auch noch das Schwein zerteilt und auf den Tisch gestellt.

Wehmütig ging Claudias Blick über die versammelten Gäste. Sie dachte an die Feiern zurück, bei denen sie als Kind gewesen war. Damals war es gesitteter zugegangen. Hier rülpste ihr gerade einer der Männer ins Gesicht und eine der Frauen wischte sich den fettigen Mund mit dem Ärmel des Kleides ab.

Am anderen Ende der Tafel lag der Kopf der Schweinemagd auf der Tischplatte und einer der Gäste erbrach sich gerade dahinter auf dem Fußboden.

Mit einem Kopfnicken gab Claudia Maria den Auftrag, den Mann zum Ausnüchtern nach draußen zu bringen, was in eine kurze Schlägerei ausartete.

Es war ein barbarisches Fest und sie war unter Barbaren gefallen!

Seufzend blickte Claudia zum Kreuz, bevor sie ihren Mann mit dem Ellenbogen in die Rippen stieß, damit er den kämpfenden Säufer von Maria trennte. Das Kräuterbier hatte ihn nüchtern gehalten, doch auch Thoralf trank offensichtlich nur vom leichten Bier, denn er fiel dem Säufer in den Arm, noch bevor sich sein Vater von der Tafel erheben konnte.

Anschließend schleiften Thoralf und Maria den Betrunkenen nach draußen. Claudias Blick folgte ihnen. Die beiden arbeiteten Hand in Hand, so, wie es sich Claudia immer gewünscht hatte.

Am anderen Ende der Tafel begann eine neue Prügelei! Dieser Abend würde noch lang werden, denn solange noch Bier da war, so lange würden die Männer auch noch feiern. Und es war eine Menge im Kessel!

Immer neue, nun aber zunehmend undeutliche, Trinksprüche wurden gebrüllt. Becher um Becher lief das Starkbier durch die Kehlen der Männer. Die Frauen sangen irgendwelche Lieder bunt durcheinander. Nun versuchen auch die Kinder das Starkbier aus den Bechern ihrer Väter und das Durcheinander wurde nur noch größer.

Damit musste Maria am Tisch bleiben, um die Kinder vom süßen Honigwein fernzuhalten, denn das hätte ein noch schlimmeres Desaster gegeben. Die Mütter waren dazu schon nicht mehr in der Lage.

Irgendwann gingen die ersten Gäste schwankend davon. Es war ungewiss, ob sie den Weg bis zu ihren Hütten schaffen würden, auch wenn ein paar davon nur einen Steinwurf weit entfernt waren. Hoffentlich würde die kalte Nachtluft ernüchternd wirken.

Nach dem letzten Gast wirbelten die Mägde durch den Raum.

Später kniete Claudia zum Nachtgebet vor dem Kreuz, während die Mägde, unter Marias Leitung, weiterhin das Chaos in der Halle beseitigten. Aus dem Augenwinkel sah sie, wie Thoralf die Schweinemagd auf seinen Armen zur Seite trug, aber er kam zu schnell zurück, als dass etwas zwischen ihm und der betrunkenen Magd hätte sein können.

Als Claudia an ihr Lager trat, lag ihr Stiefsohn schon auf seinem und schnarchte.

Entschlossen zog sie ihren Mann hinter sich her und hoffte, dass er nicht zu müde für sie war.

21. Kapitel
Verpasste Chancen

Der Abend war eigentlich anders geplant gewesen. Seit dem Beginn der Feier hatte Thoralf nur das leichte Kräuterbier getrunken, damit er in dieser Nacht bei Ælsbeth sein konnte. Nun stand er in der Halle und hielt die Frau in seinem Arm, aber anders, als er es gewollt hatte. Sie war eingeschlafen, weil sie zu viel vom leckeren Honigwein getrunken hatte.

Seufzend blickte er auf sie herab. Vielleicht hätte er Maria in seinen Plan einweihen sollen, doch seine Freundin hatte Ælsbeth unwissentlich immer wieder nachgeschenkt und somit dafür gesorgt, dass sie nun leise schnarchte. Sie hatte es nicht mal gemerkt, als er sie von der Bank auf seine Arme gehoben hatte.

In dieser Nacht hätte ihm Claudia nichts verbieten können und er hätte vollendete Tatsachen schaffen können. Hätte! Innerlich fluchte er darüber, aber nach außen musste er gute Miene machen, denn Claudia hatte ihn auch weiterhin im Blick, dies spürte er im Rücken.

Schnell trug er Ælsbeth durch die Halle und bettete sie in der Ecke auf einen Strohsack, den Maria gerade dort hinlegte. Neben Ælsbeth kniend blickte Thoralf von oben auf sie herab.

Maria trat neben ihn, legte ihm die Hand auf die Schulter, er nickte ihr zu, erhob sich und ging.

Auf dem Weg zu seinem Lager trank er noch zwei Becher vom Honigwein, um besser einschlafen zu können. Seine Heimlichtuerei hatte ihm diese Nacht verdorben, aber der Wein stieg ihm in den Kopf und gab ihm eine leichte Müdigkeit. Ohne dieses Getränk hätte er wohl kaum in den Schlaf gefunden.

Im Einschlafen dachte Thoralf zum Beginn des Tages zurück. Wenn er die Augen schloss, dann sah er Ælsbeth wieder vor sich knien. Nackt, wie sie sich ihm am Morgen gezeigt hatte. Hatte er zuvor schon die Absicht gehabt, mit ihr zu schlafen? Oder war es ihm erst in jenem Moment eingefallen? Jedenfalls war die Übergabe des schönen Kleides nicht ohne Absicht erfolgt. Mit dem Bild der nackten Ælsbeth vor sich wurde er auch schon wieder wach.

Thoralf drehte den Kopf zu seinem Vater hinüber. Der alte Mann war noch nüchtern, sicherlich hatte Claudia dafür gesorgt, dass Vater auch nur das leichte Kräuterbier bekam.

Hätte Thoralf Maria nur ein einziges Wort gesagt, wäre seine Freundin auch bei Ælsbeth vielleicht so umsichtig gewesen und hätte ihr vom Honigwein abgeraten.

Müßige Gedanken beim Einschlafen.

Claudia erschien und er stellte sich schlafend. Nur wenig später hörte er, wie Vater schnaufend das Lager mit Claudia teilte. Das hätten er und Ælsbeth sein können! Eine verpasste Chance! Von seinem Glück hatten ihn nur ein paar Becher Wein getrennt.

Missmutig wälzte er sich auf dem Lager hin und her. Die Feuer brannten langsam nieder und vor seinen Augen hatte er nun weiterhin Ælsbeth. Es war wie eine Qual! Zusätzlich musste Thoralf nun auch noch befürchten, dass Claudia etwas gegen Ælsbeth unternahm, da ihr sein Umgang mit der Magd sicherlich nicht entgangen war.

Immer neue Ideen und Gedankenkreise zogen ihre Bahnen durch seinen Kopf, nur um gleich darauf wieder verworfen zu werden.

Warum machte er sich eigentlich so viele Gedanken um Claudia? Ælsbeth war sein Eigentum! Sie war es, zu der es ihn jetzt zog! Was hinderte ihn daran, die Frau einfach zu packen, auf den Tisch zu werfen und sie vor allen Anwesenden zur Frau zu machen? Zu seiner Frau!

Der obligatorische Gang um das Feuer wäre danach nur noch Formsache. So einfach und doch so schwer! Viel einfacher wäre es gewesen, wenn er nicht der Sohn des Stammesführers gewesen wäre. Seufzend drehte er sich zur Seite.

Das Geräusch, das von Vaters Lager zu ihm herüberkam, das ließ ihn nicht schlafen.

Leise erhob sich Thoralf und ging zur Mitte der Halle. Am Feuer sitzend zog es seinen Blick zur Seite wo Ælsbeth schlief. Ein paar Augenblicke später sah er dort eine Bewegung, aber es war Maria, die zur Mitte kam und sich zu ihm an das Feuer setzte.

Schweigend saßen sie nebeneinander und sahen in die Glut. Weder ihm noch ihr war zum Reden zumute, wenn auch sicher aus unterschiedlichen Gründen. Es war unübersehbar gewesen, dass Maria von Claudia zur Nachfolgerin aufgebaut wurde.

Trotzdem, oder gerade deswegen, war die ganze Arbeit an ihr hängengeblieben und er sah ihre müden Augen. Warum konnte sie nicht schlafen? Was machten sie hier beide in der Mitte der Halle?

Von der Seite war nun unüberhörbar laut das Geräusch der beiden Liebenden zu hören. All die angestaute Lust zog in seinen Lenden. Wie hatte er sich in den letzten Tagen nach dieser Nacht gesehnt und nun war nichts, gar nichts! Auch Maria musste es gehört haben, denn sie blickte zur Seite und er sah ihre niedergeschlagenen Lider. Es schien ihr peinlich zu sein.

Hier saßen sie nun. Nebeneinander, nur im Unterkleid. Seine Lust war erwacht und wäre neben ihm nicht Maria gewesen, er hätte sich auf die Frau gestürzt und ihr das Kleid vom Leib gezerrt. Doch für Maria fühlte er wie ein Bruder.

„Geh endlich schlafen. Ich helfe dir morgen mit den Tischen", sagte er leise zu ihr, denn er musste sie dazu bringen, dass sie zuerst auf ihr Lager ging. Im Moment konnte er nicht aufstehen, ohne dass Maria sofort merkte, was gerade in ihm vorging.

„Ich danke dir", flüsterte sie und gähnte.

Langsam erhob sie sich und schlurfte zu ihrer Lagerstätte zurück.

Thoralf wartete noch einen Augenblick, dann erhob er sich ebenfalls und ging zur Tür. Barfuß und im knielangen Unterhemd stand er wenig später auf der Treppe im Nachtwind. Von dort aus blickte er nach Norden, wo er Ælsbeth getroffen hatte. Damit sauste die Frau erneut durch seinen Kopf. Zweimal sogar, die eine, die sich mit dem Messer auf ihn gestürzt hatte und die andere, die gerade hinter ihm ihren Rausch ausschlief.

Beim Gedanken an sie seufzte Thoralf, denn Ælsbeth hatte ihn im Herzen verwundet. Nicht mit dem Messer, sondern mit ihrer Art und ihrem Blick. Dem konnte er sich nicht mehr entziehen.

Trotz der kalten Nacht dauerte es eine ganze Weile, bis das Unterhemd wieder an seinem Körper anlag. Schließlich wandte er sich dem Gebäude zu, doch sein Weg führte ihn, wie von selbst, an der Seite entlang, an der die Frauen schliefen.

Im blassen Schein der Glut stand er an Ælsbeths Lager und sah ihr zu, wie sie schlief. Warum hatte sie nur so viel getrunken?

Endlich gaben die beiden Liebenden am anderen Ende der Halle Ruhe und er schlich zu seinem Strohsack zurück. Mit dem Gedanken an die Frau in seinem Herzen schlief er schließlich ein.

22. Kapitel
Katze oder Göttin?

Als Ælsbeth erwachte, fühlte sie sich so, als ob ein Specht versuchte, aus ihrem Kopf zu entkommen. Sie spürte, dass sie irgendwo lag, aber sie konnte sich nicht rühren und auch die Augen bekam sie nicht auf. Das Dröhnen in ihrem Kopf wurde immer schlimmer und etwas lag auf ihrer Brust, dass sie zu Boden presste. Was war hier los? Nur schwer kamen die Erinnerungen wieder zurück.

Das Fest am Abend zuvor war lang und ausgelassen gewesen. So ein schönes Fest hatte sie noch nie erlebt. Immer wieder hatte Maria ihr den Becher gefüllt. Zuerst mit Kräuterbier, das ganz lecker gewesen war und danach mit einem Getränk, von dem Maria erzählt hatte, es sei aus Honig gemacht. Was konnte da schon geschehen? Honig war lecker, sie hatte ihn als Kind mal probiert. Seitdem nie wieder, aber das Getränk hatte es offensichtlich in sich gehabt.

Endlich gelang es Ælsbeth mühsam, die Augen zu öffnen. Sie befand sich in einer Ecke der Halle auf dem Boden. Der Strohsack lag neben ihr und etwas drückte wie ein Stein auf ihre Brust. Sie hielt sich den Kopf und versuchte sich aufzurichten, doch es blieb bei dem Versuch.

Als sie es endlich schaffte, den Kopf zu heben, blinzelte sie eine Katze an, die es sich in der Nacht auf ihr bequem gemacht hatte.

Das Tier gähnte und sah genauso aus, wie die Katze, die bis vor ein paar Tagen ihren Anhänger geziert hatte. Sie drückte mit ihren Tatzen auch auf dieselben Stelle, an der immer der Anhänger gelegen hatte.

Das Dröhnen in Ælsbeths Kopf verstummte langsam und sie sah die Katze weiter an. Es war ein großes, schwarzes Tier und in einer stummen Zwiesprache zwischen Mensch und Katze lagen sie zusammen in der Ecke, bis Maria auftauchte und zu ihnen herabsah. Sie wollte die Katze verscheuchen, doch Ælsbeth hielt sie fest, denn sie war sich sicher, dass es die Göttin war, deren Anhänger die Herrin von ihrem Halse gerissen hatte.

Oder zumindest eine Botschafterin dieser Göttin. Und die durfte man nicht verscheuchen.

„Hast du eine Schüssel Milch für sie?", fragte sie und Maria verschwand.

Einen Augenblick später erschien sie mit einer kleinen Schale und stellte sie neben Ælsbeth.

Das Tier sprang von ihr herunter und begann die Milch aufzuschlecken.

„Die muss aber raus, bevor die Herrin sie sieht!", sagte Maria, die sich neben die Katze gekniet hatte.

„Warum? Eine Katze im Hause bringt Glück!", sagte Ælsbeth und streichelte das Tier.

„Aber die Herrin würde sie nicht dulden!", erklärte Maria, musste aber nun offenbar mit dem Aufräumen beginnen.

Die Halle sah völlig verwüstet aus, wie Ælsbeth erst jetzt bemerkte. Die drei unfreien Frauen brachten gerade Fackeln zu den Kohlebecken und das aufzuckende Licht beschien die Fläche in der Halle.

Es waren nicht viele Stellen, wo es nicht Scherben oder Flecken gab.

„Du musst zu deinen Schweinen!", rief ihr Maria noch zu, als sie begann, diese Tonscherben zusammenzufegen.

Ælsbeth erhob sich und sah sich suchend um, wo sie ihr Alltagskleid gelassen hatte, denn mit dem neuen Kleid wollte sie nicht in den Schweinestall. Hatte sie es überhaupt mit in die Halle gebracht? Oder hing es noch draußen?

Beim Suchen fiel ihr erst auf, wie zuvorkommend Maria sie am Abend und jetzt am Morgen behandelt hatte.

Im Unterkleid sah sie zu der Frau hinüber, die durch die Halle wirbelte. Offensichtlich hatte Maria sie auch in die Ecke gelegt. So viel Fürsorglichkeit machte sie vorsichtig. Irgendetwas Komisches ging hier vor. Erst die Einladung von Thoralf und nun das Verhalten von Maria.

Auch nach längerem Suchen war das Kleid im Inneren der Halle nicht zu finden und demzufolge musste es wohl noch draußen sein, wo sich Ælsbeth am Abend zuvor umgezogen hatte. Im Unterkleid trat Ælsbeth durch die Tür und blickte in eine dicke Nebelwand.

Vor dem Haus war es kalt, feucht und die Sicht reichte gerade mal bis zum Brunnen, der der Halle auf der Freifläche gegenüberlag. Genau dorthin wollte sie zuerst, um sich zu waschen.

Als sich Ælsbeth mit dem Eimer vor die Brunnen gekniet hatte, sah sie, dass ihr die Katze gefolgt war. Das schwarze Tier setzte sich direkt vor sie hin und beobachtete sie bei ihrer Tätigkeit. Dies konnte nun aber wirklich kein Zufall sein, das Tier hätte doch nicht von alleine die warme Halle verlassen, um hier in dieser feuchten Luft herumzurennen.

Das kalte Waschwasser und die feuchte Luft machten sie nun vollkommen munter. Auch das Kleid hing noch dort, wo sie es am Abend zuvor hingehängt hatte: am Strauch hinter der Halle. Allerdings war es klatschnass vom Nebel.

Mühsam wrang Ælsbeth den Wollstoff aus, was nicht so einfach war. Als sie es überstreifte, war es immer noch feucht, und an der kalten Luft würde es wohl kaum trocken werden. Nun wünschte sie sich an das Feuer in der Halle zurück, aber ihre Arbeit musste gemacht werden.

Am Schweinegatter saß wieder die Katze und damit war es erwiesen, dass dieses Tier wohl eine Botschafterin der Göttin Fullo war.

Ganz deutlich sollte sie Ælsbeth an ihre Ergebenheit zu der Göttin erinnern. Nun, da sie den Anhänger nicht mehr trug, stand sie auch nicht mehr unter dem Schutz von Fullo. Doch dafür war nun die Göttin persönlich bei ihr. Immer wieder streichelte sie die Katze bei ihrer Arbeit.

Nach einer Weile des Ausmistens kam Thoralf mit einem anderen Mann zu ihr in das Gatter und holte eines der Schweine. So würde das nun weitergehen, bis nur noch die Schweine übrig waren, die den Winter bei ihnen blieben und die dann im nächsten Frühjahr dafür sorgen würden, dass im nächsten Herbst wieder genug Schweine vorhanden waren, um durch die kalte Jahreszeit zu kommen.

Der Nebel löste sich nicht auf. Am Tage zuvor hätte man noch vor dem Gebäude schlafen können, nun wurde ihr Haar nicht mehr trocken! Auch auf dem Fell der Katze blieb das Wasser hängen, trotzdem wich das Tier nicht von ihrer Seite.

Als Ælsbeth mit der Arbeit fertig war, verneigte sie sich vor der Katze. Genau in diesem Moment trat die Herrin aus der Halle, wobei sie diese Geste sah. Das konnte für Ärger sorgen, doch Ælsbeth würde ihre Göttin verteidigen.

Schon der Verlust des Anhängers war für sie eine Demütigung gewesen. Die Katze würde sie mit ihrem Leben beschützen, denn sie war ja eine Göttin. Fullo in Person!

23. Kapitel
Mann oder Maus?

Mit drei Schlägen des Saxes zerteilte Thoralf das vor ihm hängende Schwein in zwei Hälften. Das konnte sonst niemand im Stamm. Die anderen Männer brauchten alle mindestens fünf Schläge. Kampf, Training und das Schlachten im Herbst hatten seine Arme stark werden lassen. Mit seiner Kraft konnte sich keiner vergleichen.

Nun wurden die Schweinehälften vom Gestell abgenommen und nach drinnen in die Halle getragen, wo sie weiterverarbeitet werden sollten.

Der große Tisch stand schon bereit.

Thoralf legte die eine Hälfte darauf, während einer seiner Freunde die andere danebenlegte.

Nun, da das Schwein zerlegt war, würden sich die Frauen an die Arbeit machen. Nur den Schinken lösten noch die Männer von dem Tier ab.

Während er den ersten Schinken nach oben in den Rauch des Feuers hängte, machten sich flinke Frauenhände über die Schweinehälfte her. Große Stücke würden ebenfalls in den Rauch kommen, kleinere in das Salzfass und alles leicht Verderbliche würde es zum Abend geben. So wie die Blutsuppe, die es von nun an täglich geben würde. Über dem Feuer brodelte schon der erste Kessel davon.

Im Umdrehen fiel Thoralfs Blick auf Claudia. War er auch der kräftigste Mann des Stammes, so hatte er hier drin doch so rein gar nichts zu sagen. Seit Generationen war alles klar aufgeteilt. Im Haus hatten die Frauen das Sagen, drum herum die Männer, so war es und so würde es bleiben. Einzig Vater, als Führer des Stammes, hatte in beiden Teilen zu bestimmen, aber auch er hielt sich im Inneren der Halle sichtbar zurück.

Hier drin war Claudia die Herrscherin.

111

Thoralf Blick folgte ihr weiter und dabei dachte er wieder an diese vermasselte Nacht zurück. Nur in einer einzigen Nacht im Jahr hatte Claudia in dem Hause nichts zu bestimmen und genau in dieser Nacht war er nicht an sein Ziel gekommen. Noch immer schmerzte ihn das.

Maria stemmte ihm mühsam den zweiten Schinken hoch und er hob diesen mit einer Stange, an deren oberen Ende sich ein Haken befand, hoch zur Decke. Es war nicht einfach den schweren Fleischbrocken mit der langen Stange auszubalancieren. In den anderen Behausungen des Stammes brauchte man sich nur auf die Bank zu stellen, um die Hüttendecke zu berühren. Und die Schinken mussten ordentlich aufgehängt sein.

In ein paar Wochen würden hier dutzende Fleischstücke von der Decke baumeln. Noch dreizehn Schweine würden den Blutmond nicht überleben und auch ein paar der alten Kühe würden schon bald hier im Rauch hängen.

Als Thoralf die Halle wieder verließ, fiel sein Blick auf Ælsbeth, die im Gatter der Schweine stand. Warum traute er sich nicht, einfach mit ihr in die Halle zu gehen und sie bei Claudia einfach als seine Frau vorzustellen?

Ein Blick von Claudia reichte schon, um ihn im Ansatz zu stoppen, denn er fühlte ihren Blick förmlich in seinem Rücken.

Dabei müsste er nur mit der Faust auf den Tisch hauen. Was hielt ihr zurück?

War er nun ein Mann und Kämpfer? Oder nur eine Maus, die sich verkroch? Was hatte diese Frau, das ihm solch eine Rücksicht abverlangte? Sie war doch, im Gegensatz zu ihm, schmächtig und klein. Gerade mal so groß, wie Ælsbeth.

Früher hatte er sich nie Gedanken darüber gemacht. Es war einfach so gewesen und gut. Erst mit dem Moment, in welchem Ælsbeth sich mit dem Dolch todesmutig auf ihn gestürzt hatte, war etwas in ihm geschehen. Ælsbeth hatte ihn getroffen. Nicht mit der Waffe. Nur mit ihrem Blick.

Seine Augen suchten sie und er sah, wie sie dort bei den Schweinen stand. Auf die Mistgabel gestützt, den Kopf leicht schräg gelegt, fixierten ihre Augen jede seiner Bewegungen. Unwillkürlich trafen sich ihrer beider Blicke über den Platz hinweg. Es liefe zwangsläufig auf eine Konfrontation hinaus. Entweder stellte sich Thoralf Claudia, oder er würde Ælsbeth verlieren.

Aber zuvor war noch eine Menge zu erledigen, das nächste Schwein musste geschlachtet werden. Erst wenn dieser Blutmond endete, hätte er die Kraft, um sich Claudia entgegen zu stellen. Bis dahin durfte er sie nicht reizen und dadurch zu einer unüberlegten Handlung verleiten.

Langsam ging er zu Ælsbeth hinüber. Dabei blieb Claudias Blick auf seine Schultern gerichtet. Er fühlte, dass sie hinter ihm an der Tür stand. Um das nächste Schwein zu holen, musste er sich Ælsbeth nähern und sogar zu ihr in das Gatter klettern. Doch er durfte sich nicht anmerken lassen, wie es in ihm aussah, denn Claudia würde jeden Griff, jeden Blick sehen, selbst dann, wenn er mit dem Rücken zu ihr stand.

Ælsbeth blieb einfach vor ihm stehen und wich keine Haaresbreite zur Seite. Mitten zwischen den Schweinen stehend trafen sich ihre Blicke erneut. Zu verführerisch war ihr Mund und trotzdem durfte er sich nicht hinreißen lassen. Die mühsam aufgebaute Tarnung von Ælsbeth als Objekt, als Ding, wäre sofort hinüber. Eine falsche Bewegung, ein unachtsamer Kuss, und Claudia würde Ælsbeth aus der Halle werfen und nichts konnte er dagegen tun.

Thoralf bückte sich und griff sich das nächste Schwein. Mit dem quiekenden Tier musste er nun das Gatter wieder verlassen, um sein blutiges Handwerk fortzusetzen. Einer seiner Männer half ihm dabei.

Claudia stand wirklich oben an der Tür! Er hatte es gewusst!

Maria brachte den Eimer für das Blut und das Schlachten ging weiter.

Jetzt fühlte er Ælsbeths Blick in seinem Rücken. Vermutlich stand sie am Gatter und sah ihm zu. Jeder seiner lange geübten

Handgriffe saß. Nach diesem Schwein hatte er für den Rest des Tages Pause, da die Frauen im Inneren des Gebäudes nur zwei Schweine am Tage verwursten konnten.

Mit einer Hälfe des Schweines betrat er die Halle, an Claudia vorbei, die draußen stehen blieb. Er warf das tote Tier auf den Tisch und trennte gerade fachgerecht die Keulen vom Tier ab, als er von draußen ein gewaltiges Geschrei hören konnte.

Claudia hatte ihre Stimme erhoben und Ælsbeth schleuderte ihr lautstark ihre Meinung entgegen. Dabei schien es um die Katze zu gehen, die gerade noch auf einem Balken des Gatters gesessen hatte. Maria und Thoralf sahen sich an. Sollte er nach draußen gehen? Würde er es damit nicht verschlimmern?

Jetzt siegte die Maus, die sich vor der Katze im Haus versteckte.

24. Kapitel
Rebellion unter Frauen

Erstarrt stand Claudia auf der Treppe. Sie konnte es nicht fassen. Hatte sie das gerade eben wirklich gesehen? Diese Sklavin verbeugte sich vor der Katze! Das war Götzendienst! Hatte sie ihr nicht eindeutig zu verstehen gegeben, dass diese heidnischen Götter in ihrem Hause nichts zu suchen hatten? Der Anhänger war doch schon verbrannt. Eigentlich hätte diese Warnung genügen sollen.

„Was tust du da?", brüllte Claudia die Sklavin an und diese fuhr zu ihr herum.

Für einen Moment herrschte Schweigen, dann brüllte Ælsbeth zurück: „Ich verehre mein Göttin Fullo!"

Diese Aufsässigkeit verschlug Claudia förmlich die Sprache. Wer war sie, dass sie sich von einem Gegenstand so über den Mund fahren lassen musste? „Hatte ich dir das nicht verboten?", rief Claudia und bekam auch schon die nächste freche Antwort.

„Du hast mir gar nichts zu verbieten!", hallte über dem Platz nach, als Claudia sich langsam die Treppe hinunterbewegte und zu der Frau hinüberging.

Brach hier gerade eine Rebellion aus? Claudia war die Herrin aller Frauen und diese jämmerliche Gestalt von Schweinemagd versuchte ihr gerade den Rang abzulaufen? Unterwegs griff sie sich den Sax, den Thoralf neben dem Schlachtplatz hatte liegen lassen, doch die Schweinemagd hatte die Mistgabel in der Hand. Somit standen sie beide bewaffnet auf Armlänge voreinander. Sax gegen Mistgabel! Die Sächsin schien zu allem entschlossen, aber Claudia war das im Moment ebenfalls!

Noch ein Wort und es würde Blut fließen!

Claudia spürte, wie alle Blicke auf sie gerichtet waren und daher konnte sie nicht mehr zurück. Es würde auf eine Konfrontation mit dieser Sklavin hinauslaufen. Oder war die schon im Gange?

Zornige Blicke wurden schweigend ausgetauscht. „Ich sollte dich verkaufen!", brach es wütend aus Claudia heraus.

„Ich bin hier nicht im Haus! Hier hast du mir gar nichts zu sagen und ich bin Thoralfs Eigentum!", zischte die Sklavin ihr entgegen.

Zum Sprung gebeugt, die Mistgabel mit beiden Händen quer vor der Brust, starrte dieses Ding Claudia an.

Claudias Hand mit dem Sax zuckte nach oben und wurde von der Gabel getroffen. Diese Sächsin war schnell!

Nach zwei weiteren Schlägen war Claudia entwaffnet und schnappte vor Wut nach Luft.

Garmond, ihr Mann, trennte sie. Er schob sich zwischen sie und die Sklavin, die sofort die Gabel senkte und sich vor dem Führer des Stammes niederkniete. Sie wusste offensichtlich in den Sitten gut Bescheid!

Claudia bückte sich nach der Waffe und hob sie auf. Die Sklavin kniete nun schutzlos vor ihr. Ein Hieb würde reichen, doch ihr Mann griff zu ihrer Hand, mit der sie die Waffe führte.

Er entwand ihr den Sax und sie musste ihn zähneknirschend gewähren lassen, denn hier draußen war er der Herr!

Claudia blickte zwischen ihm und der Sklavin hin und her. Wie würde der Stammesführer entscheiden? Doch nur zu ihren Gunsten!

Geduldig hörte er die Frau an. „Ælsbeth hat recht!", sagte er schließlich.

Das konnte doch nicht wahr sein! Er ergriff Partei für die Sklavin und nicht für sie? Übermäßiger Zorn stieg in Claudia auf, der sich Luft machen musste.

„Hier draußen mag sie recht haben!", schrie Claudia und stampfte vor Wut mit dem Fuß auf. „Dann soll sie auch hier draußen bleiben!", brüllte sie und ging zurück zur Halle.

Auf der halben Treppe nach oben wandte sie sich zurück. „Du gehörst zu den Schweinen und dort bleibst du nun auch! Wage es nicht, deinen Fuß in die Halle zu setzen!"

Immer noch zornig betrat Claudia die Halle und ging zum Tisch hinüber. Thoralf hatte gerade den Schinken von dem Schwein getrennt. Hier drin hatte Claudia das Sagen und das wollte sie ihn nun auch spüren lassen. Schließlich hatte er die Sklavin hier angeschleppt.

Als sie gerade ansetzen wollte, trat ihr Mann in die Halle und hob die blutige Waffe. Es war eine unmissverständliche Warnung an sie.

Claudia schluckte ihren Zorn herunter und schlug stattdessen eine der Mägde, die gerade etwas vor ihr verloren hatte.

Alles hatte mit dieser Schweinemagd begonnen! An ihr und mit ihr drohte ihre Macht zu zerbrechen. Mühsam und in Jahren hatte Claudia die Frauen zum Christentum bekehrt und nun kam eine Fremde und betete hier ihre Götzen an. Sie hatte auch noch die Hand gegen sie erhoben und Garmond hatte nichts dazu gesagt!

„Jetzt kommen die kalten Nächte. Die wird schon angekrochen kommen, wenn sie in der Nacht draußen friert!", sauste es durch Claudias Kopf und sie trat zum Altar, auf dem das Kreuz stand.

Im Gebet erbat sie sich den Schutz und den Segen Gottes für ihre Aufgabe. „Hilf mir!", sagte sie tonlos und kniete vor dem Kreuz. Dabei dachte sie daran, dass die Männer immer noch draußen vor ihrem Götterbild ihre Opfer brachten. Auch das musste enden!

Garmond trat zu ihr und legte seine Hand auf ihre Schulter. Für einen Augenblick war sie gewillt, diese Hand abzuschütteln, doch sie brauchte den Schutz des Mannes. Noch war ihre Aufgabe nicht erfüllt und ohne diese Fürsprache von Garmond würden auch die Frauen wieder dem alten Glauben zufallen.

„Lass sie doch einfach in Ruhe!", sagte er.

„Solange sie draußen bei den Schweinen bleibt, ist sie mir egal!", entgegnete sie.

Garmond zog seine Hand wieder fort und setzte sich auf seinen Stuhl. „So soll es sein!", legte er fest und Thoralf beugte sich diesem Spruch. Dem konnte sie nun nur noch zustimmen.

„Da das jetzt geklärt ist, kann jeder wieder an seine Arbeit gehen!", setzte Garmond noch laut hinzu und im Aufstehen erkannte Claudia, dass sich die Sklavin vor der Türschwelle befand und den Ratschluss des Stammesführers kniend entgegengenommen hatte.

Mit Wohlwollen registrierte Claudia, dass Thoralf neben Maria und nicht neben der Sklavin stand. Vielleicht würde diese räumliche Trennung zwischen Thoralf und seiner Sklavin dazu führen, dass er sich mehr an Maria annäherte.

Wenig später gingen die Arbeiten weiter, als wäre nichts geschehen, aber der Widerstand der Sklavin schmerzte immer noch tief in Claudias Seele. Mit dem Messer zerteilte sie das Schwein und es war nicht das Tier, was sie dabei vor ihren Augen hatte.

Jeder Schnitt, jeder Hieb galt dieser Aufrührerin und es schien zu helfen, denn Claudia wurde ruhiger.

Zu ihrer Genugtuung kam auch noch hinzu, dass vor dem Haus ein Regenguss einsetzte, wie er in dieser Stärke selbst in dieser Jahreszeit unüblich war. Mit einem Lächeln hörte sie dem Geräusch des Wassers auf dem Dach zu. „Das geschieht dir ganz recht!", dachte Claudia noch und dankte Gott für seine Hilfe.

25. Kapitel

Freundinnen?!

Maria hatte sich zusammenreißen müssen, um nicht noch mehr zur Eskalation beizutragen.

An der Tür stehend hatte sie zusehen müssen, wie Claudia und Ælsbeth bewaffnet aneinandergeraten waren. Bewaffnet! So etwas hatte es hier noch nie gegeben. Bisher war Claudia die unumstrittene Herrscherin gewesen und nun trat ihr jemand entgegen. Für seinen Glauben!

Jetzt arbeitete Maria weiter, doch dabei schweiften ihre Gedanken immer wieder ab. Das war zwar riskant, wenn man mit einem sehr scharfen Messer arbeitete, aber es ging nicht anders. Maria hatte gewusst, das Ælsbeth einem anderen Glauben angehörte, einem heidnischen, wie Claudia gesagt hatte, doch das die Frau diesen Glauben mit der Mistgabel verteidigte, nötigte nun Maria Respekt ab.

Maria berührte kurz den Anhänger in Fischform, den sie um den Hals trug, und der für ihren Glauben an Jesus stand. Würde sie diesen Glauben verteidigen, wie es Ælsbeth getan hatte? Das war eine schwierige Frage. Claudia hatte für ihren Glauben zum Sax gegriffen, doch hieß es in der Schrift nicht auch: Wer zum Schwert greift, der wird durch das Schwert umkommen? Beide Frauen standen wehrhaft für ihren Glauben ein und das musste zu einer Konfrontation führen. Das ging gar nicht anders.

Und nun war Ælsbeths Platz eben im Schweinestall und Claudia war wieder die unangefochtene Herrin in der Halle. Obwohl es Maria, wegen ihres Glaubens zu Claudia hätte ziehen müssen, fühlte sie sich nun Ælsbeth viel näher und das verwirrte sie zunehmend!

Vielleicht war es Ælsbeths Mut, der ihr imponierte.

Wie Claudia war Maria mit ihrem Glauben aufgewachsen. Sie kannte es nicht anders. Und auch Ælsbeth hatte ihren Glauben von klein auf gelehrt bekommen.

Was wäre, wen jemand von Maria verlangen würde, Jesus abzuschwören? Nur um in ein fremdes Haus aufgenommen zu werden?

Würde sie dann ihren Glauben verteidigen wie die frühen Märtyrerinnen? Sie hatte darüber viele Geschichten gelesen. Aber hätte sie auch den Mut, für Gott in den Tod zu gehen? So, wie diese beiden Frauen da draußen, wenn der Herr nicht dazwischen gegangen wäre?

Erneut tasteten ihre Finger zu dem Anhänger unter ihrem Kleid und mit dem Blick auf die offenstehende Tür dachte sie an eine dieser Geschichten zurück, die sie früher in ihrem Elternhaus gehört hatte.

Darin ging es um die heilige Margarite. Es musste fast dreihundert Jahre her sein, dass diese Frau für ihren Glauben den Kopf verloren hatte.

Langsam setzte sich die Geschichte vor Marias Augen zusammen. In der Erinnerung sah sich Maria wieder als kleines Mädchen auf dem Schoß des Vaters sitzen, der ihr diese Geschichte erzählt hatte.

Der Vater von Margarite war wohl ein heidnischer Priester gewesen. Nachdem sie wegen ihres Glaubens von ihrem Vater verstoßen und des Hauses verwiesen worden war, hatte diese Heilige Schweine hüten müssen, so wie es Ælsbeth nun tat.

Margarite war sehr schön, deshalb begehrte der Stadtpräfekt sie. Er wollte sie zum Abfallen von ihrem Glauben zwingen, doch sie blieb stark und da er sie nicht gewinnen konnte, ließ der mächtige Mann sie in den Kerker werfen. Im Gefängnis erschien er ihr als Drache, und versuchte sie mit Gewalt gefügig zu machen, doch das Kreuz in ihrer Hand beschützte sie.

Trotzdem fand sie den Tod für ihren Glauben.

Wäre Maria selbst so stark?

Ein Regenguss prasselte auf das Dach der Halle und riss sie aus ihren Gedanken heraus. Alle kamen in die Halle gelaufen, alle, bis auf Ælsbeth, die draußen in der Kälte bleiben musste.

War Ælsbeth nicht wie Margarite einst? Nur der Glauben der Frau war ein anderer. Ælsbeth beugte sich nicht der Kälte und der Gewalt!

„Maria! Träum nicht!", hörte sie Claudia rufen.

Mit dem Messer in der Hand fuhr sie herum.

Neben ihr schüttelten die Männer das Wasser von ihrer Kleidung und Maria arbeitete schnell weiter. Trotzdem flogen ihre Gedanken erneut nach draußen. Noch nie in ihrem Leben hatte Maria Hunger gehabt und noch nie war ihr kalt gewesen, oder war ihr einsam zumute gewesen.

Wie musste sich Ælsbeth gerade fühlen?

Mit dem Blick zu Claudia, und in der Erinnerung an die Geräusche der letzten Nacht, fielen ihr aber jetzt auch ein paar Unterschiede zwischen Ælsbeth und Margarite ein. Ælsbeth verehrte ihre Göttin Fullo, die ja für die Lust und die körperliche Liebe stand. Deswegen auch die Katze. Margarite hingegen hatte ihre Jungfräulichkeit gegen den Stadtpräfekten verteidigt und stand damit für die Keuschheit.

Bei diesen Gedanken bekam Maria heiße Ohren. Nur jetzt schnell an etwas anderes denken! Maria konnte für einen Moment Claudia nicht mehr in die Augen sehen und schlug daher ihren Blick nieder.

Vielleicht sollte sie einfach mal mit Ælsbeth reden, es war sicher nicht verkehrt, wenn man die Meinungen über den Glauben mal austauschte.

Allerdings würde sie das nicht machen, wenn Claudia in der Nähe war, denn zu schnell wäre sie dann die Schweinemagd! Und sie wollte Margarite nicht in allem folgen! Wenn Claudia Ælsbeth nicht mehr in die Halle ließ, dann musste jemand am Abend das

Essen zu ihr nach draußen bringen, das wäre die Gelegenheit für einen kurzen Schwatz. Vielleicht konnte es da auch so etwas wie eine Freundschaft unter Mädchen geben. Schon die ganze Zeit fühlte sich Maria nun schon zu Ælsbeth hingezogen, auch das konnte kein Zufall sein.

Der Regen hörte auf und die Arbeit wurde beendet. Für diesen Tag war genug getan. Hände, Rücken und Füße schmerzten und zu gerne hätte sich Maria nun einfach nur an den Tisch gesetzt, doch zuerst musste, und wollte, sie hinaus, um Ælsbeth das Essen zu bringen.

Claudia zog zwar die Augenbrauen hoch, übergab ihr aber das Essen für die Magd und während am Tisch in der Halle Fleisch in die tönernen Schüsseln kam, gab es für Ælsbeth einen hölzernen Napf mit etwas darin, was Maria bestenfalls als Abfall bezeichnen würde. Innereien!

Das Abendmahl begann und sie eilte hinaus.

Maria fand Ælsbeth in der Scheune sitzend vor. Zwar rümpfte die Frau die Nase, als sie in den Napf sah, doch danach zog sie den Löffel aus ihrer Gürteltasche und begann das Essen hinabzuwürgen. Maria blieb einfach bei ihr stehen und die beiden Frauen hatten Augenkontakt.

Kein Wort fiel und trotzdem war da so eine Art von Vertrautheit in dieser inneren Zwiesprache.

Als Maria den geleerten Napf entgegennahm, berührten sich ihre Hände. Unwillkürlich musste sie fragen: „Wollen wir Freundinnen sein?" Doch noch vor Ælsbeths Antwort hörte Maria, wie Claudia nach ihr rief.

Ælsbeth nickte, Maria lächelte sie an und eilte dann davon.

26. Kapitel

Glaubensfragen

un war es also wirklich so weit gekommen und Ælsbeth hatte eine neue Lagerstätte! Die Verbeugung vor der Katze hatte ihr einen Schlafplatz im Schweinestall eingebracht. Auch an der Feier am Abend konnte sie nicht mehr teilnehmen, denn sie durfte ja ihren Fuß nicht mehr in die Halle setzen.

Ælsbeth hörte, wie drinnen alle Bewohner in dem Gebäude ausgelassen feierten, alle, außer ihr! In ihren Gedanken versunken stand sie am Scheunentor. Sie fühlte, dass hier etwas nicht stimmte! Es war ein sächsisches Haus und Fullo eine sächsische Göttin. Warum konnte die Herrin sie dafür nach draußen verbannen? Die anderen Angehörigen des Stammes, ja selbst der Stammesführer, taten nichts, um ihr zu helfen.

Ælsbeth war damit auf sich allein gestellt und das auch noch in einer Zeit, in der es draußen kalt und ungemütlich wurde. Aber sie hatte Fullo geschworen, nicht mehr klein beizugeben.

Da sie nicht im Schweinestall schlafen wollte, hatte sie sich einen Platz in der Scheune gesucht. Da war es nicht ganz so feucht, aber angenehm war es auch dort nicht. Seufzend wandte Ælsbeth sich um und mit ein paar schnellen Schritten erreichte sie ihren zuvor ausgewählten Schlafplatz.

Maria hatte ihr eine Decke und das Essen gebracht, nun hockte sich Ælsbeth in das Stroh und die schwarze Katze rollte sich neben ihr zusammen. Zumindest würde sie damit nicht allein in der Nacht sein.

Ælsbeths Blicke gingen umher und sie schlug sich fröstelnd die Arme um die Schultern. Trocken war es zwar, aber es war zugig hier drin und Feuer durfte sie auch nicht machen, denn zu leicht konnte das Stroh sich entzünden und damit das angrenzende Haus zerstören.

Ælsbeth zog sich die Decke um die Schultern und nahm sich den Napf mit ihrem Essen. Grübelnd kaute sie auf dem Brot herum. In ihrem Kopf kreiste immer wieder derselbe Gedanke: Was war hier los? Warum wurde sie ausgesperrt?

In ihrem Blick, durch die offenstehende Scheunentür hindurch, befand sich die Statue Wodans. Zwar war Fullo nicht mit ihm verwandt, sondern die Tochter des Meeresgottes Njörd, aber wurde der hier nicht geachtet? Der Vater hatte ihn mehr verehrt, als Wodan, denn Vater war ja Fischer und damit dem Gott des Meeres jederzeit ausgeliefert. Dennoch war Fullo eine sächsische Göttin! Ihr sollte Respekt entgegengebracht werden!

Liebevoll strich sie der Katze über den Kopf und das Tier begann zu schnurren. Mit dem Halsband, welches Ælsbeth ja nun trug, fühlte sie sich Fullo sowieso irgendwie verbunden, denn für Ælsbeth war es kein Zeichen der Unfreiheit, sondern mehr ein Symbol von Fullo. Auch die Göttin trug ein Halsband!

War es nur eine Prüfung? Wollte die Herrin eventuell prüfen, ob Ælsbeth für ein warmes Nachtlager ihren Göttern abschwor? Das würde wohl nie passieren!

Bei diesen Überlegungen kam noch eine andere Frage in Ælsbeth auf: Was war mit Thoralf und den Männern? Die hatten doch am Tage zuvor der Statue von Wodan geopfert, das hatte sie vom Gatter aus genau gesehen. Warum ließen die Männer es zu, dass Fullo so missachtet wurde?

Jedenfalls würde sie nun im Stroh bleiben müssen! Ælsbeth legte die Decke doppelt und rollte sich darunter zusammen. Das Stroh wärmte von unten und die Decke von oben. So war es auszuhalten. Was würde aber werden, wenn erst einmal Schnee draußen lag? Dann wäre es bestimmt hier drin zu kalt und es konnte sicherlich nicht mehr lange dauern!

Ælsbeths Blick fiel erneut auf die Katze. Seit dem Aufstehen am Morgen hatte das Tier sie auch nicht einen Moment aus den Augen gelassen. Was bedeutete das nur?

Durch eine Ritze in der Scheunenwand schien der Mond zu ihr herein. Er sorgte für ein bisschen Licht in der Dunkelheit, aber er brachte ihr nicht die Antworten auf all ihre Fragen. Waren alle Frauen in diesem Stamm so, dass sie den fremden Gott mit dem Kreuz anbeteten? Wie die Herrin und die anderen Frauen in der Halle? Oder war es nur die Herrin, die ja die Vorsteherin der Frauen in diesem Hause war? Aber was spielte das für eine Rolle? Es ging nicht darum, was die anderen taten oder dachten, sondern darum, was sie tat!

Im Mondlicht streckte sich die Katze und schlich auf leisen Sohlen zu ihr herüber. Gerade war das klamme Kleid ein wenig angetrocknet und die Katze versuchte nun, unter die wärmende Decke zu gelangen. Wenig später lag sie schnurrend in Ælsbeths Arm. Diese Katze schien eine wahre Wärmeexpertin zu sein, denn schon kurz darauf wärmte das Fell des Tieres Ælsbeth. Das war unmöglich eine normale Katze, denn die konnten sicherlich niemals so eine Hitze erzeugen.

Als der Mond neben der Ritze stand, war es Ælsbeth unter der Decke so warm, dass sie diese zurückschlagen musste, damit sie nicht zu sehr schwitzte.

Nun konnten sie beide schlafen und im Traum sah Ælsbeth den Wagen von Fullo, der von zwei großen Katzen gezogen wurde. Eine davon sah der ähnlich, die sie gerade im Arm hielt. War sie also wirklich ein göttliches Geschöpf? Vermutlich ja! Oft hatten die Eltern ihnen am Feuer die Geschichten erzählt, so auch von dem großen Streitwagen der Göttin!

Fullo war ja auch die Göttin der körperlichen Liebe und gerade in diesem Traum erinnerte sich Ælsbeth an all die Gespräche, die sie darüber mit der Mutter einst geführt hatte. Mit roten Ohren hatte Ælsbeth damals den Erklärungen der Mutter gelauscht und der Vater hatte ihr versprochen, dass sie auf dem Fest zu Beginn des Blutmonats den Sohn des Anführers vom Nachbarstamm kennenlernen sollte. Im Prinzip hätte sie ja dann auch in jener Nacht erstmals erlebt, was die Mutter ihr geschildert hatte.

Das wäre auch die Nacht gewesen, in welcher die Katze sie aufgesucht hatte.

Das konnte kein Zufall sein! Bis zum Tage zuvor hatte sie noch nicht einmal gewusst, dass es hier Katzen gab! In ihrem Dorf hatten sie abgerichtete Frettchen, die dafür sorgten, dass die Mäuse draußen blieben. Frettchen konnte man etwas beibringen, auch wenn sie stanken und Ælsbeth wohl nie mit einem Frettchen unter einer Decke geschlafen hätte.

Katzen hatten da ihren eigenen Kopf! Gerade rammte ihr die Schlafgenossin ihren Kopf gegen die Brust und Ælsbeth erwachte aus dem Traum. Was würde werden?

Ælsbeth sah die schlafende Katze an. Es war Absicht, dass sie hier zusammen lagen! Leise schnurrte die schwarze Katze im Schlaf. Ælsbeth beschloss, dass sie für ihren Glauben kämpfen würde und für diese Katze, wenn das nötig war!

Für Fullo! Für die Mutter, die ihr diese Geschichten von den Göttern immer erzählt hatte. Für alle, die sie jemals gekannt hatte und die diesem Glauben angehört hatten.

Langsam fielen Ælsbeth wieder die Augen zu und sie dachte an jenen Moment, in welchem sie Wodan um Rettung angefleht hatte. Warum war ihr da nicht geholfen worden?

Plötzlich stand im Traum Thoralf vor ihr und Ælsbeth wurde es warm um ihr Herz.

27. Kapitel

Gedankenreisen

ine neue Nacht und Thoralf blickte von seinem Lager aus nach oben, wo im rötlichen Schein des langsam erkaltenden Feuers die Sparren der Hallendecke gerade noch so zu erkennen waren. Seine Gedanken waren dabei allerdings woanders, sie waren bei Ælsbeth, die nebenan in der Scheune schlief, wenn man so wollte, praktisch Kopf an Kopf mit ihm, denn dazwischen waren nur die beiden Häuserwände und der schmale Zwischenraum.

Thoralf hatte schon so manche Frau gehabt, aber nie zuvor hatte es bisher sein Herz zu einer von ihnen hingezogen. Zu keiner, bis er auf Ælsbeth getroffen war. Tief in seinem Inneren fühlte er solch eine Sehnsucht nach der Frau, doch noch immer war sie nicht hier an seiner Seite, sondern weit fort.

Nicht eben räumlich weit entfernt, aber unerreichbar, wenn es nach Claudia ging. Die schnarchte leise in Vaters Bett.

Ein Gedankenblitz zuckte durch Thoralfs Kopf, denn wenn Claudia schlief, dann konnte er sich davonschleichen. Nach draußen vielleicht? Zu Ælsbeth?

Der Gedanke zog Thoralf auf die Füße und einen Augenblick später schlich er zum Feuer hinüber, doch als er dort angelangt war, stellte er fest, dass er barfuß und im Unterhemd war. Somit würde es wohl zu kalt werden, um derart zur Scheune zu gehen! Er brauchte einen Umhang und die Schuhe! Sollte er noch einmal zurückgehen und seine Sachen holen? Warum hatte er die eigentlich nicht gleich mitgenommen?

Unschlüssig stand er am Feuer und blickte zurück zu seiner Schlafstatt. Das war auch die Richtung, in welcher Ælsbeth gerade schlief. Konnte er die Frau einfach so bedrängen? Warum eigentlich nicht, denn sie war ja sein Eigentum und damit durfte er mit ihr machen, was immer er wollte. Doch sein Herz verweigerte ihm gerade dazu die Zustimmung.

Was war hier gerade mit ihm los?

Seit Wochen hatte Thoralf nun schon keine Frau mehr gehabt und im Moment drängte es ihn zu Ælsbeth hinaus, aber er konnte nicht!

Hin- und hergerissen, zwischen Vernunft und Trieb, stand er mitten in der Halle. Von der anderen Seite schlurfte Maria zu ihm herüber. Seltsamerweise trafen sie sich seit seiner Rückkehr jede Nacht an diesem Feuer, allerdings war es nicht sie, zu der es ihn in seiner Not trieb.

„Ich musste gerade an Ælsbeth denken", sagte Maria gähnend, als sie vor ihm stand.

„Ich auch!", antwortete er.

Auch Thoralf hörte den Regenguss, der wieder mal auf das Dach niederging, und Ælsbeth war in ihrem gesamten Stamm gerade die Einzige, die nicht in einem der warmen Häuser lebte, aber er wollte sie nicht im Haus, Thoralf wollte sie in seinem Arm haben!

„Ich muss mal auf den Eimer!", sagte Maria und schlurfte zur Tür. Im Dämmerlicht sah er, wie sie sich dort hinhockte und dann hörte Thoralf das Plätschern von dort. Im Herbst und Winter ging nachts keine der Frauen vor die Tür. Alle Notdurft wurde in diesen Eimer verrichtet, den Maria dann am Morgen zur Latrine brachte. Von der Tür aus gähnte Maria laut und er versuchte den Blick von ihr abzuwenden, doch es gelang ihm nicht. Thoralf konnte das weiße Unterkleid erkennen, das durch das niedergebrannte Feuer leicht rötlich eingefärbt war und er sah ihre nackten Knie.

Um zu Ælsbeth zu gelangen, hätte er jetzt an ihr vorbeigemusst und es wäre nur zu deutlich geworden, dass er zu ihr gehen wollte, nun, wo er ja schon gesagt hatte, dass er an sie hatte denken müssen.

Noch während sich Maria erleichterte, fiel Thoralf Norien ein. Die dralle Magd hatte sich ihm bisher noch nie verweigert und ihre üppigen Formen und Rundungen waren genau das, was ihn von Ælsbeth ablenken konnte. Den Gedanken, Maria zu fragen, verwarf er sofort wieder.

Als Maria sich vom Eimer erhob, lief Thoralf leichtfüßig zur Seite der Frauen. Im Halbdunkel sah er sie dort liegen. Der letzte Strohsack in dieser Reihe war der von Norien! Thoralf hörte, dass Maria ihm folgte, aber Marias Strohsack war der letzte auf der anderen Seite, darum trennte sich ihr Weg nach ein paar Schritten.

Wenig später kniete Thoralf neben der schlafenden Magd und weckte Norien mit einem festen Griff zur Schulter. Nur kurz war Norien verwirrt, dann schob sie die Decke zur Seite und ließ ihn auf ihre Lager, doch so sehr er sich auch zwischen den Schenkeln der Magd bemühte, es klappte nicht, denn seine Gedanken waren bei Ælsbeth!

Als er sich genervt erhob und zu seinem Lager zurückgehen wollte, kam Maria von der Seite auf ihn zu. Am Feuer trafen sie erneut aufeinander. Offensichtlich hatte sie seine vergeblichen Bemühungen bemerkt, aber er wollte nicht darüber sprechen. Mit einer Frau! Wozu? Es war schon schlimm genug, dass es passiert war.

„Schläfst du eigentlich nie?", fuhr Thoralf sie daher betont schroff an, um sie abzulenken, doch Maria stieg nicht darauf ein und brachte es auf den Punkt, indem sie zurückfragte.

„Du hast an sie gedacht? Oder?"

Kurz darauf saßen sie abermals am Feuer. Hier waren sie weit genug von allen Schläfern entfernt und hätten sich leise unterhalten können, doch was gab es zu sagen? Erneut gingen Thoralfs Gedanken zu Ælsbeth und was gerade eben nicht funktioniert hatte, das gelang jetzt auf Anhieb. Nur der Gedanke an die Frau reichte dazu aus, dass sich sein Unterhemd vorn abhob, aber Ælsbeth war nicht hier.

Damit musste Thoralf nun auch noch am Feuer sitzen bleiben, bevor er sich wieder erheben konnte, denn er wollte Maria nicht die deutlich sichtbare Erektion zeigen!

Eine Ablenkung musste her, nur womit? Viel zu lange sah er Ælsbeth jeden Tag und doch konnte er nicht zu ihr. Er hätte aus seiner Haut fahren können, doch auch dies würde nichts nutzen. Und jetzt, wie um ihn noch weiter zu ärgern, hörte er auch noch von der Seite, auf der Vater und Claudia lagen, das eindeutige Geräusch, das die beiden gerade wach waren und das taten, was ihm bei Norien nicht geglückt war.

Den Kopf in beide Hände gestützt, schaute er in das Feuer, doch auch in den Flammen sah er nur die Augen von Ælsbeth.

Was konnte er tun, um die geliebte Frau in den Armen zu halten? Noch ein paar Tage würde der Blutmond dauern und danach musste er Claudia zu der Überzeugung bringen, dass nur die Verbindung mit Ælsbeth für ihn die richtige war. Nur wie?

„Ich könnte dir bei Claudia helfen!", sagte Maria leise und Thoralf blickte sie an.

Das wäre die Lösung, denn wenn sie von zwei Seiten die Hausherrin beeinflussen würden, dann konnte es gelingen.

Damit wurde es Zeit für einen Plan. Gemeinsam dachten sie nach, tauschten leise geflüsterte Ideen aus und verwarfen diese danach sofort wieder. Thoralfs Gedanken waren dabei immer wieder bei der Frau, die er von Herzen liebte. Hatte er von Anfang an nicht gleich beim ersten Aufeinandertreffen die Fronten zwischen Claudia und Ælsbeth klären müssen? Vielleicht oder auch ganz sicher!

Nun war es dafür zu spät! Ein falsches Wort und er würde Ælsbeth verlieren, allerdings bestand Hoffnung, denn Vater hatte sich vor Claudia für Ælsbeth eingesetzt. Es war nur eine Frage der Zeit. Hatte er diese?

28. Kapitel

Herbstwind

Der Blutmond ging dahin. Die tägliche Arbeit war für Maria schwer und trotzdem fand sie jeden Morgen und jeden Abend die Zeit, um sich kurz mit Ælsbeth zu unterhalten.

In den vergangenen Wochen war aus der anfänglichen Sympathie, die offensichtlich beiderseits bestanden hatte, eine feste Freundschaft geworden.

Das Wetter wurde immer schlechter und die Temperaturen vor der Halle immer niedriger, aber Claudia gab nicht nach! Ælsbeth musste auch weiterhin in der zugigen Scheune schlafen und durfte ihren Fuß nicht über die Türschwelle setzen. Damit blieb Maria und Ælsbeth nicht viel Zeit, denn Claudia überwachte mitunter jeden Schritt, den Maria außerhalb der Halle machte. Offensichtlich misstraute Claudia ihr.

Hatte die Herrin dazu einen Grund? Vielleicht war es diese beginnende Freundschaft, aber es war nun mal so, wie es war. Die anderen Frauen waren alle älter und Ælsbeth war einfach die einzige in Marias Alter.

In manchen Nächten lag Maria wach und hörte dem Wind zu, der um die Halle wehte. In den letzten Tagen war er noch stärker geworden und pfiff manchmal im Windfang. Das klang wirklich schauerlich und dann musste sie immer an Ælsbeth denken, die draußen keinen Schutz hatte. Die Löcher in der Scheunenwand waren Absicht, damit das Stroh trocknen konnte und so blieb ihrer Freundin nur, sich in das Stroh hineinzuwühlen. Maria sah jeden Morgen, wie sich Ælsbeth wieder an das Tageslicht zurückkämpfte, um sich danach in der Kälte am Brunnen zu waschen. Nackt! Schon alleine beim Gedanken daran fröstelte es Maria!

In der Halle wurde das Waschwasser mittlerweile angewärmt und schon lange ging keiner mehr freiwillig nach draußen. Da Maria das Wasser vom Brunnen holte, trafen sie sich dort fast jedes

Mal und Ælsbeth schien es nichts auszumachen, dass Maria sie so sah.

Mitunter dachte Maria, dass Thoralf nur deshalb draußen mit nacktem Oberkörper arbeitete, um Ælsbeth ähnlich zu sein. Ihre Gedanken schweiften zu den Unterhaltungen, die sie mit Ælsbeth geführt hatte.

Erst am Abend zuvor hatte Ælsbeth Maria von ihrem Dorf erzählt. Vom Hunger und auch von der Überfahrt über das große Wasser. Der Not gehorchend hatten sie sich in einem winzigen Boot auf das Meer gewagt.

Ohne zu wissen, wohin die Reise ging, war Ælsbeth an diese Küste gekommen. Auch dafür bewunderte Maria die Frau. Hätte sie solch einen Mut gehabt? Vielleicht nur unwissend, denn wenn man darüber nachdachte, was passieren konnte, dann würde wohl keiner eine Schifffffahrt wagen.

Nur über den Glauben und ihre Götter hatten sie noch nicht gesprochen. Auch, wenn Maria das zunächst vorgehabt hatte. Etwas hatte sie immer zurückgehalten. Vielleicht Bequemlichkeit oder die Angst davor demnächst auch in der Scheune schlafen zu müssen.

Jetzt, in der Nacht, hatte sie Zeit für eine Zwiesprache mit ihrem Gott und all die Geschichten von früher fielen Maria wieder ein.

Im Herbst und Winter hatte Vater immer aus der Bibel vorgelesen und die Geschichten daraus waren so schön gewesen. Fast wie die Märchen, die ihr die Großmutter erzählt hatte. Darin ging es um Liebe, Leid, Herzschmerz, Hingebung zu Gott.

Maria hatte dabei von Eva, Delilah und Maria Magdalena; von Jesus, Maria und Josef gehört.

Vielleicht konnte sie Claudia dazu bringen, aus der Bibel zu erzählen und dann Ælsbeth dazu einzuladen? Ihre Freundin kannte diese Geschichten nicht und war daher möglicherweise auch so voreingenommen. Vielleicht hatte es Claudia nur verkehrt ange-

132

packt, denn mit Gewalt überzeugte man niemanden. Man musste das Herz gewinnen, danach den Kopf und später den Bauch!

Allerdings war es in der derzeitigen Stimmung zu riskant, darüber mit Claudia zu reden. Und die Arbeit war auch noch zu viel.

Am Ende des Monats, wenn alle überzähligen Tiere geschlachtet waren, und Ruhe eingekehrt war, dann konnte sie zu den obligatorischen Handarbeiten, dieses Thema aufgreifen. Marias Gedanken sprangen weiter und landeten bei Thoralf. Natürlich gefiel ihr Thoralf, denn er war kräftig und gut gebaut. Wenn er draußen arbeitete, und seine Muskeln dabei spielen ließ, da wurde ihr manches Mal ganz warm um ihr Herz, aber sie fühlte mehr, als wenn sie ihrem Bruder dabei zusah. Nicht wie einem Mann, mit dem sie das Lager teilen wollte.

Im Sommer hatte er sie manchmal, im Spaß, umhergeworfen und da hatte sie gespürt, wie kräftig er war. Für ihn war sie wohl leicht wie eine Feder.

Durch die gerade anfallende Arbeit hatte es Claudia aufgegeben, sie mit ihm vermählen zu wollen, doch bald würde das wieder losgehen. Und wenn sich Claudia etwas in den Kopf gesetzt hatte, dann setzte sie ihren Willen auch meist durch.

Um dies zu verhindern, musste Maria Ælsbeth mit Thoralf zusammenbringen, schließlich hatte sie schon lange an den Blicken von Thoralf und Ælsbeth erkannt, dass diese beiden das Lager liebend gern miteinander teilen würden. Allerdings musste Ælsbeth dazu in die Halle!

Das Grübeln trieb Maria von ihrem Lager und mit der Decke um die Schultern schlich sie barfuß zur Mitte der Halle. Dort, am Feuer sitzend, schürte sie die Glut.

Mit einem Stock stocherte sie im Feuer, um sich von ihren müßigen Gedanken abzulenken. Von rechts vernahm Maria das Schnarchen der Frauen und von der anderen Seite hörte sie auch in dieser Nacht das markante Schnaufen des Herrn, der Claudia beilag. Es übertönte auf diese Entfernung von etwa dreißig Schritten den Wind und die Schlafgeräusche sämtlicher Bewohner der Halle!

Maria drehte ihren Kopf dorthin. Das ging so fast jede Nacht! Sollte sie den Herrn dafür bewundern? Oder bedauern?

Maria musste daran denken, wie sie die Eltern einmal dabei überrascht hatte. Bei der Erinnerung bekam sie immer noch rote Ohren. Hier war es völlig normal, dass sich die Menschen so lautstark liebten.

Neben ihr erklangen leise Schritte und wenig später setzte sich Thoralf neben sie. In mancher Nacht trafen sie sich hier am Feuer. „Kannst du auch nicht schlafen?“, fragte sie ihn leise und er nickte.

Offensichtlich hatten ihn diese Geräusche von seinem Schlafplatz vertrieben.

War jetzt die Gelegenheit, ihn zu Ælsbeth auszufragen? Claudia war ja im Moment beschäftigt und könnte ein geflüstertes Gespräch sicher nicht hören. Nur wie das Gespräch auf die Freundin bringen? Wieder pfiff der Wind und Maria sagte schnell: „Ich möchte jetzt nicht da draußen sein, bei Ælsbeth!“ An Thoralfs Stöhnen merkte sie, dass sie damit seinen wunden Punkt getroffen hatte.

„Ich schon!“, sagte Thoralf und erhob sich. Für einen Moment schien er zu überlegen, ob er nach draußen gehen sollte, dann wandte er sich wieder seinem Lager zu und verschwand in der Dunkelheit.

Nun seufzte Maria. Das würde ein schweres Stück Arbeit werden.

29. Kapitel
Am Wegekreuz

In seinen schwarzen Habit gekleidet und die Kapuze wegen des schlechten Wetters nach vorn gezogen, stand Albrun an der Weggabelung. Sein jugendlicher Begleiter, der bald Mönch werden würde, stand ratlos hinter ihm. Auf seinen Wanderstock gestützt grübelte der Mönch, wohin ihn sein weiterer Weg führen sollte.

Links oder rechts? Albrun drehte sein Gesicht nacheinander in beiden Richtungen. Wenn er seinen Weg nach links beschritt, so würde er wieder zu Augustinus zurückkehren, der am Hofe des Königs gerade damit beschäftigt war, ein Kloster zu gründen. Sollte er seine Schritte nach rechts lenken? Da würde er zurück auf die Insel Thanet kommen, auf der sie im Frühjahr mit einem Schiff und 40 Mönchen gelandet waren.

Sein Blick suchte die Ferne und seine Gedanken flogen zurück, zum Beginn dieser Reise. Albrun hatte im Benediktinerorden unter dem Prior Augustinus im Andreas-Kloster in Rom gelebt, als der Auftrag von Papst Gregor sie erreicht hatte, dass sie die Sachsen und Angeln auf dieser Insel missionieren sollten.

Er strich die Kapuze zurück und fuhr sich durch sein ergrautes Haar. Bertha, die Ehefrau des Königs der Sachsen, und Tochter des Königs der Merowinger Charibert, hatte beim Papst darum gebeten, dass er die Sachsen zum rechten Glauben bekehren sollte. Einst hatte Albrun Bertha am Hofe des Merowingers kennengelernt. Viele Jahre war dies nun schon her, aber vielleicht hatte er deshalb zugesagt, trotz seines hohen Alters, diese Mission zu übernehmen.

Albrun war Franke, aber er war in seinem langen Leben auch auf vielen Zügen bei den Sachsen gewesen und daher kannte er ihre Sprache recht gut. Viele Orte hatte er dabei kennengelernt, begonnen bei Paris, in der Albrun Bertha einst, als kleines Kind, auf seinem Schoß gehabt hatte.

Auf diesen vielen Missionsreisen hatte er gelernt, zu überleben und sich irgendwie durchzuschlagen. Sicherlich hatte Gott dabei oft seine Hand über ihn gehalten.

Auf dem Festland, in den undurchdringlichen Wäldern der Sachsen hatte er als junger Mann versucht, das Christentum zu verbreiten und mitunter hatte er nur mit viel Glück überlebt. Viele seiner Ordensbrüder hatten diese Missionierung als Märtyrer mit ihrem Leben bezahlt. Die Franken waren schon lange gute Christen, nur die störrischen Sachsen hielten noch an ihren Götzen fest! Auf dem Festland, so wie auch hier!

In Rom hatte sich Albrun mit dem Studium der Schriften befasst, bis Berthas Ruf ihn ereilt hatte. Nun war er wieder auf einer Mission und die Bekehrung der heidnischen Sachsen hier im Königreich Kent würde wohl seine letzte auf Erden werden.

Der junge Mann, der fragend an ihn herantrat, der hatte all das noch vor sich. Albrun war sicher mehr wie viermal so alt, wie der Jüngling. Erneut drängte sich Albrun die Frage nach dem Weg auf. Nur Gott konnte die Antwort kennen. Schon seit Monaten zogen sie in diesem Königreich umher. Immer wieder sah er Trümmer von Kirchen, die hier von vielen Jahren gestanden hatten und die von den Sachsen oder vom Lauf der Zeit zerstört worden waren.

Einst hatte hier schon einmal eine funktionierende Kirchgemeinde existiert und nun sollte es, nach dem Willen der Königin, wieder eine geben!

Der Beutel mit den heiligen Büchern und den Schriftrollen drückte schwer auf seinen, von den Jahren der Wanderschaft, gebeugten Rücken. Genauso schwer war es bisher gewesen, die Heiden zur Taufe zu bewegen. Nur wenige Sachsen hatten sie gewinnen können, denn noch immer hielten die meisten von ihnen an ihren Göttern fest. Mehr als einmal hatte er daher ein Schwert am Halse gehabt, aber mehr als der Glaube und das Kreuz hatte ihn in den letzten Monaten das Zeichen des Königs gerettet. Das trug er für alle sichtbar an einer Kette am Halse und die Sachsen waren ihrem König zu treuer Gefolgschaft verpflichtet.

Allerdings konnte ihm hier an dieser Weggabelung das Zeichen des Königs nicht helfen, sondern nur das Kreuz und sein Glaube.

Albrun richtete seinen Blick auf die niedrig hängenden Wolken. In wenigen Wochen würde der Winter kommen und der war hier sicher ziemlich ungemütlich. Den nahenden Schnee konnte Albrun schon deutlich in seinen alten Knochen spüren. Die irrten sich nie! Höchstwahrscheinlich blieb ihm noch ein Monat und dann brauchten sie eine Bleibe für den Winter. Vielleicht im Kloster, welches Augustinus gerade auf den Resten einer alten Kirche gegründet hatte? Oder in einem Dorf der Sachsen? Damit ergäbe sich die Möglichkeit, länger bei ihnen zu bleiben und auf sie einzuwirken. War das nicht auch seine Aufgabe?

Mit dem Kreuz in der Hand rief Albrun nach oben: „Herr! Wohin soll mich mein Weg führen? Bitte gib mir ein Zeichen!" Für den Bruchteil eines Augenblickes riss die Wolkendecke auf und zwischen zwei Wolken fiel ein einzelner Sonnenstrahl zum Boden. Er traf ein Gebüsch in der Nähe und Albrun fragte sich nun in Gedanken, was dieses Zeichen wohl bedeuten sollte, denn dort war kein Weg! Was sollte er dort?

Allerdings war ein Zeichen nun mal ein Zeichen! Mit seinem Wanderstock bewegte er sich die zwanzig Schritte durch kniehohes Gras und betrachtete den Busch. Hatte Gott nicht auch in der Bibel durch einen Busch gesprochen? Dort hatte er allerdings gebrannt. Und hier? Ein vertrockneter Strauch, nichts sonst. Kein Weg!

Mühsam umrundete Albrun das Gebüsch und rieb sich am Kinn. Unstet schweifte sein Blick umher. Was war der Wille Gottes?

Hatte er nicht nach einem Weg gefragt? Aber hier war nichts!

Albrun rammte seinen Wanderstab vor sich in den Boden, dann hob er seine Hände zum Himmel und rief: „Erkläre es mir bitte!"

Ein zweiter Sonnenstrahl traf nun den Stab und warf damit einen Schatten. Das musste die gewünschte Richtung sein! Nach Norden, also weder links noch rechts! Albrun verbeugte sich, zog den Stab aus dem Boden und zu zweit schlugen sie sich nun durch das Gebüsch hindurch.

Beschwerlich waren die ersten Schritte, bis Albrun erneut an eine Wiese gelangte. Er hob seinen Blick und erkannte, dass wenn sie diesen Weg folgten, ihn seine Schritte zu einem großen Haus führen würden, dessen Dach Albrun in einiger Entfernung schon sehen konnte.

An dem Zeichen Gottes gab es jetzt keinen Zweifel mehr. Dieses Haus war gemeint!

Entschlossen setzte Albrun seinen Fuß auf die Wiese. Der Himmel zog sich wieder zu und ein heftiger Regenguss prasselte auf sie nieder. Schnell zog er die Kapuze über seinen Kopf und nahm den kostbaren Beutel nach vorn, denn die Schriftrollen darin sollten ja nicht feucht werden.

Nun schien es ihm so, als wolle etwas, oder jemand, ihm von dem Ziel seines Weges abbringen.

Je weiter er sich dem Hause näherte, desto mehr wehte ihm der Wind entgegen, aber Albrun würde nicht von dem gewiesenen Weg abweichen, denn Gott hatte es so gewollt!

30. Kapitel
Novemberregen

Der Wind zerrte an den Zweigen des Baumes. Maria sah fast wehmütig zu, wie die bunten Blätter des Herbstes davonflogen. Sie stand neben der Haustür, von dort aus hatte sie den Baum im Blick, in dessen Schatten sie so oft im Sommer gelegen hatte. Gerade konnte sie Pause machen, denn das erste Schwein des Tages war zerteilt und verarbeitet und das Zweite würde noch etwas brauchen, bis es so weit war.

Im Moment erhitzte Norien dafür gerade das Wasser im Kessel über dem Feuer und Thoralf hängte hinter ihr die Fleischstücke in den Rauch darüber.

Marias Blick zog es von der Krone des Baumes zum grauen Himmel darüber. Der Sommer war lange vorbei und sie seufzte bei dem Gedanken an die Wärme und das schöne Gras auf dem Hügel dort oben, denn dieser Himmel verhieß nur kalten Regen und baldigen Schnee.

Es war November und für die Sachsen war dies schon das neue Jahr. Für sie und Claudia gehörten die letzten beiden Monate noch zum alten Jahr. Oft ertappte sich Maria dabei, wie sie die neuen Monatsnamen nannte, auch wenn es seit alters her andere gab. Bei den Sachen hieß der November Blutmond. Wochentage kannten sie hier nicht und mitunter musste Maria auch überlegen, welcher Tag gerade war, aber eigentlich hatten die Tage keinerlei Nützlichkeit. Es war ein immerwährender Kreislauf durch das Jahr und Tage hatten da nur geringe Bedeutung.

Der Wind zog nun auch an ihrem Gewand. Da sie nur kurz herausgegangen war, trug sie nur das dünne Kleid. Und auch die wärmende Decke, die man als Umhang nehmen konnte, hatte Maria drinnen am Haken neben der Tür hängen lassen.

Fröstelnd schlug sie sich die Hände um die Schultern und richtete ihren Blick zur anderen Seite. Dort drüben stand Ælsbeth mit nackten Armen und nur bis zum Knie reichendem Kleid, auf die Mistgabel gestützt und sah ebenfalls in den Himmel. Solch ein luftiger Anzug wäre Maria nicht mal im Traum in den Sinn gekommen. Schon alleine bei diesem Anblick spürte Maria, wie ihr die Kälte unter das Kleid kroch und von dort am Bein nach oben stieg.

Sollte sie für einen Schwatz zu Ælsbeth hinübergehen? Etwas Bewegung würde die Kälte vielleicht vertreiben.

Claudia verließe den Platz am warmen Feuer bestimmt nicht freiwillig. Damit war das der perfekte Moment für ein Gespräch unter Freundinnen.

Mit schnellen Schritten lief Maria die Treppe hinab und zum Gatter hinüber. „Ganz schön frisch geworden", sagte sie, als sie die Absperrung erreicht hatte.

Ælsbeth schaute zuerst zur Hallentür, dann kam sie die zwei Schritte zu ihr herüber, lehnte die Mistgabel an das Holz und stützte sich auf den Balken.

Ein belangloses Gespräch über das Wetter begann, bei dem Ælsbeth aber immer das Tor im Blick behielt. Hatte sie so eine Angst vor Claudia? Was konnte ihr noch passieren? Außer, dass sie ab jetzt die Scheune mit Maria teilen musste, weil sie hier redeten. Eigentlich hätte Maria mehr Angst haben müssen.

Schließlich erschien Thoralf auf der Treppe und Ælsbeths Blick folgte ihm. Während sie über Feuerholz redete, ließ sie keinen Wimpernschlag lang ihre Augen von dem halbnackten Krieger, der jetzt in der Nähe saß und seinen Sax anschliff.

Das war wohl das Startsignal für die folgenden Arbeiten. Trotzdem blieben noch ein paar Augenblicke zum Verschnaufen, aber Ælsbeth war nun mit ihren Gedanken offensichtlich mehr bei Thoralf, als bei dem Gespräch mit ihr.

Daher verabschiedete sich Maria und schlenderte langsam zur Treppe zurück.

Als sie den Fuß auf die unterste Stufe setzte, brach unvermittelt ein Regenguss auf sie herunter.

Obwohl es nur ein paar Schritte bis unter das schützende Hausdach gewesen waren, war Maria nass bis auf die Haut, bevor sie das offenstehende Tor erreicht hatte. Hinter ihr polterte Thoralf die Treppe hoch und stieß sie beinahe in den Raum hinein. Schnell ließ Maria den Krieger an sich vorbei.

In der Tür stehend drehte sich Maria noch einmal um und sah Ælsbeth, die im Gatter stand und mit ausgebreiteten Armen den Regen auf sich herabfallen ließ. Es sah so aus, als stände sie in einem warmen Frühlingsguss, aber es war November und der Regen war eiskalt!

Maria lief das kalte Wasser aus den Haaren und der frische Wind zog durch das klamme Kleid, aber es gelang ihr nicht sich von der Tür fortzubewegen, denn das Bild der im Regen stehenden Freundin fesselte sie.

Thoralf legte ihr von hinten eine Decke um die Schultern und wollte sie zum Feuer ziehen, doch sie konnte keinen Schritt machen.

Sie spürte, wie er über ihre Schulter nach draußen sah und so standen sie für eine Weile dort, bis es dann doch zu kalt wurde, aber gerade in dem Moment, in dem Maria sich der Wärme des Feuers zuwenden wollte, fiel Ælsbeth da unten auf die Knie.

Zwei Gestalten tauchten im eiligen Lauf aus der Regenwand auf.

„Sturmvater Wodan!", flüsterte Thoralf hinter Maria, denn genau so, wie einer der Männer aussah, so beschrieben die Sachsen ihren obersten Gott. Graue Haare, grauer Vollbart und einen langen Kittel.

Im Näherkommen erkannte Maria allerdings, dass der Mann ein silbernes Kreuz um den Hals trug und er hatte auch den Habit eines Mönches an.

„Nein! Das ist nicht Wodan!", sagte sie zu Thoralf und rief dann zu Claudia: „Ein Mönch sucht Einlass bei uns!"

Noch bevor der Mann danach fragen konnte, war Maria zur Seite getreten und Claudia hatte die beiden Männer an das Feuer gezogen. Nur ein paar Augenblicke später hörte der Regen so plötzlich wieder auf, wie er begonnen hatte.

Maria suchte sich trockene Sachen, zog sich um und setzte sich dann an das Feuer, damit ihre Haare trocknen konnten.

Während das Feuer Maria durchwärmte, sah sie den beiden Fremden zu. Die Gastfreundschaft der Sachsen war groß, doch noch mehr schien Claudia gerade diese Männer hier zu begrüßen, denn wie ein kleines Mädchen hüpfte sie um den Mönch und seinen Begleiter herum.

Obwohl die Arbeit eigentlich weitergehen musste, war daran gerade nicht zu denken, denn Claudia ließ Norien den Tisch decken.

Dabei flogen Marias Gedanken nach draußen zu Ælsbeth.

Ihre Freundin war ebenfalls völlig durchnässt worden und wäre sicher froh, wenn sie hier auch am Feuer hätte sitzen können und wenn ihr etwas mehr Gastfreundschaft von Claudia entgegengebracht worden wäre. Aber wenn Maria darüber ein Wort sagen würde, so genügte das vermutlich, dass auch sie in der Kälte landete. Da beobachtete sie lieber die beiden Männer.

Mehr als der alte Mönch fing dessen junger Begleiter Marias Blick ein.

Ihr entging keine Bewegung des jungen Mannes, der sein Wams zum Trocknen an das Feuer hielt. Dieser Mann konnte ihr schon gefallen. Mehr als Thoralf!

31. Kapitel
Gottes Wege

Besser hätte es Albrun gar nicht treffen können!

Dem göttlichen Zeichen folgend, waren sie vollkommen durchnässt in dieses Haus getreten. Dort hatte ihn ein großes Kreuz begrüßt. Hier gab es offensichtlich schon Christen. Er war überschwänglich von der Hausherrin begrüßt worden und bei einer warmen Suppe erzählte ihm die Frau, dass die Frauen Christen und die Männer noch Heiden waren.

Ganz deutlich folgte dieser Haushalt damit dem Vorbild des Königshofes, denn dort war es ebenso! Während Königin Bertha jeden Tag zu Gott betete, war König Æthelberth immer noch ein heidnischer Stammesführer! Albruns jugendlicher Begleiter hatte schweigend neben ihm gesessen und zugehört, denn er hatte noch viel zu lernen.

Momentan trockneten ihre Kleider am Feuer und alle Frauen in der großen Halle versuchten ihnen jeden Wunsch von den Augen abzulesen, wobei sie doch eigentlich ihre unterbrochenen Tätigkeiten hätten fortsetzen müssen.

Es war ja gerade der Monat des Schlachtens, dessen Beginn sie in einer anderen Siedlung erlebt hatten und dieser Blutrausch hatte Albrun erschreckt, obwohl er diese Feste schon von früher kannte. Über ihm, im Rauch des Feuers, hingen die Fleischstücke und Würste, die auch hier von diesem Fest kündeten.

Natürlich hatte Albrun den praktischen Zweck dieses Festes verstanden, denn es war überlebensnotwendig, dass die überzähligen Tiere vor dem Hunger geschlachtet wurden und ihr Fleisch danach im Rauch haltbar gemacht wurde.

Im Unterhemd und mit einer um die Schultern gehängten Decke, kümmerte sich Albrun nun darum, seine kostbaren Bücher zu trocknen.

Eine der Mägde sah ihm dabei interessiert zu.

Er winkte sie mit der Hand zu sich und gemeinsam sahen sie sich ein paar Bilder in einem der Bücher an. Der Name der Magd war Maria und ihr rotes Haar verriet ihm, das sie wohl keine Sächsin war, sondern eine der einheimischen Christinnen. Vermutlich hatte sie zusammen mit der Herrin dieses Haus betreten, denn Haarfarbe und Tracht unterschieden sich so deutlich von denen der anderen Frauen, dass Albrun nur diesen Schluss ziehen konnte.

In Anbetracht ihres Namens begann Albrun daher, die Geschichte von Maria und Josef zu erzählen und die Magd hing mit ihrem Blick fast an seinen Lippen. Während die anderen Frauen an einem großen Tisch Fleisch vorbereiteten, erzählte er weiter.

Irgendwann fuhr der Stammesführer dann die Magd an, warum sie nichts machte und Albrun versprach ihr, am Abend weiterzuerzählen.

Jetzt war er der ruhende Punkt in der Halle. Auf einer Bank, seine Bücher in der Hand, sah er zu den Frauen und Männern, die rund um ihn ihre Arbeiten verrichteten.

Ein erneuter Regenguss trommelte unaufhörlich auf das Dach über ihm und Albrun war froh, dass er in dieser Nacht, und sicher auch in den folgenden Nächten, ein trockenes Plätzchen gefunden hatte.

Sein umherschweifender Blick traf den jungen Novizen, der fast verschüchtert auf der Bank am Feuer hockte. Dieser Junge hatte wirklich noch einiges zu lernen, bevor er Mönch werden konnte. Mit der heiligen Schrift in der Hand dachte Albrun daran, dass sie hier, wenn sie es nicht ganz ungeschickt anstellen würden, vielleicht über den Winter bleiben und dabei diese Heiden langsam für das Christentum begeistern konnten.

Das war es doch, was er hier tun sollte. Mithilfe von Maria und ihrer Herrin würde ihm das sicherlich auch gelingen. Innerlich rieb sich Albrun schon die Hände und dabei dankte er Gott für diesen Platz.

Die Wege des Herrn waren schon manchmal sonderbar, aber wenn es wirklich sein Wille war, dass er hierher gefunden hatte, dann würde es ihm sicherlich gelingen, bis zum Osterfest den ganzen Stamm getauft zu haben.

Der Winter war dafür die beste Zeit des Jahres, denn alle waren im Haus, alle hatten Zeit und am warmen Feuer konnten dann alle den Geschichten aus der Bibel lauschen.

Erneut flogen Albruns Gedanken zurück in die Vergangenheit. Schon oft war es ihm gelungen die Menschen über die heidnischen Götter und Feste an die christlichen Werte und Feiern heranzuführen.

Ächzend erhob er sich, legte das Buch zur Seite, nahm seinen Habit von der Bank und prüfte, wie feucht er noch war. Mit seinem Wanderstock stellte er seine Tracht näher zum Feuer. Dampfend entwich die Feuchtigkeit. Damit würde er wenigstens beim Mahl am Abend nicht im Unterhemd am Tisch sitzen müssen.

Direkt über seinem Kopf, keine Handbreit entfernt, hing eine dicke Wurst. Lang wie sein Unterarm und auch von diesem Umfang. Es war erkennbar ein sehr reicher Stamm, wenn hier so viel Fleisch über dem Feuer hing. Und sicher würde in den nächsten Tagen noch so einiges hinzukommen.

Offenbar hatte die Hausherrin, die sich mit Claudia vorgestellt hatte, seinen Blick bemerkt, denn sie kam zu ihm herüber und fragte: „Vater Albrun, wollt ihr ein Stück davon kosten?"

„Gern!", entgegnete er und die Frau begann, die Würste zu prüfen. Dabei betrachtete Albrun sie.

Obwohl sie hier arbeitete, war sie in eine Robe gekleidet, wie sie auch Königin Bertha hätte tragen können. Nach einer längeren Suche hatte sie endlich eine Wahl getroffen, angelte mit einer Stange eine der Würste herunter und schnitt eine daumendicke Scheibe davon ab.

Der Dolch, den sie dafür benutzte, war ebenfalls kostbar, eine Waffe mit einem silberbeschlagenen Griff. Einer Königin würdig. Auch sein Novize erhielt von ihr eine Scheibe, wenn auch offensichtlich etwas dünner.

Die Wurst schmeckte Albrun hervorragend. Wiesenkräuter waren darin und gaben ihr eine würzige Note, die zusammen mit dem Rauch ein gutes Aroma ergab. Selbst in Paris hatte er keine solch schmackhafte Wurst bekommen. Bei seinem Lob bekam Maria, die in der Nähe gearbeitet hatte, rote Ohren. Offensichtlich stammte das Rezept von ihr.

Die Arbeiten endeten, sein Habit war wieder trocken und die Tafel wurde für das Mahl gedeckt. Dabei bog sich fast die Tischplatte von all dem, was nun darauf zu stehen kam.

Albrun wollte das Tischgebet sprechen und die Bewohner ließen ihn dies gern tun. Die Männer aus Gastfreundschaft und die Frauen wegen seiner Funktion als Priester.

Nach dem Amen begann das Schlemmen.

Starkes Bier wurde gereicht, Braten, Wurst und Brot gab es dazu, bis Albrun nicht mehr konnte, sich den Bauch hielt und laut rülpsen musste. Aber auch die anderen rund um ihn herum beendeten in derselben Art ihr umfangreiches Mahl.

Am Feuer sitzend erzählte er danach die Geschichten für Maria weiter und Albrun sah, dass die Männer zumindest so taten, als würden sie ihm nicht zuhören. Aber er wusste, dass alle lauschten, denn Geschichten aus der Fremde waren immer willkommen, wann gab es hier schon mal etwas Neues? Sicher nicht sehr oft!

Der Tag endete damit, dass er vor dem Kreuz kniete und sein Abendgebet verrichtete. Dieses Kreuz war ebenfalls prachtvoll. Es bestand aus poliertem Edelholz und war mit goldenen Beschlägen versehen. Falls Augustinus für sein Kloster noch ein Kreuz suchen würde, dieses hier hätte er ihm sofort empfehlen können.

Sein Nachtlager befand sich auch noch direkt vor diesem Kreuz. Sozusagen zwischen den Männern und Frauen, die sich an den jeweiligen Enden der riesigen Halle zu Bett begaben.

Gottes Wege waren eben unergründlich.

32. Kapitel

Ein Bote Gottes

eit ihrer Ankunft in diesem Haus hatte Claudia versucht, ihren Mann Garmond vom rechten Glauben zu überzeugen. Bei den Frauen unter ihrem Dach war ihr das auch ohne Schwierigkeiten gelungen. Allerdings hatte keiner der Männer von dem alten heidnischen Glauben loslassen wollen. Und auch Ælsbeth war da ziemlich verstockt!

Claudias Blick suchte den Mönch. Mit ihm hatte Gott ihr einen Helfer in ihre Halle geführt. Er war ganz sicher ein Bote Gottes. Ein Zeichen dafür, dass nun etwas in Bewegung kam. Claudia hatte den Mönch überschwänglich begrüßt und nun hatte sie vor, ihn bis zum nächsten Frühjahr hier zu halten. Ein Mann könnte Garmond vielleicht leichter beeinflussen, als sie es bisher vermocht hatte.

Solch eine Chance durfte nicht ungenutzt bleiben und zusätzlich hätte sie noch jemanden in dem Hause, mit dem sie im Winter reden konnte. Über gebildete Themen. Hoffentlich! Und nicht nur über die allgemeinen Dinge des Tages.

Der Mönch saß im Unterhemd am Feuer und sie trocknete seinen Umhang. Das Essen für den Gast wäre sicher bald fertig und für sich selbst beschloss sie, den Rest des Tages keine Arbeit mehr durchzuführen.

Sie stoppte Thoralf, der gerade hinausgehen wollte, um das nächste Schwein zu schlachten, mit dem Hinweis auf den Gast. Den ungläubigen Blick des Stiefsohnes ignorierte sie. Nicht nur die Frauen, auch die Männer konnten etwas ausruhen.

„Maria! Haben wir noch etwas von der leckeren Blutsuppe?", fragte sie die junge Magd, die sich am Feuer wärmte.

Maria nickte und begann mit der Zubereitung der Speise.

Claudia war erst hier mit dieser Suppe konfrontiert worden, aber in der Art, wie sie damals Norien zubereitet hatte, mochte sie dieses blutige Gericht ganz gern. Darum hatte sie jetzt Maria aufgetragen, sie nach demselben Rezept zu kochen.

Die Mägde umsorgten den Gast, unverkennbar hatten sie begriffen, wie wichtig er ihr war.

Am liebsten hätte Claudia ewig mit ihm geredet, doch Garmond unterbrach sie, scheuchte die Mägde zurück an die Arbeit und schickte Thoralf mit dem Sax nach draußen.

Das Quieken der Sau vor dem Haus zeigte ihnen an, dass die Arbeit jetzt wichtiger war. Am Abend würde dann sicher noch reichlich Zeit zum Reden sein.

Claudia freute sich schon darauf und ihre Gedanken schweiften immer wieder ab. Sie stand so, dass sie sowohl das Kreuz, als auch den Mönch immer im Blick haben konnte. Ein neuer Gedanke sauste durch ihren Kopf: Bisher hatte sie es noch nicht geschafft, einen der alten Choräle zu singen. Nur sie und Maria konnten Latein. Die anderen Frauen hatten davon keine Ahnung. Nun waren sie, mit dem Mönch und seinem Begleiter, schon zu viert. Da musste es doch gelingen, eines dieser alten Kirchenlieder zu singen.

Claudia legte das Messer zur Seite, wischte sich die Hände an einem Lappen ab und trat zu den beiden Männern, die noch im Unterhemd am Feuer saßen.

Schnell hatten sie eine Auswahl getroffen und der alte Mann stimmte den Choral an.

Die Mägde sahen irritiert zu ihnen herüber. Ein Mann der sang, ohne betrunken zu sein?

Doch Maria stimmte sofort ein und nun konnte auch Claudia nicht mehr bis zum Abend warten.

Der Gesang von vier Stimmen schwebte feierlich durch die Halle. Auch Norien wollte mitsingen und fragte Maria nach dem Text. Und, obwohl sie es nicht verstanden, stimmten auch die anderen Mägde in den Gesang ein. Es klang gewaltig und damit wusste Claudia, dass der Mönch wirklich ein Bote Gottes war.

Singend ging die Arbeit viel schneller von der Hand und schon bald waren sie fertig. Hand in Hand wurde danach der Tisch gedeckt und alle setzten sich daran. Wie bisher jeden Abend in diesem Monat gab es reichlich zu essen und zu trinken, aber da sie nun einen Gast hatten, begann das Essen mit einem Gebet. Die Männer sahen dabei stumm auf den Mönch, die Frauen beteiligten sich lautstark daran. Eine heilige Atmosphäre entstand und durch dieses Gebet war Gott persönlich ihr Gast.

Claudia beschloss, dies ab diesem Abend immer so zu handhaben, zumindest für die Frauen. Mit einem vielstimmigen „Amen!" begann das Schlemmen und Trinken und da sie, beflügelt durch das Singen, nicht so schwer gearbeitet hatten, wurde es ein langer Abend.

Die Schlafplätze für die beiden Besucher wollte Claudia nicht bei den Männern vorbereiten. Der Mönch und sein Begleiter würden am Altar mit dem Kreuz schlafen.

Garmond schüttelte zwar den Kopf, denn es war die schmalste Stelle der Halle, mit dem zugigen Tor gegenüber, aber der Mönch nahm den Platz, überschwänglich dankend, an.

Nach dem Nachtgebet suchten alle zügig ihre Schlafplätze auf.

Maria und sie waren die letzten. Einen Moment standen sie noch gemeinsam am Feuer und sahen in die Flammen, als Garmond nach ihr rief. Claudia nickte Maria zu und eilte zu ihrem Bett.

Mitten in der Nacht lag sie dann wach. Tausende Gedanken und Pläne sausten dabei durch ihren Kopf. Dieser Mönch, Albrun, war von ihrem Bretwalda beauftragt worden, die Männer zum Christentum zu bringen und da musste das doch auch gelingen.

Mit ihm brach eine neue Zeit an. Claudia spürte es. Das Kreuz in der Halle schien förmlich zu leuchten und Gott war bei ihnen. Vielleicht konnten sie nun in der großen Halle auch einen regelmäßigen Gottesdienst abhalten? Bisher hatte dies, in Ermangelung eines geweihten Priesters, nicht geklappt und sie als Frau durfte keinen Gottesdienst leiten.

Nun gab es einen Mönch und dieser war, nach seiner Erzählung beim Essen, sogar in Rom zum Priester geweiht worden. Was konnte sie davon abhalten, den Mann zu bitten, für den Winter zu bleiben und hier den Gottesdienst zu leiten?

Vor lauter Aufregung kam Claudia nun erst recht nicht mehr in den Schlaf, denn die Bilder längst vergangener feierlicher Gottesdienste kamen ihr wieder in den Sinn. Von der steinernen Kirche in ihrem Heimatort und von sonntäglichen Andachten.

In Gedanken fragte sich Claudia, ob am nächsten Tag nicht Sonntag war. Ihren Mann brauchte sie dazu nicht fragen, nur Albrun oder Maria konnten es wissen. Den Mönch wollte sie nicht wecken, aber sie schlich, auf ihrem nächtlichen Weg zum Eimer, bei Maria vorbei.

Schlaftrunken bestätige ihr Maria, dass am folgenden Tag Sonntag war. Der Tag des Herrn wollte mit einer Andacht begonnen werden!

Alles würde gut werden! Auf dem Rückweg verbeugte sich Claudia vor dem Kreuz und es war, als höre sie dabei die Stimme Gottes in sich. Er hatte diesen Mönch an ihre Seite gestellt.

33. Kapitel
Bücher!

Bücher! Der Mönch hatte Bücher mitgebracht und Maria hatte sie gesehen, als der alte Mann diese vorsichtig getrocknet hatte. Sie selbst hatte ein kleines Buch mit Gedichten in ihrer Kiste, das sie schon ein paar hundert Mal gelesen hatte und nun gab es noch mehr Lesestoff. Sollte der Mönch über den Winter bleiben, dann hätte Maria damit viel Zeit dafür.

Ihre Gedanken gingen zurück in ihre Kindheit. Im Hause ihres Vaters hatte Maria immer viel gelesen, doch nun schon ewig immer nur dieselben Zeilen. Es war ihr völlig egal, dass der Mönch wohl nur religiöse Schriften besaß. Sie vermisste das Lesen so sehr, sie hätte auch ein Buch mit Fischrezepten gelesen, auch wenn sie Fisch nicht mochte.

Auf ihrem Lager liegend dachte sie auch an den Begleiter des Mönches. Der junge Mann hieß Markus und hatte einen schüchternen Eindruck auf sie gemacht. Sicherlich war er gerade so alt wie sie selbst. Nun holte Maria in Gedanken sein Gesicht vor ihre Augen. Markus hatte kurze, rote Haare und blasse Sommersprossen rund um eine kleine Nase. Hübsch war er! Er trug keinen Habit, sondern einfache Kleidung, wie es einem Novizen wohl zustand.

Mit dem heißeren Krächzen des Hahnes begann ein neuer Tag und Maria war wieder die Erste, die wach war.

Nach ein paar Schritten stand sie beim Kreuz, um zu beten. Zuvor blickte sie dem jungen Mann ins Gesicht.

Markus war wirklich sehr hübsch. Im Schlaf hatte er sanfte Züge im Gesicht und Maria musste sich fast mit Gewalt von diesen Sommersprossen losreißen. Noch schlief Markus auf seinem Strohsack vor dem Altar und daher musste sie sich fast über ihn stellen, um ihr tägliches Gebet zu verrichten.

151

Um ihn nicht zu wecken, murmelte sie das Vater-Unser möglichst leise, doch bei ihrer abschließenden Verbeugung bemerkte sie, dass er dennoch erwacht war. Stumm nickten sie sich zu, dann tauschten sie die Plätze und während er betete, räumte sie kniend seinen Schlafplatz zusammen.

Der Mönch erwachte nun ebenfalls und sie sah erneut den Stapel von Blättern und die Schriftrollen in seiner Tasche. Schnell machte sie sich daran, auch seinen Platz aufzuräumen, denn die anderen Frauen wollten später hier beten.

Der Arbeitstag begann damit, dass die Mägde sich nach dem Gebet wuschen und Maria schnell zum Bett der Herrin lief, denn die wollte ein neues Kleid haben und das hatte sich Maria über dem Arm gehängt.

Claudia lag im Unterkleid auf ihrem Lager und erwachte, als Maria die Vorhänge leise zur Seite zog. „Sind unsere Gäste schon wach?", fragte sie, während Maria ihr das Kleid reichte.

„Sie sitzen am Feuer!", entgegnete Maria. Dort war im Moment der wärmste Platz und gerade war noch Zeit, die Müdigkeit aus den Knochen zu vertreiben.

Unmittelbar nach Claudia erhob sich auch deren Mann vom Lager.

Maria machte einen Knicks und eilte zurück, um das Frühstück vorzubereiten. Einige der Mägde halfen ihr und somit waren diese Arbeiten schnell erledigt.

Alle, bis auf Ælsbeth, der sie das Essen in den Stall gebracht hatte, saßen danach am Tisch. Wieder sprach der Mönch das Gebet.

Es war ein schnelles Mahl am Morgen, bevor die tägliche Routine griff. Tausendmal gemachte Handgriffe, doch Maria hatte sich vorgenommen, heute schneller zu arbeiten, um Zeit zum Lesen am Abend zu gewinnen. Und wie das nun mal so war, wenn man etwas besonders schnell machen wollte, dauerte alles viel länger.

Als Maria dann auch noch irgendwann mit einer Kiste in der Hand mit Markus zusammenprallte und zu Boden fiel, gab sie es auf. Doch nun begann der Mann ihr zu helfen, da er im Moment wohl nicht allzu viel zu tun hatte.

Zu zweit gingen die Arbeiten ganz schnell von der Hand und sie hatten dabei sogar noch Zeit, sich angeregt zu unterhalten.

So erfuhr Maria, dass Markus aus der Familie eines reichen Kaufmannes kam und fast so aufgewachsen war, wie sie auch. Gemeinsame Erfahrungen und ähnliche Erinnerungen wurden lachend ausgetauscht und die Zeit flog nur so davon!

Bevor es Maria sich richtig besah, war schon Zeit für das Abendmahl, das wiederum mit einem Braten begann. Als alle am Tisch mit dem Schlemmen begannen, da fiel ihr ein, dass sie in ihrer Aufregung Ælsbeth vergessen hatte.

Schnell sprang sie vom Tisch auf. Mit einem Krug und einer Schüssel eilte sie nach draußen, wobei sie den Blick von Claudia in ihrem Rücken spürte. Diese negative Energie ließ sie förmlich frösteln, und zwar mehr, als die kalte Nachtluft vor dem Haus.

Maria hielt sich nicht lange bei Ælsbeth auf, denn in der Halle gab es so vieles, was sie mitbekommen wollte. Rennend eilte sie wieder zu ihrer Bank und lauschte andächtig den Gesprächen.

Der Mönch erzählte von Cantwaraburg und dem Hofstaat des Königs. Von Bertha, ihrer Königin und dem Kloster, welches Augustinus gerade dort errichtete.

Alles war so spannend und aufregend! Hätte sie nicht dort leben können? Ihre Gedanken gingen zu den Büchern und ihre Augen folgten ihren Gedanken. Sehnsüchtig blickte sie zu der Tasche des Mönches. Konnte sie ihn bitten, ihr eines davon zum Lesen zu überlassen?

Aber noch bevor sie den Mönch fragen konnte, kam Markus nach dem Essen auf sie zu.

Sicherlich hatte er ihren Blick bemerkt und am Tag hatten sie sich auch über Bücher ausgetauscht. „Möchtest du eines lesen?", fragte er und Maria wäre ihm fast vor Freude um den Hals gefallen.

Während die anderen Bewohner des Hauses am Tisch dem Kräuterbier und Met reichlich zusprachen, saßen sie beide ein paar Schritte entfernt auf einer Bank und lasen im Scheine eines der Kohlenbecken in einem Buch über Blumen und Kräuter.

Markus' Wahl war einfach nur perfekt! Maria kannte viele Blüten, er offenbar auch und so tauschten sie sich darüber aus. Diese Nähe und Vertrautheit taten ihr gut!

Im Lesen vertieft bemerkte Maria gar nicht, wie die Zeit verging. Bei anregender Lektüre und angenehmer Gesellschaft saß sie abseits und erst Claudia erinnerte sie an das Abendgebet und die folgende Ruhe! Maria sprang von der Bank, gab das Buch zurück und eilte zu ihrer Ecke. Kurz darauf trafen sich alle Frauen beim Mönch am Kreuz. Wieder vollzog er das Gebet und dabei stand Markus in ihrer unmittelbaren Nähe.

Nach diesem Gebet, als sich alle zu ihren Schlafplätzen verzogen, holte sie ihr eigenes Buch aus der Schürzentasche. Es war eigentlich idiotisch, es Markus jetzt zu zeigen, wo alle schlafen wollten, doch irgendetwas veranlasste sie dazu.

Gemeinsam betrachteten sie das Büchlein. Maria schlug es irgendwo in der Mitte auf und traf instinktiv ein romantisches Liebesgedicht! Auf dieser Seite befand sich unten die Abbildung zweier sich liebender Menschen, die sich küssten.

Claudia löschte gerade das Feuer und sagte bestimmend: „Geh in dein Bett!"

Nur schwer konnte sich Maria von Markus losreißen, aber das Buch ließ sie bei ihm und damit war auch sie in seinen Händen.

Lächelnd legte sie sich wenig später auf ihren Strohsack, aber ihre Gedanken waren bei dem Mann! Markus!

34. Kapitel
Grüne Augen

er Blick von Marias Augen faszinierte Markus. Das Grün von derselben Intensität, wie sie eine Katze hatte, und sie standen etwas schräg in dem schmalen Gesicht, das lange rote Locken einrahmten.

Markus hatte es völlig die Sprache verschlagen. Über die Entfernung von einigen Schritten fixierte sein Blick Maria, die gerade mit einer anderen Magd den Tisch für das Abendmahl deckten. Verzweifelt versuchte Markus sich abzulenken, doch es half nichts, seine Aufmerksamkeit lag vollständig bei Maria.

Am Abend zuvor hatten sie lange nebeneinandergesessen und über Bücher geredet, denn Maria kam aus einem Elternhaus, das seinem glich. Nie hätte er gedacht, dass er in dieser Einöde auf eine solch gebildete Frau treffen würde.

Markus hatte sich noch nie für Frauen interessiert, er war ein Bücherwurm und hatte seine ganze Jugend mit der Nase im Buch verbracht. Vielleicht war daraus sein Entschluss gewachsen, Mönch zu werden. Wo konnte man auch sonst sein ganzes Leben mit Büchern verbringen?

Wie Freunde hatten er und Maria am Abend zuvor nebeneinander auf der Bank gesessen und geredet. Da war nichts dabei gewesen. Was war in der Nacht passiert? Markus wusste es nicht, er wusste nur, dass er von ihr nicht mehr loskam. Seine Augen folgten jeder ihrer Bewegungen.

Seine Finger berührten das Kreuz um seinen Hals. Er wollte Mönch werden. Mehr als alles andere auf der Welt hatte er sich das gewünscht. Doch gerade jetzt brachten die grazilen und gleichzeitig kraftvollen Bewegungen Marias diesen Entschluss ins Wanken.

Albrun saß in der Nähe und sortierte die getrockneten Schriften.

Eigentlich hätte er ihm helfen müssen, doch dann hätte er sich von diesem Anblick losreißen müssen. Und das konnte er im Moment nicht.

Seine Gedanken reisten zurück zum Erwachen an diesem Tag und er sah wieder, wie sie an diesem Morgen über ihm gestanden hatte. Im kurzen Unterkleid, mit nackten Beinen und Armen.

In ihr Gebet vertieft hatte sie sicher nicht bemerkt, wie er zu ihr aufgeschaut hatte. Es war ihm peinlich gewesen und dennoch hatte er auch da schon den Blick nicht von ihr abwenden können. So wie auch jetzt!

Selbst wenn Albrun ihn jetzt gerufen hätte, er hätte nicht von der Bank aufstehen können, denn das Ziehen in seinen Lenden hatte sich so verstärkt, dass seine Hose gerade ziemlich eng wurde. So etwas war ihm noch nie beim Anblick einer Frau passiert. Beim Aufwachen am Morgen oder im Schlaf schon.

Immer verzweifelter versuchte er sich irgendwie abzulenken, denn in ein paar Augenblicken müsste er zum Tisch gehen und dann könnte jeder in dem Raum sein Problem sofort sehen. Auch Maria!

Allerdings musste er weiter zu ihr sehen, es gelang ihm nicht seine Augen von ihr abzuwenden. Voll beleuchtet durch das Feuer stand sie fast direkt vor ihm. Nur drei Schritte und der Tisch trennten sie voneinander. Sie bemerkte sicher nicht einmal, dass er sie beobachtete, so beschäftigt war sie mit ihrer Arbeit.

Sie hatte die Bänder am Kragen ihres Kleides gelöst, weil ihr wohl durch ihre Tätigkeit und das Feuer warm geworden war. Direkt vor ihm beugte sie sich tief über den Tisch und er konnte in ihr Kleid sehen. Er erspähte die Rundung ihrer nackten Brust und spürte, wie es in seinem Schoß pulsierte.

Nur einen Augenblick später lief es ihm feucht am Bein herab und vor Scham hätte er jetzt, samt Bank, im Erdboden versinken können. Er sprang auf und rannte an ihr vorbei nach draußen.

Nun passte die Hose wieder. „Wir essen gleich!", rief Maria ihm hinterher, doch er antwortete ihr nicht.

Es war schon fast dunkel, als er vor dem Haus zur Seite lief, an der sich die Latrine befand. Auf dem Balken sitzend säuberte er sich und doch war ständig dieses Bild in seinem Kopf: die nackte Brust von Maria!

In der Finsternis konnte Markus nicht erkennen, wie seine Hose aussah. Was, wenn der Fleck deutlich zu sehen war? Was sagte er dann? Im Moment schämte er sich zu sehr dafür. So konnte er nicht nach drinnen gehen, dabei würden sie sicherlich gleich nach ihm rufen.

Vielleicht würde das Wams ja alle Spuren bedecken?

Aus der Dunkelheit löste sich eine Gestalt und trat auf ihn zu. Der Kleidung nach war es eine Frau.

Hatte sie ihn etwa beobachtet? Erschrocken zuckte Markus zusammen.

Wo kann die Frau so plötzlich her? Die Tür war doch aber gar nicht zu hören gewesen und alle Bewohner waren im Haus gewesen!

„Hallo? Ist hier jemand?", hörte er eine leise Frauenstimme.

„Ja! Ich! Markus! Warte bitte einen Moment!", entgegnete er und zog sich schnell die Hose hoch.

Seine Kleidung richtend fragte Markus sie: „Wer bist du?"

Er hätte sich ohrfeigen können. Solch eine dämliche Frage! Als ob das im Moment wichtig war.

Sie war eine Frau, die auf die Latrine musste!

„Ich bin Ælsbeth, die Schweinemagd!", gab sie zurück und trat auf ihn zu.

Schnell wechselten sie die Plätze und er wandte sich von ihr ab, als sie den Rock hochzog und sich auf den Balken setzte. Der Mond kam hinter den Wolken hervor und beleuchtete dieses Bild.

Markus stand neben ihr, hörte es plätschern und blickte zur Halle hinüber, an der sich gerade die Tür öffnete.

Der Lichtschein drang durch den Eingang und fiel als langer Kegel auf den Vorplatz.

„Markus? Ælsbeth?", hörte er Maria rufen und sowohl er, als auch Ælsbeth, antworteten zeitgleich.

„Hier!", rief er und erneut war es ihm peinlich.

Ohne weiter zu zögern, lief Markus schnell auf Maria zu und versuchte dabei seine Hände vor der Hose zu halten. Das sah sicher lächerlich aus, doch er konnte nicht anders.

Er ging schnell an Maria vorbei und spürte, wie sein Gesicht, trotz der abendlichen Kühle, zu glühen begann. Hoffentlich war es dunkel genug, dass sie es nicht sehen konnte. Doch er würde nun hineingehen müssen und dort war das Feuer am Tisch. Jeder würde es sehen! Auch Albrun! Und die Frauen! Einen Moment blieb er oben an der Treppe stehen. Von dort sah er, wie Maria der anderen Frau einen Napf gab.

„Sie darf wohl nicht herein?", fragte er Maria, als sie die Treppe zu ihm heraufkam.

„Nein! Die Herrin, Claudia, lässt es nicht zu!", antwortete sie ihm und hielt nun auch noch die Tür für ihn auf.

Markus musste an ihr vorbei und Maria stand so, dass er sie fast streifen musste, um in die Halle zu gelangen. Sicherlich wollte sie die Wärme nicht herauslassen, doch mit seinen Ohren und der Hitze, die ihm nun in den Kopf stieg, hätte er dieses Gebäude alleine beheizen können.

In der Halle waren alle schon mit dem Essen beschäftigt und Maria lief hinter ihm her. Niemand sah zu ihm, wie er zum Tisch eilte und dort Platz nahm. Das Gebet war schon vorbei, deshalb betete er für sich alleine.

Maria saß ihm gegenüber und schob ihm den Teller herüber. Der Blick ihrer Augen ruhte auf ihm, doch nun sah er nicht mehr diese Augen vor sich, sondern in seinem Kopf hing das Bild ihrer

Brust fest. Das würde so schnell da nicht mehr herauskönnen und nach dem Essen würden sie bestimmt wieder hinten auf der Bank nebeneinandersitzen. Er hoffte nur, dass da alles gut ging und er sich nicht blamieren würde. Dankbar nickte er Maria zu und sie lächelte ihn an.

35. Kapitel
Ein unüberlegter Schritt

Jrgendetwas war an diesem Abend anders, als an dem zuvor! Erneut saß Maria auf der Bank an der hinteren Hallenwand und Markus war bei ihr. Neben ihnen leuchtete eine Feuerschale und sorgte dafür, dass sie hätten lesen können. Maria hatte sie extra dort hingeschoben, um ungeachtet der vielen Menschen am Tisch über Bücher reden zu können, doch Markus antwortete ihr nur einsilbig.

Den ganzen Tag hatte sich Maria darauf gefreut und nun schien Markus ihr auszuweichen. Er sah ihr auch beim Reden nicht mehr in die Augen. Fünf Schritte entfernt wurde noch getrunken und gefeiert. Dem Honigwein, diesem gefährlichen Getränk, wurde reichlich zugesprochen. Vielleicht sollten sie sich dort dazusetzen, wenn Markus nicht reden wollte?

Maria legte ihre Hand auf seinen Arm und Markus zuckte regelrecht zusammen.

Fragend blickte er sie an und sie konnte nichts mehr antworten. Der Blick seiner Augen hatte ihren Kopf völlig geleert.

Maria hing an ihm fest und alles um sie herum verschwamm. Von irgendwoher hörte sie leise ihren Namen, doch sie war in seinen Augen gefangen.

Ein weiteres Mal hörte sie leise, dass jemand nach ihr rief, nun aber lauter! Erschrocken zuckte Maria zurück und wandte ihr Gesicht dem Tisch zu.

„Ob ihr auch etwas von dem leckeren Wein haben wollt, habe ich dich gefragt!", rief Claudia. Ihre Wangen hatten deutliche Farbe angenommen.

„Möchtest du?", fragte Maria Markus und er nickte.

Ein paar Augenblicke später war Maria mit zwei Bechern Wein wieder auf der Bank. Sie stießen an und das Getränk war wirklich lecker. Wenn man um die gefährliche Wirkung nicht wusste, hätte man sicher ein paar Becher davon geleert, aber sie müsste am nächsten Tag wieder arbeiten, da war einer davon mehr als genug.

Das zuckersüße Getränk lockerte ihre Zunge und machte sie fröhlich. Markus schien davon ebenfalls angetan zu sein, denn er hatte seinen Becher schon ausgetrunken, da hatte sie erst dreimal genippt. Nun lockerte sich auch die Stimmung ihres Gespräches wieder. Da sie aber weiter über Bücher reden wollten, holte Maria ihm als Nächstes einen Becher Kräuterbier.

Zwei weitere Becher später begannen die Menschen am Tisch zu singen und die ersten schwankten zu ihren Schlaflagern. Mit Blick auf das Feuer fiel Maria ein, dass sie noch Holz für die Nacht holen musste und das lag draußen im Schuppen.

Schnell klappte Maria das Buch mit den Gedichten zu, legte es vorsichtig auf die Bank und fragte Markus: „Hilfst du mir, das Holz zu holen? Zu zweit geht das schneller!"

Er stellte den Becher zur Seite, erhob sich wortlos und sie nahm dies als Zeichen seiner Zustimmung.

Maria hatte nicht erwartet, dass er ihr helfen würde, doch sie freute sich, denn in der abendlichen Kälte machte es schon einen Unterschied, ob man einmal oder zweimal nach draußen musste.

Gemeinsam verließen sie die Halle durch die Seitentür und gingen über den kleinen Vorplatz.

Der fast schon wieder volle Mond beleuchtete den Platz mit seinem Silberlicht und beinahe hätte man auch hier draußen lesen können. Die zu Beginn des Abends noch dichte Wolkendecke war nun nahezu völlig verschwunden. Die Luft roch schon nach Schnee und es würde sicher nicht mehr lange dauern, bis eine geschlossene Schneedecke die Häuser der Siedlung einhüllen würde.

Zum Glück waren nun schon fast alle Tiere geschlachtet. Nur ein paar Rinder würden wohl noch Thoralf und seinem Sax zum

Opfer fallen, dann würde auch für die Frauen die schwere Arbeit für dieses Jahr zu Ende gehen.

Da sie ja eine Hilfe hatte, hatte sich Maria auch nicht die warme Decke um die Schultern geworfen, sondern war einfach im Kleid losgegangen. Allerdings war es hier draußen ganz schön frisch und darum lief sie nun schneller. Maria hörte, dass Markus direkt hinter ihr ebenfalls über den Platz rannte.

Nach dreißig Schritten hatte sie den Schuppen erreicht, dessen Tür normalerweise immer etwas klemmte und darum warf sie sich aus vollem Lauf gegen das Holz. Doch dieses Mal war die Tür vermutlich nur angelehnt, denn sie flog nach innen auf und riss Maria mit sich. Sie stolperte in den halbdunklen Raum und verlor das Gleichgewicht, doch Markus war zum Glück direkt hinter ihr und fing sie auf, bevor sie fallen konnte.

Maria kniete auf allen Vieren auf dem Boden. Markus hatte einen Arm um ihre Hüfte geschlungen, seine andere Hand lag auf ihrer Brust.

Beinahe hätte sie vor Schreck, wegen der offenstehenden Tür und der Situation hier, erleichtert losgelacht, doch da war etwas, dass sie verstummen ließ.

Maria spürte, wie Markus sich über ihren Rücken beugte und sie ganz fest an sich heranzog, wobei etwas härter Werdendes gegen ihren Hintern drückte!

Markus' warme Hände sorgten für ein wundervolles Gefühl in ihrem Bauch. Maria fühlte regelrecht, wie es dort kribbelte, denn so etwas Schönes hatte sie noch nie zuvor gespürt.

Vom schnellen Lauf schwer atmend, blieben sie in dieser Position: Marias Hände und Knie am Boden und eine Hand von Markus wärmend auf ihrem Bauch. Die Finger seiner anderen Hand tasteten sich langsam zum Ausschnitt ihres Kleides und streiften kurz darauf ihre Brust, wobei Maria kurz zusammenzuckte.

Während er ungeschickt ihre Brust zu liebkosen versuchte, hätte sie ihn abwehren müssen, doch das Gefühl war einfach viel zu intensiv.

Stöhnend drückte sie sich Markus noch mehr entgegen. Was passierte hier gerade? Maria war völlig verwirrt. Immer wieder hatte ihr Claudia erzählt, dass sie bis zur Vermählung Jungfrau bleiben sollte! Und Markus würde bald Mönch sein!

Maria hätte jetzt aufstehen und ihn von sich schieben müssen, doch ein berauschendes Kribbeln lief durch ihren ganzen Körper, das verhinderte, dass sie fortkonnte! Und Markus, der immer noch hinter ihr kniete, konnte das offensichtlich auch nicht! Maria hatte sein Keuchen im Ohr und sein Atem berührte als warmer Lufthauch ihren Nacken. Fester schlossen sich seine Finger um ihre Brust.

Wie unter fremder Kontrolle zog sie sich Kleid und Unterkleid nach oben, was sich etwas schwierig gestaltete, weil sie auf dem Stoff kniete und Markus nicht einen Fingerbreit von ihr wich, doch dadurch spürte Maria nun seinen Körper noch intensiver an ihrem nackten Hintern.

Die Kälte dieser Nacht war ihr jetzt völlig egal, denn ihr Schoß schien vor Verlangen in Flammen zu stehen und alles in ihr sehnte sich nun nach seinen Berührungen.

Die Hand, die bisher ihren Bauch gewärmt hatte, löste sich von ihrer Position und strich kurz über ihren Hintern. Ein letzter Zweifel wurde hinweg gestöhnt, als er ihren Schoß mit den Fingern streifte.

Markus zog die andere Hand, die bisher ihre Brust gestreichelt hatte, ebenfalls zurück, dann spürte sie, wie er sich aufrichtete. Nach hinten spähend erkannte sie, dass er sich die Hose herunterstreifte. Gegen den hellen Mond erkannte sie aber nur seinen Umriss.

Maria brannte vor Verlangen und konnte es kaum erwarten, dass er wieder näher zu ihr kam. Dann intensivierte sich der Druck wieder, als er sich hinter sie kniete und mit seinen Knien ihre Beine auseinanderschob.

Weder sie, noch vermutlich Markus, wusste, was sie hier gerade taten, aber die Natur würde dafür sorgen, dass es funktionierte.

Im Bruchteil eines Augenblicks sausten in ihren Gedanken all die Ratschläge hindurch, die Mutter ihr einst gegeben hatte. Nichts davon hatte jetzt noch Bedeutung, alles löste sich in ihrem Kopf auf und verschwand in der Versenkung. Leere blieb zurück und Maria konnte kaum noch erwarten, was nun geschehen würde.

Markus' Hände legten sich um ihre Hüften und Maria spürte, wie er stochernd den Eingang zu ihrem Innersten suchte, dann stieß er zu. Für den Bruchteil eines Augenblickes spürte sie einen Schmerz, als etwas in ihr zerriss, doch dann glitt er tief in ihren Körper und sie bäumte sich auf.

Für einen Moment verharrten sie so ineinander, bis er sich schnaufend in ihrem Schoß bewegte, wobei ein ungeahntes Glücksgefühl Marias Unterleib durchströmte.

Kniend begann Maria sich dem Mann entgegenzubewegen. Wellen der Lust liefen durch ihren ganzen Körper.

Schon lange hatte sie jegliche Vernunft fallen lassen und jetzt wollte sie dieses Gefühl bis zum Schluss auskosten.

164

36. Kapitel

Ohne Gedanken!

arkus war unfähig, irgendeinen Gedanke in seinem Kopf zu behalten. Er kniete hinter Maria und stieß immer wieder in ihr zuckendes Fleisch. Seine Finger hatte er in ihre Hüften gekrallt und sah von oben auf ihren nackten Hintern herab, den der Mond durch die offene Schuppentür beleuchtete.

Das klatschende Geräusch, mit dem ihrer beiden Körper aufeinandertrafen, war laut und in der Nacht sicher weit zu hören, doch er konnte darauf keine Rücksicht nehmen. Stoß für Stoß trieb er sich in ihren Unterleib und Maria kam ihm bei jedem entgegen. Schnaufend und keuchend liebten sie sich in dem Schuppen. War es Liebe? Nein, es war ein eher animalischer Trieb!

Mit einem leisen Schrei gaben Marias Arme nach und sie fiel nach vorn um, doch da er sie hinten hochhielt, hing ihr Körper nun schräg nach unten und Marias Gesicht lag mit einer Wange auf dem Erdboden.

Markus spürte erneut das Pulsieren und mit einem letzten tiefen Stoß nahm ihr Körper all das auf, was zuvor in seine Hose gegangen war. Stöhnend brach er über ihrem Rücken zusammen, fiel mit ihr gemeinsam zur Seite und beide kamen nebeneinander auf dem Boden zum Liegen.

Schwer atmend kam nur langsam die Vernunft zu ihm zurück und er musste daran denken, dass das, was er gerade getan hatte, ein zukünftiger Mönch wohl nicht tun sollte.

Er hatte sich der Lust hingegeben und eine Sünde begangen! Trotzdem hatte es sich gut angefühlt.

„Es tut mir leid!", stammelte er, während er versuchte, seine Hose wieder heraufzuziehen.

„Das muss dir nicht leidtun!", entgegnete Maria und setzte hinzu: „Das war einfach nur wunderschön!" Sie hob ihm ihren Kopf entgegen und küsste ihn.

Ihre Lippen schmeckten süß und verführerisch.

Dieser Kuss schaltete wieder sein Gewissen aus und etwas anderes nahm erneut an Größe zu. Zu gern hätte Markus es ein zweites Mal gewagt, in sie zu dringen.

Maria lag mit nacktem Unterleib vor ihm am Boden, doch es wurde langsam kühl in dieser Nacht.

„Was macht ihr den hier?", hörte er eine Stimme von draußen.

Maria schrie auf und sprang hoch, wodurch die Röcke ihrer Kleider herunterrutschten. Sie war jetzt komplett bekleidet, während er mit seiner Hose kämpfte. „Ähm! Ælsbeth! Wir haben nur ... wir wollten ...", stammelte Maria und endlich kam auch Markus wieder auf die Füße.

„Bitte verrate uns nicht!", bat er schnell, doch Ælsbeth winkte nur ab und wandte sich schon zum Gehen.

„Wir müssen noch das Holz hineinbringen!", sagte Maria, immer noch völlig außer Atem, woraufhin sie sich bückte und schnell zwei Arme voller Holz ergriff.

Markus bekam noch einen Kuss, dann eilten sie zur Halle zurück.

Wie lange waren sie wohl fort gewesen? Hatte jemand ihre Abwesenheit bemerkt? Offensichtlich nicht, denn drinnen wurde immer noch gefeiert.

Gemeinsam legten sie die Scheite zum Feuer und setzten sich zurück auf ihre Bank, doch für Gespräche über Bücher waren sie nun beide nicht mehr in der richtigen Stimmung.

Mit dem Blick in ihr Gesicht hing er mit seinen Gedanken bei dem, was da gerade in dem Holzschuppen passiert war. Noch nie hatte er von ähnlichem gehört oder so etwas gefühlt. Dieses Glücksgefühl war einfach unbeschreiblich gewesen und er sah in Marias Augen, dass ihre Gedanken gerade dieselben waren.

Maria hielt ihren Kopf leicht schräg und sah ihm einfach in die Augen. Dieses Grün hielt ihn gefangen und jetzt schien da so ein Leuchten darin zu liegen, was nicht von dem Feuer kommen konnte. Es kam aus ihrem Inneren. So verführerisch schienen ihre Lippen zu sein und erflehten förmlich seinen Kuss, doch er musste standhaft bleiben.

Neben ihm betete Albrun und legte sich danach auf sein Lager. Die Bewegungen des Mönches waren sichtlich unsicher. Vermutlich hatte er zu viel vom Wein getrunken.

Seufzend erhob sich Maria und ging zum Feuer, um zwei Holzscheite in die Glut zu schieben, wodurch das Feuer etwas Nahrung erhielt. Als die Flammen hoch zuckten, kam sie zu ihm zurück, aber die letzten drei Männer stemmten sich gerade von der Bank und gingen schwankend zur Seite.

Mit dem Verschwinden der Zecher trat Ruhe in der Halle ein und unmittelbar darauf war von der Seite ein lautes Schnaufen zu hören. Am Abend zuvor hatte sich Markus noch gefragt, was das wohl war, nun wusste er es. Sein Blick fing Marias Gesicht ein, die vor ihm stand, und Markus sah, dass sie beim Hören des Geräusches und unter seinem Blick errötete.

Zwei Schritte neben ihm begann Albrun zu schnarchen und übertönte damit das Geräusch der Liebenden. Maria beugte sich zu Markus herunter, hauchte ein „Schlaf schön!" in sein Ohr und gab ihm einen Kuss auf die Wange.

„Du auch!", flüsterte er und erhob sich. Ihre Hände haltend, blieb er stehen.

Auge in Auge standen sie direkt vor dem Altar. Alle anderen Bewohner dieser Halle waren betrunken und schliefen schon. In Gedanken fragte sich Markus, ob er mit Maria mitgehen sollte und offensichtlich zögerte auch sie, doch dann riss sie sich von ihm los und lief zu ihrem Schlafplatz.

Er sah ihr noch einen Augenblick nach, bevor er sich vor dem Kreuz niederkniete, doch das Gebet fiel ihm nicht ein. Hatte Gott ihn verlassen? Erneut dachte er an den Schuppen zurück.

Kniend horchte er in sich hinein. Das, was vor einiger Zeit noch so steif gewesen war, dass es in Marias Körper eindringen konnte, hing nun schlaff, klein und schrumpelig an ihm herab, aber er fühlte noch die Feuchtigkeit daran und diese stammte nicht nur von ihm.

Erschöpft und verwirrt fiel er auf seinen Strohsack, doch in seinem Kopf war nur Maria. Sollte er zu ihr hinüberschleichen? Niemand würde es merken. Oder doch? Markus musste stark sein und der Versuchung widerstehen, aber es war schwer, denn etwas, oder jemand, rief ständig seinen Namen.

Und um es für ihn noch komplizierter zu machen, erschien Maria im Unterkleid vor dem Kreuz und betete ihr Abendgebet. Markus tat so, als ob er bereits schliefe, aber er hatte sie trotzdem fest im Blick.

Als sich Maria von ihm entfernte, sausten tausende Gedanken durch seinen Kopf. Hatte er zum Beginn des Abends keinen einzigen gehabt, so waren es nun unzählige. Allerdings kamen zwei davon immer wieder: Wollte er Mönch werden, dann musste er Maria verlassen und wenn er bei Maria bleiben wollte, so konnte er sein Gelübde nicht ablegen.

Doch wenn er kein Mönch wurde, was konnte er dann tun? Bücher und sein Wissen daraus war alles, was er besaß. Würde ihm dies hier etwas nützen? Wohl kaum, hier waren starke Arme gefordert! Seine Gedanken flogen erneut zu Maria und in den Holzschuppen. Er dachte daran, wie seine Finger ihren feuchten Schoß berührt hatten und führte seine Hand zur Nase. Mit dem markanten Duft ihres Geschlechtes schlief er schließlich doch noch ein.

Ein Plätschern holte ihn wieder aus dem Schlaf. Vor ihm füllte Maria gerade etwas Wasser aus einem Eimer in den Kessel. Das Feuer darunter flackerte schon auf und sicher war es früh am Morgen. Wie am Tage zuvor erwärmte Maria gerade das Waschwasser für die Frauen.

Im Unterkleid, mit einer Decke um die Schultern, stand sie vor ihm, keine fünf Schritte entfernt.

Erneut hing Markus mit seinen Augen an jeder ihrer Bewegungen.

Maria beugte sich ein weiteres Mal nach unten und schob Holz in das Feuer, wobei ihre roten Locken nach vorn fielen und sie diese mit einer Hand vom Feuer fernzuhalten versuchte.

Mit einer wedelnden Handbewegung fächelte sie dem Feuer Luft zu und die Flammen wurden größer.

Markus setzte sich auf und sie lächelte ihn an. Vermutlich waren sie beide die einzigen, die jetzt schon wach waren.

Ein paar Augenblicke später schöpfte Maria etwas Wasser aus dem Kessel in eine Schüssel und trug diese zur Seite, wobei er ihr folgte.

Aus zwei Schritten Entfernung sah er ihr zu, wie sie sich gründlich die Arme, den Hals und das Gesicht wusch.

Danach setzte sie ein Bein auf einen Hocker, wusch es sich bis fast oben hin und er hätte schwören können, dass unter dem Saum des Kleides ein roter Flaum zu sehen gewesen war, der zwischen ihren Schenkeln auf ihrem Schoß wuchs.

Marias Lächeln war Beweis genug, dass sie das Kleid mit Absicht so weit nach oben gezogen hatte. Nach dem zweiten Bein trocknete sie sich mit einem Tuch ab, gab ihm die Kräuterseife und ging zur Seite der Frauen. Dort drüben würde sie sich nun anziehen und danach die anderen Frauen wecken, damit würde ein neuer arbeitsreicher Tag beginnen.

Eigentlich sollte er sich waschen, doch er folgte ihren Bewegungen mit den Augen und konnte sich nicht von ihr lösen.

37. Kapitel
Den Schweinen zum Fraß vorgeworfen

Düster hing der niedrige Himmel über Ælsbeth. Mit einem Blick nach oben wischte sie sich den Schweiß von der heißen Stirn. An der Tür der Scheune stehend, wandte sie nun ihr Gesicht dem Schweinegatter zu. Jeden Tag waren zwei Tiere geschlachtet worden und damit blieb für sie immer weniger zu tun. Doch obwohl sie nun eigentlich mit ihrer Arbeit eher fertig sein musste, brauchte sie immer noch dieselbe Zeit wie zuvor.

Im Gatter waren nur noch vier Schweine übrig und sie war mit ihren Kräften am Ende! Noch immer lebte sie im Stall. Mittlerweile war es so kalt geworden, dass ihr Atem sich an manchem Morgen in weißen Schwaden mit dem alltäglichen Nebel vermischte. Trotz der Kälte war die Katze fast ständig in ihrer Nähe. Sicherlich auch dem Umstand geschuldet, dass es in der Scheune mehr als genug Mäuse gab.

Sie strich der Katze über den Kopf und wankte zum Gatter hinüber, wobei sie so tat, als ob alles gut wäre. Doch es konnte sicher niemanden verborgen bleiben, dass es ihr mit jedem Tag immer schlechter ging. Sie hustete und nieste ständig und die niedrigen Temperaturen sorgten dafür, dass sie sich auch in der Nacht kaum erholen konnte. Auch hatte sie keine Möglichkeit ihr Kleid zu trocknen. Selbst jetzt, zu Beginn der Arbeit und des Tages, war es klamm.

Ihr Tagwerk begann. Zuerst musste Wasser geholt werden und der Eimer zog ihr die Arme lang. Auf den zwanzig Schritten musste sie den Kübel drei Mal absetzen. Vor ein paar Wochen hatte sie noch zwei Eimer locker die doppelte Strecke tragen können.

Endlich hatten die Tiere ihr Wasser im Trog und sie sah schnaufend zu ihnen herunter.

In den letzten Tagen war sie immer schwächer geworden und nun musste sie sich manchmal an der Mistgabel festhalten, um nicht in den Mist der verbleibenden Borstentiere zu fallen. Wenn sie Maria nicht gehabt hätte, dann wäre es vermutlich jetzt schon mit ihr zu Ende gewesen.

Sehnsüchtig sah Ælsbeth zum Haus hinüber. Maria brachte ihr manchen Abend sogar heimlich eine Wurst mit nach draußen. Dass es heimlich geschah, bemerkte Ælsbeth daran, wie Maria diese kleinen Gaben zu ihr brachte. Meist unter der Schürze versteckt! Da schon seit vielen Tagen geschlachtet wurde, war sicherlich die ganze Halle mit Wurst oder Fleisch gefüllt.

Vor einer Weile hatte Maria ihr das Frühmahl gebracht und war dabei sichtlich rot im Gesicht gewesen. Bei dem Gedanken an sie zog ein Lächeln auf Ælsbeths Gesicht. Mit der Hand auf dem obersten Balken des Gatters abgestützt, erinnerte sie sich wieder daran, wie sie Maria am Abend zuvor mit einem Mann im Holzverschlag ertappt hatte.

Irgendwie waren sie wohl über die Zeit Freundinnen geworden und auch diesmal hatte Maria ihr einen Zipfel von einer Wurst mit herausgebracht und man setzte sich wohl nicht von ungefähr und ohne Grund dem Zorn von Claudia aus.

Ælsbeth hatte versucht, ihr nicht zu zeigen, wie schlecht es ihr wirklich ging und bei dem Geschmack der Wurst in ihrem Mund war ihre Erinnerung zum Blutmond des vergangenen Jahres gesprungen.

Sie erinnerte sich noch gut an diese Feiern in ihrem Dorf. Zwar waren damals nur die überzähligen Schafe geschlachtet worden, aber auch dort hatte es jeden Abend Blutsuppe gegeben und Fleisch und Wurst, die nicht geräuchert werden konnte. Es war eine schwere Zeit, aber auch eine Zeit des Schlemmens.

Hier war es sicher ebenso. Die Frauen verließen kaum die Halle. Nur eine der Unfreien befand sich gerade im Kuhstall. Alle anderen waren mit der Verarbeitung der Schweine und der nun zu schlachtenden Rinder beschäftigt. Blutmonat eben! Die Männer schlachteten und die Frauen verwursteten danach das Fleisch. So war es seit alters her, denn mit dem geringen Futtervorrat, das sich im Speicher befand, konnten nicht alle Tiere über den Winter kommen.

Drei der vier Schweine waren Säue und wenn der Eber im Winter alles richtig machte, würden im Frühjahr genug Ferkel geboren, um im nächsten Herbst wieder zwanzig Schweine zu haben.

Ælsbeth blickte auf die Tiere hinab, die grunzend um ihre Beine liefen. Dass es hier so viele Schweine gab, war sicher ein Zeichen für Reichtum. Nicht nur die gewaltige Halle, sondern auch der Viehbestand sprach für das hohe Ansehen des Stammesführers.

Nur ihr blieb hier draußen eben nicht viel davon, denn sie war ausgeschlossen.

Die Katze kam auf dem Gatter entlanggelaufen und trug eine Maus quer im Maul. Dank des vollen Kornspeichers hatte auch die Katze eine Zeit des Schlemmens. Es gab darin Mäuse in Hülle und Fülle. Das schwarze Tier legte ihr die erbeutete Maus hin und Ælsbeth schüttelte den Kopf. Eine Maus brauchte sie noch nicht. Zum Glück half ihr ja Maria. Gedankenverloren kraulte sie der Katze die Ohren, was diese mit einem Schnurren quittierte.

Auf das Gatter gestützt, zog es Ælsbeths Blick zu den Männern hinüber, die auf dem Hof gerade eines der älteren Rinder in handliche Stücke zerteilten. Dazu hatten sie ein Gestell errichtet, an dem sie das tote Tier mit Seilen hochzogen. Trotz des kalten Wetters arbeitete Thoralf mit freiem Oberkörper und schwitzte sichtbar bei der schweren Arbeit.

Beim Zerteilen des Rindes kam Thoralfs Sax zum Einsatz und der Anblick der Waffe löste bei Ælsbeth immer noch eine Gänsehaut aus, denn diese Waffe hatte das Leben ihrer Angehörigen ausgelöscht.

Sie hatte gerade erst begonnen, das Erlebte irgendwie zu verarbeiten und nun kam die Erinnerung wieder hoch.

Um sich davon abzulenken, begann sie wieder zu arbeiten, aber sie kam nur einen Schritt, dann versagten ihre Beine, die Knie wurden weich und sie fiel der Länge nach in die Gülle. Am Boden zwischen den Schweinen liegend, versuchte sie sich zum Rande zu schleppen, doch auch ihre Arme hatten nun keine Kraft mehr. So würde sie nicht mehr aus dem Gatter kommen. Maria würde erst am Abend nach ihr sehen und bis dahin war noch viel Zeit.

Sollte es ihr nicht gelingen, die Männer auf sich aufmerksam zu machen, so war sie verloren, denn der Eber kam ihr schon gefährlich nahe. Zwar würde das Tier seine Hauer nicht sofort benutzen, aber wer konnte schon in solch ein gefährliches Tier hineinsehen?

Der Rand des Gatters schien unendlich weit entfernt und nur verschwommen nahm sie den Holzbalken der Begrenzung wahr.

Auf dem Bauch durch die Gülle rutschend, versuchte sie verzweifelt, dorthin zu gelangen, doch der Weg, welcher vor kurzem nur zwei Schritte lang gewesen war, wurde nun zu einem unüberwindlichen Hindernis.

Kraftlose zog sich Ælsbeth mit den Fingern vorwärts, sie rutschten allerdings immer wieder ab, denn der Untergrund war zu glitschig.

Auch ihre Stimme versagte nun den Dienst. Die Männer standen nur fünfzehn Schritte von ihr entfernt, doch Ælsbeth nahm auch sie nur noch verschwommen wahr und zum Rufen kam sie auch nicht mehr.

Die Kräfte verließen sie immer mehr und wenig später konnte sie auch keinen Finger mehr rühren. Unbeweglich und ohne irgendeine Möglichkeit, sich bemerkbar zu machen, lag sie im Gatter.

Langsam verschwamm alles vor ihren Augen.

Das Letzte, was sie noch wahrnehmen konnte, war, dass die Katze zu ihr gesprungen war und die Schweine von ihr fernhielt. Das Fauchen des Tieres war überlaut in ihren Ohren zu hören.

Nun, da Ælsbeth von den Menschen verlassen war, wurde sie ausgerechnet von der Katze beschützt und gegen den Eber verteidigt.

Im Dunkel der Umnachtung gefangen, hörte sie nur noch das Grunzen des Ebers und das Fauchen der Katze.

38. Kapitel
Vertraute Nähe

Aus dem Augenwinkel heraus sah Thoralf Ælsbeth fallen und als sie nicht sofort wieder aufstand, eilte er zu ihr. Da er mitten in der Arbeit aufgehört hatte, musste nun sein Freund das Rind zerteilen, denn Ælsbeth war nun wichtiger.

Mit der Bewusstlosen auf den Armen sah Thoralf zur Halle hinüber. Durch das Kleid hindurch spürte er, dass sie Fieber hatte. Er musste ihr helfen, hier draußen würde sie sterben, aber dort drin war Claudia und er würde alle Mühe haben, sie dazu zu bringen, Ælsbeth ins Haus zu lassen.

Kaum dass Thoralf sich mit Ælsbeths schlaffen Körper auf den kurzen Weg machte, trat Claudia oben schon in die Tür. Mit in die Hüften gestützten Armen stand sie mitten in der Türöffnung und es sah nicht so aus, als ob sie sich dazu bringen lassen würde, Ælsbeth in der Halle Unterschlupf zu geben.

Ælsbeth hing kraftlos und schlapp in seinem Armen, deshalb stieg er trotzdem hinauf.

„Die kommt hier nicht rein!", sagte Claudia laut und stoppte ihn damit mitten auf der Treppe.

Er musste zu ihr aufsehen und zog gleichzeitig Ælsbeth fester an seinen Körper heran.

„Aber sie wird sterben, wenn du ihr nicht den Zugang zur Halle gewährst!", entgegnete er.

„Dann soll sie doch sterben!", antwortete Claudia so laut, dass Maria vom Inneren der Halle zum Ausgang gelaufen kam.

Da Thoralf die Hände nicht von Ælsbeth nehmen konnte, ohne sie fallen zu lassen, konnte er Claudia nicht zur Seite schieben. Nach Vater wollte er auch nicht rufen, der seine Frau vielleicht zur Ordnung rufen konnte.

Thoralf ging zwei weitere Schritte vorwärts, bis er auf der obersten Stufe der Treppe angelangt war. Jetzt sah er von oben auf Claudia herab, doch sie wich nicht vor ihm zurück. Sollte er sich einfach den Weg bahnen? Bevor er zu einer Entscheidung kam, kniete sich Maria neben Claudia auf den Boden und versperrte ihm dadurch vollständig den Durchgang.

„Herrin bitte!", flehte Maria und um das Chaos auf der obersten Stufe nur noch perfekt zu machen, trat nun auch der Mönch zu ihnen in den Durchgang, wobei er sich auf der anderen Seite neben Claudia stellte.

„Diese Heidin kommt mir nicht in das Haus!", schrie Claudia Thoralf an und er konnte den Zorn in ihrer Stimme deutlich hören. Sie schien regelrecht zu zittern.

Von der Seite sagte der Mönch: „Denkt an die Worte aus der Schrift: Selig sind die Sanftmütigen, denn sie werden das Erdreich besitzen, also seid bitte sanftmütig und mäßigt Euren Zorn."

Claudia blickte den Mann von der Seite an. „Aber sie ist eine Dienerin des Teufels! Mit ihr kommen die heidnischen Dämonen in mein Haus. Ist das denn der Wille Gottes?", entgegnete sie etwas ruhiger.

„Nein! Aber seid Barmherzig. Dem Mädchen muss geholfen werden, sonst klebt das Blut dieses Geschöpfes an euren Händen!", der Mönch faltete bei diesen Worten seine Hände vor der Brust.

„Bitte Herrin! Ich werde mich um sie kümmern, wenn ich darf!", ließ sich nun die kniende Maria vernehmen.

Von drei Seiten bedrängt wich Claudia schließlich zurück, aber Thoralf sah den Zorn immer noch in ihrem Blick.

Als Claudia zur Seite trat, sprang Maria von ihrer knienden Position auf und rief: „Schnell! Folge mir!" Danach lief sie in die Halle und er trug Ælsbeth hinter ihr zu der Seite, an der die Frauen schliefen.

Aus der Bewegung heraus packte Maria einen der Strohsäcke und zog diesen zur Seite, wodurch Ælsbeth nun im Winkel an der Verbindung zwischen Seitenwand und hinterer Wand liegen konnte.

Der Mönch war ihnen mit schnellen Schritten gefolgt, nur Claudia stand noch am Eingang zur Halle.

Thoralf legte Ælsbeth behutsam auf die Schlafstätte nieder, dann knieten sich der Mönch und Maria neben sie und begannen sofort mit der Untersuchung. Thoralfs Kenntnisse bei der Krankenbetreuung beschränkten sich auf das Verbinden von Wunden. Aber Ælsbeth hatte ja keine Wunde, daher musste er den beiden anderen das Feld überlassen und hoffte, dass sie wussten, was zu tun war.

Maria vertraute er und sie würde sicherlich nichts tun, was Ælsbeth schaden würde. Dazu kannte sie ihn und sein Verhältnis zu Ælsbeth nur zu gut.

Zur Untätigkeit verdammt, stand Thoralf daneben und hörte den beiden Menschen zu, die nun auch noch begannen in einer ihm völlig fremden Sprache irgendetwas zu erzählen. Es klang fast wie Beschwörungsformeln, aber da Claudia untätig in der Nähe stand, war dem wohl nicht so.

Maria und der Mönch hatten keinen Blick für Ælsbeth, die vor ihnen lag, und Thoralf wollte ihnen schon fast zurufen: „Macht endlich etwas!“ Doch er zwang sich zur Ruhe und hielt sich zurück.

Schließlich erhob sich Maria und rannte zur Seite, wo sie aus einer Kiste einen Beutel holte und damit zurückgelaufen kam. Vor Ælsbeth kniend zeigte sie dem Mönch irgendwelche getrocknete Gräser sowie Blätter und immer noch unterhielten sie sich unverständlich.

Ælsbeth stöhnte auf und nun schob Thoralf den Mönch zur Seite, um sich neben ihren Kopf zu knien.

Was konnte er tun? Nicht viel! Gedankenverloren und liebevoll streichelte er ihr Gesicht. Er spürte in sich viel zu viel Angst, sie zu verlieren und dabei fürchtete er sich doch eigentlich vor nichts.

Alles um ihn herum versank im Nebel und Thoralf sah nur noch das Gesicht der geliebten Frau, dann berührte er ihre heiße Stirn und betete leise zu seinen Göttern.

Wie lange mochte er so gekniet haben, bevor Maria ihn zur Seite schob? Es kam ihm wie eine Ewigkeit vor! Mit seiner Hilfe gelang es Maria, Ælsbeth aufzurichten und ihr danach einen Trank einzuflößen.

Mit geschlossenen Augen schluckte Ælsbeth das Getränk, das auch aus der Entfernung von einer Armlänge noch widerlich stank.

„Sie muss schlafen!", sagte Maria und legte Ælsbeth vorsichtig zurück.

„Und ihr müsst endlich weiterarbeiten!", rief Claudia von hinten, woraufhin Maria zu ihr herumzuckte.

Thoralf blickte ebenfalls zu ihr. Im Moment wollte er eigentlich nur bei der Frau bleiben, aber die Arbeit machte sich nicht von alleine.

„Ich bleibe bei ihr!", erklärte der Mönch. Das war wohl die beste Entscheidung, da der alte Mann im Hause keine Arbeit zu verrichten hatte.

Mit einem Nicken verständigten sich die drei auf diese Lösung und als Thoralf aufstehen wollte, ergriff Ælsbeth seine Hand.

Sie schlug die Augen auf, doch er sah das Fieber auch in ihrem Blick.

Obwohl Claudia sie lautstark zur Fortsetzung der Arbeiten aufforderte, musste er Ælsbeth noch schnell einen Kuss geben.

Erst danach eilte Thoralf wieder hinaus, wobei er Claudia aber auf seinem Weg einen zornigen Blick zuwarf.

39. Kapitel
Saft, der Leben schenkt

Albrun kümmerte sich in der Ecke der Halle um die kranke Frau, die Thoralf gebracht hatte. Markus hing mit seinem Blick an dem alten Mann, obwohl er eigentlich etwas anderes tun sollte. Er hatte ihm aufgetragen, die Heilige Schrift zu lesen, doch Markus' Augen erkannten die Buchstaben auf dem Blatt nicht.

Über den Rand des Buches hinweg sah Markus immer wieder zu den arbeitenden Frauen. Seine Augen hingen dabei besonders an Maria!

Sie wirbelte direkt vor ihm um den Tisch und er bemerkte, dass sie noch nicht die routinierten, langsamen Bewegungen der anderen Mägde besaß. Die waren gewiss viel erfahrener.

Markus war so etwas wie ein stiller Beobachter der Szenerie. Jede dieser Frauen hatte ihre Aufgaben erhalten und Claudia überwachte alles vom linken Rand des Tisches aus. Markus spürte ihren musternden Blick und erkannte auch das freudige Leuchten in ihren Augen, wenn sie zu Maria hinübersah.

Eigentlich passte Maria nicht zu den Mägden. Mit ihrer schmalen Gestalt und dem roten Haar hob sie sich deutlich von den anderen Mägden ab. Nur Claudia hatte ebenfalls solche Haare, wenn auch nicht von der Strahlkraft, wie sie Marias hatten.

Gelegentlich scherzte Maria mit einer der anderen Mägde, die Norien hieß und in den Hüften sicher doppelt so breit wie Maria war. Markus hätte Maria einfach nur stundenlang zusehen können!

Die Arbeit der Frauen war schwer und trotzdem sangen sie dabei, lachten und scherzten miteinander.

Dann und wann griff Claudia ordnend ein.

Schließlich begann Maria die Blutsuppe für das Abendmahl zu kochen. Eigentlich mochte er diese Suppe nicht, aber in der Art, wie Maria sie zubereitete, hätte er ein paar Schüsseln davon essen können. Sicherlich machten die Kräuter und Gewürze, die Maria nun hineingab, den Unterschied aus.

Immer noch hätte er lesen müssen, doch er bekam seine Augen nicht von ihr fort zum Buch. Für ihre Arbeiten hatte sie sich ihre roten Locken mit einem Haarband nach hinten gezogen und trotzdem fiel immer wieder eine vorwitzige Strähne nach vorn.

Die anderen Frauen beendeten langsam ihre Arbeiten, räumten auf und das Fleisch für das Abendessen fand seinen Platz über dem Feuer. Bratenduft zog verführerisch durch die Halle und lockte alle Bewohner in die Mitte zum Feuer.

Markus klappte das Buch zu und legte es vorsichtig auf den Altar. Mit einem prüfenden Blick zur Seite hoffte er, dass Albrun ihn nicht darüber befragte, was er gerade gelesen hatte.

Gerade kam der alte Mann zum Tisch und auch alle anderen nahmen auf den Bänken Platz. Wie jeden Abend sprach Albrun das Vater-Unser und die Frauen stimmten in sein „Amen" ein.

Markus bemerkte, wie die Männer unterdessen etwas Wein und Fleisch unter den Tisch fallen ließen. Mit diesem Signal stürzten sich nun alle auf das Essen und das Klappern der Löffel löste das Reden ab.

Rülpsen und schmatzen war ringsum zu hören und obwohl sicher auch Maria müde von der täglichen Arbeit war, brachte sie lächelnd die Speisen zum Tisch.

Schließlich räumte sie die leeren Teller und Schüsseln auch wieder ab, woraufhin eine der unfreien Frauen Becher und Krüge heranschleppte. Die Männer tranken viel und schnell, die Frauen hatten kleinere Becher mit dem leckeren Honigwein.

Es dauerte aber gar nicht lange, da sangen die Frauen auch schon gegen ihre Müdigkeit an, doch nach ein oder zwei Bechern liefen sie meist schon gähnend zu ihren Schlafplätzen hinüber, denn der harte Tag forderte sein Recht ein.

Die Männer blieben länger mit ihrem Starkbier und auch Albrun sprach diesem Getränk gut zu. Immer wieder stieß er mit dem Stammesführer an und trank, bis er irgendwann nach hinten von der Bank kippte. Mit Marias Hilfe zog Markus den lallenden Mönch zu seinem Lager, woraufhin der Stammesführer ebenfalls zu seiner Schlafstätte wankte und sich die anderen Männer ihm anschlossen.

Binnen Augenblicken wurde es still in der Halle.

„Soll ich dir wieder helfen, Holz zu holen?", fragte er Maria, doch sie schüttelte gähnend den Kopf.

„Das hat Norien schon für mich gemacht", entgegnete sie, wünschte ihm noch eine gute Nacht und schlurfte davon.

Nun stand Markus am Feuer und war vermutlich der einzige, der noch wach war, denn er hatte absichtlich nicht viel getrunken und nun war er auch noch nicht müde.

Sein Blick schweifte langsam über die ganze Halle und besonders in die Richtung, in die Maria gerade gegangen war. Was sollte er jetzt tun? Schlafen? Eigentlich zog es ihm zu Maria!

Er streifte seine Oberkleidung ab, verrichtete sein Abendgebet vor dem Altar und ließ sich auf seinen Strohsack nieder. Doch der Schlaf würde bestimmt nicht so schnell kommen.

Markus spürte das Sehnen nach der Frau fast schmerzhaft in seiner Brust. Warum war sie nur einfach so gegangen?

Ein Geräusch von der Seite ließ ihn aufsehen, dorthin war Maria gegangen. War sie etwa noch wach? Seine Augen versuchten die Dunkelheit der Ecke zu ergründen.

Vorsichtig und ohne ein Geräusch zu machen, setzte sich Markus auf. Am Abend, vor dem Mahl, hatte Albrun das Lager von Ælsbeth mit einem Vorhang vom Rest der Halle abgetrennt und nun zog es Markus genau dort hin.

Er erhob sich und setzte leise seine nackten Füße auf den Boden der Halle. Zwanzig Schritte voller Sehnsucht! Kein Geräusch verriet seinen Weg, dann stand er an dem Vorhang und schob ihn ein Stück zur Seite.

Hinter diesem Vorhang befanden sich zwei Strohsäcke und auf einem davon lag die kranke Frau. Maria kniete im Unterkleid vor ihr und wechselte ein Tuch aus, das die Frau auf der Stirn hatte. Ein Feuer in einem Kohlebecken beleuchtete den ganzen Bereich, während es davor schon fast dunkel war.

Maria blickte zu ihm auf, erhob sich und zog ihn schnell an der Hand zu sich heran. Fast gierig drückte sie ihre Lippen auf seinen Mund und schlang ihre Arme um seinen Hals. Danach hatte er sich die ganze Zeit gesehnt!

Schließlich löste sie sich von ihm, trat einen Schritt zurück und streifte sich anschließend das Unterkleid über den Kopf.

Nackt stand sie vor ihm und er musste sie einfach bewundern! Ihre Haut hatte fast die Farbe des Unterkleides. Ein scharf abgegrenztes Dreieck aus rotem Flaum bedeckte ihren Schoß und die dunkelroten Knospen auf ihren Brüsten standen im Kontrast zur hellen Haut.

Markus konnte jetzt erst recht keinen Blick mehr von ihr lösen, denn noch nie zuvor hatte er eine nackte Frau gesehen. Nur einmal seine Schwester als Mädchen und das war Jahre her. Damals war er zehn und sie acht gewesen, als sie in einem Teich gebadet hatten.

Erneut küsste Maria ihn und befreite ihn danach von seinem Unterkleid, womit sie ihn auch aus seiner Starre löste.

Nur einen Augenblick später zog sie ihn hinter sich her, hinab zu dem zweiten Strohsack. Nebeneinander darauf liegend, begann Markus ihren Körper gründlich zu erkunden. Ihre Haut war so weich! Seine Finger streichelten ihre Brust, die sich ihm entgegen drückte und Marias Hand tastete sich an ihm herab. Als Maria zugriff und sein steif gerecktes Glied umfasste, stöhnte Markus auf.

Während sie sich weiter küssten, fühlte er die Nässe zwischen ihren Schenkeln an seinen Fingerspitzen.

Als sie es offenbar nicht mehr erwarten konnte, schob sie ihn über sich, zog ihre Knie zu beiden Seiten hoch und gab ihm damit ihre feuchte Mitte zum Sturm frei. Mit einer schnellen Bewegung ihres Unterleibes nahm Maria ihn in sich auf.

Nun war es an ihm, aktiv zu werden. Markus stützte sich neben ihrem Kopf mit beiden Händen auf und begann, sich langsam in ihrem Schoß zu bewegen. Maria hatte die Augen geschlossen und aus ihrem halbgeöffneten Mund drang nur ein leises Keuchen. Nach einigen Stößen überlief ein Zittern ihren Körper, dann riss sie die Augen auf, bäumte sich nach oben und biss ihm in die Schulter.

Ein Ziehen kündigte jetzt auch Markus das Pulsieren an.

Offensichtlich bemerkte dies auch Maria, denn sie hauchte in sein Ohr: „Lass ihn mich sehen, den Saft, der Leben schenken kann!"

Markus richtete sich auf und zog sich aus ihr zurück.

Im selben Moment schoss seine milchig weiße Flüssigkeit aus ihm und traf Maria auf den flachen Bauch unterhalb der Brust. Ein zweiter Schwall vermischte sich mit dem Flaum auf ihrem Schoß, woraufhin noch ein paar Schübe folgten, die aber nicht mehr sie trafen, sondern nur den Strohsack benetzten.

Glücklich, schnaufend und erschöpft fiel Markus neben ihr auf das Lager zurück.

Maria hauchte: „Bitte schlafe nicht ein!" Doch es zog ihm die Augen zu und auch die Frau schlief da bereits, wie ihr leises Schnarchen ihm verriet.

40. Kapitel

Spuren der Nacht

Maria schreckte hoch, ein Geräusch hatte sie geweckt. Auf dem Strohsack sitzend sah sie, dass sie nackt war und neben ihr der schnarchende Markus lag, der ebenfalls unbekleidet war. Falls jetzt Claudia, oder noch schlimmer Albrun, hierherkommen würden, um nach Ælsbeth zu sehen, dann wäre in dieser christlichen Halle der Teufel los.

Verzweifelt versuchte Maria Markus zu wecken und gleichzeitig nach draußen zu horchen, aber er wachte einfach nicht auf und sie durfte ja auch nicht laut sein.

Unendliche Augenblicke der Angst später steckte Thoralf seinen Kopf durch den Vorhang und blickte sie an. Er sagte nichts zu der offensichtlichen Situation, die Maria mehr als peinlich war, sondern trat einfach ein und kniete sich zu Ælsbeth.

Schnell streifte sich Maria das Unterkleid wieder über und hockte sich neben Thoralf.

„Wie geht es ihr?", flüsterte er.

„Besser! Das Fieber ist schon etwas gesunken", erwiderte Maria und nahm den in Kräutersud getränkten Lappen von Ælsbeths Stirn, um ihn zu erneuern.

Behutsam legte sie die Hand auf die Stirn der Freundin und flüsterte dabei: „Bitte verrate uns nicht!"

„Was ihr macht, das ist eure Sache. Ich möchte nur, dass Ælsbeth wieder gesund wird!"

„Das wird sie ganz sicher!", antwortete Maria erleichtert, setzte dann aber hinzu: „Wir müssen mit Claudia reden, denn jetzt kommt der Winter und wenn Claudia Ælsbeth in diesem Zustand nach draußen schickt, dann wird unsere Freundin den Frühling wohl kaum erleben!"

Thoralf seufzte und bestätigte ihre Gedanken mit einem Nicken. „Ich rede mit ihr! Ich danke dir!", sagte er noch, erhob sich und ging.

Maria sah ihm noch nach, wie er durch den Vorhang in die Halle trat, dann kniete sie sich erneut zu Markus.

Langsam ließ sie jetzt ihren Blick über seinen nackten Körper gleiten und verglich ihn mit Thoralf.

Markus war schmächtig gegen den Krieger. Er hatte nicht die Arme und die Schultern des Kämpfers und die kaum behaarte Brust war auch nicht so breit.

Trotzdem zog es Maria mehr zu diesem schlafenden Mann und ihr Herz machte einen Hopser, wenn sie ihn nur einfach ansah.

In ihren Gedanken verloren strich Maria zärtlich mit der Hand über seine Brust. Ewig hätte sie ihn so betrachten und streicheln können, doch die Gefahr, des Erwischt Werdens, war viel zu groß.

Maria seufzte auf, denn die Trennung nahte, dann küsste sie ihn und rüttelte ihn kräftig wach. „Du musst gehen!", sagte sie schließlich leise und hielt ihm das Hemd hin.

Müde streifte sich Markus das Kleidungsstück über, küsste sie und erhob sich dann.

Es folgte ein letzter Kuss im Stehen am Eingang des Verschlages, der schon fast wieder ihren Widerstand zum Schmelzen brachte, denn sie liebte diesen Mann, doch nun musste der Geliebte erst mal wieder auf sein Lager.

Ihm sehnsüchtig hinterher sehend, fragte sich Maria, wie spät es wohl sein mochte, denn in seinen Armen hatte sie jegliches Zeitgefühl verloren.

Versonnen tastete sie sich mit den Fingerspitzen über ihre Lippen, auf denen noch sein Kuss zu fühlen war. Abermals kniete sie sich zu Ælsbeth und erneuerte die Wadenwickel, als sich Albrun zu ihr kniete. Fast hätte sie dabei erschrocken aufgeschrien, denn nur wenige Momente eher und der Mönch hätte seinen Novizen nackt bei ihr vorgefunden!

Schnell tauschten sie sich über Ælsbeths Zustand aus, bevor der Mönch sich Ælsbeth zuwendete und Maria nach draußen eilte.

Das Waschwasser musste geholt werden und alltägliche Handgriffe folgten, bei denen sie nicht nachdenken musste, denn ihre Gedanken waren auch weiterhin bei Markus, der nun neben dem Kreuz schnarchte.

Ihr Blick hing beim Gebet an seinen Gesichtszügen, allerdings würden sie nun bis zum Abend wieder die Distanz wahren müssen und dabei sehnte sich Maria doch schon wieder so nach seinen zärtlichen Berührungen.

Nackt wusch sich Maria die Spuren der Nacht von ihrem Körper und fragte sich dabei, ob sich der Saft des Lebens vielleicht schon in ihr verfangen hatte und damit Markus' Samen bereits in ihrem Schoß aufgegangen war. Das musste sie unter allen Umständen verhindern, denn wenn sie vor Claudia schwanger wurde, dann würde die Herrin ihr das Leben zur Hölle machen.

Ihr Blick glitt zur Seite, während sie sich das Unterkleid wieder über den Kopf zog. Wen konnte sie fragen? Vielleicht Albrun? Aber einen Mönch um einen abtreibenden Trunk bitten? Dann doch lieber Norien! Die dralle Magd teilte ihr Lager oft mit den Knechten oder Thoralf und sie konnte sicher helfen.

In ihren Gedanken verloren kämmte Maria ihr langes Haar und sah zu den Liegeplätzen der Frauen hinüber. Noch war Ruhe in der großen Halle.

Angezogen ging Maria zu Norien und weckte sie. Doch in der Früh war keine Zeit für ein Gespräch unter Frauen! Später sicherlich!

Nachdem sie alle Frauen geweckt hatte, lief Maria mit dem Kleid zu Claudia hinüber und dabei musste sie erneut an Markus vorbei, der immer noch schlief.

Eine kleine Unendlichkeit lang stand sie vor ihm. In seinem Gesicht lag so etwas Friedliches, Sanftes. Solch einen Gesichtszug hatte sie bei den anderen Männern noch nie gesehen, aber die waren ja auch Krieger! Schmerzhaft riss sie sich von diesem Anblick los, bevor sie dann zu ihrer Herrin lief.

Claudia lag angezogen und mit verwirbelten Haaren in ihrem Bett. Der Honigwein des Abends hatte offensichtlich auch ihr zugesetzt. Verschlafen kam die Herrin schwankend von ihrem Lager hoch und Maria musste ihr beim Waschen und Anziehen helfen.

Dadurch kam sie mit dem Frühmahl in Verzug, doch Norien hatte schon damit angefangen. Die Magd war die Erfahrenste der Frauen hier und obwohl sie nur etwa zehn Jahre älter als Maria war, hörten auch die älteren Mägde bei allen anfallenden Arbeiten auf Norien.

Das Mahl begann und der Stammesführer teilte wieder die Arbeiten ein. Auch Markus saß nun am Tisch, sah aber ziemlich zerknautscht aus. Trotzdem hätte sie ihm am liebsten einen Kuss gegeben.

Nach der Ansage des Herrn würde an diesem Tage der letzte der Ochsen geschlachtet werden und damit war das Ende der schweren Arbeiten gekommen. Ab dem Abend würden dann nur noch leichte Arbeiten folgen und es kam eine Zeit der Erholung auf alle zu.

Das Aufatmen der Bewohner war deutlich zu spüren, denn die schwere Plackerei der vergangenen Wochen steckte jedem hier noch deutlich in den Knochen.

Als der letzte der Männer vom Tisch aufgestanden war, begann Maria zusammen mit Norien das Geschirr abzuräumen, damit an diesem Platz die Arbeit der Frauen bald beginnen konnten. Für einen Moment war es ihr peinlich, mit der Magd zu reden, doch sie musste sich nun mal dazu überwinden.

„Weißt du, was ich tun kann, damit der Samen eines Mannes sich nicht in meinem Leib verfängt?", fragte sie schließlich leise und Norien zog die Augenbraue hoch.

„Wozu brauchst du denn das?", fragte die Magd nach und flüsternd erzählte Maria von sich und Markus.

Norien nickte verstehend und gab zurück: „Ich erkläre es dir dann später!"

Dankbar lächelte Maria sie an, damit gab es aber, nach Thoralf und Ælsbeth, schon drei Bewohner in der Halle, die über sie und den Novizen von Albrun Bescheid wussten.

41. Kapitel
Schlaf des Gerechten

So einfach hatte sich Albrun diese Missionierung nicht vorgestellt. Er saß in einer warmen Halle, die Frauen erfüllten ihm beinahe jeden Wunsch und er konnte mit Markus religiöse Themen diskutieren. Bei seinen Schilderungen sausten in seinem Kopf auch immer wieder die Bilder aus seiner Jugend vorbei. Damals waren viele Mönche auf ihren Missionszügen den Schwertern der Heiden zum Opfer gefallen und er selbst war ein paar Mal nur knapp dem Tod entgangen.

Diese Sachsen hier waren anders, als die Sachsen, die er von der anderen Seite des Meeres kannte. Vielleicht hatten die hier ansässigen Christen Maria und Claudia schon dafür gesorgt, dass die Männer etwas friedvoller wurden.

Auf seinen Zügen früher hatte Albrun erkannt, dass man den Glauben an Gott nicht mit Macht unter die Sachsen bringen konnte. Nur durch Güte und liebevolle Gespräche war dies möglich. Auf Gewalt reagierten diese Krieger mit derselben Sprache und welche Chance zur Missionierung hätte er dann? Ein Mönch mit einem Kreuz gegen fünfzig kampferprobte Krieger mit Schwert und Schild!

Albrun wäre dann ein Märtyrer für den Glauben geworden, doch sein Einsatz wäre umsonst gewesen. Er sollte ja nicht sterben, sondern das Wort Gottes überbringen. Die frohe Botschaft von Jesus Christus. Das Evangelium.

Erleichternd für seine Aufgabe kam hinzu, dass er mit den Frauen die Männer förmlich in der Hand hatte. Zwar hatte sich noch keiner der Krieger taufen lassen, aber Albrun war in seinen Reden auch nicht unterbrochen worden. Und wenn er erst einmal Garmonds Herz erreicht hätte, würde einer anschließenden Taufe des ganzen Stammes nichts mehr entgegenstehen. So gut kannte er die Sachsen. Sie waren ihren Stammesführern, die gleichzeitig auch ihre Priester waren, unbedingt loyal. Es kam nur selten vor, dass ein Anführer der Wut seiner Untergebenen zum Opfer fiel.

Alle waren hier noch gleich! Hier hatten sich noch nicht die Strukturen gebildet, wie Albrun sie von den Franken kannte. Es gab noch keinen Adel. Alles war in Stämmen geordnet und deren Führer entschieden.

Allerdings war durch die Wahl des Bretwaldas, einer Art König, abzusehen, dass sich gerade etwas änderte. Und er mittendrin, denn es war sicherlich das Christentum, das diesen Wandel ausgelöst hatte.

In der christlichen Kirche gab es mit den Bischöfen, den Äbten und den Mönchen schon seit Jahrhunderten diese Strukturen und die Franken hatten zuerst verstanden, diese geistliche Rangordnung auch in das weltliche zu übernehmen, auch wenn es da noch nicht diese straffe Ordnung gab.

Genau hier war Albrun an der richtigen Stelle und er schlief jede Nacht wie ein Stein. Schon allein dies war ein Beweis dafür, dass er hier richtig war. Früher hatte er so manche Nacht nicht schlafen können, weil die Gedanken sich durch seinen Kopf jagten. In dieser Halle, unter dem Kreuz des Herrn, fiel er am Abend auf sein Lager und erwachte erst am Morgen, wenn Markus ihn zur Andacht holte.

Tagsüber kümmerte er sich um die junge Frau, die am Fieber litt. Vielleicht konnte er als Nächstes ihr Herz öffnen und Gott dort hineinlassen. Ein Kreuz hatte er ihr schon mal vorsorglich um den Hals gelegt, auch, wenn sie noch nicht getauft war.

Bei der Krankenpflege löste sich Albrun mit Maria ab, die ihr Lager neben Ælsbeth aufgeschlagen hatte und die Nachtwache übernahm.

Als erfahrener Mönch hatte er Claudias Ablehnung mehr als deutlich gespürt. Aber mit seinem Verweis auf die Heilige Schrift hatte die Hausherrin schließlich zähneknirschend zugestimmt, dass er Ælsbeth hier drin behandelte. Der Grund dieser Verbannung Ælsbeths aus der Halle war ihm nicht bekannt und er wollte auch nicht fragen, denn hier lag ein Geschöpf Gottes und war auf seine Hilfe angewiesen.

Zum Glück kannte er sich gut mit Kräutern aus und Norien hatte alle gewünschten Zutaten für einen Trank vorrätig.

Auf dem Weg zum Verschlag nahm er die Kräuter entgegen und bereitete sie zu. Wie immer war Maria auch an diesem Tag die erste gewesen, die wach war. Die Kraft und Energie dieser schmalen Frau waren einfach unglaublich. Vermutlich war es Gott, der ihr diese Kraft gab. Vielleicht so ähnlich, wie bei ihm. Noch ein paar Schritte bis zum abgegrenzten Bereich, dann schlug er den Vorhang zurück.

Wieder kniete er im Gebet vor der jungen Frau. Das Fieber sank nur sehr langsam. Viel zu schleppend, wie er sich mit Maria einig war, daher konnte ein Gebet nicht schaden. Es war ein Bittgebet um die Gesundheit dieser Frau und bei seinem „Amen" schlug sie die Augen auf.

Albrun sah deutlich, dass das Fieber ihren Blick immer noch trübte, aber sie war wach. Schnell rief er Maria zu sich und zusammen richteten sie die Frau auf, damit sie sitzen konnte, dann mischte er einen besonderen Trank und flößte ihn Ælsbeth ein.

Ein Teil davon ging zwar daneben, aber die Frau trank! Er hätte jubeln können und die strahlenden Augen von Maria sagten, dass es ihr wohl genauso ging. Schließlich legten sie Ælsbeth wieder hin, erneuerten die Wickel und sprachen ein gemeinsames Dankgebet.

Der Tag ging dahin, die Frauen verrichteten ihre Arbeiten und er kniete bei Ælsbeth. Markus studierte seine Schriften und er würde den Novizen am Abend abfragen, aber der junge Rotschopf war ein sehr gelehriger Schüler. Belesen und im Latein bewandert. Sicherlich würde er in einiger Zeit einen guten Mönch und Priester abgeben, wenn er mit seinem Studium weiter so gut vorankam.

Irgendwann kam der Abend, auch wenn Albrun das in dem Gebäude nicht sehen konnte, denn auch diese Halle hatte keine Fester. Hier drin herrschte immer Dunkelheit, die nur durch das

Feuer und die Flammenschalen unterbrochen wurde. Am Tagwerk der Menschen bemerkte er, wie der Tag verging und das Klappern des Geschirrs rief ihn zum Mahl.

Albrun warf einen letzten Blick auf Ælsbeth, dann erhob er sich, streckte den krummen Rücken durch und ging zu den Frauen hinüber.

Am Tisch angekommen übergab er mit einem Nicken Maria die Betreuung der kranken Frau. Sie eilte mit einer Schüssel Suppe nach hinten, aber Ælsbeth war noch viel zu schwach, um davon essen zu können. Vielleicht schon am nächsten Tag, so Gott es wollte.

Erneut begann das Abendmahl mit einer kurzen Andacht, danach gingen die Worte Gottes in gefräßiges Schmatzen über. Albrun ließ seinen Blick über die Menschen gleiten. Hier war seine Gemeinde!

42. Kapitel
Die Rache einer Magd

Es dauerte fast bis zum Abend, während Maria immer ungeduldiger wurde, ehe Norien nach draußen gehen wollte, um Holz für das Feuer zu holen, und ihr mit einer Kopfbewegung zu verstehen gab, dass sie ihr folgen sollte. Nach einem langen Atemzug, und einem vorsichtigen Blick zu Claudia, folgte Maria schließlich der Magd.

Auf dem Weg zu dem Platz, an dem alles zwischen ihr und Markus begonnen hatte, begann Norien ihr zu erklären, dass es verschiedene Mittel gab, die verhindern konnten, dass man ein Kind empfing. Zwar kannte Maria auch viele Kräuter, aber Norien war in dieser Hinsicht eine viel größere Expertin. Maria erinnerte sich noch gut daran, wie sie nach der Aussaat im Frühling in den Wiesen Gräser und Blätter gesammelt hatten. Norien hatte ihnen damals gezeigt, wonach sie suchen sollten und nicht einmal die Hälfte der Pflanzen hatte Maria gekannt.

Nun erinnerte sie sich daran, dass Norien zu einigen nichts über deren Wirkung gesagt hatte. Sicherlich waren das genau die Pflanzen gewesen, die Norien selbst für sich brauchte.

„Ich gebe dir dann ein paar Blätter, die du kleinschneiden und aufkochen musst. Den Sud davon musst du immer dann trinken, wenn du das Lager der Lust mit einem Mann geteilt hast", erklärte Norien, während sie ihr das Holz auf die Arme stapelte.

Beim letzten Holzscheit setzte sie noch erklärend hinzu: „Es ist ein Trank, den mir meine Mutter vor vielen Jahren erklärt hat. Er wird dafür benutzt, damit die Kinder nicht im falschen Monat auf die Welt kommen. Nicht während der Ernte und auch nicht im Blutmond!"

Maria nickte verstehend, denn wenn die schwere Arbeit im Stamm zu verrichten war, dann durfte dabei keine Hand fehlen.

Wieder zurück in der Halle gingen sie zu einer der Kisten, deren Schlüssel Norien besaß.

Die Magd klappte den Deckel, auf und Maria schlug ein kräftiger Duft von all den Säckchen mit getrockneten Kräutern entgegen. Norien brauchte nur ein paar Handgriffe, bis sie den entsprechenden Stoffbeutel gefunden und Maria ein paar Blätter in die Hand gedrückt hatte.

„Zwei dieser Blätter bei jedem Trunk reichen vollkommen aus", erklärte sie noch, bevor sie den Deckel zuklappte und Maria die Blätter in ihrer Schürzentasche verschwinden ließ.

Dankbar nickte sie der Magd zu, bevor Claudia sie vom Tisch aus wieder zur Arbeit rief.

Irgendwann endete dann auch die Arbeit und es wurde Zeit, das Mahl für den Abend vorzubereiten. Es würde das letzte von den üppigen sein, denn ab dem nächsten Tage gäbe es keine Schlachtungen mehr und damit auch weder Blutsuppe, noch die Fleischstücke, die zu klein waren, um im Fass mit dem Salz zu landen.

Gewissenhaft begann Maria mit der Zubereitung der Suppe und wie immer brachte Norien ihr die dazu benötigten Gewürze und Kräuter aus der Kiste.

Wie jeden Abend schnitt Maria diese Kräuter mit dem Dolch klein, als sie stutzte und sich die Kräuter genauer ansah, die ihr die Magd gebracht hatte. Mitten zwischen den Blättern lagen auch zehn von denen, die Norien ihr unter dem Siegel der Verschwiegenheit übergeben hatte.

War das möglich? Maria griff in ihre Schürzentasche und zog eines der Blätter heraus, dann verglich sie es mit dem, welches gerade vor ihr auf dem Tisch lag.

Es war von der gleichen Pflanze! Maria hob ihre Augen zu Norien und die Magd wich ihrem Blick aus. Diese Geste war schon fast ein Schuldeingeständnis! Was sollte das? „Ich muss mal!", sagte Maria laut, legte das Messer zur Seite und gab Norien mit einer Kopfbewegung zu verstehen, dass sie die Magd draußen treffen wollte.

Claudia nahm das Messer und begann, Marias Arbeit weiterzuführen, während sich Maria zur Tür bewegte.

Auf dem Vorplatz, fast auf halbem Weg bis zur Latrine, blieb Maria stehen und wartete auf Norien. Die Sonne versank gerade hinter dem Horizont. Ein heller, letzter Streifen war dort noch zu sehen, aber es wurde langsam kalt und es roch schon förmlich nach Schnee.

Während Maria auf die Magd wartete, flogen viele Gedanken durch ihren Kopf. Sie hatte das Rezept von Norien übernommen und nie danach gefragt, was genau sie da jeden Abend in die Suppe mischte. Nun ärgerte sie sich über ihre Leichtgläubigkeit. Sie musste Norien unbedingt zur Rede stellen!

Es dauerte eine ganze Weile, die sie in der beginnenden Dunkelheit frierend ausharrte, bis Norien endlich erschien. Vielleicht hatte die Magd gehofft, dass es Maria draußen zu kalt zum Reden werden würde, aber diese Sache musste geklärt werden.

„Warum?", fragte Maria, als die Magd vor ihr stand, aber da Norien immer noch nicht mit der Wahrheit herausrücken wollte, setzte Maria nach: „Die Herrin versucht seit mehr als einem Jahr verzweifelt ein Kind zu empfangen und du gibst ihr schon die ganze Zeit ein Kraut damit ihr das nicht gelingt! Warum?"

„Nachdem die alte Herrin gestorben war, war Garmond mit mir zusammen. Ich sollte die neue Herrin werden. Ich wurde schwanger und wir beide haben uns so auf das Kind gefreut", begann Norien und Maria konnte deutlich hören, dass die Magd um Fassung rang.

„Eines Nachts habe ich das Kind verloren. Garmond hat gesagt, ich wäre verflucht und danach hat er mich verstoßen. Ein paar Wochen später hat er Claudia auf den Hof gebracht."

„Und nun sorgst du dafür, dass Claudia nicht schwanger wird?"

„Na ja! Vielleicht verstößt Garmond sie dann ebenfalls!"

„Du musst damit aufhören, denn wenn Claudia das herausbekommt, dann macht sie dich einen Kopf kürzer!", entgegnete Maria. Zwar konnte sie Norien verstehen, aber bei der derzeitigen Laune von Claudia war das Handeln der Magd mehr als riskant.

Nun überwältigte der verdrängte Schmerz Norien und die Magd konnte die Tränen nicht mehr aufhalten.

Maria nahm sie in den Arm, um sie zu trösten und die viel ältere Frau weinte sich nun an ihrer Schulter aus.

„Ich verspreche dir, darüber zu schweigen, wenn du damit aufhörst!", sagte Maria, nachdem sich Norien wieder beruhigt hatte.

„Ich danke dir und ich verspreche dir, über dich und Markus ebenfalls zu schweigen!", entgegnete die Magd.

„Freundinnen?", fragte Maria und Norien umarmte sie.

„Freundinnen!", antwortete sie.

Jetzt wurde es auf dem Vorplatz aber so kalt, dass sie nach drinnen liefen.

Als Maria an ihrem Platz am Tisch angekommen war, sah sie, dass Claudia schon alle Blätter, darunter auch diejenigen, die da eigentlich nicht mehr hineinsollten, in die Suppe geworfen hatte. Damit würden sie eben erst ab dem nächsten Tag bei der Zubereitung der Speisen fortgelassen werden, außer bei denen für Norien und Maria.

43. Kapitel

Fremder Gott

Mühsam öffnete Ælsbeth die Augen und erblickte einen grauhaarigen Mann mit einem langen Bart, der neben ihr saß. So hatte sie sich immer Sturmvater Wodan vorgestellt, aber dieser Mann hatte zwei Augen. „Wo bin ich?", hauchte sie.

Der Mann antwortete: „Im Hause Gottes!"

„Wo ist Fullo?", entgegnete sie, denn als Frau durfte sie ja nicht nach Walhalla gehen. Zu Fullo, in die Halle der Frauen, hingegen schon.

Der Mann zog die Augenbrauen zusammen und ein zorniger Zug huschte über sein Gesicht, bevor es wieder denselben gütigen Ausdruck wie zuvor annahm. „Du bist noch nicht gestorben und deine Göttin hat hier keine Macht über dich! Ich bin Albrun, ein Mönch, der einem anderen Gott dient. Einem allmächtigen und gütigen Gott!", antwortete der Mann und erneuerte das Tuch auf ihrer Stirn.

Ælsbeth war so schwach, dass sie keine Hand bewegen konnte, dabei hätte sie doch den Mann abwehren müssen, um auch weiterhin den Beistand ihrer Götter empfangen zu können.

„Deine Götter haben dich verlassen. Du lebst nur noch, weil du jetzt unter dem Schutz meines Gottes stehst!", erklärte der Mann weiter und zeigte ihr einen Anhänger mit einem Kreuz, den Ælsbeth jetzt um den Hals trug.

„Das ist nicht wahr! Bitte lass mich sterben!", flüsterte sie und Tränen liefen über ihr Gesicht, denn sie wollte doch die Mutter und all die Freundinnen wiedersehen und das ging nur, wenn ihre Götter sie beschützten. Nur dann könnten die Walküren sie finden. „Alles aus!", schluchzte sie, ihr Kopf fiel zurück und die Erschöpfung schloss Ælsbeth die Augen.

Eine streichelnde Berührung an der Wange weckte Ælsbeth einige Zeit später wieder auf und sie sah das sorgenvolle Gesicht von Maria über sich.

„Wie lange liege ich schon hier?", fragte sie.

„Ein paar Tage", antwortete ihre Freundin und streichelte erneut Ælsbeths Wange.

„Kannst du mir bitte diesen Anhänger vom Hals nehmen?", fragte sie, doch Maria schüttelte den Kopf.

„Das Kreuz ist dazu da, dass du gesund wirst", antwortete Maria und wechselte die feuchten Lappen, die Ælsbeth um ihre Beine spürte.

„Nur der Schutz Gottes macht dich wieder gesund!", erklärte Maria weiter, während sie die Lappen in einer Schüssel anfeuchtete.

„Aber ich diene einem anderen Gott!", entgegnete Ælsbeth schwach und versuchte verzweifelt die Hand zu heben, um sich selbst von diesem Anhänger zu befreien, doch sie hatte keine Kraft dazu.

„Warum soll ich denn noch leben?", murmelte sie und die Tränen liefen ihr erneut über die Wange.

„Na, vielleicht für Thoralf?", antwortete Maria leise und wischte ihr die Tränen ab.

Das wäre sicher der einzige Grund, aber sollte sie wirklich für diesen Mann ihren Göttern abschwören?

Ælsbeth schloss die Augen und holte sich Thoralfs Gesicht zurück in die Erinnerung. Als sie die Augen öffnete, stand er nur ein paar Schritte entfernt und sah sie durch einen Vorhang hindurch an, wobei nur sein Kopf zu sehen war.

Maria erhob sich und Thoralf kniete sich zu Ælsbeth.

Aber noch bevor er etwas sagen oder tun konnte, hörte Ælsbeth, Claudias lautstarkes Schimpfen in der Nähe. Der Vorhang wurde zur Seite gerissen und die Herrin zeigte auf sie herab.

„Nun ist sie wieder wach und kann nach draußen! Raus mit ihr! Sofort!", brüllte Claudia.

Thoralf sprang auf und ballte die Hände zu Fäusten.

Maria und der Mönch kamen gelaufen und nun wurde, sozusagen über ihren Kopf hinweg, mit Claudia darüber diskutiert, ob sie in der Halle bleiben konnte.

Unbeweglich musste sie von unten zusehen und zuhören, wie die vier Menschen um ihr Leben stritten, denn sie konnte nicht einen Finger bewegen.

Immer größer wurde die Menschenmenge, die sich nun neben ihr versammelte. Schon bald musste jeder Bewohner der Halle am Vorhang stehen, den Claudia mit Kraft zu Boden gerissen hatte.

Unendlich lange gab ein Wort das andere und es wurde immer lauter.

Am liebsten hätte sich Ælsbeth die Ohren zugehalten, aber dazu reichten ihre Kräfte nicht. Ausgestreckt an der hinteren Hallenwand harrte sie auf die Entscheidung, denn wenn Claudia sie aus der Halle warf, dann gab es nur noch eine Möglichkeit für sie: Thoralf musste sie auf dem Altar ihres Gottes opfern. Nur so könnte sie mit der toten Familie wieder vereint werden.

Ælsbeths Blick wanderte von einem zum anderen, denn nur die Augen konnte sie bewegen, alles andere war immer noch wie gelähmt. Eine Schwere lag auf all ihren Gliedern, als hätte man sie mit Seilen am Boden des Gebäudes festgebunden. War es dieser fremde Gott, der sie hier festhielt? War es dieser Anhänger, der Ælsbeth an diesen Platz fesselte?

Würde es da etwas nutzen, wenn sie Fullo zur Hilfe rief? Oder sollte sie lieber diesen fremden Gott bitten, diese Last von ihren Schultern zu nehmen? Wie fragte man diesen Gott? Hatte er einen Namen? Nichts davon wusste Ælsbeth und der Lärm, um sie herum ließ sie auch nicht nachdenken.

Irgendwann gab Claudia auf und die daraufhin einsetzende Stille tat so gut.

Thoralf und Albrun hängten den Vorhang wieder auf, während sich Maria neben sie kniete.

„Dieser fremde Gott, hat er einen Namen?", fragte Ælsbeth leise ihre Freundin, doch der Mönch hatte die gehauchte Frage offensichtlich gehört.

Der Mann antwortete: „Der Name dieses Gottes ist Jahwe. Der, der Werden lässt! Der, der die Welt und uns Menschen erschaffen hat!"

„Bitte Jahwe! Nimm diese Last von mir!", murmelte Ælsbeth und nur wenig später konnte sie eine Hand bewegen. Vor Freude schossen ihr Tränen in die Augen.

Nun knieten Thoralf, Maria und der Mönch neben ihr nieder.

„Möchtest du etwas trinken?", fragte Maria und eilte, nach ihrer Zustimmung, durch den Vorhang davon. Nur ein paar Augenblicke später war Maria zurück, Thoralf half ihr auf und ihre Freundin setzte den Becher an Ælsbeths Lippen.

Es war ein Kräuterbier in dem Becher und es schien Ælsbeth, als hätte sie in ihrem Leben noch nie ein besseres Bier getrunken. Gierig schluckte sie das Getränk und wurde dadurch langsam stärker. Den zweiten Becher hielt sie schon selbst.

Offensichtlich hatte Jahwe die Fesseln durchtrennt.

„Ich darf doch bleiben?", fragte sie ängstlich die Menschen neben sich und alle drei nickten ihr zu.

„Ich habe Hunger", sagte Ælsbeth erleichtert und Maria eilte sofort wieder davon.

Zumindest würde Ælsbeth noch eine Weile in der Halle bleiben können und hier drin war es schön warm. Thoralf hielt sie in dieser sitzenden Position fest. Die Wärme und der Schutz, die seine starken Arme ihr gaben, taten Ælsbeth so gut.

44. Kapitel
Winternächte

Mit dem Beginn des Dezembers hatte auch pünktlich der Schneefall eingesetzt. Maria stand auf der obersten Stufe der Treppe und sah in den grauen Himmel hinauf. Spielerisch fing sie einige der weißen Flöckchen in der Hand und sie schmolzen darin. Der Kälte geschuldet hatte sich Maria eine Decke um die Schultern sowie ein Tuch über ihren Kopf gezogen und stand nun schon eine ganze Weile hier.

Gemächlich glitt ihr Blick über die Ebene vor dem Haus. Eine dünne weiße Schicht begann das Land unter sich zu begraben. Schon bald würde der Schnee außerhalb des kleinen Bereichs, wo die Menschen zwischen den Gebäuden hin und her liefen, sicherlich wieder hüfthoch liegen, wie es schon im Jahr zuvor gewesen war.

Ein paar Schritte von ihr entfernt schob Thoralf den Schnee zur Seite, damit ein Durchgang zum Kuhstall und zum Gatter der Schweine frei blieb, denn die verbliebenen Tiere mussten auch im Winter gefüttert werden.

Am Abend zuvor war Ælsbeth endlich erwacht und gemeinsam mit Thoralf hatte Maria, unterstützt von Albruns Hilfe und mit viel Überredungskünsten, dafür sorgen können, dass Claudia die schwache Freundin nicht sofort wieder aus der Halle geworfen hatte.

Thoralfs Atem stieg als weißer Nebel nach oben.

Noch war wenig Schnee gefallen, aber wenn er nicht ständig zur Seite geschoben wurde, könnten sie irgendwann die Halle nicht mehr verlassen. Allerdings lag der Eingang ja, dank der Treppe, über der zu erwartenden Schneehöhe.

Bei Thoralfs Anblick flogen Marias Gedanken zu Markus. In den letzten Tagen hatten sie sich in jeder Nacht hinter dem Vorhang getroffen und jedes Mal war die Vereinigung mit dem Geliebten einfach so unbeschreiblich schön gewesen.

Natürlich wussten sie beide um die Gefahr, dass sie erwischt werden konnten, denn schließlich gab es nun abends keinen Honigwein mehr und die schweren Arbeiten des Novembers, welche die Männer und Frauen immer besonders müde gemacht hatten, lagen nun auch schon hinter ihnen.

Allerdings konnten sie auch nicht mehr die Finger voneinander lassen. Es war wie bei einer Katze, die süßen Rahm geschleckt hatte. Die bekam man auch nicht mehr vom Sahnetopf fort und Markus war ihre Sahne.

Schon beim Gedanken an ihn wurde es ihr ganz warm ums Herz. Selbst im tiefsten Schnee würde sie nicht frieren, wenn er nur an ihrer Seite war.

Markus war ein ausdauernder und zärtlicher Liebhaber geworden. Nichts verriet mehr, dass es noch vor ein paar Wochen anders gewesen war. Da die Knechte nun auch wieder ihr Glück bei Norien fanden, hatten sich die beiden Freundinnen verabredet, dass Norien immer morgens einen Becher mit dem Trunk für sie zwei vorbereitete, den sie dann gemeinsam und heimlich austranken.

Über die paar Tage waren sie gute Freundinnen geworden und tauschten sich manchmal tuschelnd über ihre Erlebnisse aus.

An den Tagen war nun nicht mehr ganz so viel zu tun. Die paar Tiere wurden von einer der unfreien Mägde betreut und da auch die Knechte nicht mehr täglich mit dem Wagen in die Stadt fuhren, um Fässer mit dem Pökelfleisch gegen Silber einzutauschen, hatten die Männer ebenfalls nicht mehr so viel zu tun.

Da Claudia diese Zeit der Untätigkeit dazu nutzte, nun auch am Tage schwanger zu werden, war Maria im Grunde zur Hausherrin geworden, aber daran, dass sie hier so untätig und träumend stehen konnten, zeigte sich schon, dass wirklich nicht mehr viel zu machen war.

Eine Magd war gerade mit dem Eimer zum Stall gegangen, eine zweite holte Holz und Thoralf schob immer noch den Schnee zur Seite. Damit hatte Maria alle im Blick, die gerade außerhalb der Halle arbeiten mussten. Konnte es nicht immer so schön ruhig sein?

Albrun betreute Ælsbeth am Tage und Maria hatte die Betreuung der Freundin in der Nacht übernommen.

Maria ließ noch einen letzten Blick über die glitzernde Landschaft gleiten, bevor sie zurück in die Halle ging.

Hinter der Tür hängte sie die Decke und das Tuch an einen Nagel in der Wand, damit der nächste, der zur Latrine gehen würde, sie nehmen konnten, und wandte sich dem Feuer zu.

Von der linken Seite war Schnaufen zu hören und mit einem Blick dorthin erblickte Maria den nackten Hintern eines Knechtes, der sich zwischen den Schenkeln von Norien schnell auf und ab bewegte. Von der anderen Seite zeugte ein entsprechendes Geräusch davon, dass Garmond gerade ähnlich beschäftigt war.

Der Knecht stöhnte auf und erhob sich. All die Zeit hatte Maria nichts daran gefunden, dass die Männer bei der Magd lagen, doch nun begann es in ihrem Schoß zu kribbeln. Ihre Gedanken waren bei Markus! Er saß am Feuer und las eine der Schriften, die ihm Albrun zum Studium gegeben hatte.

Sehnsüchtig blickte sie zu ihm. Konnte es nicht jetzt schon Nacht sein? Norien erhob sich, streifte sich das Unterkleid wieder über die Hüften und ging zum Feuer hinüber. Dort saßen schon die anderen Mägde. Die Frauen sangen leise und webten Tücher oder fertigten aus Schafwolle Strümpfe für den kommenden Winter.

Eigentlich hätte sich auch Maria dazu setzen können, aber damit wäre sie Markus gefährlich nahe. Seufzend schritt sie, mit möglichst großem Abstand zum Geliebten, nach hinten zu der Ecke, in der Albrun immer noch bei Ælsbeth saß.

Maria schob den Vorhang zur Seite und kniete sich neben die Freundin. Ælsbeth ging es nun von Tag zu Tag besser und das lag sicherlich auch an der kräftigenden Brühe, die Maria extra für Ælsbeth zubereitete. Albrun erzählte der Freundin aus der Bibel und Maria musste ihn kurz unterbrechen, um Ælsbeth zu fragen, ob sie etwas essen wollte.

Einen Augenblick später war Maria auf dem Weg zum Feuer. Norien holte die benötigten Kräuter aus der Kiste und ein Stück Hühnerfleisch sorgte für die erforderliche kräftigende Einlage der Suppe. Mit einem Zwinkern reichte die Freundin ihr ein paar von den Blättern, die am Abend dafür sorgen würden, dass Albrun einen besonders tiefen Schlaf haben würde. Nickend verstaute Maria die Kräuter in ihrer Schürzentasche.

„Lies doch mal laut vor!", bat sie Markus, der daraufhin zu ihr aufsah.

„Was möchtest du den hören?", fragte er.

„Etwas, was zur Jahreszeit passt! Vielleicht die Weihnachtsgeschichte. Diese frohe Botschaft, die uns alle in Gott vereint!"

„Gern!", antwortete Markus und schlug die Seite auf.

„Aber du solltest es so erzählen, dass auch wir es verstehen!", sagte Norien, die von ihrer Nadelarbeit aufsah.

Markus kratzte sich am Kopf und überlegte, dann nickte er und erklärte: „Es ist das Evangelium nach Lukas." Frei übersetzend begann Markus: „Es begab sich an jenen Tagen, dass der Kaiser Augustus den Befehl erließ …"

Die Suppe umrührend lauschte Maria den Worten des Geliebten, dabei hing sie mit ihrem Blick an seinem Mund, der so schön küssen konnte. Warum war jetzt nicht Nacht?

45. Kapitel
Zeit der Märchen, Zeit des Glaubens

Ein paar Tage lang hatte Ælsbeth in ihrem Verschlag gelegen und war dort von Maria und dem Mönch versorgt worden, doch nun ging es ihr schon so weit besser, dass sie am Feuer in der Halle sitzen konnte. Zwar war sie noch nicht in der Lage dorthin zu laufen, aber Thoralf trug sie auf seinen Armen.

Allerdings durfte sie nicht mit am Tisch sitzen, das hatte Claudia erfolgreich verhindert. Daher saß sie ein paar Schritte dahinter auf einer Bank und konnte so den Gesprächen zuhören.

Auf diese Weise hatte sie etwas Ablenkung und Unterhaltung. Der Winter war eine Zeit der Märchen, Sagen und Erzählungen und damit verging der Tag. In ihrem Verschlag war es ihr zuvor langweilig geworden, denn von Kind an war sie gewohnt, jeden Tag schwer zu arbeiten. Nun konnte sie noch nicht einmal aus eigener Kraft auf die Latrine gehen.

Ihr war es schon irgendwie peinlich, dass Thoralf sie auf den Eimer tragen musste, der neben dem Tor stand.

Da sich der Mönch nicht mehr um sie kümmern musste, erzählte Albrun nun kleine Geschichten aus dem Leben dieses noch fremden Gottes und dessen Sohnes.

Mit dem Rücken an einen der Wandteppiche gelehnt, ließ Ælsbeth ihren Blick über die versammelten Menschen schweifen, die bei ihren Handarbeiten andächtig den Worten des alten Mannes lauschten.

Ihre Finger tasteten sich zu ihrem Hals, um den immer noch dieses hölzerne Kreuz hing. Jetzt hätte sie die Kraft gehabt, den Anhänger abzunehmen, doch sie zögerte.

Ælsbeth spielte mit diesem Kreuz und streichelte das Holz. Nur um den Hals des Mönches und des Mannes, der in der Nacht immer das Lager mit Maria teilte, hing ebenfalls ein solcher Anhänger.

Die anderen Frauen trugen jeweils einen aus Holz geschnitzten Fisch. Dabei war es doch anscheinend derselbe Gott, zu dem sie beteten. Das war etwas, was sie noch mit Albrun klären musste, aber im Moment erzählte der Mann eine viel zu spannende Geschichte, in der es ebenfalls um einen Fisch ging. Um einen gewaltig großen Fisch. Einen, der einen Menschen verschlucken konnte, und Ælsbeth hörte mit offenem Mund dieser Erzählung zu.

Sie selbst war damals über das Meer gefahren, aber dass es dort solch gewaltige Geschöpfte gäbe, hatte ihr niemand erzählt. Sonst hätte sie vermutlich keinen Fuß in diese schwankende Nussschale gesetzt.

Wie durch ein Wunder hatte der vom Fisch verschlungene Mann überlebt und alle atmeten deutlich auf, als Albrun mit der Geschichte endete.

Doch nun hielt es Ælsbeth nicht mehr aus. Sie wollte ihre Frage beantwortet haben. „Warum trage ich ein Kreuz und Maria einen Fisch?", fragte sie den Mönch.

Alle Augen waren nun auf sie gerichtet und Claudias Blick schien sie durchbohren zu wollen. „Wie kann sie es wagen, so etwas zu fragen?", sagte dieser Gesichtsausdruck, doch Ælsbeth wollte es nun mal wissen und fuhr mit der Hand über den hölzernen Anhänger.

Der Mönch nahm ihre Handbewegung auf und, seinen eigenen Anhänger in der Hand, erklärte er: „Das Kreuz, dass ich trage, ist für mich ein Zeichen des Inhaltes meines Glaubens. Es symbolisiert für mich den Kern des Evangeliums. Das ist das Heil durch Tod und Auferstehung von Jesus Christus. Ich gab dir diesen Anhänger, damit du durch die Kraft Gottes geheilt werden konntest."

Er erhob sich und trat zu Maria, um deren Anhänger anzuheben, damit Ælsbeth ihn besser sehen konnte.

„Der Fisch steht für die Taufe und die Gefolgschaft unseres Herrn", setzte er fort und ließ den Anhänger wieder los.

„Also ist es ein Zeichen der Taufe?", fragte Ælsbeth.

Der Mönch antwortete: „So kannst du es sehen!"

Der alte Mann ging zurück zu seinem Platz und setzte sich wieder.

„Was ist denn eine Taufe? Ich kenne nur eine Traufe?", fragte Ælsbeth und sah, wie Claudia nach Luft schnappte.

Aber noch bevor die Herrin sie anschreien konnte, erklärte Maria es ihr: „Durch die Taufe wirst du in die Gemeinschaft der Christen aufgenommen! Ein Priester gießt dir etwas geweihtes Wasser über den Kopf und dann gehörst du zu uns!"

„So in etwa!", sagte der Mönch lächelnd und lehnte sich auf der Bank zurück.

„Nur in etwa?", fragte Ælsbeth, nun neugierig geworden, nach.

„Ja! Das Wichtigste daran ist, dass du an den Herrn glaubst!"

„An Jahwe? Der mich vom Tode gerettet hat?", fragte Ælsbeth.

Der andere Mann entgegnete: „An ihn, an Jesus und an den Geist, der unsere Welt beseelt!"

„Du hast gut aufgepasst, Markus!", bestätigte der Mönch diese Aussage seines Schülers.

Ælsbeth bemerkte, wie Markus rot im Gesicht wurde. Es war fast dieselbe Farbe, die er hatte, wenn er des Nachts bei Maria lag.

Der Mönch begann mit seiner nächsten Geschichte und alle lauschten wieder seiner Erzählung, aber Ælsbeths Gedanken waren woanders.

Sie dachte über diese Taufe nach. Verdankte sie diesem Gott nicht sowieso ihr Leben?

Noch vor ein paar Tagen hatte sie ihren Glauben mit der Mistgabel zu verteidigen gesucht und nun dachte sie daran, Fullo zu entsagen und an diesen anderen Gott zu glauben.

Zweifel und Fragen sausten durch Ælsbeths Kopf.

Auf der einen Seite befanden sich die toten Verwandten und auf der anderen die lebende Freundin, denn das war Maria für sie geworden. Und Thoralf?

Ihr Blick wanderte zur Seite und blieb an seinem Hals hängen. Der Mann trug den alten Anhänger und hing damit noch dem alten Glauben an.

Neue Gedankenkreise zogen durch Ælsbeths Kopf. Kam jetzt nicht auch die Zeit, in der Sturmvater Wodan die Hütten der Menschen besuchte? Was würde er wohl zu ihr sagen, wenn sie einen Fisch um den Hals trug?

Erneut spielten ihre Finger mit dem Kreuz. Wenn sie es abnahm, so würde vielleicht wieder diese Kraft kommen, die sie zu Boden drückte. War Jahwe wirklich so mächtig? Mächtiger als Wodan? Vielleicht würde sie dann den Tod finden oder Thoralf müsste sie draußen auf dem Altar opfern. Allerdings blieb ihr diese Option nach der Taufe immer noch!

In ihre Gedanken vertieft hörte sie kaum noch zu, was Albrun erzählte. War es richtig, was sie hier gerade dachte? Tat sie dies nur, um in der warmen Halle den Winter zu überstehen?

Immer neue Zweifel zogen durch ihren Kopf. Was war richtig, was war falsch? Wer vermochte es ihr zu sagen? Konnte man den einfach so einen Glauben ablegen und einen anderen annehmen? Was war mit Freunden und Familie?

Mit einem Blick auf das große Kreuz, dass sich in ihrer Nähe befand, versuchte sie eine Antwort zu finden. Nahm sie den neuen Gott an, so könnte sie in dem Haus leben. Blieb sie bei Wodan und Fullo, würde sie in der kalten Scheune draußen sterben.

Erfrieren oder verhungern war dabei egal, jedenfalls würde sie den Tod wohl kaum ehrenvoll finden und damit würde auch keine Walküre sie entdecken. Die suchten sicherlich nicht in einem Schweinestall!

War damit die Entscheidung schon gefallen?

46. Kapitel
Ein teuflischer Plan?

Über die Entfernung von ein paar Schritten fixierte Claudia die Sklavin mit ihrem Blick. Sie sah wie Ælsbeth mit dem Kreuz spielte, das Albrun ihr um den Hals gehängt hatte. Was hatte diese Sklavin vor? Claudia versuchte das Lächeln zu durchdringen, das den Mund der Frau umspielte. Was gab es angesichts ihres Schicksals eigentlich zu lächeln?

Versuchte dieses Ding den Mönch zu umgarnen und sie alle in Sicherheit zu wiegen, bevor sie mit ihrem teuflischen Plan beginnen konnte? Wollte sie sich in diese Halle schleichen, um die Frauen in ihre heidnischen Rituale einzubeziehen und vom rechten Glauben abzubringen? Das musste unter allen Umständen verhindert werden! Es hatte Claudia ewige Mühe gekostet, bis sich die Frauen hatten taufen lassen. Nun wollte sie sich diesen Erfolg nicht von einer verlogenen Schlange kaputt machen lassen!

Claudias Blick streifte über die anderen Anwesenden, die im Feuerschein bei Handarbeiten der Geschichte aus der Bibel lauschten. Dabei blickte sie in die Augen von Thoralf, Norien und Maria, denn diese drei hatte diese Sklavin offensichtlich schon auf ihre Seite gezogen.

Noch gut erinnerte sie sich daran, wie Thoralf und Maria sie vor ein paar Tagen um das Leben dieser Frau angefleht hatten. Bei Albrun und seinem Schüler war es wohl nicht mehr sehr weit, bis auch diese beiden Männer unter ihrer Kontrolle stehen würden.

Und der Rest?

Dort an der Wand stand der Altar und bei diesem großen Kreuz schwor sie sich nun, den Willen Gottes zu seinem Recht zu verhelfen.

Gerade endete Albrun mit der Geschichte, als die Sklavin von hinten sagte:

„Mein Vater war auch ein Fischer, so, wie es Simon Petrus gewesen ist!"

Das war nun wirklich zu viel und deshalb sagte Claudia zu Albrun: „Erzähle uns doch als Nächstes die Geschichte, wie Gott die Sünder in einer gewaltigen Flut von der Erde gespült hat!"

Der Mönch nickte, sagte aber: „Markus wird diese Geschichte erzählen!" Danach gab er seinem Schüler das Buch und der Novize begann von Noah und seiner Arche zu berichten.

Abermals lauschten alle, doch Claudia kannte die Geschichte und hatte sie nicht ohne Hintergedanken ausgewählt.

Ihr Blick lag erneut auf dem Gesicht der Sklavin. Keine Regung würde ihr entgehen. Die Furcht, die sie jetzt im Antlitz der jungen Frau sah, sagte ihr mehr, als der Mönch in einem Jahr erzählen würde! „Ich habe dich!", dachte Claudia und rieb sich in Gedanken die Hände.

Eben erhob sich Maria, die bisher neben der Sklavin gesessen hatte, von der Bank und ging zur Tür der Halle.

Alleine und verschüchtert blieb die Sklavin zurück, doch schon einen Augenblick später setzte sich Thoralf zu ihr.

Er legte seinen Arm um die Schulter der Sklavin und nahm ihr damit sofort die Angst.

So war das nicht geplant gewesen!

Markus kam in der Geschichte zu der Stelle, an der Noah die Taube aufsteigen ließ und Claudia winkte Thoralf zu sich.

„Kannst du mir einen Becher von dem Honigwein bringen?", fragte sie ihn, woraufhin er sie sehr komisch ansah, denn schließlich war das eine Tätigkeit für eine Magd.

Doch er wollte sie wohl gnädig stimmen, denn er willigte ein und lief zur Seite.

Claudia nutzte den Moment, erhob sich schnell und ging die paar Schritte, bis sie vor Ælsbeth stand. Von oben herab sah sie in die Augen der Sklavin und erkannte die Furcht darin. „Höre gut zu, denn dieser Gott ist nicht immer nur ein gnädiger Gott! Falls du versuchst, ihn zu hintergehen, so wird er dich ersäufen, wie ein Kätzchen, das zu nahe an einen reißenden Fluss herangekommen ist!", zischte sie die Sklavin an, die daraufhin zusammenzuckte.

Thoralf brachte den Becher, gab ihr diesen und Claudia setzte sich wieder zurück auf ihren Platz.

Genüsslich nippte sie von dem köstlichen Getränk und ergötzte sich an der Furcht der jungen Frau.

Maria erschien und setzte sich auf die andere Seite der Sklavin. Wenn die Frau dort nur nicht dazwischen sitzen würde, dann wäre Claudias Plan schon fast perfekt aufgegangen.

Hätte es noch eines Zeichens bedurft, dass diese Sklavin hier fehl am Platz war, dann war es wohl dieses Bild. Thoralf, Ælsbeth und Maria auf einer Bank. Brauchte es noch eine weitere Geschichte über einen zornigen Gott, um diese Frau endlich zu verjagen?

„Steht denn nicht bei Moses in der Bibel: Du sollst anbeten den Herrn, deinen Gott, und ihm alleine dienen!", sagte Claudia laut und hatte dabei die Sklavin fest im Blick.

„So ist es!", entgegnete Albrun.

„Und heißt es nicht auch: Du sollst keine anderen Götter haben neben mir!", setzte Claudia hinzu.

„So sagte es Gott zu Moses auf dem Berg!", antwortete nun Markus.

„Das wollte ich nur noch einmal gesagt wissen!", erklärte Claudia und setzte hinzu: „Es ist spät geworden. Wir sollten nun alle in unsere Betten gehen!"

Ein allgemeines Aufräumen und Durcheinander setzte ein, in dem die Sklavin zurückblieb, denn sie konnte sich ja nicht alleine bewegen und war auf Hilfe angewiesen.

Erneut trat Claudia auf sie zu. „Merke dir das alles gut! Hintergehst du Gott, so wird der Teufel dich holen!", sagte sie und legte ihren Finger unter das Kinn der Sklavin. „Oder ich werde es tun!", zischte sie und machte mit dem Finger eine unmissverständliche Bewegung vor der Kehle der jungen Sklavin.

Die musste schlucken und Claudia sah erneut die Angst in den Augen der jungen Frau.

Das war nicht mehr dieselbe Person, die noch vor einigen Tagen mit der Mistgabel auf sie losgegangen war, aber der Teufel hatte viele Möglichkeiten, um die Menschen zu umgarnen. Und vielleicht war sie nur so friedlich, weil sie sich noch nicht bewegen konnte.

Claudia würde vorsichtig sein und achtgeben!

„Überlege dir gut, ob du die Taufe willst! Noch bist du eine Heidin. Aber danach stehst du unter den Augen Gottes und er sieht alles!", erklärte Claudia und zeigte mit der Hand zum Kreuz, vor dem sich gerade die Frauen versammelten.

Auch sie schloss sich dem gemeinsamen Gebet an, während Thoralf zu der Sklavin trat und sie auf die Arme nahm.

„Vater unser", begann Albrun und alle stimmten in das Gebet ein, aber aus dem Augenwinkel heraus beobachtete Claudia dabei, wie Thoralf die Sklavin forttrug.

47. Kapitel
Gedanken in der Nacht

arum war Claudia nur so zu ihr? Nur zu deutlich hatte Ælsbeth den Hass in den Augen der anderen Frau gesehen und dabei war sie doch so unbedeutend. Ein Nichts im Vergleich zu ihrer Herrin! Natürlich hatte sie die Frau mit der Mistgabel bedroht, aber das war lange vorbei. Das war eine andere Ælsbeth gewesen. Eine, die noch den alten Göttern gefolgt war. Hier saß eine neue Ælsbeth!

Allerdings eine, die immer noch von Zweifeln heimgesucht wurde. Zweifel an allem und jedem! Hauptsächlich an diesen einen Gott. Jahwe konnte so gütig sein und gleichzeitig solch ein großes Leid unter die Menschen bringen.

Andererseits hatte Thoralf sie jetzt in seinem Arm und trug sie zu ihrem Lager. In seiner Nähe war der Zweifel still und für diesen Mann würde sie alles tun, alles auf sich nehmen. Das fühlte sie ganz deutlich in ihrem Bauch, in ihrem Herzen.

Gleichzeitig zuckte sie aber auch davor zurück, denn an seiner Seite hing der Sax, der vielleicht der Mutter den Tod gebracht hatte und dennoch schmiegte sie sich gerade an ihn an. Und das war nicht der Tatsache geschuldet, dass sie nicht laufen konnte, denn sie spürte, wie ihr Herz schneller schlug, wenn der Mann nur in der Nähe war.

Vorhin, am Feuer, war die Angst sofort von ihr gewichen, als er sie in den Arm genommen hatte. Sein starker Arm war ihr im Moment ein besserer Schutz, als das Wort Gottes.

Aber ohne diesen Gott würde sie Thoralf verlieren und wieder bei den Schweinen hausen müssen.

Sie umschlang Thoralfs Hals mit den Armen und drückte ihren Kopf an seine breite Brust. Gleichzeitig sah sie aber auch den Blick, den Claudia ihr wie einen tödlichen Pfeil hinterhergeschickt hatte. Über die Entfernung der halben Halle traf er sie mitten in ihr Herz.

Liebe und Furcht lagen so nah beieinander und in wenigen Augenblicken würde Thoralf sie absetzen. Danach würde er gehen und in der Einsamkeit ihres abgeschiedenen Verschlages würde diese Angst wieder übermächtig werden.

Warum konnte sie diesen Mann nicht einfach festhalten?

Vielleicht konnte sie das, aber wenn Thoralf nicht bald zurückkehren würde, dann käme Claudia, um zu sehen, was hinter dem Vorhang geschah. Das hatte die Herrin schon einige Male gemacht und gerade heute hatte sie ihr ja unmissverständlich gedroht.

Es blieb ihr also nur übrig, die Tränen herunterzuschlucken und zu warten, bis Maria irgendwann ihr Lager aufsuchen würde, dass sich neben ihrem befand. „Ich muss noch mal auf den Eimer!", sagte sie, als Thoralf den Vorhang schon fast erreicht hatte, denn sie wollte die Zeit so lang wie nur irgendwie möglich ausdehnen. Im Moment war es ihr egal, dass er dann neben ihr stehen würde.

Alles wäre ihr gerade recht gewesen! Nur diese Einsamkeit nicht. Sofort schwenkte Thoralf, mit ihr auf seinen Armen, in Richtung Tor, neben dem der Eimer für die Nacht stand. Ihre Hilflosigkeit hätte ihr sonst die Tränen in die Augen getrieben, jetzt war sie ein Segen, denn so konnte sie etwas länger bei Thoralf sein.

Mit ihr im Arm, vor dem Eimer stehend, hob Thoralf den Deckel ab und legte ihn, ohne sie abzusetzen, neben dem Behältnis ab. Danach streifte sich Ælsbeth das Kleid herauf und Thoralf hielt sie über den Eimer. Er sah zur Seite, aber das Plätschern war deutlich zu hören.

Ælsbeths Ohren begannen zu glühen, denn sie hatte sich gerade diese Situation vorgestellt, als würde sie sich selbst aus der Entfernung dabei zusehen.

Sie fühlte sich wie ein Kind, dabei war sie doch eine Frau. Oder eben eine Sklavin! Ein Ding, eine Sache, wie ihr gerade wieder durch den Kopf flog. Sie war ein Gegenstand, der ganz und gar Thoralf gehörte. Mit Herz und Haut. Und sie wollte ihm gehören, mit allem, was sie hatte und konnte.

„Fertig!", gab Ælsbeth ihm zu verstehen.

Thoralf hob sie an und trug sie davon, nachdem er den Eimer wieder verschlossen hatte.

Erneut schmiegte sie sich an ihn an und genoss die Wärme seines Körpers. Alles war gut! Zumindest im Moment, doch der Vorhang kam immer näher. Nun konnte sie das Unvermeidliche nicht weiter hinauszögern. Von unten blickte sie zu seinem Gesicht empor.

Sein Mund war dem ihren so nahe, aber auch Claudia stand in der Nähe und Ælsbeth schluckte das Verlangen herunter, diese Lippen zu küssen, denn es würde alles nur noch komplizierter machen.

Nur ein Kuss und sie wäre wieder im Stall. Das sagten zumindest Claudias Augen.

Die letzten vier Schritte. Noch drei, noch zwei, dann durchschritt Thoralf den Vorhang und stand mit ihr vor dem Strohsack. Ein einziger Moment und die Versuchung durchdrang sie. Der Vorhang würde alles vor fremden Augen verbergen und seine Lippen schienen sie zu verführen, doch es durfte nicht sein! Eine Träne rollte ihre Wange herab, Thoralf setzte sie auf ihr Lager und wischte sie ihr mit den Fingerspitzen vorsichtig fort.

Es war so ein zärtlicher Moment, das sie sich hätte fallen lassen können. Sie wollte sich nur diesem Gefühl hingeben, doch Thoralf wandte sich wortlos von ihr und ging.

Sehnsuchtsvoll blieb ihr Blick auf seinen Schultern.

„Bitte bleib!", hätte sie ihm nachschreien können, doch ihr Mund blieb verschlossen. Stumm schluckte sie die Tränen der Trennung herunter.

Im Sitzen löste sie den Gürtel, zog sich das Kleid über den Kopf und ließ sich im Unterkleid einfach nach hinten umfallen. Aber der Aufprall auf dem Boden war nicht hart genug, um benommen zu sein, denn der dicke Strohsack hatte ihn gedämpft.

Umständlich zog sich Ælsbeth die Decke über den Körper und lauschte ins Dunkel der Halle. Wispern und gedämpftes Erzählen war dort noch zu hören, sowie leise Schritte von Menschen, die ihr Nachtlager aufsuchten.

Nach einer Weile erschien Maria, doch Ælsbeth tat so, als ob sie bereits schliefe.

Sie wollte ihre Freundin nicht mit ihrem Kummer belasten.

Es raschelte neben ihr, als sich Maria auf ihren Strohsack legte.

Im Halbdunkel des langsam ausbrennenden Feuers der Flammenschale neben ihr starrte Ælsbeth erneut zur Decke der Halle hinauf.

Eine neue Frage sauste durch ihren Kopf: Durfte sie diesen mächtigen Gott um einen Gefallen bitten? Wer würde sie daran hindern, es einfach zu versuchen? „Bitte Jahwe! Bringe mich zu Thoralf! Lass mich in seinen Armen sein!", bat sie stumm das Kreuz, das in der Halle stand.

Würde dieser Wunsch Gehör finden?

Sachte Schritte näherten sich ihrem Verschlag und sie hoffte so sehr, es möge Thoralf sein, den Gott in ihre Arme brachte, doch es war Markus, der den Vorhang zur Seite schob und auf Marias Lager glitt.

Wenige Augenblicke später hörte Ælsbeth das leise Schnaufen und Keuchen der Liebenden. Warum konnte es nicht der Mann sein, den sie sich so sehr hierher gewünscht hatte?

Sie war doch sein Eigentum! Alles in ihr sehnte sich nach ihm, sogar ihr Schoß, der nun vor Verlangen in Flammen zu stehen schien. Warum war er nicht heimlich zu ihr geschlichen? Ælsbeths Tränen durchnässten ihren Strohsack.

48. Kapitel
Alleine oder zusammen?

atürlich hatte er sich um Ælsbeth gesorgt. Jeden freien Augenblick hatte Thoralf in ihrer Nähe verbracht und er hatte diese gesucht! Deshalb trug er sie auch und kein anderer, obwohl es auch jeder Knecht auf seine Anweisung hin hätte übernehmen können.

In mancher Nacht war er von seinem Lager aufgestanden und zum Verschlag gegangen. So wie jetzt auch hatte er aber nie hineingesehen, sondern nur auf das Atmen der Frauen gehört. Zwei Frauen, die er mochte. Eine wie eine Schwester und die andere viel intensiver. Vielleicht hatte die erzwungene Trennung in der Zeit, in der Ælsbeth bei den Schweinen gelebt hatte, dieses Gefühl in ihm noch verstärkt.

Thoralf mochte Ælsbeth und liebte sie mit jeder Faser seines Körpers. In ihren Augen konnte er sich verlieren. Manchmal hatte sie den Blick eines kleinen Kätzchens und manchmal den eines Luchses. Immer zu Sprung bereit! In Ælsbeth sah er den Mut und die geschmeidigen Bewegungen eines Raubtieres, die ihn bei ihrem ersten Treffen dazu bewogen hatten, sie einfach mitzunehmen und nicht zu töten.

Auch die Muskeln unter der Haut ihrer Arme waren mehr als deutlich zu erkennen. Es steckte eine Weichheit und eine Zähigkeit zugleich in diesem schmalen Körper. Katze und Luchs gleichermaßen! Eigentlich die perfekte Gefährtin für ihn. Dennoch hielt ihn die Angst zurück.

Diese Furcht vor Claudia, die mit einem Wort alle seine Träume und Hoffnungen zerstören konnte.

Obwohl er der stärkste Krieger des Stammes war, wagte er nicht, sich Claudia zu widersetzen. Immer noch nicht! Sie war die Herrin aller Frauen und vermutlich hielt nur die Tatsache, dass Ælsbeth ein „Ding" war, die geliebte Frau noch in der Halle. Würde er ihr das Halsband entfernen und Vater seinem Wunsch nicht zustimmen, dass Ælsbeth seine Gefährtin wurde, dann konnte Claudia sie sofort aus der Halle und dem Stamm werfen.

Ohne diesen Schutz war man praktisch tot und selbst ein mutiger und starker Krieger, wie er es war, könnte wohl kaum überleben. Gleich gar nicht im Winter! Hatte das Leben im Schweinestall nicht dafür gesorgt, dass Ælsbeth am Fieber erkrankt war? Und das war noch im Herbst gewesen!

Noch gut erinnerte er sich daran, wie er um ihr Leben gebettelt hatte und nur Marias Fürsprache war es zu verdanken gewesen, dass es Ælsbeth wieder gut ging.

Aber sicher würden weder die Freundin noch der Mönch es verhindern können, dass Claudia Ælsbeth aus der Halle in die zugige Scheune verbannen würde, sobald Ælsbeth wieder laufen konnte.

Vielleicht konnte sie auch deshalb ihre Beine noch nicht bewegen, während alles andere schon geheilt war. Zumindest waren der Mönch und Maria ratlos, was den Grund dieser Lähmung anbetraf. Möglicherweise war es die Angst, dass sie von ihm getrennt werden konnte?

Thoralf brauchte eine Idee, sobald Ælsbeth wieder auf eigenen Füßen stand!

Warum hatte er Vater damals nicht um sie gebeten, als sie noch fern der Halle gewesen waren? Hätte er damals nicht schon wissen, oder spüren, müssen, dass sie seine Gefährtin werden sollte?

Sie war seine Beute gewesen und jetzt sein Eigentum. Eigentlich, denn über alles, was in dem Haus war, da hatte die Hausherrin zu entscheiden. Zwar konnte Garmond jede Entscheidung von Claudia mit seinem Wort als Führer des Stammes zurücknehmen, aber würde Vater dies auch tun?

Würde Garmond einen Konflikt mit Claudia, und damit praktisch mit allen Frauen des Stammes, riskieren, für ein Ding? Einen Gegenstand? Denn das war Ælsbeth durch das Halsband noch immer. Jeder konnte es sehen. Dieses kleine Stückchen Leder, dieser schmale Streifen rettete im Moment Ælsbeths Leben und konnte es auch zugleich beenden.

Der Trick, den Thoralf angewendet hatte, wandte sich immer mehr und schmerzhafter gegen ihn selbst.

Man konnte das Schicksal nicht hintergehen, den Spruch der Götter nicht abwenden. Der Schicksalsfaden der Nornen war fein gewebt und wo war Ælsbeths Platz in seinem Leben?

Leise ging er von dem Verschlag zurück zu seinem Lager. Dabei musste er an dem Kreuz vorbei.

Bisher hatte Wodan ihm keine Antwort auf die Frage gegeben, was er tun sollte. So oft hatte er draußen an dem Altar gestanden, der dem Sturmvater geweiht war und nicht ein einziges Wort, keine Geste, kein Hauch einer Ahnung hatte ihn dort erreicht. Vielleicht war dieser fremde Gott, von dem Albrun berichtet hatte, mächtiger? Es war nicht sein Gott und auch nicht der von Ælsbeth, aber einen Versuch war es sicher wert.

Mit der Hand auf dem Kreuz stand er in der Finsternis und flüsterte: „Hilf mir! Hilf Ælsbeth!" Beim letzten Wort zuckte ein schmerzhafter Schlag durch Thoralfs Arm und er riss die Hand zurück.

War das eine Zustimmung oder eine Ablehnung seines Wunsches? Hatte er den fremden Gott verärgert, als er um ein Zeichen gebeten hatte? Oder war genau dies das Zeichen gewesen, das er erhofft hatte?

Zumindest war es mehr, als Wodan ihm bisher zuteilwerden ließ.

Lautlos schlich er zu seinem Strohsack und legte sich nieder. Die Hände unter dem Kopf verschränkt, richtete er seine Augen nach oben in die Dunkelheit. Was war richtig? Was war falsch? „Wenn du mir schon keine Eingebung schickst, dann bitte Maria oder Ælsbeth!", dachte er, als er die Augen endgültig schloss.

Im Traum war er Ælsbeth nah. Er hielt sie in seinen Armen und niemand konnte ihn von ihr trennen.

Thoralf erwachte, als Maria ihn an der Schulter berührte.

„Sie ist wach. Kannst du sie zur Waschschüssel tragen?", fragte die Freundin leise und er sprang sofort auf. Maria zuckte zurück, als er an ihr vorbeieilte, denn er wollte keinen Moment verpassen, in dem er Ælsbeth nahe sein konnte. Vielleicht war das der Ratschlag des fremden Gottes gewesen?

Noch im Unterhemd rannte er hinüber zu ihr. Maria konnte ihm kaum folgen und das, wo sie doch die schnellste Läuferin der Frauen war. Nur einen Augenblick später kniete er vor Ælsbeths Lager. „Hast du gut geschlafen?", fragte er und sie lächelte ihn an.

Mit einem Blick in diese Augen war jeder Tag gut. Thoralf hob sie auf seine Arme und trug sie zu der Bank, auf der Maria gerade die Schüssel positioniert hatte.

Dort wartete er geduldig, bis sie mit dem Waschen fertig war. Alles war gut, wenn er mit Ælsbeth zusammen war.

Ohne sie würde sein Herz zerspringen, das wusste er nun. Seine Augen suchten das Kreuz. War diese Erkenntnis der Ratschlag des fremden Gottes?

49. Kapitel

In Gottes Armen

Es dauerte mehr wie sieben Tage, bis Ælsbeth endlich wieder ihre Beine und Füße bewegen konnte. Sie war noch unsicher unterwegs, aber Thoralf brauchte sie nicht mehr zu tragen. Den letzten Tag hatte sie noch so getan, als ob sie nicht gehen konnte, nur um seine Nähe auch weiterhin spüren zu können.

Gerade saß sie auf der Bank neben Maria und hörte zu, was Albrun erzählte. Mit jedem Abend und jeder Geschichte war ihr Widerstand vor diesem neuen Glauben mehr und mehr geschmolzen. Und ihre Liebe zu Thoralf war immer weitergewachsen. Vielleicht beides im gleichen Maße.

Erneut erzählte der Mönch von Simon Petrus, dem Menschenfischer, der zum ersten Bischof von Rom geweiht worden war. Doch dieses Mal erzählte Albrun nicht aus seinem Buch, sondern aus seinem eigenen Leben, denn der alte Mann war selbst an der Stelle gewesen, wo auch Petrus viele Jahre zuvor gelebt hatte.

Albrun erzählte von der großen Stadt mit den prachtvollen Gebäuden und wie immer spielte Ælsbeth dabei an dem Kreuz um ihren Hals.

Wie aus dem Nichts stieg plötzlich ein Gedanke in Ælsbeths Kopf empor. „Ich möchte mich taufen lassen!", brach es aus ihr heraus und Albrun unterbrach sofort seine Geschichte.

Alle Augen richteten sich jetzt auf Ælsbeth und es war ihr etwas peinlich, dass sie den Mönch unterbrochen hatte.

„Wenn das dein Wille ist, werde ich die Taufe gern bei dir vornehmen!", sagte Albrun.

Ælsbeth entgegnete ihm: „Ja! Das möchte ich! Ich will mich unter den Schutz Gottes stellen!"

Claudias Blick schien sie auf der Bank festnageln zu wollen. Sie hob drohend den Zeigefinger, doch Ælsbeth hatte es sich gut überlegt. All die Zeit hatte sie unter Zweifeln und Hoffnungen hin und her abgewogen, was sie tun sollte, und nun hatte Gott sie gerufen.

Alle Bedenken waren fort!

Gleichzeitig würde sie durch die Taufe Thoralf nahe sein können. Jetzt, wo sie gehen konnte, könnte Claudia sie jederzeit aus der Halle werfen und davor würde sie ebenfalls nur Gott schützen. Nur der Gott der Christen, nicht Sturmvater Wodan und auch nicht Fullo!

Albrun erhob sich von seinem Platz, trat zu Ælsbeth und verkündete feierlich: „So werde ich dich morgen, im Angesicht dieser Gemeinde, taufen!"

„Morgen erst?", fragte sie und biss sich sofort auf ihre Lippe, denn Claudias Blick verfinsterte sich noch mehr.

Die Herrin zog die Augen zu schmalen Schlitzen zusammen.

Der alte Mönch kam einen weiteren Schritt auf Ælsbeth zu, legte ihr sanft die Hand auf die Schulter und sagte: „Du bist aber ungeduldig." Dann lachte er und setzte danach ernst hinzu: „Vor dieser Taufe musst du dich noch darauf vorbereiten, den Segen Gottes zu empfangen! Du wirst diese Nacht abgeschieden im Gebet verbringen und am Morgen werde ich dich taufen. Alle werden dabei anwesend sein und dein Gelöbnis hören, denn da, wo zwei oder drei von uns im Gebet versammelt sind, da ist Gott in unserer Mitte!"

„So sei es!", sagte Ælsbeth und die anderen Frauen rings um sie herum stimmten darin ein.

„Wo wird mein Platz für dieses abgeschiedene Gebet sein?", fragte Ælsbeth, als sie sich von der Bank erhob.

Nun sah sich Albrun um, wohin er sie schicken konnte. „Im Sommer wäre es kein Problem, draußen unter dem freien Himmel

222

mit Gott zu sprechen, doch jetzt mitten im Winter?", murmelte er und kratze sich am Kinn.

Es gab nur diese Halle und angesichts von Claudias Blicken war das Gatter der Schweine der Platz, wohin die Herrin sie schicken würde.

„Haben wir nicht schon einen abgeschiedenen Platz? Den Verschlag!", entgegnete Thoralf.

Aus dem Augenwinkel sah Ælsbeth, das dieser Vorschlag weder Maria noch Markus sonderlich gefiel, den dieser Platz war wohl der einzige Ort, an dem sich die beiden Liebenden ungestört ihrer Lust hingeben konnten, doch Albrun sah schon zu dieser Seite und entgegnete: „So sei es!"

Ælsbeth machte sich schwankend auf den Weg und Maria eilte ihr voraus, um ihren eigenen Strohsack hinter dem Vorhang hervorzuziehen.

Eigentlich war dieser abgeschiedene Platz nicht mehr nötig, da sie nun geheilt war und es war wohl abzusehen, dass Albrun den Vorhang sowieso am nächsten Tag entfernen lassen würde.

Einen Moment später trat Albrun zu ihr und sagte: „Ich wünsche dir, dass Gott dir deinen sehnlichsten Wunsch erfüllt!"

Ælsbeth verneigte sich vor ihm. Sicherlich hatte er die Taufe gemeint, doch in all den Nächten hier hatte sie immer wieder nur ein einziges Begehr an Gott geäußert: In Thoralfs Armen zu sein und ihm so nah zu sein, wie es niemand sonst sein konnte.

Der Vorhang schloss sich hinter Ælsbeth und sie setzte sich auf ihr Lager. Die allgemeinen Geräusche der Menschen in der Halle waren zu hören, bevor Stille eintrat.

Nun begann sie eine stille Zwiesprache mit Jahwe. „Erfüllst du mir meinen Wunsch, so will ich mich dir mit Freuden hingeben!", bat sie und faltete ihre Hände zum Gebet.

Es dauerte eine ganze Weile, dann war von draußen wieder das Geräusch der schleichenden Schritte zu hören, das bisher jeden Abend Markus angekündigt hatte.

Ælsbeth hob ihren Kopf. Hatte er vergessen, dass Maria nicht mehr hier war?

Gespannt blickte sie auf den Vorhang, der im Dämmerlicht des Feuerbeckens kaum zu erkennen war.

Das Geräusch verstummte und Thoralf tauchte vor ihr auf.

Wenn sie es gekonnt hätte, wäre sie jetzt in seine Arme geflogen, aber es blieb bei dem Versuch.

Sie kam zitternd auf die Füße und schwankte.

Nur einen Wimpernschlag später nahm der Mann sie in den Arm.

Sicherlich war es eine List von Thoralf gewesen, dass er Maria aus dem Verschlag gelotst hatte, aber Ælsbeth war es egal. Nur dieser Moment zählte. Ihre Beine zitterten mehr als ohnehin schon und wenn Thoralf sie nicht festgehalten hätte, dann wäre sie einfach umgefallen.

Die so unendlich lang ersehnte Nähe tat ihr so gut.

Schweigend verharrten sie in der Umarmung und endlich konnten ihre Lippen die seinen kosten.

Der Kuss schien nicht enden zu wollen und doch sehnte sich alles in ihr danach, weiterzugehen, sich gegenseitig der Kleidung zu entledigen und Thoralf so zu fühlen, wie Maria jede Nacht Markus gespürt haben musste.

„Halte mich bitte", hauchte sie und dabei wollte sie doch viel mehr.

Thoralfs Arme zogen sie nun viel fester an sich.

Sie spürte seine Wärme durch das Unterhemd und fühlte auch seine Erregung, die sich hart gegen ihren Bauch drückte.

Offensichtlich sehnte sich auch Thoralf nun nach ihr.

Sie löste sich aus seinem Kuss und schob ihn mit beiden Händen von sich. In seinen Augen blickend stand sie vor ihm und augenblicklich versagten ihre Beine endgültig.

Sie sank zurück auf den Strohsack und da Thoralf ihr Unterkleid festgehalten hatte, hielt er dieses Kleidungsstück in der Hand und sie lag nackt vor ihm.

Hektisch entledigte auch er sich seines Hemdes und sie bewunderte ihn.

In Bruchteilen eines Wimpernschlages wuchs unterhalb seiner Leibesmitte etwas Gewaltiges aus einem dichten Pelz von gekringelten Haaren. Dick und lang ragte sein Speer empor.

Sie hatte beim Baden schon oft nackte Männer beobachtet, doch das, was da über ihr aufragte, übertraf alles, was sie bisher gesehen hatte.

Sollte sie nun fliehen? Nie im Leben! Sie wollte es!

Abermals dauerte es nur einen Augenblick, dann beugte sich Thoralf zu ihr herab und küsste sie erneut. Mit einer schnellen Bewegung seiner beiden Hände hob er ihre Knie an und schob sie danach zu den Seiten. Damit teilte er gleichzeitig ihre Schenkel und legte sich zu ihr. Sein Gewicht drückte sie zu Boden und sie spürte die harte Spitze seines Verlangens dort, wo nun auch ihre Lüsternheit zu lodern begann.

„Bitte! Komm in mich!", hauchte sie und drängte ihm fordernd ihr Becken entgegen.

Obwohl sie eigentlich unter ihm keinen Platz hatte, wand sie sich hin und her. Ihr Blick begann sich zu verschleiern. Die Lust wurde übermächtig und ließ sie fast wimmern.

So oft war sie Augen- und Ohrenzeugin dieser Leidenschaft und nun war sie kurz davor, sie selbst zu spüren.

Thoralf hob ihre Hüften an, dann drang er ein kleines Stück in ihren Schoß, doch nicht genug für sie.

Da er zögerte und sie offensichtlich quälen wollte, ergriff sie selbst die Initiative, denn sie konnte nun nicht mehr länger warten.

Mit einem Ruck nahm sie ihn tief in sich auf, stöhnte und spürte zugleich, wie die Muskulatur in ihrem Unterleib sich um das zusammenzog, was sie so sehnlichst erwartet hatte.

„Oh mein Gott!", kam nur noch stöhnend über ihre Lippen, als sich Thoralf in ihr zu bewegen begann.

50. Kapitel
Im Bann der Gefühle

Er wusste selbst nicht, was ihn hierhergeführt hatte. Vielleicht die Gier nach dieser Frau oder diese unbändige Lust, die sich in all den Tagen in ihm aufgestaut hatte. Eigentlich sollte sich Ælsbeth jetzt im Gebet auf die Taufe am nächsten Morgen vorbereiten, doch in diesem Moment jammerte sie vor Leidenschaft.

Sie erbebte förmlich unter seinen Stößen.

Ihr gemeinsames Schnaufen würde hoffentlich vom Vorhang abgedämpft, denn wenn Albrun es hörte, würde der Mönch wissen, dass Ælsbeth nicht betete.

Noch nie hatte Thoralf solche Gefühle für eine Frau empfunden, wie er sie gerade für Ælsbeth verspürte.

Sie warf sich unter ihm hin und her und er bemerkte, wie sie sich in den Hüften versteifte.

Es dauerte wohl nicht mehr lange, bis seine Lust gestillt würde, ein leichtes Ziehen in den Lenden kündete den nahenden Höhepunkt an.

Dann brach es mit unbändiger Kraft aus ihm heraus. Schub um Schub schoss er ihr seinen Samen tief in den Leib, woraufhin Ælsbeth zusammenzuckte und jammerte. Das lange aufgestaute Verlangen schien kein Ende nehmen zu wollen.

Ælsbeth küsste ihn, während er schnaufend über ihr zusammenbrach. Erschöpft, aber glücklich, blieb er auf ihr liegen.

Es dauerte eine ganze Weile, bis sie beide wieder zu Atem kamen. Sich gegenseitig küssend lagen sie noch immer übereinander.

Ihre Arme umklammerten ihn und wollten ihn nicht freilassen, dennoch musste er fort, denn jeder Augenblick länger brachte die Gefahr, dass ihr Beisammensein entdeckt würde.

„Ich muss fort", flüsterte er, doch sie verschloss seinen Mund mit einem gierigen Kuss.

„Noch einmal", hauchte sie und er war gewillt ihrem Wunsch zu folgen, doch wenn Claudia sie in der Vereinigung fand, würde er Ælsbeth sicher verlieren.

„Warte bis morgen!", sagte er und löste sich mit aller Kraft aus ihren Armen. Er gab ihr einen letzten Kuss, der kaum enden wollte, dann zog er sich das Unterhemd über und schlich nach draußen.

Wohl keinen Augenblick zu früh, denn Claudia kam ihm entgegen, als er an das Feuer trat. Fragend sah sie ihn an, sicherlich hatte sie bemerkt, aus welcher Richtung er gekommen war, aber da sich zwischen Ælsbeths Verschlag und den Lagerstätten der Mägde auch der Nebeneingang der Halle befand, fragte sie nicht nach.

Nur die Frauen gingen auf den Eimer neben dem anderen Tor. Die Männer pinkelten einfach draußen in den Schnee. Selbst in der größten Kälte des Winters gab sich keiner der Krieger die Blöße, den Eimer zu benutzen.

Thoralf setzte sich kurz ans Feuer und beobachtete nun seinerseits, welchen Weg Claudia einschlug. Vor dem Verschlag wandte sie sich um und er sah, dass sie zu dem anderen Tor ging. Im Dämmerlicht des letzten Feuerscheins sah er ihr weißes Unterkleid leuchten.

Als Claudia sich auf den Eimer hockte, erhob sich Thoralf von seinem Platz am Feuer und ging zu seinem Strohsack.

Dort horchte er in das Halbdunkel, aber kein Geräusch war zu hören. Unter der Decke suchte seine Hand den Körperteil, der gerade noch so tief in der geliebten Frau gesteckt hatte. Versonnen dachte er an diese Momente zurück.

In seinem Leben hatte er schon viele Frauen gehabt, einige freiwillig, aber die meisten davon mit Gewalt genommen, doch nie war es so intensiv gewesen, wie dieses kurze Zusammensein mit Ælsbeth.

Er hatte sich extra Zeit genommen, um bei ihr vorsichtig zu Werke zu gehen. Schließlich hatte sie ihm damals auf dem Weg zur Siedlung gesagt, dass sie noch Jungfrau war. Doch dann hatte Ælsbeth selbst dafür gesorgt, dass sich dieser Zustand geändert hatte.

Tapsende Schritte einer Frau waren zu hören, aber es war Claudia, die auf das Lager seines Vaters glitt und nicht Ælsbeth, wie er für einen Wimpernschlag lang gehofft hatte. Claudia und Garmond taten nun in dem Bett neben ihm das, was er zuvor bei Ælsbeth gemacht hatte.

Das Schnaufen der beiden Liebenden war laut, trotzdem begann er in den Schlaf hinüberzugleiten. Glücklich, zufrieden, entspannt und mit einem Lächeln auf dem Gesicht, wie er noch feststellte.

Im einsetzenden Traum traf er auf Ælsbeth. Er war bei ihr, in ihr.

Aus diesem wunderschönen Traum riss ihn Maria wieder heraus, die ihn an der Schulter berührte.

Sie kniete neben seinem Bett und er brauchte einen Moment, um den Traum abzustreifen.

Es herrschte noch Ruhe in der Halle und er setzte sich auf.

„Kannst du uns die Wanne in die Halle bringen? Albrun möchte darin die Taufe von Ælsbeth vollziehen?", fragte sie und Thoralf sah den Mönch in der Nähe des Feuers knien.

„Natürlich bringe ich dir den großen Zuber", sagte er, gähnte und fuhr sich mit der Hand durch die Haare.

Maria sprang auf und lief zum Feuer, dort redete sie kurz mit dem Mönch, warf sich eine Decke über die Schultern und eilte, noch im Unterkleid, mit zwei Eimern nach draußen.

Thoralf streifte sich sein Gewand über, ging zum Strohsack am anderen Ende der Gruppe und weckte dort seinen Freund Alduini. Kurz darauf waren sie zu zweit auf dem Weg, aus der Halle hinaus, zur Scheune hinüber, wo die Wanne im Winter aufbewahrt wurde.

In der Zeit ihres kurzen Weges hatte Maria schon ein paar Eimer Wasser geholt und in den Kessel über dem nun hell auflodernden Feuer geschüttet.

Mit Alduini zog er draußen den hölzernen Trog aus dem Verschlag. Ab dem Frühjahr würde dieser Zuber wieder auf dem Vorplatz stehen und ein jeder konnte darin baden. Im Sommer war das Wasser immer herrlich warm und trotzdem erfrischte es dann.

Nun streiften seine Finger das Holz und seine Gedanken waren bei der Frau, die nun darin ihre Taufe erhalten würde. Bevor er auf den Zug zu Ælsbeths Dorf gegangen war, hatte er zum letzten Mal darin gebadet.

Als Alduini und er mit der Wanne die Halle wieder betraten, herrschte darin schon ein geschäftiges Treiben.

Der Mönch hatte mit seinem Schüler den Platz vor dem Kreuz gesäubert und dirigierte den Holztrog genau dort hin.

Nachdem sie ihn abgestellt hatten, begannen Maria und Norien sofort, das Behältnis zu säubern.

Die erste Ladung kochendes Wasser folgte schon kurz darauf und viele Eimer kaltes und warmes Wasser würden sich noch in den Trog ergießen. Immer noch im Unterkleid hetzte Maria hin und her.

Am Feuer sitzend zog etwas Thoralfs Blick ständig zu dem Verschlag, in dem die geliebte Frau jetzt vermutlich gerade im Gebet versunken war, um sich auf diese Taufe vorzubereiten.

51. Kapitel
Zeit des Wandels

Elsbeth kniete in der Abgeschiedenheit des kleinen Raumes und betete. Das hatte ihr Albrun am Vorabend aufgetragen. Vor ein paar Tagen hatte ihr Maria eines der Gebete erklärt und nun versuchte sie es zu wiederholen, aber die Worte waren ihr noch nicht geläufig. Darum war das Gebet mehr eine Art von innerer Zwiesprache mit dem fremden Gott, dessen Zeichen, das Kreuz, sie gerade in den Händen hielt. Vielleicht war es auch genau das, was Albrun erreichen wollte.

Immer wieder gingen ihre Gedanken dabei aber zurück zum Beginn dieser Nacht und jedes Mal schlich sich dann auf ihr Gesicht ein Lächeln, das sie spürte.

Es war die richtige Entscheidung gewesen! Schon jetzt hatte dieser Gott ihr mehr gegeben, als alle anderen, alten Götter vor ihm. Weder Wodan noch Fullo hatten ihr jemals einen Wunsch erfüllt. Dieser Gott jedoch hatte ihr den Geliebten in die Arme geführt und schon alleine für dieses Gefühl der Wärme und Zuneigung würde sie Jahwe für immer die Treue halten.

Vor dem Vorhang war es immer noch still und darum konnte sie sich auf ihren Körper besinnen.

Sie atmete und betete. Schon bald würde sie die Taufe von dem Mönch erhalten und damit würde ein Wandel bei ihr eintreten. Sie würde von einer „Heidin", wie es Claudia ihr gesagte hatte, zu einer Christin, wie Maria eine war.

Eine weitere Änderung war allerdings schon am Abend zuvor eingetreten: Sie hatte diesen Verschlag als Mädchen betreten und würde ihn als Frau verlassen.

Thoralf hatte ihr diese Segnung gegeben und niemand war in der Lage dies wieder ungeschehen zu machen.

Ælsbeth legte eine Hand in ihren Schoß und berührte die Stelle dieser Weihung.

Alles war gut. In der Stille des Morgens schien Gott ihr zu antworten. Alles würde er ihr erklären, doch im Moment hatte sie keine Fragen mehr an ihn. Sie wollte nur Thoralf wiedersehen, sich in seine starken Arme werfen. Ihn küssen und lieben. Ihn erneut in sich spüren, so wie es am Abend zuvor gewesen war, genau an jener Stelle, die gerade ihre Fingerspitzen streichelten. Gut hatte es sich angefühlt. Großartig!

Trippelnde Schritte in der Halle verkündeten den Beginn des Tages. Leises Wispern und beginnende Geschäftigkeit zeugten von den Vorbereitungen.

Nun konnte es Ælsbeth nicht erwarten, dass Albrun sie holen würde.

Neugierde rannte durch ihren Körper. Durfte sie eigenständig diesen Bereich verlassen? Sie zögerte und wartete auf den Mönch.

Sie war bereit. Alleine fieberte sie dem entgegen, was kommen würde. Im Unterkleid kniete sie im Gebet, mit dem Kreuz in der Hand und Thoralf immer noch in ihrem Körper. Zumindest konnte sie immer noch spüren, wie er in ihren Körper eingedrungen war.

Es war nur ein kleiner Schmerz gewesen, den die Lust sofort geschluckt hatte und jetzt verstand sie Maria, die jede Nacht den Moment herbeisehnte, in dem Markus zu ihr geschlichen kam.

Lächelnd blickt sie vor sich hin, als der Vorhang zur Seite gezogen wurde und Albrun vor sie trat.

„Bereit?", fragte der Mönch.

„Ja! Ich will mich unter den Schutz Jahwes stellen!", entgegnete sie und erhob sich.

Einen Moment stand sie schwankend vor dem Mann, dann nickte sie ihm zu und er gab den Weg für sie frei.

Die Halle war hell erleuchtet und Ælsbeth trat aus der Finsternis in strahlendes Licht hinaus. Festlich gekleidete Frauen säumten ihren Weg bis zu dem Kreuz, vor dem sich ein großes hölzernes

Behältnis befand. Es waren nur etwa zwanzig Schritte und doch kam es ihr wie eine unendlich lange Strecke vor.

Neben dem Kreuz stand auch Thoralf und lächelte sie an, aber Claudias Gesichtsausdruck hätte das Wasser in dem Behälter zu Eis erstarren lassen können.

Endlich stand Ælsbeth vor dem hölzernen Trog, der ihr bis zur Hüfte reichte und fast bis obenhin mit Wasser gefüllt war.

Die Frauen traten nun zu ihr und bildeten einen Kreis um sie, Albrun und den Trog.

Maria trat an ihre Seite und strahlte sie an.

Der alte Mönch begann mit feierlicher Stimme zu erzählen: „Die Taufe dient dazu, dich von deinen Sünden reinzuwaschen. Der Apostel Paulus sagte, dass jeder, der sich taufen lässt, zu einem anderen Menschen wird, denn die Taufe verbindet uns Menschen mit Jesus Christus und durch ihn mit Gott selbst!"

Albrun machte eine kurze Pause und fragte sie danach: „Schwörst du deinen alten Göttern ab?"

„Ja!", antwortete Ælsbeth.

„Willst du dich unter den Schutz Gottes stellen?"

„Ja! Das will ich!"

„Dann streife nun dein Kleid ab!", sagte der Mönch und Ælsbeth zögerte einen Moment.

Zwar war sie auch zuvor beim Waschen schon immer nackt gewesen, doch es schien nicht zu diesem feierlichen Moment zu passen. Gleichzeitig fühlte sie auch noch alle Augen auf sich gerichtet.

Schließlich nickte sie und zog sich das Unterkleid über den Kopf. Maria nahm ihr den Stoff ab.

„Nackt und bloß, wie Gott dich geschaffen hat, so sollst du in diese Wanne steigen. Gib mir das Kreuz!", sagte Albrun und hielt ihr die Hand hin.

Ælsbeth legte den Anhänger in Albruns Hand, der das Kreuz an seinen Gehilfen weiterreichte.

Als sie die Hand auf den Wannenrand legte, sagte Thoralf: „Moment!" Dann trat er auf sie zu.

Was wollte er von ihr? Wollte Thoralf die Taufe verhindern? Das durfte er nicht! Ängstlich und fragend blickte sie ihn an.

Thoralf griff zu ihrem Hals und zerriss das Band, das sie bisher zur Sklavin gemacht hatte.

„Du sollst diese Weihe als Mensch empfangen und nicht als Gegenstand!", setzte er erklärend hinzu und warf das Band in das Feuer.

Ælsbeth sah in Claudias Gesicht und darin war so ein Ausdruck, der ihr sagte: „Ich habe dich! Jetzt gehörst du mir!", denn als Frau war sie nun bedingungslos der Herrin unterstellt.

Hatte sich Thoralf das gut überlegt?

Auf Maria gestützt stieg sie in das Wasser, das herrlich warm war und als sie sich gesetzt hatte, trat der Mönch an ihre Seite.

Der Mann tauchte sie dreimal kurz und vollständig in der Wanne unter.

Während Ælsbeth prustend das Wasser wieder loswurde, das sie in den Mund bekommen hatte, sagte er:

„Ich taufe dich im Namen des Vaters und des Sohnes und des Heiligen Geistes. Steige nun als neuer Mensch und bar deiner Sünden aus dieser Wanne!"

Erneut auf Maria gestützt kletterte sie heraus und eine große Pfütze bildete sich unter ihr auf dem Holzfußboden.

Sofort gab ihr Maria einen Anhänger in Fischform, der dem glich, den die Freundin selbst um den Hals trug.

„Ich begrüße dich in der Gemeinschaft der Gläubigen!", sagte Albrun und Maria fiel ihr, ungeachtet der Nässe auf ihrer Haut, um den Hals.

Nun kamen auch die anderen Frauen auf sie zu und beglück-wünschten sie zur Taufe. Die letzte in der Reihe war Claudia, die ihr die Hand gab und dabei konnte Ælsbeth schon sehen, dass sie etwas plante, denn das Lächeln hatte sich zu einer hämischen Grimasse verzogen.

Nackt und schutzlos war sie Claudia ausgeliefert. Trotzdem blickte Ælsbeth ihr unerschrocken entgegen, denn sie stand doch jetzt unter dem Schutz Gottes. Was konnte ihr da noch passieren?

52. Kapitel
Gefährte und Gefährtin

Nackt und schutzlos stand Ælsbeth vor Claudia. Thoralf hatte die geliebte Frau ihr sozusagen geopfert. Er sah, wie sich Claudia in Gedanken schon die Hände rieb und sich Strafen für Ælsbeth ausdachte. Allerdings hatte er vor diesem Schritt lange gezögert und erst der Traum in der Nacht hatte ihm die Kraft gegeben, es auch zu tun.

Doch jetzt blieb ihm keine Zeit mehr zum Überlegen. Er drehte sich um, beugte vor seinem Vater ein Knie auf den Boden, senkte den Blick und rief so laut, dass alle in der Halle es hören konnten: „Vater! Gib mir Ælsbeth zur Gefährtin!"

Thoralf hörte, wie Claudia hinter ihm nach Luft schnappte. Nun hing alles an einem einzigen Wort! Was würde Garmond sagen? Er kniete weiter vor seinem Vater und wagte nicht, zu ihm aufzusehen, denn alles hing nun an der Entscheidung des Stammesführers.

Es war so still in der Halle, dass er die Wassertropfen hörte, die von Ælsbeths Körper in die Pfütze zu ihren Füßen tropften.

Die Zeit dehnte sich unendlich lang.

Worauf wartete Garmond? Ein einziges Wort! Hatte Thoralf seinen Vater falsch eingeschätzt? Hatte er Ælsbeth zu früh geopfert? Sie nun noch einmal zur Sklavin zu machen, das würde Claudia zu verhindern wissen.

„Mein Sohn erhebe dich. Dein Wunsch sei dir erfüllt!", hörte er endlich Garmonds erlösende Worte.

Thoralf richtet sich auf und sah, wie Claudia aufgeregt um Fassung rang.

Wie ein Fisch auf dem Trockenen schnappte sie nach Luft, doch was auch immer sie sagen wollte, es war nun bedeutungslos, denn durch das Wort des Stammesführers hatte sie keine Macht mehr über Ælsbeth.

Sie war nun seine Gefährtin. Zwar noch nicht ganz, aber Claudia konnte nichts mehr dagegen unternehmen.

Er sah in Ælsbeths strahlende Augen und wusste, dass er das Glück gefunden hatte. „Ein Kleid für meine Gefährtin!", sagte er und Maria lief sofort los.

Während Norien Ælsbeth mit einem Tuch abtrocknete, wankte Claudia wortlos zum Feuer hinüber.

In ihrem Unterkleid, den Fisch um den Hals, Hand in Hand mit ihm, wartete Ælsbeth auf Maria.

Wenig später klangen die hastigen Schritte der Frau durch die Halle und sie erschien wieder mit dem Kleid, das Ælsbeth auf der Feier getragen hatte.

Ælsbeth streifte die kostbare Borte mit den Fingern und ein trauriger Zug glitt dabei um ihren Mund. „Kann ich bitte ein anderes Kleid haben?", fragte sie und sah ihm in die Augen.

„Was gefällt dir nicht an diesem Kleid?", fragte Maria, bevor er diese Frage stellen konnte.

„Es gehörte meiner Freundin Levana! Ihr habt sie in meinem Dorf geschändet und getötet!", entgegnete sie unter Tränen.

Ohne ein weiteres Wort eilte Maria mit dem Kleid wieder zurück und war schon kurz darauf mit einem anderen bei ihnen. „Dieses gehört mir!", erklärte sie und half Ælsbeth, die sich nun das neue Kleidungsstück sofort anziehen ließ.

„Möge das Fest beginnen!", sagte Garmond.

Mit dem Blick auf die Wanne entgegnete Thoralf ihm: „Wollen wir nicht alle zuvor ein Bad nehmen? Wo doch das Wasser schon mal hier ist?"

„Du wirst mal ein guter Führer dieses Stammes!", sagte Vater zu ihm.

Garmond lachte und Norien war schon in dem Zuber gesprungen, allerdings so schnell, dass das Wasser am Rande herauslief und die kleine Pfütze noch etwas vergrößerte.

„Dann hole ich mal noch ein paar Eimer Wasser!", sagte Maria.

Ælsbeth setzte hinzu: „Da helfe ich dir dabei!"

Beide Frauen eilten sofort nach draußen.

Während sich Norien schon nackt in der Wanne einseifte und alle anderen sich ihrer Kleidung entledigten, saß Claudia stumm am Feuer und blickte in die Flammen. Diese Wendung der Taufe hatte sie wohl nicht erwartet.

Lachend kamen Maria und Ælsbeth zurück und kippten direkt vor Claudia das Wasser aus den beiden Eimern in den Kessel.

Claudias Blick hätte das Wasser wohl zu Eis erstarren lassen können, doch die beiden Frauen ließen sich nichts anmerken.

„Jetzt musst du in diesen Zuber!", sagte Ælsbeth und schob Maria vor sich her.

„Aber es ist doch noch so viel zu tun!", versuchte Maria sich dagegen zu wehren.

„Nichts da! Norien ist schon sauber und mit ihr bereite ich den Tisch vor!", erklärte Ælsbeth und wandte sich ihm zu. „Und du gehst dann auch noch in das Wasser!", sagte sie.

„Du bist erst seit ein paar Augenblicken meine Gefährtin und machst mir schon Vorschriften?", fragte Thoralf, doch ihr Strahlen lächelte seinen Einwand fort. Im Umdrehen sah Thoralf, wie Vater still in sich hineinlachte.

„Du zuerst!", sagte Thoralf zu Garmond, der auf ihn zu kam und ihm den Arm um die Schulter legte.

„Eine Sache solltest du aber zuvor noch machen!", sagte Vater und zeigte mit der Hand auf das Feuer.

Thoralf nickte, hob Ælsbeth auf seine Arme, die dabei quiekte, und trug sie dreimal um das Feuer in der Mitte der Halle, danach setzte er sie wieder ab und küsste sie.

Während er sich die Sachen auf dem Weg zum Trog abstreifte, lief Ælsbeth mit Norien zur Seite, um den Tisch festlich zu decken.

Als sich Vater in die Wanne setzte, kam Norien gelaufen, damit sie ihm den Rücken waschen konnte.

Claudia sagte auch weiterhin kein Wort. Sie bewegte sich noch nicht einmal. Stumm und starr saß sie am Feuer und sah dem fröhlichen Treiben zu.

Als Thoralf in die Wanne stieg, war seine Gefährtin bei ihm und schrubbte nun seinen Rücken ab. Es tat so gut, sich von Ælsbeth verwöhnen zu lassen und die Vorfreude auf den Rest des Tages sauste schon durch seinen Körper.

Zum Glück war das Wasser durch die Seife schon etwas undurchsichtig geworden, sonst hätte jeder neben ihm sehen können, wie sehr ihn ihre Berührungen erregten. Doch offensichtlich entging dies Ælsbeth nicht, denn sie hielt das Tuch bei seinem Aussteigen aus der Wanne so, dass keiner seine Leibesmitte sah.

Das Lächeln auf ihrem Gesicht war allerdings vielsagend!

Sich an der Seite abtrocknend blickte er Ælsbeth hinterher, wie sie zurück zum Tisch eilte. Am Abend zuvor hatte sie sich kaum auf den Beinen halten können und nun rannte sie umher.

Diese Taufe schien wirklich einen anderen Menschen aus ihr gemacht zu haben. Was vermochte dieser fremde Gott wohl noch so alles zu tun? Thoralfs Hand glitt zu dem Anhänger, den er um den Hals trug.

53. Kapitel
Noch ein Fest!

Wie ein kleines Kind hüpfte Ælsbeth um den Tisch herum. Jedes Fest in einem Haus der Sachsen war schön, doch dieses hier sollte etwas ganz Besonderes werden.

Und eigentlich war es das ja auch. Für sie! Thoralf hatte sie zu seiner Gefährtin auserwählt und Garmond hatte dem zugestimmt. Alles war geklärt und Thoralf hatte sie auch schon um das Feuer getragen. Dass sonst notwendige „in die Hütte tragen" fiel in diesem Falle aus, denn sie lebte ja schon in dieser prächtigen Halle.

Mit Norien an ihrer Seite ging die Arbeit ganz flink von der Hand.

Maria stieg gerade in die Wanne und daher lief Ælsbeth zu ihr hinüber, um nun auch der Freundin beim Einseifen zu helfen.

Thoralf zog sich gerade an und zwinkerte Ælsbeth zu.

Maria schrie kurz auf, als Ælsbeth ihr lachend die Seife aus der Hand riss. Bei diesem Fest sollten alle sauber sein! Vermutlich alle bis auf Claudia, die wie versteinert vor dem Feuer saß.

Nur kurz waren der Kummer und die Traurigkeit über Ælsbeth gekommen, als sie das Kleid ihrer toten Freundin in den Händen gehalten hatte. In dem Kleid, das Maria gehörte, fühlte sie sich eindeutig besser, und der Schmerz war vergangen. Ælsbeth war nun ein anderer Mensch.

Sie war nun Frau, Mensch und Gefährtin. Alles an einem Tag!

Maria wehrte sich heftig und prustete los, als Ælsbeth die Freundin unter Wasser drückte, so wie es bei ihr während der Taufe gewesen war, und als Ælsbeth zurücksprang, um von Maria nicht nassgespritzt zu werden, stieg ihre Freundin auch schon aus der Wanne.

Nun kam Ælsbeth nicht umhin, Maria anzusehen, denn ihre Freundin war wirklich sehr schön, und obwohl sie dieselben Maße besaßen, wie das perfekt sitzende Kleid bewies, waren Marias Arme und Beine eher filigran und schienen zerbrechlich zu sein. Die Muskeln, die Ælsbeth durch die schwere Arbeit in ihrem Dorf schon früh entwickelt hatte, fehlten ihrer Freundin.

Ein strahlend weißer Leib und das leicht rötliche Flaumhaar auf Marias Schoß waren sicher der Grund, warum Markus seine Finger nicht hatte von ihr lassen können.

Gerade stieg er in die Wanne und aus dem Augenwinkel sah Ælsbeth, dass er dasselbe Problem beim Anblick ihrer nackten Freundin hatte, wie es bei Thoralf zuvor geschehen war.

Schnell half sie Maria in das Kleid und raunte ihr danach ins Ohr: „Hilf mal Markus!", dann zwinkerte sie ihn noch zu und eilte zurück zu Norien.

Immer mehr Mägde kamen gewaschen zum Tisch. Schon bald dampfte auch die Suppe im Kessel, in dem zuvor das Waschwasser erwärmt worden war.

Garmond setzte sich an die Stirnseite der Tafel und Claudia wechselte wortlos zu ihm hinüber.

Maria erschien und drückte Ælsbeth auf die Bank an der anderen Seite der Tafel, wo sich auch Thoralf gerade hinsetzte.

Somit saß Ælsbeth nun Claudia direkt gegenüber, aber mit dem größtmöglichen Abstand zu ihr.

Schüsseln, Krüge und Becher kamen auf den Tisch und Maria sorgte dafür, dass jeder Suppe und ein großes Stück gebratenes Fleisch erhielt.

Andächtige Stille kehrte ein, bis Garmond seinen Becher erhob und laut rief: „Auf Thoralf und Ælsbeth!"

Alle stimmten in diesen Ruf ein, alle bis auf Claudia! Der Blick, den die Frau ihr zuwarf, war vernichtend. Trotzdem wollte Ælsbeth nicht allen, und vor allem nicht sich selbst, dieses Fest verderben.

Albrun sprach ein Gebet und nach dem „Amen!" stürzten sich alle auf ihr Essen.

Rülpsend, lachend, singend, scherzend und erzählend machten sich die Gäste über das festliche Mahl her und der Tisch leerte sich.

„Trink nicht zu viel, wir haben noch etwas vor!", raunte Ælsbeth ihrem Gefährten ins Ohr, als er sich den dritten Becher Starkbier geben ließ.

Lächelnd wischte er sich den Mund ab und sagte dann: „Du hast ja so recht!" Er winkte Maria zu sich, gab ihr den Becher zurück und sagte: „Für mich nur noch Kräuterbier!" Thoralf hatte es aber so laut ausgesprochen, dass es alle am Tisch hören mussten.

Für einen Moment spürte Ælsbeth, wie ihre Ohren zu glühen begannen, dann gab er ihr einen Kuss und alles wurde wieder gut.

Von der anderen Seite der Tafel rief Garmond: „Wer soll eure Verbindung bezeugen?"

„Mein Freund Alduini!", sagte Thoralf und der andere Mann erhob sich von der Bank.

„Maria!", setzte Ælsbeth hinzu und auch die Freundin stand auf.

Alduini wusste sicherlich darüber Bescheid, was nun seine Bestimmung war, doch in Marias Augen konnte Ælsbeth lesen, dass ihre Freundin noch keine Ahnung davon hatte, welche wichtige Aufgabe ihr nun zufiel.

Lächelnd nickte Ælsbeth ihr zu, als Thoralf sie unter den Beinen packte und lachend von der Bank riss.

„Komm mit!", rief sie Maria nur noch zu, während Thoralf schon mit ihr auf seinen Armen zu seiner Lagerstätte lief, die ab jetzt auch die ihrige war.

Vor diesem Strohsack setzte Thoralf sie ab und Ælsbeth sah der Freundin entgegen, die auf sie zugelaufen kam.

„Was soll ich tun?", fragte Maria.

Ælsbeth antwortete: „Hilf mir mit dem Kleid!"

Auf der anderen Seite des Lagerplatzes hielt Alduini schon Thoralfs Kleidung in der Hand.

„Beide Kleider!", sagte Ælsbeth als sie im Unterkleid stand, und Maria schon mit dem Oberkleid verschwinden wollte.

Für einen Moment stutzte Maria, dann zeigte Ælsbeth auf Thoralf, der bereits nackt vor ihr stand.

„Aha!", entfuhr es Maria und sie zwinkerte Ælsbeth zu.

Wenig später trat Ælsbeth nackt zu Thoralf und sagte: „Ich will dir immer eine treue Gefährtin sein!"

„Und ich dir ein treuer Gefährte", entgegnete Thoralf und küsste sie.

Im Kuss hob Thoralf sie an und legte sie auf dem Strohsack ab.

„Bleib!", rief Ælsbeth Maria zu, als sie sah, dass die Freundin schon wieder zurück zur Tafel gehen wollte.

„Vielleicht hättest du Norien als Zeugin erwählen sollen!", sagte Thoralf verschmitzt und verschloss ihren schon zum Protest geöffneten Mund mit einem leidenschaftlichen Kuss, der ihr vollends den Atem nahm.

Thoralf schob sich zwischen ihre Schenkel und sie konnte diesen schönsten Teil des Festes gar nicht mehr erwarten. Unvermittelt stieß er zu und sie bäumte sich vor Lust auf.

Während sich Thoralf in ihrem Schoß zu bewegen begann, hörte Ælsbeth wie Alduini rief: „Die Verbindung ist bezeugt!"

„Ich kann es bestätigen!", hörte sie noch Maria rufen, als es ihr die Sinne nahm und sie die aufsteigende Lust genoss.

54. Kapitel
Ein einziges Wort

Ein einziges Wort hätte genügt, um diese Verbindung zu verhindern. Zwar hatte Garmond ein Wort gesagt, aber es war das Falsche gewesen! Hatte er denn nicht begriffen, was Claudia mehr als ein Jahr lang vorbereitete hatte? Nun saß sie am Feuer und schaute auf die Scherben ihres Planes. Oder zumindest des halben Planes.

Marias Kinder würden nicht von Thoralf sein! Die fürstliche Linie, die mit Maria diese Halle betreten hatte, würde wohl hier enden! Claudia hatte Maria als ihre Nachfolgerin hierher gebracht und nun würde Maria als Magd unter einer Sächsin arbeiten und leben müssen.

Claudia schleuderte nun ihre ganze Wut auf Ælsbeth. Vor der Taufe hatte sie sich lange überlegt, was sie mit der Magd alles anstellen konnte. Insgeheim hatte sie sich jede noch so schmutzige und demütigende Arbeit überlegt, die hier in der Halle zu finden war. Und mit einem einzigen Wort hatte Garmond alles zerstört.

Unfähig sich von ihrem Platz zu erheben sah Claudia zu, wie Ælsbeth Thoralf den Rücken wusch. Sie fragte sich, was diese Frau vorhatte. Wollte sie ihre heidnischen Bräuche in diese Halle Gottes tragen? Das würde sie zu verhindern wissen! All die Zeit hatte sie gebraucht, um die Frauen hier vom rechten Glauben zu überzeugen und nun kam eine neue Führerin des Stammes und das würde Ælsbeth in ein paar Jahren sicher sein und krempelte alles wieder um. Das konnte nicht Gottes Wille sein.

Claudias Blick wanderte zu dem Kreuz. „Mein Gott! Warum hast du mich verlassen!", waren ihre fragenden Gedanken an den, in dessen Namen Ælsbeth gerade getauft worden war. Aber nicht ein Wort als Erklärung war zu vernehmen.

Somit blieb ihr also nur noch Maria als einzige Gleichgesinnte übrig, doch im selben Moment, in dem sie diesen Gedanken hatte, sah Claudia, wie Maria in den Zuber stieg und Ælsbeth ihr den Rücken wusch. Damit war auch noch die letzte Verbündete verloren, denn der Gesichtsausdruck von Maria drückte mehr aus, als alle Worte hätten sagen können.

„Ich hätte dich aus dem Hause werfen sollen, als ich noch die Macht dazu gehabt habe!", zischte Claudia und durchbohrte Ælsbeth mit ihrem Blick. Diese Verbindung musste beendet werden, bevor sie begann!

Nur wie?

Durch Garmonds Wort waren ihr die Hände gebunden. Er war der Führer des Stammes und er hatte entschieden. Claudias Augen suchten den grauhaarigen Mann, der sich gerade sein Wams überzog.

Der zweite Teil ihres Planes fiel ihr wieder ein. Ihr eigenes Kind sollte diesen Stamm in die Zukunft führen, doch dazu bedurfte es dieses Mannes dort. Schwach und alt war er geworden. Hatte er es im letzten Jahr noch geschafft, in mancher Nacht dreimal in ihrem Schoß zu kommen, so gab es jetzt Nächte, in denen er gar nicht dazu in der Lage war, in sie einzudringen. Und wenn es ihm doch gelang, dann nur ein einziges Mal.

Claudia konnte spüren, wie ihre Zeit ablief und noch immer war sie nicht schwanger geworden! Warum strafte der Herr sie? Von Garmond glitt ihr Blick zurück zu dem Kreuz. „Bitte Herr! Hilf mir, ein Kind zu empfangen!", flüsterte sie und begann ein stummes Gebet abzugeben.

Die Feier wurde eröffnet und sie konnte sich nicht davor drücken. Abermals lag ihr Blick auf Ælsbeth, die ihr auch noch gegenüber saß. Eigentlich war alles klar. Auch weiterhin gab es diese Hierarchie unter den Frauen. Sie zuerst, dann Ælsbeth und danach die Mägde, von Maria angefangen bis zur letzten unfreien Magd. Bis zum Morgen hatte Ælsbeth, als Sklavin, den untersten Rang innegehabt. Sie war nicht viel mehr wert gewesen, als der Becher, den Claudia jetzt in ihrer Hand hielt. So leicht zu zerbrechen!

In Folge des einen Wortes von Garmond stand die junge Frau zwar immer noch unter ihr, und Claudia hätte ihr ohne Probleme das Leben zu Hölle machen können, doch der Blick auf Garmonds zitternde Hand verbot das schon alleine aus Eigenschutz. Ohne den Mann an ihrer Seite würden sich die Verhältnisse sofort zu ihren Ungunsten ändern.

Es wurde getrunken und gegessen, nur sie bekam keinen Bissen herunter. Was würde sein? Immer neue Sorgen sausten durch ihren Kopf. Dann liefen Ælsbeth mit Thoralf, gefolgt von Maria und einem der Knechte, nach hinten, denn die Verbindung der Gefährten musste noch vollzogen werden. Claudias Erinnerungen gingen zu jenem Moment zurück, als es auch zwischen ihr und Garmond so gewesen war.

Ihre Finger tasteten sich zur Hand des Mannes an ihrer Seite und er sah sie an. Güte lag in seinem Blick und diese Augen tauten das Eis in ihr auf. Claudia verzieh ihm, denn was hätte er tun können? Auf die Frage des Sohnes hatte er nur „Ja" sagen können. Alles andere hätte zum offenen Bruch geführt und zur Zerstörung des ganzen Stammes!

Es war ihr eigener Fehler gewesen, dass sie nicht dafür gesorgt hatte, dass Thoralf Maria zu seiner Gefährtin erwählt hatte.

Garmond küsste sie und aus der Ecke des Raumes, hinter Claudias Rücken, rief Maria, dass die Verbindung vollzogen worden war. Claudia musste es akzeptieren, auch wenn es ihr nicht gefiel. Noch war sie nicht schwanger und erst, wenn sie selbst einen Sohn hatte, der diesen Stamm weiterführen konnte, konnte sie sich weitere Gedanken darum machen, was werden würde. Jetzt brauchte sie erst einmal die Gelassenheit, es zu dulden.

Nachdem Maria und Alduini wieder am Tisch saßen und ein Krug nach dem anderen geleert wurde, begann Claudia sich an den Gesprächen zu beteiligen. Die Konkurrentin war nun anderweitig beschäftigt. Es tat ihr leid um Maria, dass sie nicht dort hinten war und den Segen von Thoralf empfing.

Claudia steigerte sich immer weiter hinein und ihre Erinnerungen sorgten dafür, dass jenes angenehme Kribbeln in ihren Bauch kroch, das sie selbst an jenem Abend vor mehr als zwei Jahren empfunden hatte.

Die Aufregung und Vorfreude auf das, was Garmond ihr geben konnte. In diesem warmen Gefühl nahm sie erneut die Hand ihres Gefährten und hauchte ihm ein „Komm!" ins Ohr.

Es war auch nur ein Wort, doch es sagte alles aus, was Claudia im Moment wollte und brauchte. Gemeinsam liefen sie nach hinten.

55. Kapitel
Die Stärke Gottes

Thoralf schlug die Augen auf und erkannte im Halbdunkel der Halle, dass Ælsbeth bereits ihre Augen geöffnet hatte. „Es war also kein Traum!", sagte er und strich ihr eine Haarsträhne aus dem Gesicht.

„Nein! Das war es nicht!", entgegnete sie und küsste ihn.

Nackt lagen sie unter der Decke und sie ruhte in seinem Arm.

Die Feuerschalen waren heruntergebrannt und noch war Ruhe in der Halle. Gedankenverloren spielte Thoralf mit dem Anhänger, der zwischen ihren wunderschönen Brüsten hing, und den Ælsbeth als einziges noch trug. „Dieser Gott, ist er sehr mächtig?", fragte er Ælsbeth und sie legte ihre Hand auf seine Brust.

Von dort rutschen ihre Finger zu seinem Anhänger und Ælsbeth sagte leise: „Wodan hatte nicht die Kraft, meine Familie zu beschützen. Mein neuer Gott…" Sie berührte den Fisch. „… hat mir meinen größten Wunsch erfüllt. Er hat dich mir gegeben. Welcher Gott ist also mächtiger?"

Ein Flackern des Feuerscheins fiel in ihr Gesicht und Thoralf küsste sie erneut, als er leise Schritte hörte.

Maria kniete sich vor ihr Lager. „Ihr seid ja schon wach", sagte sie kaum hörbar zu ihnen.

„Kannst du in einer Weile wiederkommen? Es war gerade so schön", entgegnete Ælsbeth und er sah, wie sie Maria zuzwinkerte.

„Die Wanne steht noch da. Ich könnte euch ein Bad bereiten nach dieser Nacht!", erklärte Maria lächelnd, während sie sich erhob.

„Das ist eine gute Idee", stellte Thoralf fest und drehte sich zu Ælsbeth um.

Als Maria zum Feuer lief, schob er sich in den Schoß von Ælsbeth, die sich dabei erneut vor Lust aufbäumte.

248

Nachdem viel später das Wasser in der Wanne für sie bereit war, gingen sie beide nackt zu Maria hinüber.

Dabei hatte Thoralf dieses Kreuz in seinem Blick und dachte über Ælsbeths Worte nach. Dieser Gott war sicher sehr mächtig, denn er hatte auch ihm das gegeben, was er sich die ganze Zeit so sehnlichst gewünscht hatte.

Vor dem Trog stehend blickte er vom Anhänger seiner Frau zu dem Mönch, der nur ein paar Schritte neben ihm vor dem Kreuz kniete. „Kannst du mich ebenfalls im Namen deines Gottes taufen?", fragte er und für einen Moment blieben sowohl Maria als auch Ælsbeth die Münder offen stehen.

„Wenn es dein Wunsch ist, dann gern!", antwortete Albrun und erhob sich.

„Die Wanne ist schon bereit!", sagte Ælsbeth, die ihre Stimme wiedergefunden hatte.

„Deinen Anhänger! Gib ihn mir!", sagte der Mönch, der nun zu ihm trat.

Schnell nahm Thoralf den Anhänger vom Hals und Albrun warf diesen ins Feuer.

Nur wenige Augenblicke später war Thoralf getauft, trug das Kreuz um den Hals, das Ælsbeth noch am Tage zuvor getragen hatte, und planschte mit ihr zusammen in der Wanne.

„Ich werde dir einen Fischanhänger besorgen!", erklärte Maria noch, bevor sie mit Albrun zum Feuer ging, um das Mahl am Morgen vorzubereiten.

Eigentlich reichte der hölzerne Trog von der Größe her nur für eine Person, deshalb hatte Thoralf sich Ælsbeth auf den Schoß gezogen. Ihren Rücken gegen seine Brust gelehnt genoss er diese Zweisamkeit und trotz der drangvollen Enge schien es auch Ælsbeth zu gefallen.

Immer mehr Bewohner kamen verschlafen und gähnend zum Feuer. Die Frauen verrichteten ihr Gebet vor dem Kreuz, so wie zuvor schon Maria und Ælsbeth.

Ab dem nächsten Morgen würde auch er vor diesem ihn noch unbekannten Gott knien. So viele Geschichten hatte Albrun schon über ihn erzählt.

Hinter ihnen begann das Mahl mit der gewöhnlichen Geschäftigkeit.

Claudia erschien am Kreuz, betete und drehte sich dann zu ihnen um.

Ælsbeth beugte sich genau in diesem Augenblick zufälligerweise nach vorn und so war das Kreuz an seinem Hals, dass ihr Kopf die ganze Zeit verdeckt hatte, für einen Moment zu sehen.

Thoralf sah, wie Claudia buchstäblich der Unterkiefer herabfiel. Mit offenem Mund stand sie vor ihm und sagte schließlich: „Du trägst ein Kreuz? Aber warum?"

„Weil ich ihn getauft habe!", erklärte Albrun vom Tisch aus.

Das Klappern am Tisch verstummte sofort und damit herrschte Ruhe in der Halle.

„Wieso?", brach es überlaut aus Claudia heraus.

„Weil Jahwe mir meine Gefährtin gegeben hat. Er hat uns unseren gemeinsamen Wunsch erfüllt und er ist sehr mächtig!", gab Thoralf der verdutzten Frau als Antwort zurück.

„Und weil unserer Bretwalda Albrun zu uns geschickt hat, um alle vom rechten Glauben zu überzeugen!", setzte Maria erklärend hinzu.

„Wenn ich es richtig verstanden habe, so war es wohl eher Berta, seine Frau, die uns diese Aufgabe erteilt hat und nicht Æthelberth", ließ sich nun Markus vom Tisch aus vernehmen.

„Trotzdem war es der Bretwalda, denn was macht man nicht alles für seine Gefährtin!", setzte Ælsbeth hinzu, drehte sich halb zu ihm um und küsste ihn. Dabei rutschte sie unbewusst auf seinem Schoß hin und her und diese Bewegung löste nun eine Reaktion bei Thoralf aus, die seiner Gefährtin nicht verborgen blieb.

Ein neuer Kuss folgte, der noch viel stürmischer war, als alle Winterwinde zusammen.

„Ihr entschuldigt uns für eine Weile!", rief Thoralf, hob Ælsbeth in seine Arme und sprang mit einem Satz aus dem Zuber.

Mit der geliebten Frau auf seinen Armen rannte er, eine feuchte Tropfenspur hinterlassend, zu seinem Strohsack.

Claudia ließen sie einfach stehen.

Der stürmische Aufbruch sorgte für Gelächter hinter ihnen, denn da er ja nackt gewesen war, war der Grund für alle nur zu deutlich zu sehen gewesen.

Fast aus der Bewegung heraus drang Thoralf abermals in Ælsbeths Schoß. Offensichtlich gab ihm dieser neue Gott die Kraft dazu und seine Gefährtin schien unersättlich zu sein.

Erst viel später saßen sie dann am Tisch und aßen das Mahl fast alleine, da die anderen schon aufgebrochen waren, um ihre täglichen Arbeiten zu verrichten.

Nur Garmond saß noch bei ihnen.

Versonnen blickte sein Vater in seinen Becher. „Du wirst mit deiner Entscheidung sicher recht haben, aber für mich ist es zu spät, um jetzt noch meine Götter zu wechseln!", sagte er.

Doch Ælsbeth entgegnete ihm: „Es ist nie zu spät, um umzukehren und Gottes Willen zu erfüllen!"

„Für euch mag das gelten, aber für mich nicht mehr. Sturmvater Wodan wartet schon auf mich und alle meine Freunde sind bei ihm!", setzte Garmond ihr entgegen und trank seinen Becher aus.

Einen Moment später erhob er sich und ließ sie alleine am Tisch zurück.

Beim Anblick des nun leeren Tisches kam Thoralf seine alte Idee neuerdings in den Sinn. Er stand auf, packte Ælsbeth bei den Hüften und hob sie an. Nach einem stürmischen Kuss legte Thoralf Ælsbeth mit dem Rücken auf den Tisch und trat zwischen ihre Beine.

Ihr erwartungsfrohes Lächeln lud ihn ein und er schlug ihr die Röcke ihrer Kleider bis zur Hüfte zurück.

56. Kapitel
Das Licht der Welt

er Mönch saß am Tisch und sah zu der Wanne hinüber, die Maria gerade säuberte. In den letzten Tagen waren fast alle Bewohner dieses Gebäudes getauft worden.

Nur Garmond und ein alter Knecht wollten nicht von ihren althergebrachten Göttern lassen. All das hatte mit der Taufe von Ælsbeth begonnen und gerade kam die junge Frau lachend von der Seite gelaufen.

„So grüblerisch Albrun?", fragte sie und strahlte ihn an.

„Ich habe hier nahezu alle getauft, aber vom Rest des Stammes ist bisher kein einziger hier erschienen!", entgegnete er und Ælsbeth setzte sich zu ihm auf seine Bank.

„Warum auch? Es ist Winter. Da geht nur der aus dem Hause, der es wirklich muss!", erklärte sie und sah zu der Ecke, wo sich die Schlaflager der Männer befanden.

„Ich verlasse ja auch höchst selten mal mein Lager!", setzte sie hinzu und er erkannte das schelmische Lächeln auf ihrem Gesicht.

„Aber ich kann ja nicht von Hütte zu Hütte gehen!", antwortete Albrun, rieb sich das Kinn und dachte darüber nach, dass draußen der Schnee sicher hüfthoch lag. Ælsbeth hatte schon recht, aber sollte er bis zum Frühling warten?

„Eine Möglichkeit hast du noch!", sagte Ælsbeth nach einer Weile und er sah sie an. „Bald ist das Jul Fest. Da kommt der ganze Stamm hier in diese Halle, um die Geburt der Sonne zu feiern!"

Er fiel ihr ins Wort: „Aber ich kann doch kein heidnisches Fest feiern und du auch nicht!"

„Warum?", fragte sie überrascht.

„Soll ich dich an deine Taufe erinnern?", entgegnete Albrun und zeigte auf den Fisch an Ælsbeths Hals.

Ælsbeth strich mit den Fingern über diesen Anhänger und sah ihn mit schräg gehaltenem Kopf an.

Albrun konnte sehen, wie sie über etwas nachdachte und deshalb unterbrach er ihre Gedanken nicht.

Schließlich begann sie langsam: „Hast du mir nicht damals diese Geschichte vom Winter erzählt? Die, von Maria, Josef und Jesus?"

„Die Geschichte von der Geburt Jesu?", fragte er zurück und Ælsbeth nickte.

„Wann war das genau?"

„In ein paar Tagen", erklärte er und wusste noch immer nicht, was sie wollte.

„Und hat Jesus nicht das Licht in die Welt gebracht?", wollte sie wissen.

Nun war es an ihm, dies nickend zu bestätigen.

Ælsbeth lehnte sich zurück und lächelte ihn breit an. „Wenn Jesus das Licht der Welt ist, dann kannst du ihn doch an jenem Tag feiern, an dem alle hier das Licht feiern. Ein paar Tage früher oder später, wer weiß das schon so genau? Ich weiß auch nicht exakt, wann ich geboren bin. Im Sommer, hat mir meine Mutter gesagt!", erklärte Ælsbeth.

Danach drehte sie sich zum Lagerplatz des Stammesführers um, der verschwommen im Halbdunkel zu sehen war. „Du könntest bei der Feier zum Jul Fest diese Geschichte erzählen und danach lädst du alle für ein paar Tage später zur Andacht ein. Aber natürlich müsstest du dazu mit Garmond reden. Schließlich ist es sein Haus!"

Sie drehte sich zurück zu ihm und ergänzte: „Ich glaube nicht, dass er dir abgeneigt ist. Und eine Feier mehr im Winter, die Männer hast du damit schon mal auf deiner Seite!"

Versonnen lächelte sie in sich hinein und setzte, mehr für sich selbst, hinzu: „In dieser Jahreszeit gibt es nur Ruhe, Feiern und Zeit für die Liebe!"

Von hinten hörte man jemanden „Ælsbeth!" rufen.

Sie sprang von der Bank auf, warf ihr Haar nach hinten und sagte: „Du entschuldigst mich. Mein Herr ruft nach mir!"

Lachend rannte sie in die Richtung, aus der sie gerade erst gekommen war.

„Wie schlau sie ist!", dachte sich Albrun und sah ihr hinterher, dann wanderte sein Blick zum Lager von Garmond und als hätte er ihn damit gerufen, tauchte der Stammesführer auch schon wenig später gähnend am Tisch auf.

Bei ein paar Bechern Bier war auch schon bald die Feier, oder besser die beiden Feiern, abgesprochen.

In den nächsten Tagen wirbelten alle Mägde und auch Ælsbeth durch die große Halle. Lachend, singend und schnatternd erzählend wurde der ganze Raum auf Hochglanz geputzt. Offensichtlich hatten die Frauen Freude daran, ein schönes Fest für die Gemeinschaft zu gestalten.

Der Tag der Wintersonnenwende kam und begann damit, dass Garmond, praktisch alleine, draußen in der Kälte am Altar von Wodan stand, und die Sonne begrüßte. Alle anderen standen in der Halle am Altar mit dem Kreuz und taten förmlich dasselbe im Gebet zu Gott.

Jede nur mögliche Feuerschale war aufgestellt und leuchtete den Raum bis in den letzten Winkel aus. Das Dämmerlicht, das bisher in den Ecken geherrscht hatte, das war an diesem Tage nicht zu finden. Die lange Tafel erstreckte sich über die ganze Breite der Halle und schon wenig später begann sich der Raum mit Menschen zu füllen.

Freudiges Getuschel, Lachen und herzliche Umarmungen zwischen den Menschen erwärmten das Herz schon alleine beim Zusehen.

Mit festlichen Worten begrüßte Garmond seine Gäste und übergab dann einfach an ihn. Zuerst gab es ein paar Männer am Tisch, die zu murren begannen, weil es nicht sofort etwas zu trinken oder zu essen gab, doch bereits nach ein paar einleitenden Worten, und der ausgesprochenen Einladung zum Weihnachtsfest, war es still in dem Raum.

Mit dem Buch in der Hand saß Albrun am Feuer und erzählte die Weihnachtsgeschichte und wenn jetzt ein Engel in den Raum getreten wäre, niemand hätte sich darüber gewundert.

Mit dem letzten Wort der Geschichte schwärmten die Mägde, die bisher andächtig gelauscht hatten, unter Ælsbeths Führung aus, um jeden Gast mit Getränken und Speisen zu versorgen. Das Gewimmel war fürchterlich, denn fünf Frauen mussten hundert Menschen bedienen.

Nun wurde gelacht, getrunken und sich gegenseitig eine gute Zeit gewünscht.

Albrun saß am Rande der Tafel. Im Verlaufe des Abends kamen einige Frauen aus der Runde auf ihn zu und befragten ihn über alles Mögliche. Und sowohl Maria, als auch Ælsbeth, schienen ebenfalls mit den Frauen zu reden.

Als dann auch noch Thoralf, für jeden deutlich zu sehen mit dem Fischanhänger um den Hals, am Tisch aufstand, und ihm zuprostete, da waren auch die Herzen von einigen Männern gewonnen.

Die Gemeinschaft würde größer werden, das Licht der Welt war unter sie getreten und Jesus war bei ihnen.

57. Kapitel
Winterzeit, Liebeszeit!

Es war Januar geworden und eigentlich hätte Claudia mit der Entwicklung mehr als glücklich sein können. Mit jedem Tag wuchs die Anzahl derjenigen, die sich in der Halle taufen ließen. Mitunter waren es drei oder vier Personen, die nacheinander in die Wanne stiegen. Und dennoch war sie unzufrieden, denn es war nicht ihr Verdienst, dass dem so war, obwohl sie all die Zeit so unermüdlich daraufhin gearbeitet hatte. Nein! Ælsbeth hatte es geschafft.

Mit der überraschenden Taufe von Thoralf hatte sie eine Welle in Bewegung gesetzt, die nun den ganzen Stamm erfasste. An Garmond biss sich aber selbst Ælsbeth die Zähne aus. Claudias Mann blieb bei seinem Sturmvater Wodan und behielt dessen Anhänger um den Hals.

Auch wenn alle anderen um ihn herum auf ihn einredeten, blieb er lächelnd sitzen und sagte zum Schluss einfach „Alle meine Freunde sind bei ihm. Was soll ich bei eurem Gott? Da müsste ich meinen Becher alleine trinken!"

Vielleicht hatte Claudia auch die ganze Zeit den falschen Mann zu beeinflussen gesucht. Hätte es mit der Verbindung zwischen Maria und Thoralf geklappt, wäre das Ergebnis wohl dasselbe gewesen.

In den letzten Wochen lief Maria aber mit einem missmutigen Gesicht umher. Die Verbindung zwischen Ælsbeth und Thoralf schien Maria doch zuzusetzen.

Andererseits musste Claudia Ælsbeth auch dankbar sein, denn wegen des Liebesspiels, das Ælsbeth jede Nacht mehrmals mit Thoralf vollzog, war auch Garmond wieder der ausdauernde und stürmische Liebhaber geworden, der er vor zwei Jahren gewesen war. Nach mancher dieser Nächte fühlte sie sich morgens so wund, dass sie erst eine Weile liegen bleiben musste, bevor sie sich erheben konnte.

Doch das täuschte nicht darüber hinweg, dass es wohl nicht mehr lange dauern konnte, bis Garmond die Führung des Stammes in die Hände seines Sohnes übergab. Und damit würde auch die Führung der Frauen des Stammes von ihr an Ælsbeth übergehen. Nicht, dass es da viel zu führen gab.

Jetzt im Winter war sowieso mehr eine Zeit der Ruhe und nur deshalb konnte sie ja auch die Liebe ihres Mannes so ausgiebig genießen.

In der Zeit der Aussaat, der Ernte und im Blutmond war das völlig undenkbar, dann wurde jede Hand gebraucht und keiner konnte sich da von der Arbeit ausnehmen, die von früh am Morgen bis spät in die Nacht auf sie alle zukam.

Fast noch schöner, als die körperliche Liebe ihres Mannes, waren aber die Abende am Feuer. Mit einer Decke um die Schultern, an Garmonds Brust gelehnt, hörte Claudia dann den Geschichten zu.

Reihum unterhielten sie sich. Norien erzählte alte sächsische Sagen und Märchen. Albrun las aus der heiligen Schrift vor. Maria konnte aus dem Gedächtnis die Abenteuer von Odysseus vortragen und an manchem Abend begann auch Ælsbeth zu berichten. Dann sprach die junge Frau von der Not und dem Leid auf der anderen Seite des Meeres. Vom Hunger, der Ælsbeth und ihren Stamm hier herüber getrieben hatte und von der Seefahrt in einem winzigen Boot.

Dabei hörten alle aufmerksam und betroffen zu, denn es war eine Erzählung aus erster Hand. Nichts, dass schon irgendwo aufgeschrieben war. Der wehmütige Zug in Ælsbeths Augen wurde danach meist schnell von Thoralf fort geküsst und dann kam das Lachen zurück. Die Liebe zwischen den beiden war deutlich sichtbar.

Durch die größer werdende Gemeinde war Albrun nun gelegentlich abends in den Hütten der anderen und blieb dann auch über Nacht dort. Fast bedauerte Claudia den Mönch dafür, dass er durch den Schnee laufen musste, während es sich alle anderen am warmen Feuer gemütlich machten, aber es war nun einmal seine Aufgabe, das Wort Gottes unter die Menschen zu bringen.

Seinen Schüler ließ er dabei in ihrer Halle zurück. Der junge Mann hörte meist geduldig zu und lauschte von seinem Platz auf der Bank den Erzählungen der anderen.

An einem dieser Abende begann zur Abwechslung Markus etwas zu erzählen und Claudia erwartete schon eine Geschichte aus der Bibel, doch der junge Mann eröffnete mit einem Gedicht von Ovid, bei dem selbst ihr der Mund offen stehen blieb.

Aus dem Kopf heraus rezitierte er aus der Liebeskunst des Dichters.

Natürlich war Claudia aus den Erzählungen Marias bewusst gewesen, dass Markus ebenfalls aus einem guten Haus stammte, vermutlich ihrem eigenen Elternhaus sehr ähnlich.

Da Albrun ihn nicht unterbrechen konnte, hörten alle mit sichtbar roten Ohren zu. Bei den Worten des Novizen flogen Claudias Gedanken in die Vergangenheit zurück. Sie selbst hatte einst, in Vaters Bibliothek, das kleine Büchlein fast verschlungen.

Die Erinnerungen an jene intimen Momente der Erotik kamen zu ihr zurück und eigentlich hätte sie den Mann unterbrechen müssen, doch sie konnte es nicht.

Ergriffen lauschte sie und sah dabei Garmond von unten her an, denn auch ihr Mann hörte Markus aufmerksam zu, der in diesem Moment mit den Worten „Wähle dir eine, der du sagst: Du nur gefällst mir alleine." seinen Vortrag beendete.

Stille herrschte mit einem Male in dem Raum, welche dadurch unterbrochen wurde, dass zuerst Norien, mit Alduini an der Hand, hektisch zur Seite lief und sich kurz darauf auch Ælsbeth mit Thoralf ziemlich schnell in die andere Richtung bewegten.

Ein allgemeiner Aufbruch setzte ein. Mägde und Knechte eilten davon. Gemeinsam! Auch Garmond zog sie hinter sich her und im Umdrehen sah Claudia, dass nur noch Maria und Markus am Feuer saßen und den Anderen hinterher sahen.

Die vor langer Zeit gelesenen Worte von Ovid „Ich mag keinen Geschlechtsverkehr, der nicht beide entspannt!" sausten durch ihren Kopf, als Garmond ihr schon ziemlich stürmisch das Kleid über den Kopf riss und zum Saum ihres Unterkleides abtauchte.

Die damit verbundene Nacktheit war ihr dabei völlig egal. „Jetzt einfach nur fallen lassen!", war ihr nächster Gedanke, als sie rückwärts auf den Strohsack fiel und Garmond schon in ihre, von der erotischen Geschichte feucht gewordene, Scham eindrang.

Claudia ließ sich fallen und es dauerte nicht lange, da presste ihr Schoß alles aus Garmond heraus, was dieser ihr nur zu geben in der Lage war.

Zitternd vor Lust empfing sie Schub um Schub seines Samens und der letzte Gedanke von Claudia war dabei „Wenn ich dieses Mal nicht schwanger werde, dann klappt es wohl nie!"

58. Kapitel
Entscheidung der Lust

Entgeistert sah Maria Markus an. Hatte er gerade wirklich diese Geschichte erzählt? Das allgemeine Schnaufen und Stöhnen, das gerade diese Halle erfüllte, sprach dafür, dass sie es nicht geträumt hatte. „Bis du völlig verrückt geworden?", brach es aus ihr heraus, aber selbst sie hatte sich der Anziehungskraft dieser Geschichte nicht entziehen können. Nun saß sie hier und hätte sich lieber die Ohren zugehalten, als diese Geräusche hören zu müssen, denn seit Ælsbeths Taufe war sie enthaltsam geblieben.

Den Verschlag, der ihr „Liebesnest" mit Markus gewesen war, gab es schon lange nicht mehr und auf ihrem Schlafplatz, der sich neben Noriens Lager befand, wagte sie sich nicht, ihn zu empfangen.

Jemand hätte es sehen und Markus dann bei Albrun melden können. Damit hatte sie die ganze Zeit keusch gelebt, und das, wo sie doch zuvor erlebt hatte, wie schön diese körperliche Nähe sein konnte.

Und in fast jeder Nacht hatte Norien ihr auch noch die Geräuschkulisse zu ihren sehnsüchtigen Träumen besorgt.

In diesem Moment steckte jeder Mann dieser Halle im Schoß einer Frau. Jeder bis auf Markus, der sie immer noch ansah.

„Ja! Ich bin verrückt!", begann er und setzte fort: „Verrückt nach dir!" Mit zwei Schritten Abstand saßen sie sich auf den beiden Bänken gegenüber.

Das Feuer brannte neben Maria und es brannte in ihr. In ihrem Schoß!

Vielleicht hatte Markus diese Geschichte nur erzählt, um mit ihr alleine zu sein. Wer konnte das schon wissen? Doch es hatte genau diesen Erfolg gehabt. Und was war nun?

Seine Augen zogen sie an und sie zogen sie aus! Gelenkt wie durch eine fremde Macht, erhob sich Maria und ging die zwei Schritte auf Markus zu. Vor ihm stehend beugte sie sich zu ihm herab und musste ihn küssen.

Alles war jetzt egal! Was werden würde, hatte sich Markus selbst zuzuschreiben, Maria konnte nicht mehr anders.

Im Sitzen öffnete Markus die Hose, hob seinen Hintern an und schob sie sich bis zu den Knien herab, während Maria sich im Stehen das Kleid heraufzog.

Ein Pfahl aus Fleisch, Blut und Leidenschaft reckte sich ihrem lüsternen Blick prachtvoll entgegen. Erneut im Kuss vereint, hob Markus sie an den Hüften an und setzte sie auf seinem Schoß ab.

Die von der Geschichte verursachte Nässe sorgte dafür, dass sie ohne großen Widerstand nach unten glitt. Das Gefühl, so vollständig ausgefüllt zu sein, nahm ihr fast den Atem. Sie stöhnte auf, als der Beweis seiner Lust über die ganze Länge in ihrem Schoß verschwunden war. Sie warf den Kopf in den Nacken und ein stummer Schrei verließ ihren Mund. Schnell verschränkte sie ihre Beine hinter seinen Rücken, um ihn ganz fest in sich zu halten.

Unfähig zu irgendeiner Bewegung verharrte sie auf ihm, senkte wieder ihren Kopf und blickte ihm in die Augen.

Markus streichelte ihre Wange und ein neuer stürmischer Kuss folgte, bis Markus erneut ihre Hüften packte und ihr seine Stoßkraft bewies. Er bewegte sie und sie bewegte sich auf ihm.

Alles um sie herum verschwamm vor ihren Augen.

Dieses Gefühl sollte nie enden. Ekstatisch warf Maria erneut den Kopf zurück und genoss seine Nähe, das wohlige Gefühl der Fülle in ihrem Schoß, seine Bewegungen in ihr.

Aus diesem verzückten Zustand riss sie Claudia heraus, die mit einem Mal vor ihr auftauchte und sie anbrüllte: „Mein Gott! Was tut ihr?"

Maria war wie gelähmt vor Schreck. So kurz vor der Erlösung war sie gestoppt worden und Markus riss sie mit einem Ruck nach unten.

Während sie noch nach Fassung rang und Worte der Erklärung suchte, spürte sie, wie Markus seinen Samen tief in ihren Leib pumpte. Offensichtlich hatte er Claudia weder gesehen noch gehört.

Abwesend, stöhnend und mit geschlossenen Augen die intime Nähe genießend, saß er auf der Bank und hielt sie fest, bis auch er zur Ruhe gekommen war. Seine Hände glitten von ihren Hüften und gaben sie frei. Sofort sprang Maria auf, ihre Kleider rutschten herab und sie versuchte stammelnd die Situation zu erklären, doch da gab es nichts zu erläutern.

Nun fragte Claudia: „Was habt ihr getan?" Doch diese Frage beantwortete sich eigentlich von selbst.

„Solltest du nicht Mönch werden?", fragte sie nun Markus, der sich von der Bank erhob und sich dabei die Hose schloss. „Da solltest du doch in Enthaltsamkeit leben!", drang Claudia weiter auf ihn ein.

„Vielleicht war diese Entscheidung falsch!", entgegnete Markus, nachdem er seine Stimme wiedergefunden hatte.

„Du solltest darüber mit Albrun reden!", sagte Claudia, als sie sich von ihnen abwendete und zum Eimer hinüberging, der ihr eigentliches Ziel gewesen war.

„Ich habe schon eine Entscheidung getroffen!", sagte Markus, wandte sich erneut Maria zu und setzte fort: „Eine, die nun richtig ist!" Auge in Auge standen sie direkt voreinander.

Nun war der Bann gebrochen und die Wahrheit damit sowieso an das Licht des Tages gezogen worden. Dadurch gab es nun auch keinen Grund zum Verstecken mehr.

Ihre Lippen fanden sich und ein neuer Kuss raubte ihr abermals die Sinne. Erneut war ihr alles egal und nur schemenhaft nahm sie wahr, dass Claudia an ihr vorbei zu ihrem Lager eilte. Offensichtlich wollte die Herrin Garmond nicht zu lange warten lassen und Maria konnte dies gut verstehen, denn sie spürte die Hände von Markus überall auf ihrem wieder bekleideten Körper.

Vor dem Feuer stehend genoss sie Markus' Streicheleinheiten. Sie hatte sich so lange danach gesehnt und das gerade Geschehene hatte ihre Gier nur kurz gestillt.

Anscheinend ging es Markus ähnlich, denn seine Hände glitten unter ihr Kleid. Wie damals im Schuppen ergriff er ihre Brust.

Seufzend drückte sie sich an ihn heran, all die aufgesparte Lust wollte nun aus ihr heraus. Mit geschlossenen Augen spürte sie in sich hinein und merkte nicht einmal, dass sie bereits nackt war, als Markus ihr erneut um die Hüften griff.

„Bis zu meinem Lager ist es zu weit!", stöhnte sie und konnte sich fast nicht mehr auf den Beinen halten. Ihre Knie zitterten und immer noch drangen die Geräusche der anderen Menschen an ihr Ohr, heizten ihr Inneres weiter an.

Wenn Markus seinen Griff nun löste, würde sie zu Boden fallen. Direkt ins Feuer, das vermutlich kälter war als ihr brodelndes Inneres.

Sie spürte, wie er sie anhob und sie durch die Luft gewirbelt wurde. Danach landete sie mit dem Rücken auf dem Tisch.

Kurz ließ Markus sie los, um sich seiner Kleidung zu entledigen.

Von unten sah sie zu ihm hinauf und konnte es kaum erwarten.

Er, der vorgehabt hatte, ein Mönch zu werden, trat nackt zwischen ihre Schenkel. Seine Finger streichelten über ihren Bauch, glitten zu ihren Hüften und umklammerten ihre Beine. Unvermittelt stieß er tief in ihren Schoß.

Sie riss die Augen auf und ein überraschtes Stöhnen entfuhr ihr. Jetzt wollte sie seine Weihung empfangen. „Gib mir deinen Segen!", keuchte sie und hielt sich an der Tischkante fest, um von seinen heftigen Stößen nicht von der Platte gefegt zu werden.

59. Kapitel
Die Enthaltsamkeit eines Mönches

Der verharschte Schnee knirschte bei jedem Schritt unter Albruns Füßen. Er war nach dem Sonnenaufgang an der Hütte eines der Stammesangehörigen aufgebrochen, in der er die Nacht verbracht hatte. Am Abend zuvor war es sehr spät geworden und sein Gastgeber hatte ihn in der Finsternis den Weg zurück nicht antreten lassen wollen, auch wenn es nur ein paar hundert Schritte waren. Sein Besuch hatte Erfolg gehabt, einer der Männer würde sich am übernächsten Tag taufen lassen.

Es wurden immer mehr.

Albrun hob den Kopf und der Wind zwackte ihm ins Gesicht. Es war ziemlich kalt hier draußen und jetzt konnte er den Mann verstehen, der ihn am Vorabend nicht aus der Hütte gelassen hatte. Sein Weg war mühsam, denn ringsum lag der Schnee knietief.

Zwar war ein Pfad frei geschoben, allerdings hatte es in der Nacht so viel geschneit, dass seine Füße trotzdem etwa eine doppelte Handbreite einsanken und dies machte den morgendlichen Gang beschwerlich.

Auf seinen Stock gestützt zog er der aufgehenden Sonne entgegen. Das Licht reflektierte auf dem Schnee und er musste die Augen halb schließen, um überhaupt noch etwas zu sehen. Immer wieder blieb er kurz stehen, beschirmte die Augen mit der Hand und blickte voraus, aber das große Haus schien einfach nicht näherzukommen.

Von der Wärme des Feuers kündender Rauch kringelte sich über dem Dach, einen Schornstein gab es bei den Hütten der Sachsen nicht, nur einen großen Rauchabzug.

Bei den letzten Schritten setzte er seine Füße besonders vorsichtig, denn mitunter waren die Treppenstufen mit Eis bedeckt und der lockere Schnee darüber kam schnell ins Rutschen. Ein Sturz wäre dann unvermeidlich.

Auf der obersten Stufe klopfte er sich den Schnee von der Kleidung und den Schuhen, dann schob er die Tür auf und betrat den warmen Raum.

Es schien die normale Geschäftigkeit eines jeden Morgens zu sein, doch etwas war anders.

Er konnte es sich nicht erklären, aber es lag etwas in der Luft, das ihn misstrauisch werden ließ.

Maria eilte ohne Gruß an ihm vorbei und wich seinem Blick aus.

Fragend schaute er ihr nach, doch auch Claudia senkte ihren Kopf, als sie an ihm vorüberlief.

Er hängte seinen Mantel an den Haken und trat zum Feuer, um sich die kalt gewordenen Glieder aufzuwärmen. Nun suchten seine Augen den Novizen, doch Markus war nicht an seinem Platz. Wo steckte sein Schüler nur? Und warum gingen ihm Maria und Claudia so offensichtlich aus dem Weg?

Albruns Blick glitt durch die Halle.

Alle anderen Frauen arbeiteten ganz normal und Norien grüßte ihn freundlich.

Mit einem Becher warmen Bier in der Hand, den Norien ihm gegeben hatte, sah er den Frauen zu. „Wo ist Markus?", fragte er nach einer Weile Norien, die erneut an ihm vorbei laufen wollte.

Sie blickte sich um, zuckte mit den Schultern und sagte dann: „Vielleicht weiß es Maria?"

Diese Bemerkung machte Albrun nur noch misstrauischer, denn was hatte Maria mit Markus zu schaffen? Was war in dieser Nacht geschehen?

Abermals eilte Maria an ihm vorbei, doch sie hielt dabei einen solch großen Abstand, dass er sie nicht ansprechen oder stoppen konnte.

Am Tage zuvor war das noch ganz anders gewesen, da hatte sie neben ihm auf der Bank gesessen und sie beide hatten sich ausführlich über eine Stelle in der Bibel unterhalten.

Und wo war Markus? Der konnte doch nicht einfach so aus dem Haus geflüchtet sein! Freiwillig ging im Winter doch keiner hinaus!

Die Eingangstür öffnete sich und eine der Mägde kam von draußen herein, gefolgt von seinem Schüler, der beim Anblick seines Mantels zusammenzuckte und erschrocken zu ihm herüberschaute.

Mit einer Handbewegung winkte Albrun seinen Schüler zu sich herüber und Markus kam langsam auf ihn zu. Als er neben ihm am Feuer saß, schlug der Novize seinen Blick nieder und sah in die Flammen.

„Was ist geschehen, dass du die Augen senkst und nicht zum Kreuz siehst?", fragte der Mönch und sah seinen Schüler von der Seite aus an.

„Vergebt mir Vater, aber ich bin es nicht würdig, mit euch zu reden! Ich habe mich vor den Regeln unseres Ordens versündigt!", sagte Markus leise und blickte angestrengt zu Boden.

„Du bist doch aber ein guter Schüler. Sprich, was dir widerfahren ist!", entgegnete Albrun und stellte den Becher auf dem Tisch ab.

„Die Versuchung ist über mich gekommen und ich habe die Regeln des heiligen Benedikt von Nursia gebrochen!"

„Du hast gegen das Zölibat, gegen die Enthaltsamkeitsregel, verstoßen?", fragte Albrun und Markus nickte.

„Wenn dem so ist, so muss ich dich aus dem Orden werfen!", erklärte Albrun und ging in Gedanken noch einmal alle Regeln durch. Hier auf dieser Mission musste er die Aufgaben des Abtes übernehmen, aber es fiel ihm nicht leicht, diesen Verstoß zur Kenntnis zu nehmen.

„Noch bist du ein Novize und kein Mönch. Wenn du mir versprichst, dein Gelübde zukünftig einzuhalten, könnte ich dafür sorgen, dass deine Novizenzeit neu beginnt!", erklärte er, weil er dem jungen Mann nicht die ganze Zukunft verbauen wollte.

„Das kann ich Maria nicht antun!", antwortete Markus und hob seinen Blick zu der jungen Frau, die gerade erneut an ihnen vorbei eilte.

Nun wurde Albrun zumindest das Verhalten von Maria etwas plausibler. Die Rotfärbung ihres Gesichtes lag nicht an dem Feuerschein.

„Weißt du, mein junger Freund", begann er und setzte nach einer kurzen Pause fort: „Als ich so jung war, wie du jetzt, da hatte auch ich ein Mädchen, an dem mein Herz hing. Sie hieß Nivia und war fast so schön, wie Maria. Auch sie hatte rotes Haar, wenn auch nicht ganz so kräftig in der Farbe."

Für einen Moment holte er sich das Gesicht von Nivia vor seine Augen zurück. Es war fast ein halbes Jahrhundert her.

„Hat es dir wehgetan, sie zu vergessen?", fragte sein Novize.

„Ich habe sie niemals vergessen", entgegnete Albrun leise. Er sah Markus an und setzte fort: „Aber wieder zu dir. Wenn du noch Mönch werden willst, so musst du Maria abschwören!"

„Das kann ich nicht!"

„Aber ich würde dich ungern verlieren! Du bist viel zu gut!", antwortete Albrun.

Nochmals haderte er mit einer Entscheidung, doch was sollte er tun? In Gedanken hatte er nun wieder Nivia vor sich und das machte es für ihn nur noch schlimmer.

Nach all den Jahren kam der Schmerz der Trennung wieder in ihm hoch. Albrun war damals Mönch geworden und hatte Nivia vergessen. Oder hatte es zumindest vorgehabt.

Seine Gedanken flogen zurück, zu jener Zeit seiner Jugend. Er fragte sich, was wohl aus Nivia geworden war. Im Feuer erschienen die Gesichtszüge der Freundin von damals und lösten sich in den Flammen auf.

Zu lange war das her!

Albrun schüttelte die Erinnerung ab und sah zum Kreuz, denn im Moment war Markus wichtiger. Was konnte er für den jungen Mann tun? Zumindest würde er nun nicht mehr Mönch werden können und Novize war er durch seine eigene Entscheidung ebenfalls nicht mehr.

60. Kapitel
Dafür oder dagegen?

Schweigend saßen Markus und Albrun am Feuer nebeneinander. Durch seinen Verstoß gegen die Ordensregeln war Markus nun wieder ein freier Mann. Allerdings auch ohne Aufgabe. Dabei waren doch die Bücher und der Glauben sein Lebensinhalt gewesen. Was konnte er tun? Er hätte das Kreuz und seine Novizentracht ablegen müssen, und zwar eigentlich schon an jenem Abend in der Holzscheune. Dass er es bis jetzt heimlich mit Maria getrieben hatte, machte die ganze Sache für ihn nur noch schlimmer.

„Möchtest du über Maria reden?", fragte Albrun ihn.

„Nein! Willst du denn über Nivia sprechen?", fragte er zurück und sah, wie der Mönch zusammenzuckte. Vermutlich hatte er einen wunden Punkt seiner Vergangenheit getroffen. Warum hatte Markus sie jetzt erwähnt? Um von seiner eigenen Verfehlung abzulenken? Vermutlich.

Albrun zog einen Ast zu sich und stocherte im Feuer herum.

Die Funken stoben nach oben und es schien, als überlege er, was er Markus von seiner Vergangenheit preisgeben wollte.

„Das ist schon so lange her", begann er und es klang für Markus so, als ob er die Stimme eines jungen Mannes in den Worten des alten Mönches hörte.

Darin schwang etwas mit, was er selbst bis zum Betreten dieser Halle nicht gekannt hatte. Eine alte Liebe ließ die Stimme des grauhaarigen Mannes zittern.

„Es ist schon ewig her. Damals in Aachen. Ich war jünger als du jetzt. Wir kannten uns vom Sehen auf der Straße. Sie wohnte im Haus ihres Vaters, nicht weit von dem unseren entfernt, aber ich hätte nie gedacht, dass sie mich überhaupt bemerkt hatte", erzählte Albrun fast abwesend.

Offensichtlich sah er die Frau nun wieder vor sich.

„Sie war die Tochter eines reichen Kaufmannes und ich nur der Sohn eines Zimmermannes", setzte er fort und stocherte erneut mit dem Ast im Feuer herum, aber nun wollte diese alte Geschichte vermutlich erzählt werden, denn die Stimme des Mönches wurde kräftiger. „Eines Abends ist sie geflohen und stand mit einem Mal im Haus meines Vaters. Ich hätte sie fortschicken sollen, doch dann kam es einfach so über mich und wir haben das Lager der Lust miteinander geteilt."

Bei diesen Worten wandte er Markus das Gesicht zu und blickte ihn von der Seite an. „Am nächsten Morgen hat mein Vater uns gefunden. Er hat Nivia zurück zu ihrem Vater gebracht und ich habe ihn nicht aufgehalten."

Albrun stockte mit seiner Erzählung und Markus sah Tränen in den Augen des alten Mannes.

Er wollte die Geschichte weiter hören, aber er wollte den Mönch auch nicht bedrängen.

Es dauerte eine Weile, bevor Albrun fortsetzen konnte. „Ihr Vater hat sie bestraft und nach Köln an einen Kaufmann gegeben, dessen Frau sie werden sollte. Ich habe nie wieder etwas von ihr gehört und bin dann den Weg eines anderen Zimmermannes gefolgt", beendete er seine Geschichte und zeigte auf das Kreuz.

„Bist du Mönch geworden, um den Schmerz loszuwerden?", fragte Markus und Albrun nickte.

„Es hat anscheinend aber nicht funktioniert, denn der Schmerz ist immer noch da drin. Nach all der Zeit", sagte Albrun und tippte sich an die Brust. „Wir waren aus so verschiedenen Gesellschaftsschichten. Nie hätte es da eine Verbindung geben dürfen. Anders als bei euch, aber wir hatten auch nur diese eine Nacht, so wie du und Maria."

Markus musste bei dieser Bemerkung schlucken. Sollte er dem Mönch die Wahrheit sagen? Dass es schon viele Nächte gegeben hatte? Lieber nicht!

Er versuchte das Gespräch in eine andere Richtung zu lenken. „So ähnlich bin ich nicht mit Maria." Er drehte seinen Kopf und blickte zu Maria hoch, die gerade in einigem Abstand an ihnen vorbeilief.

„In ihren Adern fließt fürstliches Blut. Sie ist mit König Vortigern verwandt!", setzte er fort und wandte sein Gesicht wieder dem Mönch zu. Albrun hob eine Augenbraue und sah noch einmal genauer zu Maria hinüber.

„Das hätte ich nicht gedacht, dass solch eine Frau in einer sächsischen Halle arbeitet. König Vortigern? Der König, der die Sachsen ins Land geholt hat?", fragte er nach.

„Ja! Der König, der die wilden Krieger aus dem Norden von seinen Städten fernhalten wollte und dafür die wilden Krieger der Sachsen von jenseits des Meeres holte", bestätigte Markus. „Sie und Claudia sind verwandt. Sie sind Basen, wenn ich Maria richtig verstanden habe", setzte er noch hinzu.

Daraufhin ging Albruns Blick nun zu Claudia hinüber und es schien so, als suche er in den Bewegungen der Frau die Bestätigung für Markus' Behauptung.

Denn weder Claudia noch Maria waren gerade mit königlichen Aufgaben betraut. Die eine brachte gerade den Eimer zur Latrine und die andere wühlte in irgendeiner Truhe.

Schließlich schüttelte der alte Mann den Kopf und wandte sein Gesicht abermals Markus zu. „Wichtiger ist aber, was du willst. Du bist der Mann. Bist du für Maria oder gegen sie? Daraus leitet sich ab, ob du Mönch werden kannst oder nicht", drängte er zu einer Entscheidung.

Dafür oder dagegen. Was sollte er antworten? Markus blickte zu Maria und ihre Augen trafen sich.

Dafür! „Für Maria!", brach es aus ihm heraus.

„Gut. Also gegen die Regeln des Ordens!", stellte der Mönch fest und sah wieder grübelnd in das Feuer.

Offensichtlich suchte er eine Lösung für ein Problem, für das es keine geben konnte. Oder nur eine sehr einfache.

Markus nahm das Kreuz ab, das ihm Augustinus um den Hals gelegt hatte, nachdem er in den Stand eines Novizen aufgenommen worden war.

Das legte er jetzt in Albruns Hand.

Lange betrachte der Mönch den Anhänger und kratzte sich am Kopf.

Eine ganze Weile später hellten sich seine Gesichtszüge mit einem Male auf. „Ich habe es!", stieß Albrun aus. „Wenn ich dich vor deiner Weihe zum Priester mit Maria in Gottes Angesicht und der Gemeinschaft der Gläubigen vermähle, so kann Gott die vor ihm geschlossene Verbindung nicht wieder trennen. Mönch kannst du dann natürlich nicht mehr werden, aber einer muss diese Gemeinschaft als Priester führen und ich kann mir niemanden vorstellen, der besser dafür geeignet wäre, als du", erklärte er seinen Plan.

Abschließend setzte er hinzu: „Wir müssen uns nur eilen, bevor Augustinus etwas davon erfährt, denn legt er seinen Einspruch ein, so ist alles verloren!"

Markus sprang von der Bank auf. „Maria!", rief er.

61. Kapitel
Im Angesicht Gottes

Maria kniete neben Markus vor dem Mönch. Gerade eben hatte sie noch nach einem neuen Kleid für Claudia in der großen Truhe gesucht.

Weder Markus noch Albrun hatten irgendetwas gesagt oder gefragt, aber natürlich wusste sie, was gerade passierte und sie wollte es auch genau in dieser Art haben, allerdings fühlte es sich schon seltsam an.

Der Mönch fragte Markus: „Willst du Maria zu deiner Frau nehmen?"

Maria hörte, wie in der Halle mit einem Male ein unüberhörbares Raunen aufkam. Offensichtlich hatten sowohl Ælsbeth als auch Claudia jetzt mitbekommen, was geschah.

Ein Tumult brach aus und Claudia kam von der Seite gerannt.

Markus sagte „Ja!" und der Mönch fragte nun Maria.

Noch bevor Claudia sie erreicht hatte, antwortete sie ebenfalls mit „Ja!"

Während Claudia nun nach dem schnellen Lauf neben ihr stand, sagte der Mönch: „Damit seid ihr vor Gott angetraute Eheleute und was Gott zusammengefügt hat, das soll der Mensch nicht trennen!"

Sichtlich entgeistert blickte Claudia sie an, während Ælsbeth ihr von der anderen Seite freudig um den Hals fiel, wobei sie fast im Knien zu Boden gestürzt wäre.

Albrun legte ihnen noch die Hände auf den Kopf, um sie zu segnen, und die Trauung war im Angesicht Gottes vollzogen.

„Warum?", fragte Claudia und Maria sah sie abschätzend an, denn was sollte sie antworten?

Hatte Claudia nicht Markus mit ihrer Aussage in der Nacht zu dieser Entscheidung gedrängt?

„Wegen einer Nacht?", fragte Claudia weiter und es schien ihr, als hätte es Claudia besser gefallen, wenn Markus einfach verschwunden wäre und Maria weiterhin für irgendwelche Pläne von Claudia zur Verfügung gestanden hätte.

„Ich habe auf mein Herz gehört!", antwortete Maria und erhob sich.

Ælsbeth eilte zur Seite. „Norien! Wir machen eine große Feier!"

Ein paar Augenblicke später liefen die Mägde von allen Seiten herbei und begannen den Tisch zu decken. Es klapperte und schon landete ein großer Brocken Fleisch über dem Feuer.

Von der Seite sah Claudia sie abschätzend an, der Blick war kalt und ließ sie erstarren, bis Markus sich ihr zuwandte und sie küsste.

Der Kuss riss Maria aus der Starre heraus und wenig später kam Ælsbeth wieder zu ihnen gelaufen.

„Du musst sie dreimal um das Feuer tragen! Sonst ist eure Verbindung nicht gültig!", wies Ælsbeth den Mann an, doch Maria unterbrach sie sofort.

„Das ist eine Vermählung im Angesicht Gottes. Da gibt es so etwas nicht. Gott hat uns getraut und nun sind wir Mann und Frau!"

„Aha!", lenkte Ælsbeth ein, die von diesen christlichen Hochzeitstraditionen noch keine Ahnung hatte, denn zum Zeitpunkt ihrer Vermählung war Thoralf ja noch ein Heide gewesen.

Claudia wandte sich von ihr ab und ging zurück in ihre Ecke, aber an ihrem Gang und an den hängenden Schultern erkannte Maria deutlich, dass sie mit dieser Entwicklung unzufrieden war.

Was hatte sie mit ihrer Aussage in der Nacht erreichen wollen? Das Markus gesteht und der Mönch seinen Novizen daraufhin aus der Halle warf?

Mitten im Winter wäre es das Todesurteil für den geliebten Mann gewesen, doch offenbar hatte es Claudia genau darauf abgesehen.

Eine Art von Wut kroch in Maria hoch und nur die stürmische Umarmung von Markus konnte sie wieder besänftigen.

Kurz darauf zog der Mönch Markus mit sich zum Kreuz und Maria folgte den beiden Männern.

Nun weihte Albrun Markus zum Priester und Maria sah ihn dabei fragend an.

Galt nicht auch für Priester dieses Enthaltsamkeitsgebot? Hatte sie nun einen Mann und auch gleich wieder nicht mehr? Wusste Markus, worauf er sich einließ und wollte sie das auch? Sollte sie diese Zeremonie unterbrechen, bevor es zu spät war?

Zweifelnd und zögernd stand sie daneben und sah zu, wie Albrun ohne ihr Zutun gerade ihre Zukunft änderte. Sie würde Markus nie wieder nahe sein können und sie konnte ihn auch nicht mehr verlassen. Sollte auch sie darauf verzichten, mit dem Geliebten das Lager zu teilen?

Offensichtlich erkannte der Mönch, wie es in ihr brodelte, denn er stoppte sie mit einer Handbewegung, bevor sie auch nur einen Ton herausgebracht hatte.

Mit der Hand auf dem Kopf von Markus fragte er den vor ihm Knienden: „Bevor ich dir die Priesterweihe im Auftrag von Augustinus und im Angesicht Gottes erteile, muss ich dich fragen, ob du diesen Dienst auf dich nehmen und dein Leben lang erfüllen willst."

„Ja! Das möchte ich!", entgegnete Markus.

„Bist du bereit, den Dienst am Wort Gottes getreu der heiligen Schrift zu erfüllen. Die Sakramente in gläubiger Ehrfurcht zu feiern und dich jeden Tag enger an Christus zu binden?", fragte der Mönch weiter.

„Ja! So wahr mir Gott helfe!", erklärte Markus und Albrun weihte ihn zum Priester.

Als Markus sich erhob, erklärte Albrun: „Am Tage des Herrn sollt ihr enthaltsam leben, denn vollziehst du den Dienst an Gott oder eine Taufe, so sollst du rein und keuch wie ein Kind sein. An allen anderen Tagen dürft ihr miteinander das Lager teilen."

„So sei es! Amen!", sagten Maria und Markus wie aus einem Mund.

„Kommt ihr essen?", rief Ælsbeth vom Tisch aus und alle warteten schon dort auf sie.

Nur Claudia stand etwas abseits und schien nicht dazuzugehören.

An den Tisch getreten verkündete Albrun, dass Markus nun auch der Priester der Gemeinschaft sei, was die Frauen stürmisch begrüßten.

Und auch bei dieser Ankündigung stand Claudia wie abwesend daneben.

Ælsbeth zog Maria neben sich auf die Bank und auch Markus setzte sich. Das war für alle das Zeichen, Platz zu nehmen und während Claudia in ihre Ecke ging, begann das Festmahl.

„Das um das Feuer tragen war ja schon mal nichts, aber wie sieht es mit dem anderen aus?", fragte Ælsbeth leise von der Seite und Maria musste an die Vermählung von Ælsbeth und Thoralf denken.

Sie spürte, wie sie dabei rot im Gesicht wurde. Verlegen blickte sie zu Markus hinüber, wandte sich dann abermals Ælsbeth zu.

Fast flüsternd sagte sie: „Auch in unserer Tradition gibt es so etwas. Die Beschreitung des Ehebettes findet ebenfalls unter Zeugen statt." Dann fragte sie: „Möchtest du meine Zeugin sein?"

Diese Frage bestätigte Ælsbeth mit einer Umarmung und den Worten: „Natürlich gern!"

Bei dieser Feier wurde so mancher Becher geleert und schließlich kam der Moment, dass sie Ælsbeth zunickte.

Ihre Freundin sprang auf, Markus fragte Thoralf, ob dieser sein Zeuge sein wolle, was dieser ebenfalls bestätigte und schon liefen sie zu viert zu ihrem Lager hinüber, wobei sie Albrun aber schon nach drei Schritten stoppte.

Fragend blickte Maria den Mönch an, als dieser auf Markus' Lager zeigte und erklärte:

„Vor den Augen Gottes habe ich euch vermählt und vor den Augen Gottes soll diese Verbindung vollzogen werden!"

Ungläubig schaute sie den Mönch an. Hier? Neben dem Tisch? Vor aller Augen? Etwas in Maria sträubte sich gerade vor diesem Gedanken, doch Markus zog sie einfach an der Hand hinter sich her.

Bewegungslos stand Maria einfach nur da, während Ælsbeth sie von Gürtel, Kleid und Unterkleid befreite.

Markus zog sie auf das Lager hinab, legte sich über sie und Maria verkrampfte sich.

Sie schrie auf, als Markus in ihren Schoß eindrang. Dann spürte sie nur noch, wie Albrun eine Decke über sie zog und sie entspannte sich. Mit ihrem letzten Blick fing sie Claudias Gesicht ein.

Sie stand in einiger Entfernung an ihrem Lager und sah zu ihr herüber. Ihr Blick hätte Eisen durchschlagen können!

62. Kapitel

Mond der Saat

Der Frühling kam in diesem Jahr spät. Der Lenzmond neigte sich schon seinem Ende zu und in ein paar Tagen würde der Ostermond, oder auch Aprilis, wie Maria ihn nannte, beginnen. Auf den Wiesen rund um die Halle begann der Schnee zu tauen und bis zur Aussaat würde es noch ein oder zwei Wochen dauern.

Ælsbeth stand auf der obersten Stufe der Treppe und blickte in das Land hinaus. Mit beiden Händen beschützte sie ihren Bauch, dessen kleine Wölbung davon zeugte, dass sich Thoralfs Samen in ihr verfangen hatte.

Die morgendliche Übelkeit von Claudia und Maria ließ darauf schließen, dass auch die beiden ein Kind unter ihren Herzen trugen. Auch zwei der Mägde mussten sich regelmäßig am Morgen übergeben.

Die kleine Geschichte, die Markus im Winter erzählt hatte, die hatte wohl dafür gesorgt, dass im Herbst fünf Kinder in dieser Halle geboren werden würden.

Trotz der um ihre Schultern gelegten Decke wurde es Ælsbeth langsam kalt. Ein immer noch frischer Wind pfiff um die Halle. Mit beiden Händen zog Ælsbeth den Umhang enger und hielt ihn vorn zu. Eingehüllt ließ sie ihren Blick weiter über das Land gleiten.

Auf dem Vorplatz spaltete Thoralf Holzscheite und das Aufblitzen der Axt im Sonnenlicht brachte wieder die Erinnerung an jenen Moment zurück, als Thoralf mit dieser Waffe in ihrem Dorf gestanden hatte. Mehr als ein halbes Jahr lebte Ælsbeth nun hier und sie liebte diesen Mann, aber ihre Angst war trotzdem nicht vollständig aus ihrem Kopf gewichen.

Jedes Mal, wenn er den Sax in der Hand hatte, oder wie jetzt mit dem Beil arbeitete, war die Furcht wieder in ihr.

Eine undefinierbare Angst, denn sie hatte von ihm ja nichts zu befürchten.

Thoralf schlug die Axt in den Holzklotz und kam zu ihr herüber. Vor ihr stehend küsste er sie und ihre Furcht verflog.

Ihr Herz, das gerade noch vor Ängstlichkeit zusammen gekrampft gewesen war, machte jetzt vor Liebe einen frohen Hopser.

Thoralf schob seine Hand unter die Decke und streichelte zärtlich ihren Bauch.

Glück und Vertrauen durchströmten bei dieser liebevollen Berührung ihren Körper.

„Ich muss weitermachen", sagte er fast entschuldigend, als er sich dem Holz wieder zuwandte.

Maria trat hinter ihr aus dem Tor ins Freie.

„Hier steckst du!", sagte sie und schlang schon nach einem Augenblick ihre Arme fröstelnd um die Schultern. „Es ist kalt hier!", setzte sie hinzu. Das war wohl die Aufforderung für Ælsbeth, mit ihr in die warme Halle zurückzugehen.

Ælsbeth wandte sich der Halle zu, trat ein und hängte die Decke zurück.

„Was möchtest du?", fragte sie ihre Freundin.

„Bald ist Aussaat. Wir müssen das Saatgut kontrollieren!", antwortete Maria.

Ælsbeth dachte daran, dass es sich irgendwo draußen in der Scheune befand. In der Kälte! Am liebsten hätte sie sich davor gedrückt, wieder nach draußen zu gehen, aber es war nun einmal Teil ihrer Aufgaben. Eigentlich der von Claudia, aber die Herrin des Hauses saß abwesend am Feuer. Sie hatte sich immer mehr zurückgezogen und seit Marias Vermählung wechselte sie kaum noch ein Wort mit ihnen. Auch die Mägde kamen nun mit all ihren Anliegen zu Ælsbeth und praktisch war sie damit die Herrin dieser Halle, die sie vor ein paar Monaten als Sklavin betreten hatte.

Offensichlich sah Maria ihr Zögern, denn sie setzte hinzu: „Wenn der Boden aufgetaut ist, dann muss die Saat beginnen! Spätestens Anfang Aprilis soll die Gerste in den Boden!"

„Können wir noch ein paar Tage warten, bis es in der Scheune etwas wärmer geworden ist?", fragte Ælsbeth und dabei musste sie gleichzeitig daran denken, wie dieser Winter sie verändert hatte. Im Herbst hatte sie noch jede Nacht draußen in der Scheune geschlafen und sich morgens nackt am Brunnen gewaschen.

Und jetzt? Jetzt suchte sie schon Ausreden, wenn sie nur mal einen Fuß in die Scheune setzen sollte? Das musste aufhören!

„Na gut! Los geht es!", sagte sie entschlossen und griff sich die Decke, die sie gerade zurückgehängt hatte.

Maria nickte ihr zu, griff sich ebenfalls einen wärmenden Umhang und einen Augenblick später eilten sie gemeinsam durch den kalten Frühlingstag zur Scheune hinüber.

Hier kam Ælsbeth alles so vertraut vor, das Stroh lag immer noch hier und sogar die Katze begrüßte sie mit einem Schnurren, so, als wäre sie gerade eben erst gegangen.

Fünf Säcke mit Saatgut standen an der Wand, vom Rest der vorjährigen Ernte getrennt. Im Winter hatten sie immer wieder Brei von dieser Gerste gekocht und bis auf das Saatgut war fast nichts mehr übrig. Bis es wieder Wurzeln, Früchte, Beeren und Gräser geben würde, würden sie mit den verbliebenen vier Säcken auskommen müssen. Und die Ernte würde bestimmt noch vier Monate auf sich warten lassen. Damit blieb ihnen nur ein Sack pro Monat!

Wenig später knieten Ælsbeth und Maria mit einer Schale vor den Säcken und sortierten die Körner aus, die verdorben waren.

„Wir hätten im Winter nicht so viel Bier trinken sollen", sagte Ælsbeth mit dem Blick auf die verbliebenen Säcke.

„Dann gibt es ab sofort nur noch Kräuterbier!", entgegnete Maria.

Doch Ælsbeth lenkte ein: „Wenn du Markus nur dein dünnes Kräuterbier gibst, dann werden deine Nächte wohl kaum mehr so stürmisch sein!"

Maria wurde bei dieser Entgegnung rot bis zu den Ohren und Ælsbeth musste lachen. „Diese Saat muss erst mal in den Boden!", versuchte Maria abzulenken, doch Ælsbeth ging nicht darauf ein und antwortete:

„Seine Saat ist ja schon auf fruchtbaren Boden gefallen!"

„Die von Thoralf doch auch!", entgegnete Maria und es klang fast spöttisch.

„Wohl wahr!", antwortete Ælsbeth. Freundlich strich sie ihrer Freundin über die Wange.

„Lass uns schnell weitermachen. Hier ist es ziemlich kühl", trieb Maria sie zur Arbeit an.

Nach einer Weile fragte Maria: „Sind wir wirklich so laut, dass du uns in der Nacht hören kannst?"

„Nein! Ich weiß es nur von Norien. Die liegt ja neben euch!", entgegnete Ælsbeth, hob ihren Blick und musste über das Gesicht der Freundin lachen.

„Dieses alte Klatschmaul!", schimpfte Maria laut und stemmte dabei die Arme in die Hüften.

„Was macht ihr denn hier für einen Lärm?", fragte Thoralf von der offenen Tür aus.

„Ach nichts. Wir diskutieren nur die Aussaat!", entgegnete Ælsbeth und sah, dass Maria erneut rot bis zu den Ohren wurde.

Thoralf ging zurück zu seiner Axt und sie arbeiteten schnell weiter.

Ælsbeth begann ein altes sächsisches Lied, in welches Thoralf von draußen einstimmte.

Nach ein paar Erklärungen nahm auch Maria die Melodie auf und die Arbeit ging nun viel flinker von der Hand.

63. Kapitel
Zeitenwende?

Garmond ließ von Claudia ab, glitt aus ihrem Schoß und fiel schnaufend neben sie auf das Lager. Während ihr Mann zu schnarchen begann, dachte Claudia daran, was alles in der letzten Zeit geschehen war. Mit einem Blick in Garmonds schlafendes Gesicht kamen abermals die alten Zweifel in ihr hoch. Zwar war sie nun endlich schwanger geworden und hätte sich damit Garmond nicht mehr hingeben müssen, aber seine Berührungen taten ihr einfach gut. Sie waren etwas Altes, Beständiges, Vertrautes, das sie genoss.

Allerdings nicht mehr so oft, wie zu Beginn des Winters. So schön, wie gerade eben, dass sie beide sich fallen lassen und das gemeinsame Beisammensein genießen konnten, war es nur noch aller paar Tage.

Auch Thoralf, der Ælsbeth nebenan immer noch jede Nacht mehrmals zum Stöhnen brachte, hatte keinen Einfluss mehr auf seinen Vater.

Gedankenverloren strich Claudia sich über den Bauch, denn diese kleine Wölbung, noch kaum spürbar, war ihr sehnlichster Wunsch gewesen.

Ein Kind von Garmond, das irgendwann mal diesen Stamm führen würde. Zumindest dann, wenn es ein Sohn war und Thoralf irgendetwas zustieß. Das wünschte sie dem jungen Mann zwar nicht, aber die Zeiten waren hart und gefährlich.

In der einsetzenden Dunkelheit richtete sie ihre Augen nach oben, wo die Dachkonstruktion im allerletzten Licht des Feuers nur schemenhaft zu sehen war. Nebenan, nur etwas mehr wie eine Armlänge von ihr entfernt, keuchte Ælsbeth auf ihrem Lager.

Vielleicht hatte Claudia ihr Unrecht getan, denn seit ihrer Taufe verhielt sich die junge Frau vorbildlich. So hätte man einen wahren Christenmenschen beschreiben können, wenn man in der Bibel eine Schilderung hätte suchen wollen.

Auch ihren Zorn über die Vermählung Marias hatte Claudia nun heruntergeschluckt, daran konnte sie ja auch nichts mehr ändern. Geschmerzt hatte es auf jeden Fall. Maria hätte wirklich besseres verdient als einen Bücherwurm, der niemals wirkliche Macht bekäme, einen Geistlichen, der nur durch Albruns Trick Priester sein durfte. Mit etwas Geduld wäre sie vielleicht doch Thoralfs Gefährtin geworden.

Claudia wusste nicht, wie sie das jemals ihrer Tante erklären sollte, falls diese irgendwann einmal den Weg hierher fand. Zu lange hatte sie damals auf Katharina eingeredet, als das es nun so enden sollte.

Allerdings waren Maria und Markus unter Gottes Angesicht getraut. Bis an sein Lebensende, doch er war ja ziemlich schwächlich.

Hätte Albrun ihn aus dem Gebäude geworfen, wie es ihm eigentlich zugestanden hätte, dann müsste Claudia nun nicht eine Lösung für das Problem finden.

Ælsbeth wurde immer lauter und fast hätte sich Claudia die Ohren zugehalten.

Im Moment erinnerte sie Ælsbeths lustvolles Keuchen nur an das, was sie nicht mehr haben konnte, denn Garmond schnarchte und ihn zu wecken würde ihr auch nicht mehr helfen. Claudia versuchte sich an das schöne Gefühl zu erinnern und schlief mit dieser Wärme in ihrem Schoß endlich ein.

Als sie wieder erwachte, blickte sie in Garmonds Augen, doch etwas stimmte nicht. „Garmond?", fragte sie, aber er gab keine Antwort, obwohl er sie doch ansah. Sie berührte ihn sanft an der Schulter, aber es erfolgte keine Reaktion von ihm.

„Garmond! Nein!", schrie sie auf.

Sofort stand Thoralf neben ihr und zog sie aus dem Bett.

Während Ælsbeth sie in den Arm nahm, beugte sich Thoralf über seinen Vater.

„Er ist aufgebrochen, um seine Götter zu besuchen!", erklärte Thoralf schließlich.

Claudias Beine gaben nach und es wurde schwarz um sie herum. Als sie wieder erwachte, lag sie auf Thoralfs Strohsack und hatte ihre eigene Liegestätte im Blick.

Maria, Ælsbeth und Norien hatten Garmonds Leiche auf dem Bett ausgestreckt und gewaschen. Nun zogen sie ihm seine besten Kleider an.

Schwankend kam Claudia von dem Strohsack hoch und hielt sich an einem Pfosten der Begrenzung fest. Wie unbeteiligt sah sie auf das Geschehen herab.

Garmond war tot!

Es dauerte eine ganze Weile, bis sich diese Tatsache zu ihrem Kopf durchgearbeitet hatte und die Tränen zu laufen begannen.

Immer mehr Männer kamen von draußen in die Halle, bis fast alle Krieger des Stammes versammelt waren. Nur noch sehr wenige hingen dem alten Glauben an, die meisten waren schon getaufte Christen, aber dennoch bezeugten sie ihrem Stammesführer die Ehre, die ihm zustand.

Nach einer Weile schob sich Thoralf nach vorn zu Garmond und sagte laut: „Er wollte eine Bestattung, so wie es seit alters her bei uns Sachsen Sitte war und die soll er auch bekommen!"

Zustimmendes Gemurmel war zu hören und dagegen konnten auch Markus und Albrun nichts ausrichten.

Die Krieger des Stammes verließen die Halle und unter Ælsbeths Führung übernahmen es nun die Mägde, Garmonds Leiche in ein großes weißes Tuch einzuschlagen.

All das wäre eigentlich Claudias Aufgabe gewesen, doch sie war unfähig, die haltgebende Stange loszulassen. Sicherlich hätte sie auch nicht so gut die alten Traditionen gekannt, wie es Ælsbeth offensichtlich tat.

Sie war im Moment diejenige, die die Frauen des Stammes anführte. Ohne nachzudenken, saß bei der jungen Frau jeder Handgriff.

Die Mägde stimmten jetzt einen alten Gesang an, der immer lauter wurde und schon bald donnernd von den Wänden der Halle zurückgeworfen wurde. Er handelte von Garmonds Heldentaten und die letzte war der Überfall auf Ælsbeths Dorf gewesen, doch ohne eine Gesichtsregung sang Ælsbeth auch darüber.

Als der Gesang endete, kam Thoralf mit ein paar Männern in die Halle, um seinen Vater nach draußen zu tragen.

Schwankend wollte sich Claudia ihnen anschließen und wurde sofort von Ælsbeth untergehakt.

Aller Zwist der letzten Monate schien nun vergessen. Es war sicher die Ehrerbietung der jungen Frau vor dem verstorbenen Stammesführer und Claudia schämte sich gerade dafür, was sie ihr alles angetan hatte.

Nach vielen schweren Schritten hatten sie die Halle durchquert und standen auf der obersten Stufe der Treppe.

Vor Wodans Altar hatten die Männer einen Stapel Holz aufgeschichtet, auf dem sie nun die Leiche des alten Stammesführers ablegten.

Der Platz davor war voller Menschen, alle wollten Garmond ihre Ehre entbieten.

Ælsbeth führte Claudia die Treppe hinab und unten nahmen Maria und die junge Frau sie in die Mitte.

Auf die beiden gestützt stand sie vor dem Holzhaufen.

Erneut begann der donnernde Gesang der Mägde und Frauen.

64. Kapitel
Von Entsetzen erfüllt!

hne Zeit zum Nachdenken hatte Ælsbeth einfach gehandelt. So, wie es ihr ihre Mutter einst beigebracht hatte und wie sie es als Kind ein paar Mal im Stamm hatte erleben müssen. Nun stand Ælsbeth vor dem Holzstapel, auf dem Garmonds Leichnam lag.

Das Lied, mit dem sie die Walküren riefen, verklang gerade und der Moment des Schweigens trat ein.

Jeder neigte sein Haupt vor den Mannestaten des Stammesführers.

Auch Ælsbeth dachte an die Taten des alten Mannes. Im vorangegangenen Lied war auch der Überfall auf ihr Dorf besungen worden, doch es wäre unhöflich von ihr gewesen, sich dem Gesang, und damit ihrer Ehrbezeugung, zu verweigern.

Erst jetzt kam der Augenblick, in dem die Erinnerung und die Furcht wieder durch ihren Körper sausten.

Zitternd hielt sie Claudia fest, obwohl sie sich im Moment wohl gegenseitig stützten.

Aus dem Augenwinkel sah sie, dass sowohl Maria als auch Claudia weinten.

Sicherlich kannten die beiden Frauen ihre Bräuche nicht so gut wie der Rest des Stammes, denn eigentlich waren Tränen verboten.

Der Übergang zur Halle der Helden sollte jubelnd geschehen.

Da Garmond nicht im Kampf gestorben war, sollten ihn die Walküren dennoch finden und um dies zu bewirken, hatten sie die Heldengesänge angestimmt, damit seine alten Weggefährten in der Halle wusste, dass Garmond zu ihnen unterwegs war.

Thoralf trat nach vorn und Ælsbeth sah, dass sich auch Albrun und Markus unter die Männer des Stammes gemischt hatten.

Das hätten sie nicht tun müssen, denn sie waren ja keine Angehörigen des Stammes und auch keine Anhänger des alten Glaubens, trotzdem schien es den beiden Männern ein Bedürfnis zu sein, dem alten Mann ihr Geleit auf seinem letzten Weg zu geben.

Mit der Fackel in der Hand, stand Thoralf vor allen Männern, wobei er die alten Formeln in den Himmel rief.

In diesem Augenblick sausten all die guten Erinnerungen an Garmond durch Ælsbeths Kopf.

Ohne sein Zugeständnis wäre sie niemals Thoralfs Gefährtin geworden und stünde jetzt immer noch unter der Peitsche von Claudia, auch wenn sie jetzt eine freie Frau war. „Gute Reise, Garmond", flüsterte sie.

Langsam trat Thoralf an den Holzstapel und legte die Fackel daran.

Die Flammen züngelten nach oben und rhythmisch schlugen die Krieger mit ihren Speeren gegen die Schilde.

Immer größer wurde das Feuer und als die Flammen den Leichnam von Garmond erreichten, stürzte sich Norien mit einem Schrei nach vorn und warf sich über den Holzstapel.

Ælsbeth war starr vor Schreck und auch niemand sonst konnte eine Hand rühren.

Als die Flammen das Kleid und die Haare von Norien erfassten, riss sie ihren Dolch aus dem Gürtel und stieß sich die Waffe in die Brust. Sterbend lag sie über Garmonds Leichnam, eingehüllt von den nun immer höher schlagenden Flammen.

„Warum?", presste Ælsbeth heraus. Neben ihr hatte Maria die Hand vor den Mund geschlagen und war ebenfalls fassungslos.

Das Ende der gemeinsamen Freundin war viel zu plötzlich gekommen.

Unbeweglich war Ælsbeths Blick auf das Feuer gerichtet. Es war so nah, dass sie die Hitze im Gesicht spüren konnte.

Die Männer wichen langsam zurück und schließlich standen die drei Frauen vorn.

Ælsbeth konnte sich nicht bewegen und daher zog Thoralf an ihrem Arm.

Da sie alle ineinander eingehakt waren, führte er damit drei Frauen hinter sich her.

Die ganze Zeit blieb Ælsbeths Blick weiter auf das Feuer gerichtet. Immer wieder stellte sie sich stumm die Frage: „Warum hatte Norien dies getan. Sie war doch eine getaufte Christin gewesen!"

Irgendwann war Ælsbeth die letzte, die noch auf diesem Platz stand.

Krachend stürzte der Holzstapel direkt vor ihr in sich zusammen und löste einen Funkenregen aus. Wie eine Säule aus Sternen schossen die Funken nach oben in den Himmel und Ælsbeth sah ihnen nach.

„Gute Reise, Norien!", flüsterte sie.

Als nur noch rauchende Reste von dem Feuer kündeten, trat Maria an ihre Seite und nun konnte sie ihrer Freundin die Frage stellen:

„Warum?"

„Sie hat ihn geliebt!", antwortete Maria. Daraufhin begann sie von Norien und Garmond zu erzählen und nun verstand Ælsbeth.

Norien war ihrem Geliebten in den Tod gefolgt, um für immer bei ihm zu sein und um ihm drüben zu dienen.

In alten Sagen hatte Ælsbeth gehört, dass früher auch Jungfrauen dem Toten mitgegeben wurden, um ihm in der Halle zu Diensten zu sein.

Selbstverständlich hatte auch Norien diese alte Legende noch gekannt.

In ihrem alten Stamm wurden die Toten bestattet, hier wurden sie verbrannt und während Maria sie in die Halle führte, flogen Ælsbeths Gedanken zurück zur Beerdigung ihres Großvaters.

Damals, noch auf der anderen Seite des Meeres, hatten sie den Großvater in einer Holzkiste, die rechte Hand an seinem Sax, mit all seinen Waffen und vielen Grabbeigaben beerdigt.

Jetzt musste sie daran denken, wie eine junge Frau an seiner Seite mit in das Grab gelegt worden war. Das war wohl so ähnlich, wie es Norien hier getan hatte, nur das die junge Frau dem Großvater damals nicht wirklich freiwillig gefolgt war.

Zu dieser Zeit war Ælsbeth noch viel zu jung gewesen, um danach zu fragen und vermutlich hätte man ihr auch nicht alles erzählt, aber die Schreie der jungen Frau hatte sie noch lange in den Ohren gehabt.

In ihren Gedanken versunken hatte sie die oberste Stufe der Treppe erreicht, nun betrat Ælsbeth die Halle und die Mägde knieten sich vor sie hin.

Es dauerte einen Moment, bis Ælsbeth realisierte, dass sie durch Garmonds Tod nun die Herrin war, denn Thoralf war damit automatisch der neue Stammesführer und die Geste der Mägde war eine Art von Treueschwur für sie.

Als Maria ihren Arm losließ, um sich dazu zu knien, suchten Ælsbeths Augen Claudia.

Sie saß am Feuer und hatte ihr demonstrativ den Rücken zugekehrt.

Tat sie dies absichtlich? Oder wusste sie nicht um die Sitten, die Ælsbeth ja auch gerade erst wieder eingefallen waren?

Zweifelnd schritt sie die Gruppe der Frauen ab und ging anschließend zum Feuer hinüber. Aus dem Augenwinkel konnte sie sehen, wie die Mägde sie beobachteten. Jeder ihrer Schritte wurde nun verfolgt. Sagte sie jetzt nur ein falsches Wort, dann hatte sie verloren.

Nach fünf weiteren Schritten stand sie vor Claudia.

Einerseits hatte Ælsbeth Mitleid mit der Frau, die gerade ihren Gefährten verloren hatte, doch andererseits musste sie ihren Status als Herrin dieser Halle verteidigen.

Einen schier unendlich langen Moment wartete sie und blickte dabei Claudia an.

Die ältere Frau sah zu ihr herauf und hielt ihrem Blick stand.

Ein stummes Kräftemessen begann, das Ælsbeth im Begriff war, zu verlieren.

„Auf die Knie!", zischte Ælsbeth und einen Augenblick zögerte Claudia, bevor sie dem nachkam.

„Kannst du dich noch erinnern?", fragte Ælsbeth. Sie legte ihren Finger an die Kehle der Frau und machte jene unmissverständliche Geste, mit der einst Claudia ihr in jener Winternacht gedroht hatte.

Furcht trat in Claudias Augen.

Sie musste schlucken und löste mit fahrigen Fingern die Schlüssel von ihrem Gürtel.

Mit der Übergabe war nun alles geklärt.

Wirklich alles?

65. Kapitel
Neue Zeiten

Der Vortag hatte ein paar kleine, aber feine Änderungen in der Halle mit sich gebracht. Nicht so sehr für Marias Aufgaben, jedoch für ihren Schlafplatz. Gerade eben erst hatte sie ihre Augen aufgeschlagen. Sie lag auf ihrem Strohsack und brauchte einen Moment, um sich wieder an alles zu erinnern und im Raum zu orientieren.

Neben ihr lag Markus auf dem Rücken und schnarchte noch.

Auf der anderen Seite fühlte sie den erhabenen Sockel der Lagerstätte, die bis zum Vortag noch Garmond und Claudia gehört hatte.

Nun lagen dort, nur eine Armlänge entfernt, Thoralf und Ælsbeth.

Im schwachen Lichtschein sah Maria, wie Ælsbeth den Vorhang zur Seite schob, die Füße leise auf den Boden setzte und sich das Unterkleid über den nackten Leib streifte.

Ihre Freundin hob sich gegen den blassen Schein des Feuers gut ab.

Mit ihren Blicken folgte Maria ihr auf ihrem Weg zum Eimer.

Ælsbeth musste zuerst am Lager von Albrun vorbei, der nun alleine vor dem Altar schlief, danach führte sie ihr Weg an Norien Bettstatt vorbei.

Auf diesen Platz, am Rande der Schlaffläche der Mägde, war Claudia ausgewichen. Dort ruhte nun die ehemalige Herrin. Sie hatte sich am Abend zähneknirschend in ihr Schicksal gefügt, denn ohne ihren Gefährten war ihr Platz nun bei den Frauen.

Jetzt loderte das Feuer auf und ein heller Schein traf Marias Gesicht. Offensichtlich hatte Ælsbeth auf ihrem Weg die Flammen geschürt und Holz nachgelegt.

Nach einer Weile kam ihre Freundin in ihrem leuchtend weißen Unterkleid zurück. Am Lager angekommen streifte sie die Kleidung ab und schlüpfte durch den Vorhang zu ihrem Gefährten.

Einen Augenblick später war deutlich zu hören, dass sie Thoralf damit geweckt hatte und die beiden den Morgen zu einer neuen Bezeugung ihrer Liebe nutzten.

Maria setzte sich leise auf, obwohl die beiden Liebenden wohl jedes Geräusch sicherlich übertönt hätten. Sie warf einen sehnsüchtigen Blick auf den noch schlafenden Markus. Aber als Anführerin der Mägde hatte sie ihre Aufgaben, darum schluckte sie das aufkommende Verlangen herunter.

Sie schlüpfte in ihre Schuhe, zog sich die karierte Decke um die Schultern und lief denselben Weg, den Ælsbeth nur ein paar Augenblicke zuvor gegangen war.

Am Altar verrichtete sie ein kurzes Gebet zum Tagesanfang, griff sich die beiden Eimer neben dem Feuer und ging leise zum Tor. Als sie ihre Füße auf die oberste Stufe der Treppe gesetzt hatte, sah sie den ersten Streifen des neuen Morgens, der in Rot am Horizont leuchtete.

Auf ihrem Weg zum Brunnen würde sie an der Stelle vorbeimüssen, an der Norien sich geopfert hatte. Ihre Augen suchten den geschwärzten Platz.

Am Abend hatte Ælsbeth von den alten sächsischen Beerdigungsritualen erzählt und Maria hatte jetzt noch eine Gänsehaut, wenn sie nur an Ælsbeths Beschreibung dachte. Wie groß musste damals das Leid und der Schmerz der unfreien Sklavin gewesen sein, die eher unfreiwillig ihrem Herrn in den Tod gefolgt war?

Mit stockenden Schritten passierte Maria den Haufen verkohlter Holzreste, füllte die beiden Eimer und eilte sofort zurück, denn das Waschwasser musste noch erwärmt werden. Als sie die Treppe wieder hinauflief, kam ihr Ælsbeth aus der Halle entgegen, nickte ihr zu und ging zur Wasserstelle.

Am Tor sah sich Maria noch einmal nach Ælsbeth um und erkannte, dass sich Ælsbeth nackt am Brunnen wusch. Bei dem Gedanken daran schüttelte es Maria selbst in der warmen Halle, denn ihr war es draußen einfach viel zu frisch.

So leise wie nur möglich goss sie das Wasser aus den Eimern in den Kessel, der schon über dem Feuer hing. Sie schob noch ein paar Holzstücke darunter, dann überlegte sie, in welcher Reihenfolge sie die Bewohner wecken sollte. Norien war ja nicht mehr da und beim Blick auf die Lagerstätte der toten Freundin liefen Maria ein paar Tränen über die Wange.

Zuerst Albrun!

Ein letzter prüfender Blick ins Feuer und ein paar Schritte später kniete sie vor dem Mönch. Seit sie ihm nichts mehr von dem Schlaftrunk gab, schlief er sehr leicht und erwachte sofort durch ihre sanfte Berührung an seiner Schulter.

Die folgende Runde führte sie zu den Mägden und auch zu Claudia. Maria sah ihre verheulten Augen und kniete einen Moment länger an ihrem Nachtlager, bevor sie zur anderen Seite eilte. Auf dem Weg goss sie das nun warme Wasser in die Waschschüsseln. Hatte sich so viel für sie geändert? Eigentlich nicht.

Thoralf kam ihr entgegen und ging mit nacktem Oberkörper nach draußen, wo sich auch schon Ælsbeth wusch. In wenigen Augenblicken würden sich die Männer ihm anschließen.

Ælsbeth wäre dann bestimmt schon wieder in der Halle.

Sicherlich war sie absichtlich so früh nach draußen gegangen, um sich den Männern nicht nackt zu zeigen. Es war zwar nicht verboten, aber sie war ja nun die Herrin!

Während die Knechte schlaftrunken und schlurfend die Halle verließen, weckte Maria Markus mit einem Kuss. Gemeinsam gingen sie zu den Waschschüsseln und auf dem Weg dorthin stoppte sie der Aufruf Thoralfs:

„Morgen beginnt die Saat!"

Maria wandte ihren Blick Thoralf zu.

Der Stammesführer stand nackt in der Türöffnung, neben ihm betrat Ælsbeth die Halle.

Sie hatte sich ihr Unterkleid schon übergestreift und eilte auf Maria und Markus zu. Direkt vor Maria stoppte sie und blickte zur Seite, wo Albrun sich gerade den Habit übergezogen hatte.

Mit einer Handbewegung bat sie den Mönch zu sich. „Ich weiß, wie wir früher alles für die Aussaat vorbereitet haben, aber das scheint mir nun nicht mehr in Ordnung. Ich kann doch nicht die alten Götter anrufen, damit sie die Ernte sichern. Sollten wir dazu nicht auch Jahwe bitten?", fragte sie.

Sich das Unterhemd überstreifend trat Thoralf zu ihnen.

Fragend blickte Maria Thoralf an. Hätte nicht eigentlich er fragen müssen? Schließlich war er doch der Anführer!

Doch er legte seine Hand eher gütig auf Ælsbeths Schulter und sah nun ebenfalls den Mönch an.

Bis zum Vortag war das Amt des Priesters und des Anführers zugleich in der Hand von Garmond gewesen. Er hatte noch nach alter Sitte geführt.

Nun hatte sich etwas Gravierendes geändert und Maria hatte es fast nicht bemerkt.

Diese Ämter lagen ab jetzt in den Händen von Markus und Thoralf!

Am Vortag wäre es die Aufgabe der Herrin gewesen, die alten Fruchtbarkeitsriten auf dem Feld durchzuführen, allerdings würde dies Gott vielleicht erzürnen und die Ernte verderben, bevor sie überhaupt im Boden war. Schließlich waren sie ja nun alle getaufte Christen.

66. Kapitel
Getrennte Wege

In den letzten Wochen hatte Markus alles von Albrun gelernt, was er nun brauchen würde. Schon seit der Schnee zu tauen begonnen hatte, zog es den Mönch nach draußen, doch bisher hatte Markus den alten Mann mit Erfolg, an seiner Seite gehalten.

Nun standen sie bei Thoralf und überlegten, wie die Aussaat vorbereitet werden konnte.

Ælsbeth hatte ganz recht gehabt und bis zum Tage zuvor hätten sie daran nicht einen Gedanken verschwendet.

Garmond hätte einfach Claudia oder eine der Mägde, nackt und mit einem Blumenkranz geschmückt, um das Feld tanzen lassen und die alte Fruchtbarkeitsgöttin Fullo hätte danach den Rest besorgt. Nun war Thoralf der Anführer und sowohl er, als auch Ælsbeth, hatten mit den alten Bräuchen gebrochen.

Vor ein paar Wochen hatten sie bereits das Fest der Auferstehung Christi gefeiert, aber da war das Feld noch von einer dicken Schneeschicht bedeckt gewesen.

„Wir sollten das Feld Gott weihen", sagte Albrun.

„Und was ist mit den Ochsen? Dem Saatgut? Dem Pflug?", fiel ihm Ælsbeth sofort ins Wort.

„Es wird für uns viel Arbeit!", entgegnete Albrun. „Dann lasst uns beginnen!", erklärte Thoralf.

„Wenn du möchtest, dann tanze ich nackt über das Feld!", erklärte Ælsbeth. Dabei sah sie den Mönch fragend an.

„Nein! Das musst du nicht! Markus und ich, wir weihen das Wasser. Ihr schmückt den Pflug und die Ochsen!", legte der Mönch schmunzelnd fest.

Als alle aufbrachen, fragte Albrun ihn: „Hast du in der Nacht das Lager mit deiner Frau geteilt?"

Er schüttelte den Kopf. „Wir haben nur geschlafen. Nebeneinander", erklärte er.

„Gut so! Also bist du enthaltsam gewesen. Dann kann die Zeremonie beginnen!"

Nachdem Markus sich gewaschen und angezogen hatte, brachte Maria einen Eimer mit Wasser vom Brunnen, den Albrun nun vor dem Altar weihte.

Dabei erklärte er noch einmal jeden Handgriff.

Die allgemeine Geschäftigkeit in der Halle störte sie dabei nicht. In ihr Ritual vertieft waren sie eins mit Gott.

Feierlich trugen sie danach das Gefäß nach draußen und besprengten zuerst die Pferde, die Ochsen und den Pflug mit dem Wasser.

Anschließend führte sie ihr Weg auf das Feld, wobei ihnen alle Angehörigen des Stammes folgten und somit eine lange Kette von Menschen bildeten, die in ihren schönsten Kleidern hinter ihnen herzogen. Angeführt von Thoralf und Ælsbeth, gefolgt von Maria und Claudia.

Mit einem knospenden Zweig versprengte Albrun das geweihte Wasser aus dem Behältnis, das Markus trug.

Mit dem Lauf der Sonne führte sie diese Art von Prozession einmal rund um die gesamte Siedlung. Die Felder waren zum Teil sehr klein, aber jeder Flecken Erde wollte bedacht sein. Zum Schluss wurden auch noch alle Tiere gesegnet.

Vor der Halle stehend lud Thoralf den ganzen Stamm zum Abend in die Halle ein.

Unter Ælsbeths Leitung eilten die Mägde sofort in die Halle und an den schon dabei entstehenden Geräuschen war selbst außerhalb des Hauses zu hören, dass sich die Frauen ziemlich beeilen mussten.

Albrun wandte sich nun Markus zu. „Im nächsten Jahr musst du dies alles alleine können!", erklärte er noch einmal.

Markus verbeugte sich von dem Mönch und sagte: „Ich danke dir für all das, was du mich gelehrt hast!"

Er konnte in den Augen des alten Mannes sehen, dass er am nächsten Tag aufbrechen würde, auch wenn er es ihm gegenüber nicht gesagt hatte.

Also würde der Abschied von seinem Lehrer mit einem Fest begangen werden. Vielleicht so ähnlich wie jenes, mit dem sie hier begrüßt worden waren. Nur eben mit viel mehr Menschen. Im Stamm waren es wohl nur noch etwa zwanzig alte Männer und Frauen, die noch nicht dem Christentum angehörten und das würde dann wohl auch so bleiben, denn auch Garmond hatte bis zu seinem Tod ebenfalls nicht mehr den Glauben an den einen Gott gefunden.

Hand in Hand mit Albrun stieg Markus die Treppe hinauf. Der Mönch würde nun seine Mission fortsetzen und einem anderen Stamm die Lehre Christi näherbringen.

Markus wurde es schwer ums Herz und der bald folgende Abschied von seinem Lehrer schnürte ihm schon jetzt die Kehle zu, doch dieser Abschied war die Bedingung dafür, dass er bei Maria bleiben konnte.

Als sie beide das Tor durchschritten hatten, wirbelte seine Frau freudestrahlend mit einem weißen Tuch an ihm vorbei. Maria liebte es, große Feste vorzubereiten und der Kuss, den sie ihm im Vorbeigehen gab, der ließ sein Herz wieder springen.

Mit dem Einbruch der Dämmerung begann die Feier. Zuerst mit einem Gottesdienst, den Markus selbst leitete. Albrun stand dabei in der Ecke und nickte ihm ermunternd zu.

Danach hob Thoralf seinen Becher und rief: „Wir bitten Gott, dass es eine gute Ernte wird. Nun lasst uns feiern, denn ab morgen haben wir viel zu tun!"

„Amen!", antwortete ihm die Gemeinde fast einstimmig.

Essen und Trinken kam auf den Tisch und es wurde eine lange Feier.

Es war sicherlich schon mitten in der Nacht, als Markus mit seiner Frau zum Lager ging und als Maria ihn am nächsten Morgen weckte, da war Albrun heimlich gegangen.

Ohne sich zu verabschieden war er aufgebrochen, um einen neuen Stamm zu finden.

67. Kapitel
Den Samen in die Furche

Mit einem Tuch vor dem Bauch lief Ælsbeth hinter dem Pflug her. Das tat sie schon ein paar Tage und es war die normale Arbeit bei den Sachsen im Frühjahr, denn das Saatgut musste unter die Erde!

Vor ihr drückte Thoralf das Ackergerät in den Boden und er führte das hölzerne Gerät mit solch einer Kraft, dass sie bewundernd auf seine breiten Schultern sah.

Die beiden Pferde zogen den Pflug, dessen Schar die Spur des anderen Pfluges wieder schloss, hinter dem Maria ebenfalls Gerste gelegt hatte.

Sie hatten das Glück, dass sie mit den vier Pferden pflügen konnten. Viele andere benutzten dazu die wesentlich schwerfälligeren Ochsen. Damit kamen die Menschen dort natürlich nur langsam voran.

Die monotone Bewegung von Sonnenaufgang bis zum Sonnenuntergang war nicht wirklich schwer und damit ließ sie viel Zeit zum Denken, zum Nachdenken über den vergangenen Winter. Mittlerweile hatte Claudia akzeptiert, dass Ælsbeth nun die Herrin war, das war ein großer Schritt für Ælsbeth gewesen.

Immer wieder musste sie daran denken, was ihr einst Mutter beigebracht hatte. Zum Glück hatte sie viel von dem gelernt, was sie nun brauchte, weil sie von klein auf darauf vorbereitet worden war, irgendwann mal einen Stamm zu führen. Zumindest die Frauen eines Stammes!

Hand für Hand verschwand die Gerste im Boden zu ihren Füßen und mit Gottes Hilfe würde es eine gute Ernte werden. Von links eilte eine der Mägde mit neuem Saatgut auf sie zu. Das Tuch wurde gewechselt und Ælsbeth folgte erneut dem Pflug.

Zwar hätte sie diese Tätigkeit auch einer der Mägde übertragen können, doch das fühlte sich für sie falsch an.

Von Maria hatte sie erfahren, dass es Claudia in den letzten Jahren so gehalten hatte. Norien hatte gesät und Claudia nur vom Feldrand aus zugesehen.

Jeden Morgen, wenn Ælsbeth den Pferden vom Hof folgte, musste sie an der Stelle vorbei, an der Norien gestorben war und immer noch schmerzte sie dieser Verlust. Hätte Maria ihr die Geschichte von Norien und Garmond doch nur eher erzählt, dann hätte sie vielleicht die richtigen Schlüsse gezogen und die Freundin nicht in den Tod gehen lassen. Aber hätte das geholfen? Sicherlich hätte Norien einen anderen Weg gefunden, ihrem Geliebten zu folgen.

Mit einem Blick auf Thoralf sagte sie sich, das auch sie so handeln würde, denn ihr ganzes Herz hing an diesem Mann.

Und jetzt auch an dem neuen Leben, das langsam in ihr heranwuchs. Bei jedem Mal, wenn sie in das Tuch griff, streifte sie ihren Bauch. Noch war die Wölbung gerade einmal zu spüren, aber das würde im Laufe des Sommers schon noch werden.

Allerdings musste Ælsbeth dabei ebenfalls an Norien denken. Sie hatte ihr Kind in einer furchtbaren Nacht verloren und danach hatte Garmond sie auch noch verstoßen. Dennoch war sie als Magd in der Halle geblieben. Ständig in der Nähe des Geliebten, ohne ihn erreichen zu können. Wie sehr musste Norien gelitten haben, wenn Claudia das Lager so lautstark mit ihrem Mann geteilt hatte?

Und von all dem hatte Claudia keine Ahnung gehabt!

Ælsbeth nahm sich vor, ihren Mägden zuzuhören und nicht die unnahbare Herrin zu sein, als die sie Claudia den ganzen Winter über wahrgenommen hatte.

Der andere Pflug kam ihnen entgegen und sie begrüßte Maria mit einem Nicken, dann war ihre Freundin an ihr vorbei.

Ælsbeth schätzte sich mehr als glücklich damit, dass sie Maria hatte.

Am Ende des Feldes spannte Thoralf die beiden Pferde aus, damit sie im Bach ihren Durst stillen konnten.

Eine der Mägde kam gelaufen und brachte einen Krug Kräuterbier für Thoralf und Ælsbeth.

Mit dem vollen Becher in der Hand wartete Ælsbeth auf ihren Gefährten, der sich gerade den Schweiß von der Stirn wischte und sie anlächelte.

Obwohl die Frühlingsluft sich noch nicht erwärmt hatte, war er ins Schwitzen gekommen. Die Pflugschar in den harten Boden zu drücken war eine viel schwerere Arbeit, als einfach nur die Körner in die aufgerissene Scholle fallen zu lassen.

Thoralf nahm ihr den Becher ab und trank ausgiebig. Dann streichelte er ihren Bauch. „Diesmal legst du den Samen in die Furche", sagte er schmunzelnd.

„Blöder Kerl", stieß Ælsbeth aus und küsste ihn.

Lachend zog Thoralf seinen Kopf von ihr fort, nahm ihr Gesicht in beide Hände und sagte leise: „Ich liebe dich, meine Gefährtin!"

„Ich liebe dich, mein Gefährte!", entgegnete Ælsbeth und nun küsste er sie stürmisch.

„Ihr macht ja schon Pause!", hörte Ælsbeth hinter sich die schnaufende Maria.

Der zweite Pflug war gerade angekommen und die Pferde wurden nun ebenfalls zur Seite gezogen.

Die Tiere brauchten die Ruhe, die Menschen hätte sicher noch etwas weiterarbeiten können, doch Ælsbeth hielt ihrer Freundin den frisch gefüllten Becher hin.

Dankbar nickend nahm Maria ihr das Gefäß ab.

Für ein paar Augenblicke setzten sie sich in den Schatten eines Baumes.

Noch war daran kein Laub, die ersten Knospen waren aber schon zu sehen und einige davon platzen gerade auf.

Der Frühling ließ sich nicht mehr aufhalten.

Die Hände vor dem Bauch, beide Beine weit von sich gestreckt, sah Ælsbeth zu ihrem Gefährten auf.

Seit diese schwere Arbeit anstand, hatte er nicht mehr das Lager mit ihr geteilt. Abends war er immer so müde, dass er fast sofort einschlief, wenn er sich auf das Strohlager legte.

Ælsbeth fehlte die Zärtlichkeit und sie wusste nur zu gut, dass Maria sie sich jeden Abend holte.

Schließlich musste Markus nicht aufs Feld, damit war er ausgeruht, wenn Maria am Tagesende erschöpft in die Halle kam.

Ælsbeth sah ihre Freundin von der Seite aus an und stöhnte: „Ungerechte Welt!" Danach musste sie lachen, weil Maria sie mit großen Augen ansah. „Der Magd geht es besser, als der Herrin!", erklärte sie.

Auf die fragenden Augen von Maria hin raunte Ælsbeth ihrer Freundin ihre Gedanken ins Ohr und Maria errötete sichtbar, musste aber danach ebenfalls lachen.

„Es kommen auch wieder bessere Zeiten!", stellte sie fest.

Ælsbeth nickte und blickte abermals zu Thoralf auf.

68. Kapitel
Pfade in die Zukunft

ie Saat war im Boden! Nun konnte Thoralf etwas verschnaufen und sich auch wieder seiner Partnerin widmen, die er, der Arbeit geschuldet, in den letzten Tagen etwas vernachlässigt hatte. Noch störte der Bauch nicht und Ælsbeth stöhnte gierig, als er sich endlich in sie schob. Langsam und mit Genuss liebten sie sich auf dem Lager aus Stroh.

Sehr viel später lagen sie nebeneinander und er sah auf den Vorhang, hinter dem sich das Licht des Feuers abzeichnete.

Seine Gedanken flogen zu dem Moment zurück, an dem er sie das erste Mal gesehen hatte. Der wilde Blick, den sie auch gerade eben gehabt hatte. Die katzenhaften Bewegungen, wie ein Raubtier, das sich seiner Beute näherte. Er selbst war diese Beute und es tat ihm gut. Ælsbeth tat ihm gut.

Weiter flogen seine Gedanken zu jenem Augenblick, als er mit ihr vor Claudia getreten war. Seine Hand ballte sich unwillkürlich zur Faust zusammen. Nur Ælsbeth zuliebe war Claudia noch in der Halle. Er selbst hätte sie liebend gern in die Scheune verbannt für das, was sie Ælsbeth angetan hatte und davor hätte sie auch nicht der Umstand bewahrt, dass sie seinen Bruder, oder seine Schwester, in sich trug.

Nach altem Recht hätte er sogar darauf bestehen können, dass sie Garmond in den Tod folgte. Mit all dem, was der uralte Brauch verlangt hätte.

Die Erzählungen seines Vaters von der Trauerzeremonie dessen Großvaters sausten durch Thoralfs Kopf.

Damals war eine Jungfrau dem Mann gefolgt und auch die Frau hatte ihren Gefährten begleitet. Die Sklavin hatte sich bereit erklärt, ihrem Herrn nachzufolgen, und wurde getötet, nachdem vier Krieger mit ihr geschlafen hatten. Ebenso wurde mit der Frau des Großvaters verfahren. Beide Frauen waren zuvor mit einem Wein betäubt worden.

Ælsbeth begann neben ihm leise zu schnarchen und holte ihn damit aus seinen Gedanken zurück.

Thoralf wandte seinen Blick ihr zu und betrachtete das Gesicht, das von den Locken eingefasst war.

Ein Lächeln umspielte ihre Lippen.

Sicherlich war sie im Moment glücklich. Würde sie ihm in den Tod folgen? Müßige Gedanken, das war vorbei. Mit der Taufe hatte sich so vieles geändert, was sie bisher noch gar nicht in ihrer Vollständigkeit erfasst hatten. Es würden neue Rituale gebraucht werden.

Nach der Ernte würde der Blutmond kommen und auch der würde sich in diesem Jahr deutlich von jenen unterscheiden, die ihr Volk seit Anbeginn der Zeiten kannte. Zwar würden weiterhin Schweine und Kühe geschlachtet werden, aber die Weihe würde nicht mehr mit Blut, sondern mit Wasser erfolgen.

Thoralf dachte an das alte Ritual, setzte sich auf und wusste plötzlich, dass der alte Altar vom Vorplatz verschwinden musste! Langsam, um die Gefährtin nicht zu wecken, schob er sich von seinem Lager, zog sich an und ging zum Feuer.

Markus kniete vor dem Altar, während die Mägde das Essen des Abends vorbereiteten.

„Komm mit!", sagte er zu dem Priester, nachdem der sein Gebet beendet hatte.

Zu zweit verließen sie die Halle und Thoralf griff sich die Axt.

Mit kräftigen Schlägen rückte er dem Altar für Wodan zu Leibe, aber das alte Holz war ziemlich störrisch und beugte sich nur ungern den neuen Zeiten.

„Was machst du?", hörte er hinter sich die Stimme von Ælsbeth und wandte sich zu ihr um. „Mit meinem Vater ist der letzte Anhänger von Wodan gestorben. Es ist falsch, hier einen Altar für die alten Götter zu haben, wo wir drinnen einen anderen Gott verehren!"

Entschlossen wandte sich Thoralf wieder dem Holzstamm zu und hieb den Altar nieder.

Als er sich noch einmal umdrehte, küsste ihn Ælsbeth.

„Und schau dort", sagte er und zeigte auf Markus, der auf das Dach der Halle geklettert war.

Der Priester ließ sich gerade von zwei Knechten ein Kreuz heraufreichen, das sie zuvor aus zwei großen Holzstämmen zusammengenagelt hatten.

Dieses Zeichen würde nun weithin davon künden, dass hier Menschen lebten, die in die Weisheit Gottes vertrauten.

„Eines habe ich allerdings noch zu tun. Ich muss noch zu unserem Bretwalda, um den Stamm zu übernehmen und ihm die Treue zu schwören."

„Du hast mir doch damals erzählt, dass euer oberster Anführer Æthelberth in Cantwaraburg lebt. Erinnerst du dich?"

„Ja."

„Und du hast mir versprochen, dass ich die steinernen Häuser dort sehen darf!"

„Möchtest du mich begleiten?"

Ælsbeths strahlende Augen waren ihm Antwort und Dank genug.

69. Kapitel
Auf nach Cantwaraburg!

Kaum war Ælsbeth wieder in die Halle getreten, sagte sie Claudia, dass sie mit Thoralf nach Cantwaraburg gehen würden.

Sofort war auch Maria bei ihr und bestürmte sie wortreich, dass sie dorthin mitkommen wollte.

Und kaum hatte sie Maria das zugesagt, versuchte Markus es ebenfalls.

„Wir haben ja vier Pferde!", stellte Thoralf gelassen fest. Damit war die Sache wohl für ihn geklärt. Während er sich zum Feuer umdrehte, erklärte er noch: „Morgen früh brechen wir auf!"

Claudia sagte Ælsbeth zu, das Haus zu hüten und nun bestürmte sie Maria mit Fragen über die steinerne Stadt, denn ihre Freundin hatte viele Jahre dort gelebt.

„Das kann man nicht beschreiben, das muss man sehen!", war aber Marias einzige Erklärung.

Jetzt ärgerte sich Ælsbeth fast darüber, ihr zugesagt zu haben, aber vielleicht hatte Maria auch recht mit ihrer Bemerkung.

In ihren Becher blickend, dachte sie an die steinerne Brücke von damals zurück. Sie war ihr noch gut in Erinnerung, aber wie hätte sie diese jemanden beschreiben können, der so etwas noch nie zuvor gesehen hatte?

Sie würde sich in Geduld fassen müssen, aber dies war noch nie ihre große Stärke gewesen.

Wie immer, wenn man auf etwas sehnsüchtig wartete, zog sich die Zeit unendlich lang dahin. Nur die Küsse und zärtlichen Berührungen ihres Gefährten konnten sie ablenken.

Die Feier an diesem Abend schien besonders lange zu dauern.

Danach trug Thoralf sie auf den Armen zum Lager hinüber. Noch mehr zärtliche Berührungen folgten, bis sie beide erschöpft und glücklich nebeneinander einschliefen.

Am nächsten Morgen war Ælsbeth die Erste, die das Feuer schürte und so aufgeregt durch die gesamte Halle lief, dass alle schon vor dem ersten Hahnenschrei auf den Beinen waren.

Es war noch dunkel, als sie sich am Brunnen waschen ging und der Hahn sah sie verschlafen an, als sie am Misthaufen vorbeieilte.

Sicherlich hatte das Federtier gedacht, es hätte verschlafen, aber noch war die Sonne nicht zu sehen.

Erst als sie sich das Unterkleid wieder übergestreift hatte, war der erste blassblaue Streifen am Horizont zu erkennen. Noch nicht mal einen Finger dick!

Doch nun plusterte der Hahn sich auf und schrie seinen Morgengruß in solch einer Lautstärke heraus, dass jeder ihn hören musste. Vermutlich tat das schlaue Tier das, um nicht im Topf zu enden, weil er den Tagesbeginn nicht korrekt vermeldet hatte.

Pünktlich mit diesem Schrei trat Thoralf aus der Halle, nickte ihr schmunzelnd zu und ging gemächlich zum Brunnen hinüber.

Es schien ihr, als würde er absichtlich so langsam gehen, nur um sie zu necken.

Thoralf war die Ruhe selbst, in der Halle hingegen wirbelte Maria umher.

Sie schien den Aufbruch genauso wenig erwarten zu können, wie Ælsbeth.

Die Aufregung der beiden übertrug sich auf die Mägde und schon kurze Zeit später herrschte solch ein Durcheinander in dem Raum, dass Claudia schreiend durch das Tor nach draußen stürmte.

Das brachte nun wiederum Ælsbeth zur Ruhe zurück. Ohne Thoralf würde der Aufbruch ja sowieso nicht stattfinden können und der wusch sich gerade sehr ausgiebig, wie sie durch die offene Tür sah.

Nun wurde der Tisch gedeckt und alle versammelten sich vor dem Altar. Ein gemeinsames Gebet wurde von Markus begonnen, nachdem auch Thoralf wieder in der Halle erschienen war.

In seine besten Kleider gehüllt stand Thoralf später vor dem Haus und einer der Knechte führte die vier gesattelten Pferde herbei.

Nun erst begriff Ælsbeth, dass sie reiten sollte und das noch nie zuvor getan hatte. Am Vorabend hatte die Ungeduld auf den Beginn der Reise diese Erkenntnis noch nicht zugelassen.

Sie übergab die Schlüssel an Claudia und quälte sich, sicher eher unwürdig, unter Marias Hilfe auf den Rücken ihres Reittieres. „Was willst du eigentlich in Cantwaraburg?", fragte sie Markus, um damit von ihrer Haltung auf dem Pferd abzulenken.

Markus rieb sich das Kinn und blickte in die Ferne. „Ich suche ein Buch, das ich gedenke, dort zu finden!", antwortete er.

Maria zog die Stirn in Falten. „Eines von Ovid?", fragte sie.

„Als du das letzte Mal etwas davon erzählt hast, wurden anschließend fünf Kinder gezeugt!", setzte ihm Ælsbeth entgegen und Maria fiel daraufhin vor Lachen fast vom Pferd.

Auch Thoralf musste schmunzeln.

„Im dritten Teil geht es darum, dass auch die Frau auf ihre Kosten kommt!", erklärte Markus und stieg auf sein Pferd.

„Bei Thoralf komme ich immer auf meine Kosten!", entgegnete Ælsbeth ihm und trieb ihre Hacken in die Seite des Pferdes. Das Tier setzte sich in Bewegung und sie folgte Thoralf, der vor ihr vom Hof ritt.

Die Sonne war noch nicht weit auf ihrem Weg am Himmel vorangekommen, als Thoralf nach vorn zeigte.

„Cantwaraburg!", setzte er erklärend hinzu.

Dort vorn konnte Ælsbeth die ersten Häuser der Stadt schon erkennen. Bunt waren sie!

„Ich habe etwas Silber mitgenommen. So können wir in einem Gasthof die Nacht verbringen, doch jetzt muss ich zu meinem Bretwalda! Wir sehen uns an der Baustelle des Augustinus!", sagte Thoralf und raste davon.

„Ich weiß, wo das ist!", erklärte Markus, der sicher den fragenden Blick der beiden Frauen gesehen hatte.

Langsam trabten sie auf die Stadt zu. Ihre beiden Begleiter kannten ja schon diese Häuser aus Stein, doch Ælsbeth blieb vor Staunen der Mund offen stehen.

Selbst vom Pferderücken aus musste sie den Kopf ins Genick legen, um bei einigen der Bauten das Dach zu sehen.

Viele Häuser waren bunt bemalt. Blumen und Tiere waren auf den Außenwänden abgebildet.

Irgendwann bemerkte sie, dass nur noch Maria an ihrer Seite war.

„Markus hat mir gezeigt, wo das Kloster gebaut wird. Er ist auf der Suche nach dem Buch!"

„Er ist schon ein komischer Priester! Oder?", fragte Ælsbeth und Marias Lachen war Antwort genug.

Spät am Tag trafen alle vier sich wieder an der Baustelle des Klosters. Hier konnte Ælsbeth nun sogar sehen, wie diese Häuser gebaut wurden.

„Hast du das Buch gefunden?", fragte Maria ihren Gefährten.

Markus klopfte auf den Beutel, der am Sattel des Pferdes hing.

„Liest du uns heute Abend etwas daraus vor?", fragte Ælsbeth und sie merkte, wie ihr bei dieser Frage das Blut in den Kopf stieg.

Maria begann zu lachen und Ælsbeth stieß ihr spielerisch mit dem Ellenbogen in die Seite.

Es war nur ein leichter Knuff und mit gespieltem Ernst setzte Ælsbeth hinzu: „Du als Magd solltest dich nicht so deiner Herrin gegenüber verhalten!"

Nun stimmten auch die beiden Männer in Marias Lachen ein. Es würde sicher ein aufregender Abend werden und bestimmt eine heiße Nacht, wenn das Buch hielt, was Ælsbeth sich davon erwartete.

70. Kapitel

Ferne Glocken

Claudia stand lange am Tor und sah den Pferden hinterher. Nun hatte sie wieder die Schlüssel und damit die Macht im Hause, aber irgendwie fühlte sich das komisch an. In den letzten Wochen hatte sie zugesehen, wie Ælsbeth den Stamm führte.

Und sie führte wirklich den ganzen Stamm, nicht nur die Frauen. Das war umso vieles besser, als sie es selbst jemals gekonnt hätte, das musste Claudia der jungen Frau neidlos zugestehen.

Vielleicht hatte sie sich wirklich in ihr getäuscht. Auch Ælsbeth Verhalten bei der Weihe des Feldes hatte ihr gezeigt, dass diese Frau wusste, was sie tat und mit sich vereinbaren konnte.

In den vergangenen Jahren hatte Garmond ihr gar keine Wahl gelassen und sie war einfach nackt über das Feld getanzt, um diesen uralten Ritus zu vollziehen und die Fruchtbarkeit auf das Feld zu übertragen. Ælsbeth hätte sich wohl dagegen gewehrt.

Wenn diese junge Frau etwas tat, dann entweder ganz oder gar nicht. Das hatte Claudia in den Beobachtungen dieses Winters mehr als eindeutig gesehen. Hatte Ælsbeth ihren Glauben und ihre Götter im Herbst noch mit der Waffe verteidigt, so würde sie dies nun sicher auch für diesen, für sie noch neuen, Gott tun.

Zum Glück für sie hatte es Garmond damals akzeptiert, dass Claudia ihren Glauben behalten hatte, als sie diese Halle damals betrat. Was hätte sie getan, wäre es anders gekommen? Grübelnd blickte sie der sich langsam auflösenden Staubwolke nach.

Und auch Maria würde ihren Weg machen. Claudia hatte die Wahl ihres Schützlings nun akzeptiert. Mit Markus hatte sie es viel besser getroffen, als Claudia es jemals hätte vorhersehen können.

Erst jetzt, getrennt von seinem Mentor, wuchs Markus zu seiner vollen Kraft heran. Seine Gottesdienste waren wirklich Dienst an Gott! War er sonst ein wirklich schmächtiges Bürschlein, so erhielt er seine Stärke von Gott, wenn er mit der heiligen Schrift vor dem Altar stand. Markus hatte es geschafft, dass nun auch noch die letzten Zweifler des Stammes Jahwe als alleinigen Gott akzeptiert hatten.

Sicherlich hatte daran aber auch die Zerstörung des Altars von Wodan durch Thoralf einen Anteil gehabt.

Claudias Blick fiel auf die Reste dieses verfallenen Heiligtums.

Immer noch mit dem Schlüsselbund in der Hand schweifte ihr Blick in die Ferne. Alles war Gottes Werk und ihre Position hier war auch der Wille Gottes. Selbst wenn es ihr immer noch schwerfiel, vieles zu verstehen, so wusste sie doch, dass alles genauso hatte kommen müssen, wie es geschehen war.

Das Neue war in die Welt gekommen und ein Teil davon waren eben Ælsbeth und Maria, sowie die Freundschaft der beiden jungen Frauen.

Mit dem Frühling begann das Leben wieder. Die Schweine hatten Ferkel, die Kälbchen waren da, Küken liefen in der Nähe umher und auch die Gänse führten ihre Gössel spazieren.

Das kleine Leben, das Claudia schon in sich spüren konnte, würde noch eine Weile brauchen, aber sie nahm sich vor, den beiden jungen Frauen mit Rat und Tat zur Seite zu stehen. Genau dies war wohl Gottes Plan gewesen und sie hatte es nur nicht verstanden. Bis jetzt!

Der Schatten eines Kreuzes fiel direkt vor ihren Füßen auf den Boden und erreichte die Spuren des alten Heiligtums. Das Neue schien das alte zu bezwingen.

Von ihrer Position blickte sie nach oben und sah das Kreuz, das Markus auf dem Dach angebracht hatte und welches allen Menschen weithin als Zeichen des Glaubens diesem Weg offenbaren sollte.

Einen Weg, der in die Zukunft führte.

Ganz leise hörte Claudia von der Ferne ein Geräusch, das an den Klang der Glocken in ihrer Jugend erinnerte.

313

Ob dieser ferne Klang aber nun wirklich da war, oder ob es nur eine Täuschung ihrer Sinne gewesen war, konnte sie nicht sagen. Claudia nahm es aber als zusätzlichen Beweis dafür, dass Gott es so wollte, dass sie hier stand.

„Vater unser! Hier stehe ich! In deinem Willen gehe ich deinen Weg! Amen!", rief Claudia laut nach oben.

71. Kapitel
Ein kleines Glück

Der Sommer war über das Land gekommen. Maria saß, mit dem Rücken an ihren geliebten Baum gelehnt, auf der Höhe neben der Halle und blickte auf das Land herab. Die Hände auf der, doch schon beachtlichen, Kugel ihres Bauches, spürte sie den herrlichen Wind, der ihr durch die Haare fuhr. Hier im Schatten konnte man es aushalten.

Die Aufgaben im Haus teilte sich Maria nun mit Claudia und damit hielten beide Ælsbeth den Rücken frei.

Noch vor einem Jahr hätte sie nicht zu hoffen gewagt, wie sich alles so zum Besten zusammengefügt hatte.

Vor einer Woche hatte Markus eine Glocke aus Cantwaraburg geholt und neben der Halle wurde gerade ein kleiner Turm errichtet. Dieses Haus, das vor Zeiten als Halle für Wodan errichtet worden war, das wurde nun zunehmend zur Kirche.

Weithin hallten die Schläge der Äxte, mit denen Thoralf und die Knechte das Holz für den Glockenturm auf die rechte Länge schlugen.

Schon bald würden sie ein neues Gehöft neben der Halle errichten, in dem sie dann wohnen konnten. In einer Kirche zu schlafen, mochte schön sein, aber auf Dauer würde dieser Platz ein geweihter Ort werden.

Augustinus hatte versprochen, seinen Segen zu geben und der Abt hatte auch akzeptiert, dass sein Priester verheiratet war. Es hatte ein paar Anläufe von Markus bedurft, Augustinus entsprechend zu überzeugen, dass es besser war, einen Priester für einen Tag zu haben, als gar keinen.

Das Segensheil des Stammes hing nun einmal an Markus und ihr eigenes auch.

Sie liebte diesen Mann viel zu sehr. Immer, wenn sie nur an ihn dachte, sauste dieses warme Gefühl der Geborgenheit durch ihren Körper.

So, wie gerade jetzt auch. Streichelnd glitten ihre Fingerspitzen über den Bauch. Einen Gürtel hatte sie schon seit Wochen nicht mehr darum bekommen, aber alles war gut. Manchmal spürte sie eine Bewegung in sich und freute sich auf dieses Kind.

Der Bauch von Claudia war, im Gegensatz zu ihrem eigenen, gewaltig und manchmal kam sie am Morgen kaum noch von ihrem Lager hoch, das sie sich nun mit Alduini teilte. Mit Thoralfs älterem Freund hatte Claudia wohl ein neues Glück gefunden.

Lächelnd musste Maria an den vergangenen Abend denken.

Markus hatte mal wieder eine Geschichte aus den Amores von Ovid frei übersetzt und vorgetragen.

Die Nacht danach war ziemlich stürmisch gewesen und nicht nur für sie.

Am Morgen verstand Maria dann, warum Ovid die Morgengöttin so beschimpft hatte, dass sie vor Scham rot wurde. Weil sie ihn beim Liebesspiel unterbrochen hatte. Sie selbst hätte es wohl nach dieser Nacht genauso gemacht. Viel zu schön war das Beisammensein mit Markus und nur durch die Beschreibungen dieses kleinen Büchleins ging das bei ihrem Bauch überhaupt noch.

So viel Freude, so viel Lust in so ein paar Zeilen, die schon so alt waren.

Maria spürte, wie die Wärme dieser Nacht abermals durch ihren Körper glitt.

Das Klingen der Glocke holte Maria aus den Erinnerungen an die Freuden der Nacht, zurück in den gegenwärtigen Moment.

Sie hob ihren Blick und sah zum Haus hinüber. War es schon so weit, dass die Glocke ihren Platz im Turm finden konnte? Wie lange hatte sie denn jetzt so versonnen gesessen und an diese Nacht gedacht?

Vor dem Rohbau des zukünftigen Glockenturms versuchten vier Männer die Glocke vom Wagen zu heben. Wenig später zogen sie die Glocke am Strick nach oben.

Maria stemmte sich von ihrem Platz hoch und ging langsam den Hügel hinab.

Als sie bei Markus neben der Halle angekommen war, hatte Thoralf oben die Glocke im Turm befestigt und einen Strick daran angebracht, dessen anders Ende er zu Markus herab warf.

Gewandt kletterte Thoralf wieder zum Boden zurück.

„Möchtest du?", fragte Markus und hielt ihr das Seil hin.

Ein Kuss für ihn war die Belohnung für diese Ehre. Mit dem Seil in der Hand sah sie nach oben und zog daran. Es war schwerer als gedacht, die Glocke zum Schwingen zu bringen.

Einen Moment dauerte es, dann erklang das helle Geläut und schallte weit über das Land. Alle Mägde kamen aus der Halle gelaufen und standen nun um sie herum.

Marias Glück war nun perfekt und Markus nahm sie in den Arm.

72. Kapitel
Ein Sturm zieht vorüber

Fast auf den Tag genau ein Jahr war es nun her, dass Ælsbeth aus ihrem Dorf hierher an diese fremde Küste verschleppt worden war. Von dem kleinen Hügel aus konnte sie ein Stück des Meeres und auch die Küste sehen. Der Wind des Herbstes ließ das Meer derart an das Ufer donnern, dass es selbst auf diese Entfernung noch zu hören war. Langsam schob sich von hinten eine dunkle Wolkenwand über den Himmel.

Ängstlich hob Ælsbeth ihren Kopf nach oben danach richtete sie ihren Blick über die Schulter zurück zur Halle. Mit ihrem dicken Bauch konnte sie nicht mehr so schnell laufen und wenn der Regen jetzt begann, würde sie das schützende Dach bestimmt nicht mehr rechtzeitig erreichen.

Gegen den Stamm des fast kahlen Baumes gelehnt sah sie erneut nach oben. Ihr Bittgebet folgte ihrem Blick und als ob es die Hand Gottes wäre, riss die Wolkendecke direkt über ihr auf.

Die Sonne schickte ihre Strahlen zu ihr herab.

Immer weiter lösten sich diese dunklen Wolken auf.

Ælsbeths Gedanken sausten abermals in die Vergangenheit. Damals hatte sie zu Wodan gebetet, dass dieser ihr half und nichts war geschehen.

Gott Jahwe hingegen hatte sofort seine schützende Hand über sie gehalten. Sicherlich war es der Wille Gottes gewesen, dass sie hier war, aber hätte er das nicht auch anders lösen können?

Vater hätte sicherlich schnell eingewilligt, dass sie die Gefährtin von Thoralf werden würde, denn der Sohn eines anderen Stammesführers wäre in seinen Augen bestimmt ein guter Anwärter gewesen.

Zurückblickend auf dieses Jahr war kein Zorn mehr in ihr. Die Angst war lange gewichen und das Glück schien sie nun nicht mehr verlassen zu wollen. Irgendwann in den nächsten Tagen würde das Kind auf die Welt kommen.

Ein bisschen sorgenvoll war sie deshalb schon, aber mit Gottes Hilfe würde sie auch diese Schwierigkeit hinter sich bringen. Sie freute sich schon so lange auf dieses Kind und auch Thoralf tat dies, auch wenn es einem Krieger und Stammesführer wohl nicht gut zu Gesicht stand, dass er sie praktisch auf Händen trug.

„Hier bist du! Ich habe dich schon überall gesucht!", hörte sie hinter sich die Stimme ihres geliebten Mannes.

Über die Schulter zu ihm zurückblickend, lächelte sie ihn an.

Die letzten paar Schritt kam er auf sie zu und zog sie danach in seine Arme. Mit seinem Schutz und der Hilfe Gottes konnte ihr wirklich nichts mehr passieren.

In Geborgenheit und völliger innerer Ruhe legte sie ihren Kopf gegen Thoralfs Brust. Alles war gut.

Eine Weile standen sie einfach so dort und lauschten dem Meer.

Über ihnen säuselte kaum hörbar der Herbstwind im Baum. Einzelne bunte Blätter fielen zu Boden und eines landete direkt auf ihrer ausgestreckten Hand. Gegen die Sonne gehalten zeichneten sich die Umrisse des Blattes deutlich ab. Wie eine Hand sah das Blatt aus, wie die schützende Hand Gottes!

„Lass uns gehen!", sagte Thoralf, gab ihr einen Kuss und hob sie auf seine Arme. Vorsichtig stieg er mit ihr den Hügel hinab.

Das Meer und die Vergangenheit blieben hinter ihr. So wie die dunklen Wolken, die nun über dem Meer nach Norden zogen. Irgendwo dort war vielleicht noch ihr Vater und ein letzter Gedanke flog zurück zu ihrer elterlichen Hütte.

All das war nun hinter ihr und das nicht nur im räumlichen Sinne. Nur noch nach vorn sollten ihre Gedanken gehen. Das eigene Haus und die Zukunft lagen direkt vor ihr. Beides in die goldenen Strahlen der abendlichen Sonne getaucht.

So, wie der Sturm vorübergezogen war, so würde auch jedes Leid nun an ihr vorbeiziehen.

Vor dem Haus saß Maria auf der Bank. Auch ihr Kind würde in ein paar Tagen das Licht dieser Welt erblicken und damit würde Markus die ersten beiden Kinder zur Taufe haben.

Ælsbeth lachte, als Thoralf sie auch noch die Treppe hinauftrug.

Erst auf der obersten Stufe setzte er sie ab.

„Ich liebe dich", hauchte sie in sein Ohr und ein zärtlicher Kuss belohnte sie dafür.

ENDE

Zeitliche Einordnung der Handlung

5800 Steinzeit

- Anfang des Buches „**Schicha und der Clan des Bären**"

- Ende des Buches „**Schicha und der Clan des Bären**"

5500 Steinzeit

2200 Beginn der Bronzezeit

1200 Beginn der Eisenzeit

800 –

800 Beginn des allmählichen Niederganges der Bronzezeit

800 Erste Anfänge und Städtebildungen der etruskischen Kultur

750 Aufstieg der Etrusker zur Seemacht

700 –

600 –

600 Blütezeit der Bronzekunst der Etrusker im orientalischen Stil

570 Amasis wird ägyptischer Pharao

555 Anfang des Buches „**Auf Bärenspuren**"

551 Ende des Buches „**Auf Bärenspuren**"

550 Koalition der Etrusker mit Karthago gegen Griechenland

540 Sieg der Etrusker zur See gegen die Griechen bei Alalia

524 etruskische Niederlage bei Kyme gegen die Griechen

500 –

500 Blüte der etruskischen Stadt Capua

400 –

387 die Kelten fallen in Rom ein

300 –

218 der karthagische Feldherr Hannibal überquert die Alpen

200 –

100 –

73 Flucht von Spartacus aus der Gladiatorenschule in Capua

71 Tod von Spartacus und Ende des Sklavenaufstandes

55 Expedition Caesars nach Britannien

44, 15. März, Kaiser Caesar wird in Rom ermordet

37 Anfang des Buches „**Das siebente Mädchen**"

15 Der römische Feldherr Drusus zieht mit seinem Heer über die Pässe der Alpen und dringt in das Gebiet der Kelten des Voralpenlandes ein

11 Drusus dringt, im Rahmen der römischen Feldzüge, bis in das Stammesgebiet der Cherusker vor

11 in der Schlacht bei Arbalo kämpften verbündete germanische Stämme gegen die Römer unter Drusus

10 Ende des Buches „**Das siebente Mädchen**"

0 –

0 Anfang des Buches „**Die Rache der Barbarin**"

9 Niederlage des Feldherrn Varus gegen die Cherusker unter Arminius

10 Ende des Buches „**Die Rache der Barbarin**"

34 Anfang des Buches „**Das Schwert des Gladiators**"

43 Beginn der Eroberung Südbritanniens

50 Colonia (heute Köln) wird zur Stadt erhoben

54 Nero wird römischer Kaiser

54 Anfang des Buches „**Die römische Münze**"

56 Ende des Buches „**Das Schwert des Gladiators**"

57 Anfang des Buches „**Die Tochter aus dem Wald**"

58 große Teile der Stadt Colonia brennen nieder

64 Brand Roms und daraufhin erste Christenverfolgung

68 Anfang des Buches „**Im Schatten des Feuerberges**"

68 Aufstände in Gallien und Spanien

68 Selbstmord Kaiser Neros

68 die Bataver, ein germanischer Stamm, erheben sich und belagern Colonia

69, im Herbst, erneuter Aufstand der Bataver gegen die römische Herrschaft in Niedergermanien

70, im Herbst, Niederschlagung des Bataveraufstandes

70 die Stadt Colonia erhält eine acht Meter hohe Stadtmauer

75 Ende des Buches „**Die römische Münze**"

75 Ende des Buches „**Die Tochter aus dem Wald**"

79, Herbst, Ausbruch des Vesuvs und Untergang Pompejis und Herculaneums

80 Einweihung des Kolosseums in Rom

85 wird Colonia die Hauptstadt der römischen Provinz Germania inferior

85 Ende des Buches „**Im Schatten des Feuerberges**"

98 Trajan wird römischer Kaiser

100 –

161 Marc Aurel wird römischer Kaiser

200 –

300 –

306 Konstantin der Große wird römischer Kaiser

324 Konstantin bekennt sich zum Christentum und macht diese zur Staatsreligion

375 die Hunnen unterwerfen die Alanen und die Goten oder vertreiben diese aus ihren Siedlungsräumen

376 Anfang des Buches „**Sturm über den Stämmen**"

376 Flucht der Donaugoten vor den Hunnen und teilweise Aufnahme der Goten in das römische Reich

384 Ende des Buches „**Sturm über den Stämmen**"

400 –

406 Rheinübergang der Vandalen und Einfall in das römische Reich

407 die Vandalen und andere germanische Stämme ziehen plündernd durch Gallien

409 Weiterzug der Vandalen und Alanen nach Spanien

410, Ende August, Eroberung Roms durch die Westgoten

429 die Vandalen und Alanen setzen unter Geiserich von Spanien nach Afrika über

439 die Stadt Karthago fällt an die Vandalen

440 angelsächsische Söldner rebellieren in Britannien gegen König Vortigern

451 Feldzug des Hunnen Attila nach Gallien

452 die Hunnen fallen in Italien ein, ziehen sich aber bald wieder zurück

453 nach Attilas Tod zerbricht das Hunnenreich

455 Plünderung Roms durch die Vandalen unter Geiserich

500 –

590 Æthelberth, König von Kent, überfällt Wessex

597 Bischof Augustinus landet in Kent

597 Anfang des Buches „**An fremder Küste**"

598 Ende des Buches „**An fremder Küste**"

600 –

601 Augustinus wird zum Erzbischof von Cantwaraburg (dem heutigen Canterbury) geweiht

700 –

764 Anfang des Buches „**In den finsteren Wäldern Sachsens**"

772, im Sommer, Zerstörung der Irminsul

772 Anfang der Sachsenkriege Karls des Großen

782 Blutgericht von Verden (Aller)

783, im Sommer, Gefechte mit Beteiligung sächsischer Frauen

785 Taufe Widukinds in der Königspfalz Attigny

787 die ersten Überfälle der Nordmänner auf Westeuropa finden statt

790 Überfälle der Nordmänner auf Schottland und Irland

792 letzte größere Erhebungen der Sachsen gegen die Franken

792 Zwangsdeportationen der Sachsen und Neuvergabe von sächsischem Land an fränkische Siedler

793 Überfall und Plünderung des Klosters Lindisfarne durch Nordmänner

795 Überfall von Wikingern auf das Kloster Iona in Irland

799 Beginn der Wikingerüberfälle auf das Frankenreich

796 Karls Belehrung durch seinen Berater Alkuin

797 mit dem Capitulare Saxonicum wurden die Sondergesetze gegen die Sachsen gelockert

800 –

800 Kaiserkrönung Karls des Großen

800 König Godfred von Dänemark gerät im kriegerische Konflikte mit Karl dem Großen

800 erste nordische Siedler treffen auf den Färöern und auf Island ein

800 unzählige Angriffe der Nordmänner auf die sächsischen Küsten

802 das sächsische Volksrecht (Lex Saxonum) wird verabschiedet

802 Ende des Buches „**In den finsteren Wäldern Sachsens**"

804 Ende der Sachsenkriege

805 Anfang des Buches „**Westwärts auf Drachenbooten**"

810 dänische Wikinger greifen wiederholt die friesische Küste an

814 Tod Karls des Großen

825 Ende des Buches „**Westwärts auf Drachenbooten**"

840 erste Überwinterung der Wikinger im Frankenreich

840 norwegische Nordmänner überfallen Irland und gründen Dublin

844 Überfälle der Nordmänner auf Spanien

845 Plünderungen von Hamburg und Paris durch die Wikinger

858 schwedische Wikinger gründen Kiew

889 Wanzleben wird erstmals als Haufendorf erwähnt

900 –

913 Herzog Heinrich von Sachsen stellt ein ungarisches Heer bei Merseburg

926 Heinrich handelt mit den Ungarn einen zehnjährigen Waffenstillstand für Sachsen aus

937 Otto I. der Große, gründete das St.-Mauritius-Kloster in Magdeburg

938 die Ungarn ziehen erneut gegen die Sachsen

952 Anfang des Buches „**Der Gefolgsmann des Königs**"

955, 10. August, Schlacht gegen die Ungarn auf dem Lechfeld bei Augsburg

955 Otto beginnt einen großen Neubau des Doms zu Magdeburg

962, 2. Februar, Krönung Ottos zum Kaiser

968 Beginn des Baues der Burg Wanzleben

980 Ende des Buches „**Der Gefolgsmann des Königs**"

1000 –

1100 –

1142 Heinrich der Löwe wird Herzog von Sachsen

1143 Gründung Lübecks, der ersten deutschen Ostseestadt

1147 Anfang des Buches „**Im Zeichen des Löwen**"

1147 Wendenkreuzzug, dauert als Kreuzzug drei Monate

1152 Königskrönung von Friedrich Barbarossa in Aachen

1155 Kaiserkrönung Friedrich Barbarossas in Rom

1156 Besiedlungszug in Lommatzsch

1157 Gründung des deutschen Kaufmannsbundes

1159 Wiederaufbau Lübecks

1160 Anfang des Buches „**Kaperfahrt gegen die Hanse**"

1160 der slawische Burgwall Dobin, liegt am Schweriner See, wird zerstört

1160 Lübeck erhält das Soester Stadtrecht

1160 Gründung der Kaufmannshanse

1161 Vermittlung eines Handelsprivilegs an die Stadt Lübeck durch Heinrich den Löwen

1161 Gründung der Gotländischen Genossenschaft, als Vorstufe der Hanse

1162 Kloster Altzella, bei Nossen, wird gegründet

1163 Ende des Buches „**Im Zeichen des Löwen**"

1180 Heinrich verliert das Herzogtum Sachsen

1200 –

1200 Gründung des Petershofes in Novgorod als Außenstelle der Hanse

1200 Ende des Buches „**Kaperfahrt gegen die Hanse**"

1210 Anfang des Buches „**Die Sklavin des Sarazenen**"

1212 Kinderkreuzzug mit Ziel Jerusalem

1212 Friedrich II. wird König

1217 Beginn des fünften Kreuzzuges, Kreuzzug nach Damiette in Ägypten

1220 Ende des Buches „**Die Sklavin des Sarazenen**"

1221 Ende des Kreuzzuges von Damiette in Ägypten

1250 Anfang der Blütezeit der Städtehanse

1300 –

1307, 13. Oktober, Zerschlagung des Templerordens und Verhaftung aller Templer

1315 Beginn einer Hungersnot, die als „Der große Hunger" in zwei Jahren mit sintflutartigen Regenfällen, sehr kalten Wintern und vielen Überschwemmungen Millionen Menschen in Europa dahinrafft

1321 Anfang des Buches „**Frauenwege und Hexenpfade**"

1337 der hundertjährige Krieg zwischen England und Frankreich beginnt

1337 Ende des Buches „**Frauenwege und Hexenpfade**"

1340 der englische König Eduard III. fällt mit seinem Heer in Frankreich ein

1342, im Juli, das Magdalenenhochwasser, eine verheerende Überschwemmungskatastrophe, lässt in Mitteleuropa zahlreiche Flüsse über die Ufer treten

1346 in der Schlacht von Crécy schlagen 8.000 englische Langbogenschützen die verbündeten europäischen und französischen Ritter vernichtend

1347 die Beulenpest erreicht die europäischen Häfen am Mittelmeer und breitete sich schnell überall aus

1348, 7. April, Gründung der Karls-Universität in Prag, der ersten mitteleuropäischen Universität

1349, 10. Januar, die Wormser Gemeinde der Juden wird blutig ausgelöscht

1349, 1. März, Pogrom gegen die Juden in Speyer

1349 Anfang des Buches „**Der schwarze Tod**"

1349, 24. Juli, in der Frankfurter „Judenschlacht" sterben fast alle Juden in Frankfurt am Main

1349, 23. August, Die Juden von Mainz erheben sich gegen ihre Verfolger. Der Aufstand wird blutig niedergeschlagen und das Stadtviertel brennt ab. Zahlreiche Menschen kommen dabei ums Leben

1350 Ende des Buches **„Der schwarze Tod"**

1353 Giovanni Boccaccio schreibt sein Decamerone

1356 mit der goldenen Bulle wird erstmalig festgeschrieben, dass der deutsche König durch Mehrheitswahl von sieben Kurfürsten bestimmt wird

1400 –

1431, 30. Mai, Jeanne d'Arc, die Jungfrau von Orléans, stirbt in Rouen auf dem Scheiterhaufen

1434 Cosimo de Medici kehrt nach Florenz zurück und wird der mächtigste Bankier der Stadt

1440 Johannes Gutenberg erfindet den Buchdruck mit beweglichen Lettern

1442 Anfang des Buches **„Ein Jahr unter Gauklern"**

1443 Ende des Buches **„Ein Jahr unter Gauklern"**

1452, 15. April, Leonardo da Vinci wird in Anchiano bei Vinci geboren

1479 Anfang des Buches **„Nur ein Hexenleben ..."**

1482 Johann Tetzel beginnt sein Theologiestudium in Leipzig

1486 der Dominikaner Heinrich Kramer veröffentlicht sein Traktat „Der Hexenhammer", lateinisch „Malleus Maleficarum"

1487 Ende des Buches **„Nur ein Hexenleben ..."**

1487 - Anfang des Buches **„Rosen hinter Burgmauern"**

1492 Christoph Kolumbus erreicht die großen Antillen und entdeckt damit Amerika

1498 Vasco da Gama erreicht an Bord seiner Nau auf dem Seeweg um Afrika herum Indien

1500 –

1504 Johann Tetzel beginnt seine Tätigkeit im Ablasshandel

1509 Ende des Buches **„Rosen hinter Burgmauern"**

1517 Anfang des Buches **„Die Bruderschaft des Regenbogens"**

1517, 31. Oktober, Luther verkündet seine Thesen in Wittenberg

1518 Müntzer und Luther sind in Wittenberg

1520 Müntzer predigt in Zwickau

1522 das „Neue Testament" erscheint auf Deutsch

1523, zu Ostern, Katharina von Boras Flucht aus dem Kloster

1524 Bauern- und Handwerkeraufstände in Sachsen

1525, 15. Mai, Schlacht bei Bad Frankenhausen

1525, 27. Mai, Müntzer wird in Mühlhausen enthauptet

1525, 27. Juni, Heirat Luthers mit Katharina von Bora

1525, im Dezember, Kloster Buch wird geschlossen

1526 Niederschlagung der letzten Bauernaufstände

1527 Ende des Buches **„Die Bruderschaft des Regenbogens"**

1530 Reichstag zu Augsburg beschließt die Duldung des evangelischen Glaubens

1534 die gesamte Bibel ist nun auf Deutsch lesbar

1600 –

1612 Anfang des Buches „**Im Feuersturm**"

1617, 13. September, ein Stadtbrand verwüstet weite Teile Tangermündes

1618, 23. Mai, Fenstersturz zu Prag

1618 Anfang des dreißigjährigen Krieges

1619, 22. März, Grete Minde stirbt in Tangermünde auf dem Scheiterhaufen

1619 Ende des Buches „**Im Feuersturm**"

1620, 08. November, Schlacht am Weißen Berg bei Prag

1630 Anfang des Buches „**Im Schein der Hexenfeuer**"

1631 Eintritt Sachsens in den dreißigjährigen Krieg

1631, 10. Mai, Verwüstung der Stadt Magdeburg durch kaiserliche Truppen

1631 Anfang des Buches „**Die Räubermühle**"

1632 die Pest wütet in Sachsen

1632, 16. November, Schlacht bei Lützen

1634, 25. Februar, Albrecht von Wallenstein wird in Eger ermordet

1634 Ende des Buches „**Die Räubermühle**"

1639 schwedische Truppen brennen Dresden teilweise nieder

1641 nochmalige Zerstörung Dresdens durch die Schweden

1648 der „Westfälischer Friede" wird geschlossen

1648, 24. Oktober, Ende des dreißigjährigen Krieges

1650 Ende des Buches „**Im Schein der Hexenfeuer**"

1683, 3. Mai, die osmanische Armee erreicht Belgrad

1683, 9. Juli, Anfang des Buches „**Ein Sommer unter der Mondsichel**"

1683, 14. Juli, die Osmanen beginnen die Belagerung Wiens

1683, 12. September, Schlacht am Kahlenberg und Sieg der kaiserlichen Truppen über die Osmanen

1683, 12. September, Befreiung Wiens

1683, 1. November, Ende des Buches „**Ein Sommer unter der Mondsichel**"

1694 Friedrich August I. wird unerwartet neuer Herzog und Kurfürst von Sachsen

1697, 15. September, Friedrich August I. wird in Krakau zum polnischen König gekrönt

1700 –

1710 Anfang des Buches „**Anna und der Kurfürst**"

1712 Thomas Newcomen konstruiert die erste verwendbare Dampfmaschine

1715 Ende der „Kleinen Eiszeit", einer Periode relativ kühlen Klimas, mit besonders kalten Zeitabschnitten seit 1675

1715 Ende des Buches „**Anna und der Kurfürst**"

1756 bis 1763 der Siebenjährige Krieg tobt in Mitteleuropa

1776 Gründung der Vereinigten Staaten von Amerika mit der Unabhängigkeitserklärung

1789, 14. Juli, Beginn der französischen Revolution in Paris

1793 Beginn des Interventionskriegs gegen Napoleon, an dem auch Sachsen teilnahm

1794 die Gesellen streiken in Dresden

1796 der Interventionskrieg endet mit einer Niederlage für die preußischen, österreichischen und sächsischen Verbündeten

1800 –

1800 Anfang des Buches „**Der russische Dolch**"

1806 Preußen und Russland verbünden sich gegen Napoleon. Sachsen schließt sich ihnen an

1806 Krieg der Verbündeten gegen Napoleon

1806, 14. Oktober, Schlacht bei Jena und Auerstedt, die Verbündeten werden von Napoleon vernichtend geschlagen

1806, 20. Dezember, das Kurfürstentum Sachsen tritt dem Rheinbund bei und wird durch Napoleon zum Königreich

1812 von Sachsen aus beginnt der Feldzug gegen Russland. Sachsen ist mit 21.000 Mann daran beteiligt

1812, 23. Juni, Napoleon überquert mit seinem Heer die Mehmel

1812, 17. August, Schlacht um Smolensk

1812, 7. September, Schlacht von Borodino

1812, 14. September, Napoleon rückt in Moskau ein

1812, 13. Oktober, Napoleon beschließt den Rückzug

1812, 3. November, Schlacht bei Wjasma.

1812, 26. bis 28. November, Schlacht an der Beresina

1812, 14. Dezember, Kaiser Napoleon macht, seinen Truppen auf dem Rückzug aus Russland vorauseilend, in Dresden Station

1813, 2. Mai, Schlacht bei Großgörschen, Sieg Napoleons gegen Russen und Preußen

1813, 20. und 21. Mai, Schlacht bei Bautzen, weiterer Sieg Napoleons gegen Russen und Preußen

1813, 26. und 27. August, Schlacht bei Dresden, Napoleon errang seinen letzten Sieg auf deutschem Boden

1813, 16. bis 19. Oktober, Die Völkerschlacht bei Leipzig brachte Napoleon eine verheerende Niederlage. Die sächsischen Truppen liefen zu den russischen und preußischen Truppen über

1813, 11. November, die belagerte Festungsstadt Dresden kapituliert

1815, 18. Juni, Schlacht bei Waterloo

1815 Ende des Buches „**Der russische Dolch**"

1825 die Gesellschaft „Stockton and Darlington Railway" eröffnet die erste öffentliche Eisenbahnstrecke in England

1835, im Dezember, Eröffnung der Eisenbahnstrecke Nürnberg - Fürth

1839, 7. April, Fertigstellung der ersten sächsischen Eisenbahnstrecke von Leipzig nach Dresden

1847 Anfang der Buches „**Eine sächsische Revolution**"

1848, 21. Februar, Karl Marx und Friedrich Engels veröffentlichen das Manifest der Kommunistischen Partei

1848, 22. bis 24. Februar, Februarrevolution in Frankreich

1848, 18. März, Berliner Barrikadenaufstand

328

1848, 31. März bis 3. April, das Frankfurter Vorparlament tritt zusammen

1848, 24. März, Beginn der Erhebung in Schleswig-Holstein

1848, 18. Mai, die deutsche Nationalversammlung tritt in der Frankfurter Paulskirche zusammen

1849, 28. März, Verabschiedung der Paulskirchenverfassung

1849, 3. bis 9. Mai, Dresdner Maiaufstand

1849, 30. Mai, Ende der Frankfurter Nationalversammlung

1849, 30. Juni, Beginn der Belagerung von Rastatt

1849, 18. Juli, Ende der Buches „**Eine sächsische Revolution**"

1849, 23. Juli, die Festung Rastatt fällt und damit Endet die Revolution

1852, 8. Mai, Ende der Schleswig - Holsteinischen Erhebung

1900 –

1939, 01. September, Angriff der Wehrmacht auf Polen

1939, 01. September, Anfang des Buches „**Liebe in stürmischen Zeiten**"

1939, 03. September, Frankreich und das Vereinigte Königreich erklären Deutschland den Krieg

1940, 10. Mai, Der Angriff deutscher Verbände auf die Niederlande beginnt

1940, 24. Juni, französischer Waffenstillstand wird unterzeichnet

1941, 22. Juni, deutscher Überfall auf die Sowjetunion

1942, 23. August, Beginn des Kampfes um Stalingrad

1943, 02. Februar, Ende des Kampfes um Stalingrad

1943, 05. bis 16. Juli, Schlacht am Kursker Bogen

1945, 13. bis 15. Februar, schwere Luftangriffe auf Dresden

1945, 7. Mai, bedingungslose Kapitulation aller deutschen Truppen

1949, 23. Mai, Gründung der BRD

1949, 07. Oktober, Gründung der DDR

1953, 17. Juni, Volksaufstand und Streiks in der DDR

1954 Ende des Buches „**Liebe in stürmischen Zeiten**"

2000 –

Von Uwe Goeritz ebenfalls beim Verlag BoD erschienen (BoD – Books on Demand, Norderstedt, nähere Informationen finden Sie unter www.BoD.de)

„Schicha und der Clan des Bären", die ISBN lautet 978-3-7386-0262-3
108 Seiten für 7,90 Euro

„In den finsteren Wäldern Sachsens", die ISBN lautet 978-3-7357-7982-3
108 Seiten für 7,90 Euro

„Der Gefolgsmann des Königs", die ISBN lautet: 978-3-7357-2281-2
116 Seiten für 7,90 Euro

„Im Zeichen des Löwen", die ISBN lautet: 978-3-7347-5911-6
116 Seiten für 7,90 Euro

„Kaperfahrt gegen die Hanse", die ISBN lautet: 978-3-7386-2392-5
108 Seiten für 7,90 Euro

„Die Bruderschaft des Regenbogens", die ISBN lautet: 978-3-7386-5136-2
112 Seiten für 7,90 Euro

„Im Schein der Hexenfeuer", die ISBN lautet: 978-3-7347-7925-1
112 Seiten für 7,90 Euro

„Die Räubermühle", die ISBN lautet: 978-3-8482-0893-7
112 Seiten für 7,90 Euro

„Der russische Dolch", die ISBN lautet: 978-3-7412-3828-4
116 Seiten für 7,90 Euro

„Das Schwert des Gladiators", die ISBN lautet: 978-3-7412-9042-8
116 Seiten für 7,90 Euro

„Frauenwege und Hexenpfade", die ISBN lautet: 978-3-7448-3364-6
116 Seiten für 7,90 Euro

„Die Sklavin des Sarazenen", die ISBN lautet: 978-3-7448-5151-0
308 Seiten für 9,90 Euro

„Die Tochter aus dem Wald", die ISBN lautet: 978-3-7448-9330-5
116 Seiten für 7,90 Euro

„Anna und der Kurfürst", die ISBN lautet: 978-3-7448-8200-2
312 Seiten für 9,90 Euro

„Westwärts auf Drachenbooten", die ISBN lautet: 978-3-7460-7871-7
120 Seiten für 7,90 Euro

„Nur ein Hexenleben ..", die ISBN lautet: 978-3-7460-7399-6
312 Seiten für 9,90 Euro

„Sturm über den Stämmen", die ISBN lautet: 978-3-7528-7710-6
124 Seiten für 7,90 Euro

„Die Rache der Barbarin", die ISBN lautet: 978-3-7528-4103-9
128 Seiten für 7,90 Euro

„Im Feuersturm – Grete Minde", die ISBN lautet: 978-3-7481-2078-0
312 Seiten für 9,90 Euro

„Rosen hinter Burgmauern", die ISBN lautet: 978-3-7347-0321-8
312 Seiten für 9,90 Euro

„Auf Bärenspuren", die ISBN lautet: 978-3-7412-9116-6
316 Seiten für 9,90 Euro

„Im Schatten des Feuerberges", die ISBN lautet: 978-3-7481-3800-6
120 Seiten für 7,90 Euro

„Ein Sommer unter der Mondsichel - Wien, im Jahre 1683",
die ISBN lautet: 978-3-7494-5288-0
328 Seiten für 9,90 Euro

„Der schwarze Tod - Mainz, im Jahre 1349",
die ISBN lautet: 978-3-7494-7180-5
336 Seiten für 9,90 Euro

„Eine sächsische Revolution", die ISBN lautet: 978-3-7528-8679-5
336 Seiten für 9,90 Euro

„Liebe in stürmischen Zeiten", die ISBN lautet: 978-3-7519-1929-6
160 Seiten für 7,90 Euro

„Das siebente Mädchen", die ISBN lautet: 978-3-7504-3239-0
328 Seiten für 9,90 Euro

„Ein Jahr unter Gauklern", die ISBN lautet: 978-3-7519-8230-6
336 Seiten für 9,90 Euro

Aktuelle Informationen und Neuerscheinungen finden sie immer im Internet unter:

www.Goeritz-Netz.de